BASTEI
LÜBBE

Bisher erschienen bei Bastei Lübbe Taschenbücher:

15168 Die Rückkehr des Jägers

Über die Autorin:

Andrea Japp beschäftigt sich beruflich mit Giften. Sie ist Toxikologin. Sie ist aber auch Autorin mehrerer in Frankreich sehr erfolgreicher Kriminalromane. »Die Angst der Gejagten« ist das zweite Buch mit der ungewöhnlichen Heldin Julia Holmer, die in dem Thriller »Die Rückkehr des Jägers« zum ersten Mal in Erscheinung tritt.

ANDREA JAPP

Die Angst der Gejagten

Thriller

BASTEI LÜBBE

BASTEI LÜBBE TASCHENBUCH
Band 15 347

1. Auflage: Juli 2005

Vollständige Taschenbuchausgabe

Bastei Lübbe Taschenbücher in der Verlagsgruppe Lübbe

Deutsche Erstveröffentlichung
Titel der französischen Originalausgabe:
Un violent désir de paix

Lektorat: Boris Heczko
Umschlaggestaltung: Atelier Versen
Titelabbildung: Zefa-Masterfile
Satz: hanseatenSatz-bremen, Bremen
Druck und Verarbeitung: Nørhaven Paperback A. S., Viborg
Printed in Denmark
ISBN 3-404-15347-2

Der Preis dieses Bandes versteht sich einschließlich
der gesetzlichen Mehrwertsteuer.

Prolog

Das Geschehene entwirren. Es in eine geradlinige zeitliche Abfolge bringen, weil das Jetzt dem Vergangenen entsteigt und das Zukünftige aus dem Jetzt entstehen wird.

All die Fragezeichen, die bisher ihr Leben geprägt hatten, haben sich aufgelöst, konnten ihrer Beharrlichkeit nicht standhalten. Eine ungeahnte Selbstbeherrschung hat ihr die Macht gegeben, Einfluss auf den Lauf der Dinge zu nehmen. Schluss mit den seltsamen Zusammentreffen, den Zufällen, der schicksalhaften Fügung. Schluss mit diesen ewigen Dummheiten, die unserem Leben seine Richtung vorgeben, wenn wir nicht darauf achten. Es gab nur einen Willen, und das war ihrer. Julia Holmer alias Helen Taylor-Caedon hätte dies bewundert, gerade sie, die in der Sprache, der Etymologie und der Philosophie zu Hause war: Zufall, vom Lateinischen *accidens*, »das, was geschieht«. Ohne jeden Hinweis auf ein Drama, eine Katastrophe. Lediglich ein unvermutetes Aufblitzen, eine winzige Schicksalsfügung, weder gut noch schlecht.

Genau. Die Anhäufung von Unabänderlichkeiten, so unscheinbar sie auch sein mochten, günstig oder ungünstig, hatten nun ein Ende. Ab heute würde sie ihr Leben, ihre Zukunft in die Hand nehmen. Heute würde dieses Gefühl der Verlorenheit verschwinden; ihr Leben würde sich nicht länger in bloßem Warten erschöpfen.

Ein Blick auf diese Seite des Skizzenheftes, gefüllt mit einer feinen, dichten, drängenden Schrift – ihrer Schrift. Eine neue Seite aufschlagen. Diese saloppe Redewendung, die alle Welt so eifrig wiederholt, ohne ihre ungeheuerliche Kraft, ihre zerstörerische, endgültige Bedeutung wirklich zu verstehen. Eine neue, ganz leere Seite. Ein strahlendes Symbol.

Woher rührte dieses verwirrende, berauschende Gefühl einer Neugeburt? Woher diese Gewissheit, dass ihr vorheriges Leben zu nichts nütze gewesen war, nicht einmal als eine Vorbereitung oder Initiation? Die Antwort war überraschend: Es war eine Geschichte, die nur wenig mit ihr zu tun hatte, die Geschichte einer Frau. Julia Holmer alias Helen Taylor-Caedon. Diese Geschichte galt es in wenigen groben Bruchstücken aufzuschreiben, um sie für immer von sich fern zu halten. Nichts vertiefen, vor allem keine Analyse betreiben und keine Erklärung liefern. Erklärungen sind der gewöhnliche Anlass, gewissermaßen der Nährboden für Schlussfolgerungen – und die Zeit für Schlussfolgerungen war noch lange nicht gekommen ...

Helen Baron, einziges Kind einer fortschrittlichen und allseits bewunderten bürgerlichen Familie von der Ostküste und selbst Doktor der Philosophie, hatte Cordell Taylor-Caedon geheiratet, den reichen Erben des Kosmetik- und Pharmazie-Imperiums, das sein Vater geschaffen hatte. Eine weiß-rosa Heirat wie im Märchen: junge, hübsche, wohlerzogene Tochter heiratet perfekten Mann. Drei Jahre später ermordete der perfekte Mann seine Schwiegereltern und verschwand, ohne auch nur die geringste Spur zu hinterlassen. Die reizende Helen Taylor-Caedon entdeckte, dass ihr wundervoller Ehemann und umwerfender Liebhaber ungefähr fünfzehn Menschen auf dem Gewissen hatte, darunter seine ältere Schwester Barbara und seine Eltern. Ein sicheres Mittel, frühzeitig an sein gewaltiges Erbe zu kommen. Abgesehen von diesen Morden, die ihm einen echten Vorteil verschafften, zeugten die übrigen – Morde an Männern und Frauen gleichermaßen – einfach nur von purem Vergnügen, reiner Lust. Den Morden ging ein Tanz voraus, denn Cordell, der von der gesamten Polizei der Vereinigten Staaten und dem FBI Charly getauft worden war, fesselte seine Opfer so locker, dass ihnen ein gewisser Spielraum für Bewegungen blieb. Lustvoller Slow vor dem Höhepunkt: ihrer Ermordung. Ein verführerischer und todbringender Soziopath. Ein Musikliebhaber und leidenschaftlicher Orchideenfreund.

Helen Taylor-Caedon hatte das Schutzprogramm für Zeugen in Anspruch genommen und ihre Identität geändert. Glaubte sie wirklich, Fleisch und Blut auswechseln und ihre Erinnerungen loswerden zu können, indem sie sich selbst den Namen Julia Holmer gab? Zweifellos nicht, denn sie war viel zu intelligent für eine so unzulängliche Verkürzung. Hatte sich Julia Holmer tatsächlich von diesem bereits drei Jahre währenden Waffenstillstand einlullen lassen? Eingegraben in ein heruntergekommenes Wohnmobil, vollgefressen bis zur Fettleibigkeit, um auch die letzten Spuren von der entzückenden Mrs. Taylor-Caedon zu tilgen, hatte sie unablässig mit allen ihr zur Verfügung stehenden Mitteln versucht, ihren Exmann ausfindig zu machen. Warum jedoch setzte sie alles daran, die Fährte von Charly aufzunehmen? Vielleicht um ihn umzubringen. Aber warum? Aus Rache für ihre massakrierten Eltern? Um die Menschheit von ihm zu befreien? Oder weil sie wusste, dass sie nicht in der Lage war, auf andere Weise von ihm loszukommen? Dann hatte sich endlich die Gelegenheit ergeben, auf die sie gewartet hatte. Sie konnte dem FBI ihre Hilfe anbieten und von der enormen Reichweite dieses Netzes profitieren, das von der unterirdischen Basis in Quantico, Virginia, ausgesponnen wurde.

Zweifellos hatte das Spiel, das Julia spielte, ohne es zu wollen, Cordell fasziniert. Er hatte mitgespielt, und wie. Cory Fried, eine Verwaltungsangestellte der wissenschaftlichen Abteilung des FBI, war ihrer Vorliebe für das Schachspiel zum Opfer gefallen. Schach und matt, blond auf rot. Blut tränkte den Teppich in dem hübschen Appartement der kleinen Blondine, die an die große Liebe glaubte.

Cordells Ziel in diesem Spiel? Seine Exfrau Julia ausfindig machen und dann das letzte Gefecht, Körper gegen Körper, Auge in Auge, Atemzug um Atemzug. Und natürlich der Sieg. Sie unterwerfen, sie zwingen, sich ihm auf Gedeih und Verderb zu ergeben. Um sie dann am Ende zu töten.

Ein Seufzer. So war es, diese Zeilen gaben das Wesentliche wieder. Alles Weitere stand unmittelbar bevor. Noch einmal würde sie die vorgezeichneten Wege gehen. Noch einmal würde sie den Weg einschlagen, den man ihr vorgab. Noch einmal war die Welt zum Greifen nahe. Und dann würde sich die Welt nach all diesen Jahren mit ihrem zermürbenden Stumpfsinn fügen. Für immer.

Die Nacht vom 9. auf den 10. Oktober, in der Umgebung von Weston, Massachusetts

Verloren, hatte sie tatsächlich verloren? Wut über all die Jahre vergeblichen Kampfes erfasste sie. Armer Verrückter, er würde sie nicht einmal umbringen, das wäre zu einfach, zu leicht für sie.

Julias Knie fuhr hoch und stieß mit all dem aufgestauten Hass in den Unterleib von Cordell. All der Hass, all die Rohheit, die die Jahre dieser unheilvollen Liebe geprägt hatten, lagen in diesem Stoß. Er krümmte sich und taumelte stöhnend gegen das Bett. Sie stürzte zur Tür, riss den Schlüssel aus dem Schloss, sprang auf die Trittleiter und verriegelte die Tür von außen.

Durchatmen, laufen, rechtzeitig das Wäldchen erreichen, wo sie ihren Wagen abgestellt hatte. Nicht das Gleichgewicht verlieren mit ihren gefesselten Händen. Sie trat auf etwas Spitzes, und ein stechender Schmerz fuhr ihr bis ins Knie. Nicht daran denken, weiterlaufen. Die Tür des Wohnmobils würde ihn nicht lange zurückhalten.

In ihrem Hals der Geschmack von Blut. Nicht daran denken.

Seitenstechen machte sie keuchen. Bewaffnet mit dem Benzinkanister hastete sie zum Caravan zurück.

Julia entfernte den Stöpsel und besprengte ungeschickt die beigefarbene Karosserie, wobei auch sie selbst einiges von dem Benzin abbekam.

Kein Feuer, keine Streichhölzer, nichts, und die Tür bebte bereits unter den Fußtritten von Cordell.

Panik schnürte ihr die Kehle zu. *Vorwärts, beweg dich, du fette Kuh, lass dir etwas einfallen, schnell!*

Die Halogenlampe. Sie stürzte mit ihrem ganzen Gewicht auf den dünnen Pfosten, schüttelte ihn mit aller Kraft hin und her, bis sie ihn schließlich aus der Erde gerissen hatte. Der schwere Strahler prallte auf das Dach des Wohnmobils, die Glasverkleidung, die die brennende Lampe umgab, barst in tausend Stücke.

Feuer, endlich. Wie eine blaue Welle, die an den Emailkacheln eines Beckens entlangläuft, breitete es sich aus. Ein glutheißer Windstoß schlug ihr ins Gesicht. Sie wich zurück.

Sie krümmte sich in einem irren Lachen, eine Nervenkrise, nichts weiter. Die Hunde in der Baracke jaulten in Todesangst auf.

Sie sah zu. Sah, wie die schmutzig weiße Farbe in der Hitze zu brodeln begann, aufsprang und dann abplatzte wie kleine Lavaklumpen. Sie sah eine Katze, dann zwei durch die Katzenklappe hinaussausen. Sie hörte Schläge aus dem Innern, das Geräusch von zu Boden geschmettertem Geschirr, dann nichts mehr.

Vorbei. Es war vorbei. Sie fiel im Gras auf die Knie. Nichts tat ihr weh, sie spürte keine Schmerzen mehr.

Sie war endlich tot.

Nach allem, was geschehen war, hatte sie sich niemals zu der überheblichen Annahme verstiegen, sie könnte ihn überleben.

Cordell.

Wie viel Zeit war verstrichen? Eine Ewigkeit oder zwei Sekunden?

Glas splitterte. Der kleine Nachttisch, den sie gekauft hatte, weil er so abgrundtief hässlich war, flog durch die große Glasfront hinten am Karavan.

Ein Schatten. Er springt durch das in der Scheibe klaffende Loch. Er hält inne, als suche er nach etwas. Der Mond wirft sein Licht auf ihn, umschmeichelt ihn.

Noch ist Zeit, du kannst mich töten.

Aber dann bewegt sich der Schatten, gleitet in die Dunkelheit und verschwindet.

Cordell.

Wie viel Zeit war verstrichen? Eine Ewigkeit oder zwei Sekunden?

Das gierige Schnauben der Feuersbrunst, der beißende Geruch der aufplatzenden Emailfarbe, das wilde, angstvolle Heulen der Hunde, die hören, riechen, aber nichts verstehen. Sonst nichts in ihrem Gehirn. Doch, vielleicht doch etwas: die Gewissheit ihrer Niederlage, die Gewissheit dieser nutzlosen Jahre, die Gewissheit ihres Lebens, das sich zu einem Kreis schließt und noch einmal von vorn beginnt.

Julia glaubte zu ersticken, ohne unterscheiden zu können, ob es die Glut war oder Cordell, der sie würgte.

Wie viel Zeit war verstrichen? Eine Ewigkeit oder zwei Sekunden?

Wie hübsch loderte diese hohe blaue Flamme empor – wie eine Verheißung. Gleich daneben im Gras zusammengekauert die schattenhafte Gestalt von Helen oder Julia. Seine Frau. Unförmig, nackt, die Hände immer noch gefesselt. Cordell lächelt, zögert, bevor er sich entschließt, diesen so unterhaltsamen Augenblick noch ein wenig zu verlängern. Mit ein paar Schritten könnte er bei der Gestalt sein, aber das wird er nicht tun. Nicht jetzt. Nein, es ist besser, diesem Abschluss zu widerstehen und eine andere, noch abwegigere Inszenierung zu finden.

Lustig, wie das Blut träge seine von den Glassplittern aufgeritzten Unterarme hinabrinnt. Die Spur zieht sich zu seinem Handgelenk, umgibt die Speiche, dann den Knöchel, sickert zu dem tief liegenden Handwurzelknochen und bahnt sich schließlich ihren Weg zwischen Zeige- und Mittelfinger.

Cordells Zunge leckte über seine Handfläche, dann über seinen Handrücken; sie folgte der lauwarmen, dickflüssigen, roten Spur. Der leicht metallische, süßliche Geschmack verzückte ihn. Seine Zunge wanderte weiter hinauf. Er erschauerte vor Lust, während sich seine Zunge zwischen den Fingern hindurchwand und sein Handgelenk leckte.

Noch einmal lächelte er der unförmigen Gestalt dort unten zu, dann entfernte er sich ohne Eile.

Nichts anderes in seinem Gehirn. Doch, vielleicht doch etwas: die Gewissheit seines Triumphes, seiner kostbaren Jahre, des Lebens, das sich zu einem Kreis schließt und unverändert weitergeht. Zu seinem größten Vergnügen.

Die Nacht vom 9. auf den 10. Oktober, in der Umgebung von Weston, Massachusetts

Die Nacht war so lau, dass Cordell nur ein T-Shirt aus seiner im Fond des Wagens liegenden Reisetasche nahm. Er hatte das Auto etwa einen Kilometer von der Weide entfernt abgestellt, die Helen seit einigen Jahren gemietet hatte.

Es war ihm unmöglich, sie mit dem neuen Vornamen zusammenzubringen: Julia. In den beiden Silben von Helen lag eine solche Heiterkeit, eine solche Güte und Sanftmut. Und sie endeten in einem zauberhaften Nachklang. Dagegen gefiel ihm die Lebhaftigkeit, die man aus »Julia« heraushörte, nicht sonderlich – trotz seiner Vorliebe für auf »a« endende Frauennamen.

Helen – das war die Frau, die er mit großem Pomp geheiratet hatte, mit der er sich drei Jahre lang vergnügt hatte, während er gelassen auf den Augenblick wartete, in dem seine Mordlust ihrem Leben und seinem Spiel ein Ende setzen würde. Helen, das war die so betörende zartrosafarbene Haut, die sich beim Orgasmus straffte und anschließend mit der glänzenden Haut ihres Mannes verschmolz. Mit seiner.

Der Adrenalinausstoß, der ihn beflügelt hatte, bis er der Glut entronnen war, ließ nach. Müdigkeit übermannte ihn. Er summte vor sich hin: *Adonde te escondiste, Amada, y me dejaste con gemido?*[1]

Cordell hatte keine Angst, aber er hatte auch nur sehr selten Angst. Im Gegenteil, dieser Augenblick zählte zu den großartigsten, an die er sich in seinem Leben erinnern konnte. Wie aufregend war es gewesen, sich an das Wohnmobil heranzuschleichen. Lautlos hatte er sich im grellen Schein des gewaltigen Halogenlichtes herangepirscht. Stille herrschte rings um ihn. Er wollte Helen überrumpeln, er wollte die Verblüffung in ihren blauen Augen sehen und dann jenes Zögern, das entweder in Angst oder Begehren mündet. Er wollte sich auf sie stürzen und spüren, wie ihr zartes Fleisch sich an ihn drängte; und dann wollte er jenes Stöhnen widerstrebener Hingabe vernehmen.

Bei dem Gedanken an all die Widersprüche im Verhalten seiner Frau musste er ein Lachen unterdrücken. Helen hatte sich zwar mit Wachhunden umgeben, nachts band sie sie jedoch fest. Sie verschanzte sich hier in diesem abgelegenen Dreckloch, und dennoch trennte sie nur noch die harmlose Glasfasertür des großen Wohnwagens von ihm. Sie hatte ihre Schönheit zerstört, um ihn mit seiner Begeisterung für alles Schöne zu verletzen. Sie hatte mit ihrem ganzen Wissen über ihn zum Gegenangriff ausgeholt. Ohne Zweifel hatte sie gedacht, auf diese Weise der Macht ihres Mannes über sie entrinnen zu können. Ohne Zweifel war sie zu der Überzeugung gelangt,

---

[1] Anm.: *(Wo versteckst du dich, Geliebte, und lässt mich seufzend zurück? Diese Verse von Saint Jean de la Croix (1542 – 1591) stammen aus »Durch eine finstere Nacht« und sind im Original an den Gatten gerichtet)*

dass sie ihn vernichten könnte. Eine entscheidende Sache hatte sie dabei allerdings übersehen: Mit solcher Verbissenheit kämpft man nur, wenn man unterlegen ist. Die Kriegserklärung ist der augenfällige Beweis dafür, dass man die Existenz des Angreifers anerkennt. Mit anderen Worten zeugte Helens vergeblicher Kampf von der Macht, die ihr Mann auch jetzt noch über sie besaß. Er war noch immer und für immer die bestimmende Kraft in ihrem Leben. Mit dieser Gleichung schloss Cordell befriedigt die schmalen Lider.

Als sie sich, zum Angriff entschlossen, von ihrem Bett erhoben hatte, wäre ihr das unterdrückte irre Lachen Cordells beinahe entgangen. Mit der ihm so vertrauten Gründlichkeit einer braven Schülerin hatte sie sich selbst verunstaltet. Der fettleibige Körper passte so wenig zu ihr, dass es beinahe schien, als hätte sie ihn für diese Gelegenheit ausgeborgt. Die feinen Gesichtszüge seiner Frau traten inmitten dieser Fleischmassen umso deutlicher hervor.

Was glaubte Helen mit dieser kümmerlichen Strategie gewonnen zu haben? Ein Antidot, einen Schutzschild … Lag darin eine Einladung zum Mord? Glaubte sie tatsächlich an die vernichtende Kraft dieses Fettpolsters auf ihren Knochen? Zweifellos, er hatte es in dem angriffslustigen Lächeln gelesen, mit dem sie ihn bedachte, während er die Verunstaltung betrachtete, die sie sich vor drei Jahren auferlegt hatte. Wie kindisch! Wer zunimmt, kann auch abnehmen; genauso wie Schweigen in Reden übergehen kann. Da hätte sie schon sterben müssen, denn zu neuem Leben würde auch sie nicht erwachen. Oder sie hätte sich so entstellen müssen, dass kein Chirurg die Verschandelungen mehr richten könnte. Dafür jedoch, für eine wahre Zerstörung, braucht es Maßlosigkeit. Es geht etwas Irreparables damit einher, Trauer über etwas Unwiederbringliches – und davor darf man sich nicht fürchten. Helen jedoch war dazu nicht in der Lage, noch nicht. Sie war wie alle, für die nur das Unvermeidliche irreparabel ist: der Tod. An allen anderen Stellen hält man sich ein Hintertürchen offen. Ihn hingegen ergötzte das Irreparable. Die Entscheidung für das Irreparable erfordert eine erhabene Gesinnung, ein ungeheures Selbstwertgefühl. Es bedeutet, Türen in dem Bewusstsein hinter sich zu schließen, dass sie sofort verriegelt werden und sich nie mehr auftun. Eine Umkehr oder Flucht wird immer schwieriger, bis am Ende beides nicht mehr in Frage kommt.

Während Cordell Taylor-Caedon solchen Gedanken nachhing, betrachtete er fasziniert den gewaltigen Körper vor ihm. Er stellte ein zusätzliches Hindernis dar. Die Vorstellung, dieses immer noch schöne Gesicht wieder mit schlanken Muskeln und langen, zierlichen Beinen auszustatten, reizte ihn. Wie gerne hatte er die Mulden ihrer Schlüsselbeine liebkost. Der Plan wurde umso verlockender, als sie sich mit aller Macht dagegen sträuben würde. Sie wäre wieder sein Geschöpf, und falls sie sich wehren sollte, würde Cordell zu einem despotischen Demiurg werden.

Er drehte den Zündschlüssel. *Armer Liebling, deine Arme sind erhoben, deine Hände flehen mich an und deine Haut lechzt nach der meinen.*

Eine heitere, beinahe unbeschwerte Stimmung riss ihn fort, sodass seine Müdigkeit verflog. Er musste innerlich lachen, als ihm jener Satz von Hobbes wieder in den Sinn kam, mit dem Helen einst störrischen oder gelangweilten

Studenten zeigen wollte, dass die Philosophie auch den schwarzen Humor lehrt: *Omnis anima voluptas, omnisque alacritas in eo sita est, quod quis habeat, quibuscum conferens se, possit magnifice sentire de se ipso.* Alle Lust der Seele, alle gute Laune, die man aus sich heraus empfindet, entsteht aus der Begegnung mit Leuten, die es einem erlauben, ein hohes Selbstwertgefühl zu hegen.

Letztlich hätte er sie ohnehin nicht in dieser Nacht umgebracht. Sie bereitete ihm noch zu viel Vergnügen und hatte, ohne es zu wissen oder zu wollen, ein neues Spiel eröffnet.

Die Nacht vom 9. auf den 10. Oktober, in der Umgebung von Weston, Massachusetts

Julia hatte aufgehört zu rennen – sofern man den beschleunigten Schritt, den ihre Fettleibigkeit zuließ, überhaupt so nennen konnte. Sie drehte sich auch nicht mehr alle zehn Meter um, um in die Dunkelheit zu starren und zu lauschen, ob sich in dieser nur vom fernen Rauschen des Highway gestörten Stille der Widerhall eines nahenden Schrittes oder Atems vernehmen ließ. Cordell würde ihr nicht folgen, nicht mehr. Zweifellos war er schon weit fort. Diese Partie war nicht an ihn gegangen und bereitete ihm kein Vergnügen mehr. Er würde ein neues Spiel erfinden, bei dem er gute Karten hätte. Und wenn er ihr doch folgte … Er hätte sie nach wenigen Metern eingeholt. Es bestand kein Grund mehr, in Panik zu verfallen.

Die Farm der McGuires lag am Rande von Weston, nicht weit von der Auffahrt auf die Bundesstraße Nummer 20. Sie war der einzige Zufluchtsort, der Julia in den Sinn gekommen war.

Ein heftiges Seitenstechen bohrte sich in ihre Rippen und hemmte jeden Atemzug. Trotz der beißenden nächtlichen Kälte lief ihr der Schweiß den Rücken hinunter. Sie sog die Luft so tief wie möglich in ihre Lungen ein, bis ein Hustenanfall sie beinahe zum Ersticken brachte.

Als sie sich aufraffte, um ihren Weg fortzusetzen, schoss der Schmerz von ihren verletzten Füßen bis in die Waden hoch, und sie geriet ins Straucheln. Zwischen ihrem Landstück und der Farm der McGuires lagen ungefähr zehn Kilometer, eine Entfernung, die ihr mit dem Auto immer so lächerlich vorgekommen war. Zehn Kilometer über frisch gemähte Felder, aus deren trockener, rauer Erde sich ihr feindselig die Stoppeln der Maispflanzen entgegenreckten. Julia hatte gezögert und überlegt, ob es nicht das Leichteste wäre, zu der kleinen Straße hinüberzulaufen, die unterhalb des kleinen Zufahrtsweges zu ihrem Wohnmobil verlief. Aber der Umweg würde sie zwingen, eine noch längere Strecke zurückzulegen, und die Gegend war gerade nachts sehr einsam. Außerdem konnte sie sich nicht vorstellen, völlig unbekleidet, mit einem kleinen Handtuch nur das Nötigste verdeckend, ein Auto anzuhalten. Fürchtete sie sich vor einer verhängnisvollen Begegnung? Nein, diese Furcht konnte ihr schon seit geraumer Zeit nichts mehr anhaben. Zu der unheilvollsten Begegnung in ihrem Leben war es vor sechs Jahren gekommen – auf jenem reizenden, farbenfrohen Markt in der Market Street.

An jenem Tag hatte Cordell sie angesprochen – mit einem Scherz, untermalt von seinem unwiderstehlichen Lächeln, bei dem er den Kopf unmerklich zur Seite neigte. Sie hatte gerade ein Pfund Cox Orange gekauft, jene saftigen, kaum säuerlichen Äpfel mit dem intensiven Duft unter der heufarbenen und roten Schale ... Die gleichen Äpfel, auf denen Nanas Stirn lag, während ihr Blut zwischen die Schalen sickerte.

Nicht daran denken, nicht jetzt. Weitergehen. Weitergehen, bevor die Muskeln kalt werden und zu schmerzen beginnen.

Beweg dich, du fette Kuh! Vorwärts! Zum Stöhnen hast du später noch Zeit genug. Gestöhnt haben sie zweifellos alle. Gestorben sind sie, auch wenn sie gestöhnt haben. Sie – die Opfer von Cordell.

Es hat den Anschein, als dürfte man bei langen körperlichen Anstrengungen nicht durch den Mund atmen. Was soll man also tun, wenn man so sehr nach Luft ringt? Julia verlangsamte ihren Schritt ein wenig, ihr Herz schlug bis zum Halse, das Blut pochte in ihren Schläfen.

Plötzlich schoss ihr ein genialer Gedanke durch den Kopf, und sie blieb stehen. Wenn sie einfach Schluss machte? Wenn sie einfach genau jetzt, in diesem Augenblick, mit allem aufhörte? Wenn sie auf die Erde fiel und sich schlafen legte?

Vorwärts, du Monsterlarve, geh weiter! Er muss sterben. Er muss vor dir sterben. Nur dafür hast du weitergelebt, für diese begrenzte Zeitspanne, die dir nach ihm bleibt.

Die Nervenkrise, die sie schon so lange im Zaume zu halten versuchte, packte sie mit aller Wucht, und es brach aus ihrer Kehle hervor. Schluchzend stürzte sie auf die Knie und riss sich die Haut an den trockenen Halmen auf. Ihre Fußsohlen brannten wie Feuer. Sie fuhr mit der Hand über die geschundene Haut, und als sie sie zurückzog, war sie dunkler als die sie umgebende Nacht. Sie war voller Blut.

Gut gemacht, wunderbar, du fette Kuh!

Das ist nichts. Dieser Schmerz ist nicht der Rede wert. Er ist null und nichtig. Anders als die Schmerzen der anderen, die sich von einem Trugbild umgarnen ließen, das in Wahrheit nur dem Höhepunkt des Abends entgegenlechzte: ihrer mit seinem Rasiermesser durchschnittenen Kehle.

Das hübsche Puppengesicht von Cory Fried stieg vor ihr auf. Das faltige Lächeln von Nana, wenn sie mit ihr schimpfte, der verzweifelte Gesichtsausdruck ihrer Mutter und die großen, Vertrauen einflößenden Hände ihres Vaters. Die übrigen kannte sie nicht, sie hatte nur ein paar Aufnahmen in Erinnerung, die von dem Gemetzel zeugten. Wie viele waren es? Fünfzehn, vielleicht sogar noch mehr. Alle verführt, alle betrogen, und alle der Lust Cordells zum Opfer gefallen.

Steh auf und geh weiter!

Das Handtuch vor ihre Scham haltend, richtete Julia sich wieder auf. Ein Lachkrampf verursachte einen erneuten Hustenanfall. Es war tief in der Nacht, weit und breit war niemand zu sehen und sie stand hier splitternackt mitten auf einem weiten Feld. Ihr Fett schwappte bei jedem Schritt auf und nieder, ihre nackten Brüste richteten sich vor Kälte auf, und sie bedeckte ihre Scham! Sie riss das Handtuch mit ihren Schneidezähnen entzwei und umwickelte ihre Füße, so gut es ging.

Der Mund von Ronald McGuire ging auf und wieder zu, als er endlich auf die Faustschläge an der Tür des langgestreckten Bauernhofes reagiert hatte. Ein Blick offenbarte dem schweigsamen Farmer die vollständige Nacktheit seiner Mieterin, und für einen Moment schloss er die Augen. Als er sie wieder öffnete, errötete er in seiner Verwirrung und richtete seinen Blick starr auf den Haaransatz der jungen Frau, auf das als Kleiderhaken genutzte Hirschgeweih und auf den Mond, der hoch oben am Himmel stand. Er umklammerte sein nutzloses Gewehr und stammelte:

»Mrs. Holmer … aber, was …«

»Ich ... Ich hatte einen Unfall, äh ... ein Brand. Ich muss unbedingt telefonieren, Mr. McGuire.«

»Ich rufe Mrs. McGuire, kommen Sie herein.«

Bevor sie noch ein weiteres Wort herausbrachte, flüchtete er in Richtung Wohnzimmer und Treppe, die zum Obergeschoss führte.

Kurz darauf kam Mrs. McGuire die Treppe heruntergestürmt und zog Julia in den Flur.

»Kommen Sie doch herein ... so können Sie doch nicht draußen bleiben.«

»Ich werde alles schmutzig machen. Ich habe mich verletzt, meine Füße bluten.«

Die Gefasstheit Julias wirkte beruhigend auf die kleine rundliche Frau, die von ihrem aufgeschreckten Mann aus dem Schlaf gerissen worden war. Mit Einbrechern wäre ihr Mann schon fertig geworden, sein Gewehr war geladen ... Aber die nackte Mrs. Holmer – das war zu viel.

Mrs. McGuire atmete tief durch und stieß ein wenig schrill, aber entschieden hervor:

»Ich werde alles Nötige holen. Vor allem ... keine Panik.«

»Das verspreche ich Ihnen.«

Die kleine Frau schien zu überlegen, dann wies sie mit dem Zeigefinger zum Wohnzimmer.

»Ähm ... einen Whisky! Erst mal brauchen wir einen großen Whisky! Das kann nicht schaden. Dann, äh ... dann sehen wir weiter.«

10. Oktober,
FBI, Militärbasis von Quantico, Virginia

Esperanza Lorca y Fernandez war sich der niederen Beweggründe ihrer Freude durchaus bewusst. Hier in Quantico, wo ihre Abteilung in den Kellergeschossen untergebracht war, hatte man nur selten Gelegenheit, sich zu amüsieren, und so etwas konnte sie sich einfach nicht entgehen lassen.

Sie hatte bei dieser Geschichte in sich hineingekichert. Die Vorstellung, wie Mrs. Julia Holmer – der Espy heimlich den Beinamen »der Wal« verpasst hatte – mitten in der Nacht splitternackt und mutterseelenallein auf einem Feld stand und zusehen musste, wie ihr verrottetes Heim, ihr sweet home, samt allen Kleidungsstücken abbrannte, hatte zweifelsohne ihren Reiz. Darüber hinaus bot die Geschichte allerdings wenig Grund zum Lachen.

Helen Baron war der einzige Sproß einer alten Familie aus dem Nordosten des Landes. Ihr Vater war Augenchirurg gewesen, und die Mutter hatte sich durch Wohltätigkeitsveranstaltungen hervorgetan. Vor sechs Jahren war die junge Frau zur strahlenden Mrs. Helen Taylor-Caedon geworden, Gattin des wundervollen Cordell Taylor-Caedon, seinerseits Erbe eines kosmetisch-pharmazeutischen Imperiums. Das Erbe kam umso frühzeitiger, als er dem Schicksal ordentlich auf die Sprünge geholfen hatte, indem er seine ältere Schwester und seine Eltern ermordete. Cordell, genannt Charly, war einer der meistgesuchten Serienmörder des Landes.

Helen Baron hatte ihre frühere Identität ausgelöscht und war zur fettleibigen Julia Holmer geworden. Aber gab es diese Julia Holmer überhaupt? Zweifellos nicht. Es war Espy immer so vorgekommen, als befiele die junge Frau ein leichtes Zögern, wenn jemand sie mit diesem erfundenen Namen ansprach. Und trotzdem nannten sie alle hier so, in dieser öffentlichen und doch so vertraulichen Basis in Quantico, Virginia. Hier beim FBI, bei der Abteilung für Kindesmissbrauch und Serienmörder, der CASKU (*Child Abduction and Serial Killer Unit*). Die Abteilung war immer wieder umgetauft worden – so als ließen sich die Fälle, die hier landeten, nicht recht einordnen, als stellten sie gar eine Bedrohung für jedermann dar. Im Grunde trauerte Esperanza der früheren, schmeichelhafteren Bezeichnung nach: Abteilung für Verhaltenswissenschaft.

»Wissenschaft« klingt gut. Es gibt einige wenige befriedigende Sicherheiten in der Wissenschaft, solche, an die man sich halten kann, wenn einem alles andere entgleitet. »Verhalten« klingt sympathisch. Nur Menschen und Tiere besitzen ein Verhalten. Der Begriff bringt seine eigene Logik hervor. Logik lässt sich analysieren, lässt sich verstehen. Aber was sie im Lauf der Jahre hier erlebt hatte, hatte oft mit dem, was man sich unter menschlichem oder auch tierischem Verhalten vorstellte, nicht das Geringste zu tun. Es handelte sich nicht einmal um »abweichende Psychologie«, wie manche Zeitungen so gerne schreiben, wenn gerade keine Flutkatkastrophe, kein bluttriefendes

Verbrechen aus Leidenschaft oder kein schmutziger Sexskandal zur Hand ist, um tagelang die Spalten zu füllen. »Abweichen« bedeutet Entfernung von einem Normalmaß. Aber dieses jubelnde Gemetzel, dieser lustvolle Sadismus hatte nichts Menschliches mehr. Zumindest hoffte Espy das immer noch, wenn es ihr nicht zu schlecht ging. Wie heute zum Beispiel, als sie an den »Wal« dachte, dessen Fett sich mitten auf einsamem Feld vor Schiss und Kälte zusammenzog.

Zugegeben, sie mochte Julia Holmer nicht. Dafür gab es mehr als einen Grund. Im Übrigen schien die Antipathie auf Gegenseitigkeit zu beruhen. Es war Esperanza Lorca herzlich egal, was Julia Holmer dazu bewog, sie mit höflicher, abschätziger Ironie zu behandeln. Doch war sie objektiv genug, um zu begreifen, was sie so sehr gegen diese Frau aufbrachte, mit der sie wohl oder übel zusammenarbeiten musste. Ihre verfettete Unförmigkeit erinnerte sie an ihre Mutter. Diese triumphierende Vulgarität, diese quengelige Gier der dicken, schlaffen Weiber mit ihren grässlichen schmutzig gelben oder grellroten Strähnen in den Haaren. Diese Typen, all diese Typen, die die Bude, das Bett und das Fleisch der Mutter durchliefen, manchmal innehielten und einen abschätzenden Blick auf die Göre warfen, die sie damals noch war, wobei sie überlegten, wie riskant es wäre, sie im Vorbeigehen kurz zu vernaschen. Aber da wusste man wenigstens, woran man war. Was sie Julia Holmer nicht verzeihen konnte, war, dass ihr alles in den Schoß gefallen war. Helen war im Überfluss geboren worden; Geld und Achtung waren ihr von vornherein sicher gewesen. Helen Baron existierte schon, bevor sie überhaupt gezeugt wurde, weil ihre Familie existierte, die in der ganzen

Stadt bekannt war. Schon das Ansehen ihrer Vorfahren, die sich zu den ersten englischen Siedlern zurückverfolgen ließen, legitimierte ihre Existenz. Diese Annehmlichkeit stand der jungen Frau rechtmäßig zu, sie war ihr Erbe – eine Ungerechtigkeit, die sich wiederholt, seit es Menschen gibt.

Eine Vielzahl von Bildern und Gerüchen drängte sich Espy auf, immer die gleichen. Wie lange mühte sie sich schon mehr oder weniger erfolgreich ab, sie zu verscheuchen, weil diese hartnäckigen Erinnerungen sie quälten und missgünstig machten. Unter den Narben der Eifersucht und Bitterkeit pochten immer noch schmerzende Wunden. Der üble Fettgeruch von geröstetem Maisbrot, der beißende Gestank von gebratenem Fleisch. Der saure und strenge Geruch ihrer dicken Erzeugerin, ihr Mundgeruch am Morgen, nach einem Besäufnis und einem Fick. Und dann die Bilder ihrer eigenen Demütigung: Espy mit fünf Jahren, dann Espy mit acht, mit zwölf, mit fünfzehn Jahren: Wie sie die kleinen, grünen Lebensmittelberechtigungsscheine über einen Tresen reichte und durchdringende Blicke über sich ergehen lassen musste, die sie als Bettlerin abstempelten, als »eine von den Latino-Gören, die die Milchkuh melken. Und sie vermehren sich wie die Karnickel, wissen Sie!« Das Schlimmste für die kleine Espy war, dass sie es ihnen nicht verdenken konnte. Sie konnte diese Blicke nicht mit Verachtung strafen: Es war so, ihre Mutter molk die Milchkuh.

Ob sie das begriff? Ob die wohlerzogene, belesene, millionenschwere Julia Holmer, deren Eltern von ihrem Ehemann massakriert worden waren, das spürte? Zweifellos. Selbst Esperanza billigte ihr neben einer außerordentlichen Intelligenz eine ungekünstelte Feinfühligkeit zu. Aber Julia Holmer wusste nicht, wie hartnäckig solche Erinnerungen sind, wie sehr sie immer wieder verletzen. Man muss sie schon mit sich herumschleppen, um das zu begreifen.

Esperanza erinnerte sich an jenen noch nicht lange zurückliegenden Nachmittag. Sie hatte wissen wollen, wie es in Julias Behausung roch. Unter dem erstbesten Vorwand war sie zu dem Feld aufgebrochen, wo sich das Wohnmobil von Julia Holmer befand. Wahrlich ein Dreckloch. Das ausladende Gehäuse stand auf großen rohen Zementblöcken. An den Seiten festgenietete Blechplatten schützten das Innere mehr schlecht als recht vor der fortschreitenden Korrosion. Vor einem kümmerlichen Wäldchen stand ein alter, grün-metallic-farbener Volvo. Dahinter erhob sich ein ganzer Berg von Unrat: Kartons, Flaschen, zerbrochenes Geschirr. Der Boden ringsum glich einer wilden Müllhalde. Schmutzige Teller und Plastikschüsseln lagen herum wie Strandgut. Die Abfälle des Holmer-Haushaltes zogen herumstreunende Hunde und Katzen an, manchmal sogar ein paar vorüberkommende Landstreicher. Im Innern des Wohnmobils stank es. Ein widerliches Gemisch aus Essensresten und Katzenpisse. Hochglanzmagazine und zerknitterte Zeitungen stapelten sich auf einem alten Sofa und dienten den Katzen als Streu oder Kopfkissen. Große gelbliche Flecken bedeckten die prallen, lila-blauen Blumen des Teppichs.

Eine urplötzliche Wut packte Espy. Scheiße, wie kann man sich am Dreck, an der Armut so ergötzen? Bedurfte es der Unanständigkeit des Reichen, um dieses Dekor zu wählen wie eine gute Verkleidung? Es hatte die junge Frau eine ungeheure Anstrengung gekostet, Julia nicht zu beschimpfen und in Tränen auszubrechen. Espy erinnerte sich daran, was sie dieser in ihren Augen privilegierten Frau, die sich hinter ihren Fettpolstern versteckte wie hinter einem aufwändigen Make-up, entgegengeschleudert hatte: »Leute wie ich, die von unten kommen, mögen es nicht, wenn man sie nachmacht. Es bringt uns sogar ganz schön auf die Palme, Mrs. Holmer«. Julia hatte sie gemustert und ihr spöttisch so etwas geantwortet wie »Vielen Dank, dass Sie diese Erfahrung mit mir teilen.« Julia, die einstige Helen Baron, scherte sich um gar nichts mehr, weder um die Bissigkeit von Espy noch um ihre Bruchbude oder um ihr Leben. Es war ihr gleich, was das FBI in ihr sah: Eine kostenlose Hilfe oder eine Art Köder, um ihren Exmann in die Falle zu locken. Cordell, genannt Charly. Sie wollte ihn schnappen. Sie wollte ihn tot sehen. War ihr der eigentliche Grund überhaupt klar? Die Theorie, dass es ihr schlichtweg um Rache ging, überzeugte Espy nicht mehr. Mrs. Holmer hatte andere Beweggründe.

Scheiße. Von einer Minute auf die andere war Esperanza nicht mehr munter und frech, sondern unleidlich und bösartig. Sie zwang sich, zu den erheiternden Bildern vom unfreiwilligen Freiluft-Striptease des Wals zurückzukehren.

Als Dougray J. Doyle, der Direktor ihrer kleinen Abteilung, sie alle kurz zuvor eilig in sein Büro gebeten hatte, wirkte er völlig aufgelöst. Seine fahle Haut hatte einen grüngrauen Schimmer angenommen. Espy hatte den Blick auf die große Pinnwand hinter ihm gerichtet. Sie kannte die Symptome der kleinen Nervenkrise, die Wut oder Angst bei Dougray hervorriefen. Sie kannte sie, weil sie die einzige Antwort dieses wortkargen und allzu ernsten Mannes waren, als sie die Grausamkeit besessen hatte, ihm ein Abschiedsdiner aufzuzwingen. Er war unbeholfen aufgestanden, hatte die Serviette auf den Tisch geworfen und hervorgestoßen: »Nun gut, ich glaube, das ist der Lauf der Dinge.« Obwohl er sich beherrschte, hatte Espy seine Lust loszuschreien und loszuheulen so deutlich gespürt, als hätte er sie mit seiner Wut angesteckt.

Espy und ihre beiden Kollegen hatten also in dem Büro Platz genommen, wobei Espy den Stuhl ganz rechts wählte, um lediglich neben Thomas Sturgeon zu sitzen und möglichst viel Abstand zu Michael Baghurst zu halten.

Dougray hatte gereizt und mürrisch von Cordells Angriff auf Mrs. Holmer berichtet. Alle waren aufgesprungen. Fragen und Flüche schwirrten in dem fensterlosen, länglichen Büro durcheinander. Charly war nicht gerade für Feingefühl bekannt, außer bei seinem Umgang mit dem Rasiermesser. Julia Holmer verdankte ihre Rettung lediglich ihrer Geistesgegenwart und ihrer Flucht.

Während er immer noch finster dreinschauend fortfuhr, glaubte Espy doch einen Anflug von Heiterkeit zu spüren:

»Mrs. Holmer hat mich von den McGuires aus angerufen. Das sind die Farmer, die ihr das Stück Wiese vermieten, auf das sie ihr Wohnmobil gestellt hat. Ich muss gestehen, dass ich ihren Mut und ihre Selbstbeherrschung bewundere. Sie ist mitten in der Nacht barfuß mehrere Kilometer weit gelaufen, aufs Notdürftigste bedeckt von einem kleinen Handtuch, das draußen erst einmal trocknen musste. Mr. McGuire hat ihr ein paar Kleider von sich zur Verfügung gestellt.«

Das Bild des aufgedunsenen, fetten Körpers, auf dem lediglich – wie eine Briefmarke – ein kleines Handtuch klebte, und die Vorstellung, welches Gesicht dieser Mc-

Guire – oder noch besser, seine Frau – beim Öffnen der Türe gemacht haben musste, zwang Espy, ihren Blick starr auf ihre Schnürsenkel zu richten, in der Hoffnung, das in ihr aufsteigende irre Lachen unterdrücken zu können. Das einzige Zugeständnis, das ihre Abneigung gegen Julia Holmer zuließ, war die Befürchtung der FBI-Agentin, eines der ersten Opfer von Charly könnte das Zeitliche segnen. Abgesehen davon überließ Espy sich der übelsten Schadenfreude.

Inzwischen sprach Dougray Doyle weiter.

»Sie ist auf dem Weg hierher. Einer unserer Agenten holt sie ab. Sie wird einige Tage hier in unserer Basis bleiben. Lorca, können Sie eines unserer Gästezimmer reservieren?«

Hinterhältig hatte sie in zuckersüßem Ton gefragt:

»Wie sollen wir es mit der Kleidung halten?«

Doyle hatte sich über die Rauchglasscheibe seines Schreibtisches gebeugt, die Hände verschränkt und in gleichem Ton erwidert:

»Darum werden Sie sich natürlich kümmern. Hören Sie, es ist doch bekannt, dass junge Frauen gerne miteinander shoppen gehen. Und da diese Geschichte Sie ja sehr zu erheitern scheint, nur zu!«

Esperanza Lorca y Fernandez hatte an sich halten müssen, um nicht in wüste Beschimpfungen auszubrechen, bevor sie das Büro ihres Vorgesetzten verließ.

10. Oktober,
FBI, Militärbasis von Quantico, Virginia

Der ohrenbetäubende Lärm im Cockpit des Hubschraubers ersparte es ihr, auf die gut gemeinten Bemerkungen des Piloten zu antworten. Immer heftigere Windböen peitschten gegen den Rumpf des Bell Jet Ranger. Julia stöhnte und kämpfte gegen die aufsteigende Übelkeit, die ihr den Speichel in den Mund trieb. Der Pilot missverstand ihre Blässe und erklärte freundlich:

»Sie brauchen keine Angst haben. Für einen Laien wirkt das sehr aufregend, aber es ist nicht sonderlich gefährlich. Wir sind schon ganz in der Nähe der Basis. Einer der großen Vorteile dieser Maschinen gegenüber den Flugzeugen ist ihre Leichtigkeit und Beweglichkeit.«

Sie hatte keine Angst. Keine Angst vor diesem ungewohnten Wind. Keine Angst vor den abrupten Bewegungen der Maschine. Keine Angst vor dem Erdboden, der plötzlich bedrohlich näher kam, sich dann aber wieder entfernte, als der Pilot den Steuerknüppel hochzog. Keine Angst vor der Leere in ihrem Kopf, hervorgerufen durch das Warten und die Ohnmacht. Nicht einmal Angst vor diesen grausamen Orten, die ihr Gehirn stets für sie bereithielt: ihren Erinnerungen, die so verletzend waren wie die Scherben einer Glasflasche, wie die Klinge, die in einer dunkelroten, ausgefransten Linie über Nanas Hals gefahren war. Die Klinge von Cordell.

Die Angst ist ein seltsames Gefühl, oder, besser noch, eine seltsame pathologische Erscheinung. Sie gleicht dem Virus einer sehr alten, absolut tödlichen Krankheit, das sich aber erst ausbreiten kann, nachdem es an spezifische Rezeptoren der Zellen des Organismus angedockt hat. Sind diese Rezeptoren verschwunden, so wird das Virus abgekoppelt und zieht sich aus dem Wirt, den es eigentlich zerstören sollte, zurück.

Trotz zahlreicher Versuche, sie anzugreifen und in sie einzudringen, perlte die Angst nun an Julia ab. Helen/ Julia glich einer glatten, uneinnehmbaren Zelle, bar jeglicher Rezeptoren. Oder handelte es sich um das Phänomen, was die Biologen als eine durch Überreizung verursachte Hemmung beschreiben? Bei übermäßiger Stimulierung und zu häufigen Angriffen sind die Rezeptoren manchmal nicht mehr aufnahmefähig und versagen ihren Dienst.

Während jener Tage, auf die sich ihr ganzes Leben zusammengezogen hatte, war die Angst über sie hergefallen und hatte sie erbarmungslos niedergedrückt. Angst in allen Bewegungen, Worten und sogar im Schweigen. Angst, nur Angst und nichts anderes.

Die anfängliche Angst, als der Bulle mit dem entgeisterten Gesicht in der Tür des wundervollen Commonwealth-Appartements stand, das die entzückende Mrs. Taylor-Caedon mit ihrem reizenden Ehemann bewohnte. Seine Begleitung, eine junge Beamtin mit Pferdeschwanz, starrte auf die Spitzen ihrer Schuhe, als wäre dort eine wesentliche Offenbarung zu erwarten. Als der Sergeant des Boston Police Department mit zitternden

Händen so unerbittlich darauf bestand, ihre Identität zu überprüfen, hatte Helen für den Bruchteil einer Sekunde tatsächlich geglaubt, dass seine Nachrichten sie umbringen würden.

Teresa, Nana. Mit ihnen hatte er angefangen. Der Kommissar der Bostoner Polizei sprach die Worte aus, als hafte ihnen selbst etwas Böses an. Vergeblich suchte er nach einem Weg, aus diesem großen, ockerfarbenen Salon zu flüchten, in den er mit seiner Mitarbeiterin geraten war. Die blutjunge, uniformierte Frau hielt sich dicht neben ihm, als könnte er sie aus dieser Situation retten.

Nana, die zärtliche Nana, die sich mehr um Helens Erziehung gekümmert hatte als die eigene Mutter, war im Haus der Familie Baron in Georgetown, etwa fünfzig Kilometer nördlich von Boston, mit durchgeschnittener Kehle in der Küche aufgefunden worden.

Für einen Augenblick hatte Helen den steif vor ihr stehenden Mann angestarrt, ohne zu begreifen. Eine Vielzahl absurder Vermutungen war ihr durch den Kopf geschossen, bevor sie auf die einzig logische kam: Es musste sich um einen Irrtum handeln. Das war unangenehm, aber nicht weiter schlimm. Denn das rote Backsteinhaus in Georgetown war ein schönes, friedliches Anwesen, eines jener soliden, Seriosität und Vornehmheit verströmenden Gebäude angesehener, arrivierter Bürger. Vielleicht eine Spur zu protzig, aber keineswegs gewöhnlich. Einige breite, flache Stufen führten zu einer großen, marineblau lackierten Tür, die von zwei kupfernen Fiakerlampen eingerahmt wurde. Zu dieser Jahreszeit blühten auf den Fensterbänken, umrankt von üppigem, aber stets zurückgeschnittenem Efeu, Stiefmütterchen, oder aber es lugten die Spitzen kleiner, blasslila Chrysanthemen hervor, wie ihre Mutter sie so sehr liebte.

Aus ihrem Jungmädchenzimmer im Obergeschoss blickte Helen auf den Saum des Georgetown Rowley State Forest mit seinem jahrhundertealten Baumbestand. Diese Bäume waren die geduldigen, verschwiegenen Zeugen ihrer Kindheitsträume, ihrer kleinen Teenager-Geheimnisse gewesen. Aber selbst in ihren kühnsten Träumen hätte Helen sich nicht auszumalen gewagt, eines Tages den charmanten Prinzen, den wunderbaren Mann, den perfekten Liebhaber zu heiraten: Cordell Taylor-Caedon. Und dennoch war dieses Wunder geschehen, an jenem Tag, als sie über den Markt am Anfang des italienischen Viertels von Northend schlenderte. An diesem Tag nahm das Schicksal seinen Lauf. Seit fast drei Jahren ruhte sie in diesem immer wieder erneuten Wunder.

Ein Wort hatte sie zurückgeholt. Ein Wort, das sich mit ihrem Gedanken deckte und dabei doch völlig obszön wirkte: ruhen. Der blasse Mann von der Bostoner Polizei erklärte ihr in sachlichem Ton, dass Nanas Stirn auf den blutgetränkten Apfelschalen ›ruhte‹. Der Tortenboden, den sie belegen wollte, war verschont geblieben und an das Ende des langen, dunklen Holztisches in der Küche geschoben worden.

Verwirrt hatte Helen daran gedacht, wie sehr Cordell die Torten schätzte, die Nana so liebevoll wie eine alte Tante für ihn zubereitete.

Cordell. Da war es wieder. Der Bulle wiederholte seinen Namen und betonte die Endsilbe. Cordell, ihr wunderbarer Mann, ihr galanter Ritter. Cordell hatte den Haarknoten Nanas gelöst, ihre Haare abgeschnitten und im ganzen Zimmer verstreut, auf dem Boden, im Spülbecken. Einen Teil seiner Siegesbeute hatte Cordell sogar in einem kleinen gelben Plastikbeutel im Eisfach abgelegt. Cordell.

Als der Sergeant merkte, dass sie endlich zu begreifen begann, fuhr er beinahe erleichtert fort:

Der Vater von Helen war das zweite Opfer gewesen. Cordell war klar gewesen, dass er mit dem männlichen Teil des Paares beginnen musste, dem der weibliche Teil so ergeben war, dass er dann mit keinem Widerstand mehr rechnen musste. Der hochgewachsene strenge, aber gütige Mann saß noch in seinem Sessel, als sein guter Schwiegersohn Cordell mit einem Lächeln auf den Lippen und einem Blumenstrauß in der Hand den großen, gemütlichen, durch ihre Mutter ein wenig überfrachteten Salon betrat. Ohne Zweifel ahnte Mr. Baron nicht im Entferntesten, was nun kommen würde: Er war ganz ruhig sitzen geblieben. Unter ihm war kein Blut gefunden worden. Der Stoff des Sessels mit seinem Blumenmuster sei unbeschädigt geblieben, hatte der Polizist weiter berichtet. Die noch nicht fertig gerauchte Zigarre ihres Vaters, die er sich nach dem Mittagessen zu Hause gönnte, war auf das Hosenbein gefallen, hatte den Stoff verbrannt und einen kleinen schwärzlichen Krater verkohlten Fleisches auf dem Oberschenkel hinterlassen.

Der schöne, aufregende Cordell hatte sein Tagwerk mit Helens Mutter beendet, seiner Schwiegermutter. Eine Ausgabe der Zeitschrift *Homes in America* lag neben dem Sessel, von dem sie aufgesprungen sein musste, auf dem Teppich. Ein sinnloser Fluchtversuch. Sie war in Richtung der Eingangshalle gestürzt. Cordell hatte sie nach wenigen Metern eingeholt. Hatte sie versucht sich zu schützen? Oder hatte sie begriffen, dass keine Frage, keine Erklärung, kein Flehen etwas ausrichten könnte? Hatte sie gespürt, dass das Ungeheuerliche nur seinen eigenen Gesetzen gehorchte?

Nur dieser letzte Mord trug vage Spuren von Cordells Wut. Die beiden anderen konnte man als klinisch und sauber bezeichnen. Das zumindest hatte Helen den Ausführungen des Polizisten entnommen.

Die kleine, egoistische, aber höfliche Frau hatte Cordell immer schon in Rage gebracht. Julia erinnerte sich daran, weil es die einzige Anwandlung von schlechter Laune bei ihrem Mann war, und selbst dieser Ausdruck schien übertrieben. Mit geschlossenen Augen und angewidert verzogenem Mund hatte er von der Kälte gesprochen, mit der Mrs. Katherine Baron ihrem einzigen Sprössling – Julia, Helen, seiner Frau – begegnete. Helen hatte versucht, ihre Mutter zu verteidigen, und ins Feld geführt, mit welcher Ergebenheit sie ihrem Mann verbunden war, aber er hatte nur die Schultern gezuckt und geantwortet: »Man sollte doch glauben, dass durch die Geburt ein bestimmtes Maß an Liebe besteht. Das Schlimmste ist, dass sie unfähig ist, dich zu lieben, und deshalb ein schlechtes Gewissen hat. So verkörperst du für sie einen unfreiwilligen, aber permanenten Vorwurf. Außerdem hat ihr deine Geburt die Möglichkeit geraubt, sich in die wunderbare Rolle der perfekten Mutter hineinzudrängen. Hätte sie keine Kinder bekommen, so hätte sie sich weiterhin in der Illusion wiegen können, dass sie die ideale Mutter abgegeben hätte. Letztlich bin ich nicht einmal sicher, ob sie deinen Vater wirklich liebt. Sie hängt an ihm, ist an ihn gebunden. Der Vertrag funktioniert. Diese abscheuliche Knauserei mit Zärtlichkeit stimmt mich traurig … ja, genau, das ist das Wort.«

Diese Traurigkeit hatte an jenem Tag unmittelbar nach der schrecklichen Tat ihren Ausdruck gefunden. Über den zierlichen Körper, der sein Leben aushauchte, hatte er die Vase mit den Tulpen ausgegossen, die auf dem Kaminsims stand. Das Wasser hatte sich mit dem dickflüssigen Blut vermischt, ein Rinnsal, das sich bis zu dem langen Teppich im Flur ausbreitete.

Der Polizist schwieg abrupt. Sein letzter Satz hatte gelautet: »Sie müssten uns dorthin begleiten. Die polizeilichen Formalitäten machen das erforderlich und … dann auch die übrigen.«

Helen war nicht gestorben nach all diesen Worten des Bostoner Kommissars, auch wenn sie bei diesem Blick in den Abgrund zu ersticken glaubte. Sie war nicht gestorben nach dem Besuch der Leichenhalle, nicht einmal als jene Frau mit der blauen Plastikhaube die drei Bahren in die Kühlbehälter zurückgestoßen hatte. Das Märchen, das drei Jahre gedauert hatte, ruhte nun im eisigen Schatten dieser flachen, glänzenden Alumiumbehältnisse.

Eine kurze Zeit noch hatte die Angst sie im Griff. Aber nicht mehr lange.

Erst zwei Tage danach, als Helen über den einst wundervollen Strauß der nun verwelkten Blumen stolperte, der in dem weiten Flur des Hauses in Georgetown lag, änderte sich etwas. Sie hatte auf die blassen und zarten, mit dem Blut ihrer Mutter getränkten Köpfe der dicken Pfingstrosen gestarrt, die noch von einem Zellophanpapier zusammengehalten wurden. Zwei Tage nach dem, was alle nun »das Drama« nannten. Das klang gut: »Drama« – eher eine Gattungsbestimmung und auf keinen Fall kompromittierend oder verletzend.

Nach einem letzten gewaltigen Orkan, der sie aus dem

Haus getrieben hatte, war die Angst gestorben. Und mit ihr auch Helen.

Jetzt konnte sie kein Orkan mehr schrecken. Auch nicht die Böen, die den Hubschrauber beinahe zu Boden drückten.

»Madam …?«

»Entschuldigen Sie, ich war in Gedanken. Mir ist etwas übel.«

»Das ist ganz normal für die Erdgebundenen.«

»Für die Erdbewohner?«

»Nein, die Erdgebundenen. Für diejenigen, denen allein die Erde, der direkte Kontakt mit der Erdkruste wirkliche Sicherheit gibt.«

Ohne recht zu verstehen, was er sagen wollte, nickte sie und wettete insgeheim, dass er seine Ausführungen gleich mit der Frage nach ihrem Sternzeichen fortsetzen würde.

»Welches Sternzeichen sind Sie, wenn ich fragen darf?«

Gewonnen!

»Stier, Aszendent Steinbock.«

»Na klar, das bedeutet Erde-Erde. Ich bin Schütze, Aszendent Waage. Feuer-Luft. Die meisten Piraten und großen Flugpioniere waren Schütze.«

»Ah ja …«

»Schauen Sie, Leute wie Sie … die sich im Flugzeug oder auch im Auto nicht wohl fühlen, wenn sie nicht selbst am Steuer sitzen … solche haben oft das Problem, dass sie sich nicht der Führung eines anderen überlassen können. Die Vorstellung, dass ein anderer die Kontrolle übernimmt, verunsichert sie.«

Julia lächelte ihn an. Abgesehen davon, dass die letzte Hypothese ihr einleuchtete, hatte das wohlgemeinte Geschwätz des Mannes ihre Übelkeit verscheucht. Da rief er aus: »Die Marter hat ein Ende! Schauen Sie dort unten, direkt hinter dem Wald liegt Quantico!«

Ein Auto wartete am Rand der ovalen Landefläche auf sie. Julia erkannte einen der Assistenten von Dougray Doyle, einen hoch aufgeschossenen, dunkelhaarigen, höflichen jungen Mann: Thomas Sturgeon. Voller Erleichterung darüber, dass sie nicht schon hier Esperanza Lorca die Stirn bieten musste, lächelte sie ihm mit aufrichtiger Herzlichkeit zu.

Er eilte mit ausgestreckten Armen auf sie zu, sobald der Propeller langsamer wurde, und schrie gegen den Lärm der Rotoren an:

»Die Frage ist unter diesen Umständen idiotisch, aber wie fühlen Sie sich?«

»Sie ist gar nicht idiotisch. Ich finde, sie ist gerade unter solchen Umständen besonders angebracht. Ich bin heil davongekommen. Ansonsten fühle ich überhaupt nichts. Ich war der Situation nicht ganz gewachsen.«

»Aber ja doch! Der beste Beweis dafür ist, dass Sie am Leben sind. Und, glauben Sie mir, es will etwas heißen, wenn man den »Talenten« von Charly nicht zum Opfer fällt. Kommen Sie, wir werden erwartet. Sie können sich ein wenig ausruhen, ein paar Einkäufe machen, wenn ich recht verstanden habe, und anschließend ... werden wir aufs Wesentliche zu sprechen kommen. Besser gesagt, nicht wir, sondern Sie. Ich muss dienstlich nach Washington. Wir haben Ihnen eines unserer Gästezimmer reserviert. Einfach, aber sauber und vor allem sicher.«

»Vor dem Draußen.«

Thomas Sturgeon musterte sie mit einem betrübten

Lächeln und verzichtete auf weitere gut gemeinte, aber ein wenig gezwungen wirkende Bekundungen von Gastfreundschaft.

»Genau, vor dem Draußen. Im Augenblick bedeutet das Draußen den sicheren Tod.«

»Den schnellsten Tod.«

»Das Wort trifft es besser, in der Tat.«

Dougray J. Doyle erwartete sie in der großen Empfangshalle des Jefferson Building. Auch Esperanza Lorca war da, nur dass sie betont ungezwungen an dem hufeisenförmigen Tresen aus dunkelrotem Holz lehnte und angestrengt mit einer ihr lauschenden Empfangsdame schwatzte.

Julia wunderte sich selbst darüber, welche Freude ihr die Anwesenheit dieses Mannes bereitete, den sie zunächst nicht sonderlich attraktiv gefunden hatte. Ein jung gebliebener Vierziger, muskulös, sehr dunkles, dichtes Haar, beinahe schwarze Augen, matte Haut, alles verriet seine *Blackirish*-Wurzeln. Eine Beharrlichkeit, die biologische Spur der Besetzung Irlands und Schottlands durch die Pikten, jenen eroberungsfreudigen Stamm, der noch vor den Kelten kam. Sie mussten das römische Reich so sehr in Angst und Schrecken versetzt haben, dass Hadrian versucht hatte, die Eroberer im Norden Englands durch einen langen Wall zurückzudrängen.

Doyle war völlig fertig. Julia sah es an den blaugrünen Ringen unter seinen dunklen, abgründigen Augen. Hatte er Angst um sie gehabt? Zweifellos. Er gehörte zu jenem Typ Mann, der glaubt, er sei für alles verantwortlich und er müsse »helfen und beschützen« – so der immer wieder beschworene Wahlspruch der Bullen, als seien sie der letzte Schutzwall in einer aus den Fugen geratenen Welt. Herzerweichend. Und ohne Aussicht auf Erfolg. Er stürzte auf sie zu, während Sturgeon zurückblieb, um sie die schweren Sicherheitsglastüren passieren zu lassen.

Er schrie sie beinahe an:

»Endlich ... wenn man sich das vorstellt ... mitten in der Nacht dieses Feld überqueren ... er hätte ausreichend Gelegenheit gehabt, Sie dort noch einmal zu überfallen!«

Da sie spürte, dass sich kein Vorwurf, sondern Angst hinter dieser Zurechtweisung verbarg, antwortete sie freundlich:

»Was hätte ich denn tun sollen? Rauchzeichen geben, um Sie zu verständigen? Der Caravan brannte lichterloh. Ich konnte mich schlecht danebensetzen und auf einen Retter warten, der wohl kaum erschienen wäre. Und außerdem ... warum hätte er mich verfolgen sollen? Die Partie war zu Ende ... Aber jetzt beginnt ein neues Spiel.«

Dougray Doyle senkte den Kopf und presste die Lippen zusammen.

»Ja, ich weiß. Wir müssen das alles besprechen ... Später. Lorca wird Sie zu Ihrem Zimmer bringen.« Er zog eine Plastikkarte aus seiner Jackentasche. »Tragen Sie die immer sichtbar bei sich. Der Magnetstreifen ermöglicht Ihnen nicht nur den Zutritt zu Ihrem Appartement, sondern auch zu diesem Eingangsbereich und den Aufzügen, mit denen Sie zu unseren Büros gelangen. Außerdem erspart die Karte Ihnen lästige Erklärungen gegenüber dem Wachpersonal. Bis bald, Mrs. Holmer.«

Beinahe verlegen machte er kehrt.

Lorca schlenderte langsam auf sie zu, um sie ihren Widerwillen spüren zu lassen.

»Ihnen war wohl heiß, in zweierlei Hinsicht.«

Ungeniert musterte sie die Aufmachung von Julia, die in einer marineblauen Latzhose und einem dazu äußerst unpassenden, cremefarbenen Oberteil mit kleinen, orangenen Blüten steckte, und fuhr fort:

»Das steht Ihnen aber gut.«

»Nicht schlechter als meine übrige Garderobe, die den Flammen zum Opfer fiel. Die Latzhose gehörte dem Vater von Mr. McGuire. Das Oberteil stammt ebenso wie die Schuhe von seiner Mutter.« Julia hielt den Blick fest auf ihr Gegenüber gerichtet, während sie spöttisch hinzufügte: »Sie hatten nichts anderes in meiner Größe. Nebenbei, das Oberteil stammt aus der Zeit, bevor sich die verwitwete Mrs. McGuire aus medizinischen Gründen einer Diät unterziehen musste. Ein schwerer Herzfehler, wenn ich richtig verstanden habe. Bei mir spannt es ziemlich am Busen.« Nach kurzem Zögern fuhr sie in ironischem Ton fort: »Es ist übrigens sehr freundlich von Ihnen, Agentin Lorca, dass Sie sich erboten haben, mich bei dem Einkaufsbummel zu begleiten. So etwas macht wirklich viel mehr Spaß, wenn man zu zweit ist! Ich hoffe, dass es in der schönen Stadt Fredericksburg ein paar Läden für ›Starke Frauen‹ gibt. Jetzt nennt man das ja ›Abteilung für reife Frauen‹ oder ›Rundum hübsch‹, um politisch korrekt zu bleiben und Klagen wegen Diskriminierung zu vermeiden, nicht wahr?«

Lorca konnte sich ein anerkennendes Lächeln nicht verkneifen. Diese gute Frau hätte eine Ohrfeige verdient, aber sie hatte etwas drauf. In gewisser Weise war sie ihr ein wenig ähnlich. Um dennoch für sich zu punkten, erwiderte sie: »Ich weiß nicht, wie man Fettleibige im Augenblick nennt. Unter der Rubrik ›Rundum hübsch‹ finde ich allerdings in den Modezeitschriften nur Frauen, die bei einer Körpergröße von 1,75 Metern zwischen 60 und 65 Kilogramm wiegen.«

»Ja, Sie haben Recht … das ist natürlich etwas ganz anderes als 110 Kilogramm bei 1,60 Metern! Um ehrlich zu sein, sogar nur 1,58 Meter. Aber es wäre am besten, Agentin Lorca, Sie würden mir bei diesem Thema die alten üblen Spielchen ersparen. Es mag erheiternd für Sie sein, das gebe ich zu, aber damit verschwenden wir nur unsere Zeit. Lassen Sie uns einfach in ein Geschäft für Übergrößen oder für Herrenmode gehen.«

»Einverstanden. Dougray Doyle wünscht, dass Sie sich kurz ausruhen. Ich hole Sie dann später ab … Ich vergaß noch, Sie darauf hinzuweisen, dass alle von Ihnen getätigten oder empfangenen Anrufe aus Sicherheitsgründen aufgezeichnet werden. Es soll möglichst niemand erfahren, dass wir Sie bei uns untergebracht haben.«

Julia spottete:

»Wen sollte ich denn Ihrer Meinung nach anrufen? Meinen Exmann? Zeigen Sie mir bitte den Weg zu meinem Zimmer. Ich würde gerne duschen, falls ich in die Duschkabine passe.«

10. Oktober, Massachusetts

Cordell schaltete den Laptop auf dem kleinen Louis-XIII-Tisch, der ihm als Arbeitsplatz diente, aus. Durch das komplexe Ineinander von Mailboxen und Verschlüsselungen, die sein Gesprächspartner zum Schutz der eigenen Identität eingerichtet hatte, um ihren Kontakt hinter einem Wust informationstechnischer Filter und Sicherungen zu verbergen, war er nicht zu der erhofften Botschaft gelangt. Es war noch zu früh. Morgen vielleicht.

Sechs große, offene, opferbereite Blütenkelche. Fünf Blütenblätter, angeordnet wie die Tiara einer Eisprinzessin aus den Kindermärchen. Weiß. In dem nahe gelegenen Gewächshaus hatte er eine Orchidee ausgewählt, um sie an diesem Abend in das weitläufige Haus zu bringen. Zwei ausladende, fächerartige Blütenblätter umrahmten das zentrale Labellum, das so vollkommen wie ein hübscher, perlmuttfarbener Nagel glänzte. An manchen Stellen ein kaum merklicher rosa Schimmer. Eine samtige blassrosa Haut, in die man am liebsten hineinbeißen würde, damit das purpurne Blut hervorschoss. Tief in der Blütenmitte eine kleine, gewölbte Öffnung. Eher eine Vulva. Betont durch eine schmachtende Zunge, rot-violett umschließt sie einen zarten Vorsprung, wie eine Klitoris. Zärtlich liebkoste Cordell seine *Phalanenopsis*. Zugegeben, dieses prachtvolle Exemplar war das Ergebnis zahlreicher Kreuzungen zwischen wilden Arten und konnte sich nicht mit der außerordentlichen Schönheit ihrer ursprünglichen Vorfahren aus Südostasien messen – aber sie konnte in unseren Breiten gedeihen, zumindest in der Wohnung.

Er beugte sich tief über die Blüte, um an ihr zu riechen. Die *Phalanenopsis* gehörte zu den geruchlosen Orchideen, zumindest für die olfaktorischen Organe des Menschen, dennoch schien es ihm, als verströme sie einen feinen, intimen Duft. Nur für ihn, so wie die Mulde auf Helens Schulter, wenn sie dicht an ihn geschmiegt schlief.

In ihrem natürlichen Umfeld wächst die *Phalanenopsis* in enger Verbindung mit den Bäumen, ihr mächtiger Wurzelstock schlingt sich um die Zweige. So wie die sehnigen Beine von Helen, wenn sie ihn an sich drückte, zu sich niederzog und seine Hüften zu sich zwang.

Er zog den Bademantel aus und trat zu seiner Musikanlage. Die komplexen Klangfiguren von Mike Oldfield füllten das riesige Wohnzimmer. Tubular Bells. Eine erstaunliche Zusammenführung von High-Tech-Klängen und schwärmerischen Melodien, die manchmal sogar spanisch oder südamerikanisch klangen. Helen verabscheute das erste Stück und bestand stets darauf, dass er es übersprang. Die Musik aus *Der Exorzist*, dieser langen Kamerafahrt in irgendeine Wüste. Die Unwahrscheinlichkeiten des Films hatten Cordell aufs Schönste zerstreut, seine Frau hingegen hatte sie verstört zusammengekrümmt über sich ergehen lassen, die meiste Zeit mit geschlossenen Augen. Helen ertrug dämonische Geschichten nicht, auch wenn sie völlig fantastisch waren. Cordell machte sich über sie lustig und hielt ihr vor, ihre religiöse Prägung behielte wohl doch die Oberhand über ihre philosopische Bildung und ihr logisches Denken. Statt ihre Intelligenz einzusetzen, ließ sie sich von der Angst leiten, einer diffusen, unerklärlichen Furcht. Das Schüren dunkler Ängste war eine der mächtigsten Waffen, um ganze Völker zu beherrschen. Gehorsam öffnet die Tür zum Paradies, für die Ungehorsamen tut sich der Höllenschlund auf. Seltsamerweise wusste Helen das. Sie hatte ihm einmal von dem so genannten Gänsespiel erzählt, das die Mädchen im achtzehnten und neunzehnten Jahrhundert spielten. Jedes Feld, das zu Gott führte, erinnerte dort auch an die Verpflichtung gegenüber der Kirche, der Macht, den Eltern und dem Ehemann. Die Felder der Auflehnung, so gering sie auch sein mochte, führten in die Flammen, zu dem gehörnten Ungeheuer.

Cordell lachte in sich hinein: Der Teufel hat einen breiten Rücken. Er ist die nützliche Inkarnation von allem, was wir in uns selbst zu entdecken fürchten.

Er reckte seinen nackten Körper, spürte Lust in sich aufkeimen, die er mit Erinnerungen oder Zukunftsträumen schürte. Seine neue Obsession entzückte ihn. Helen. Nicht vollkommen neu, aber anders. Die Obsession war und blieb einer der wenigen Zustände, in dem er keine Langeweile empfand. Helen zurückerobern. Missmutig zog er die Stirn in Falten: Noch wusste er nicht, wo sie Zuflucht gefunden hatte. Dieser dunkelhaarige Typ, der bei Cory Fried aufgetaucht war, als er sie beobachtete, dieser Dougray J. Doyle, hatte die Sicherheitsvorkehrungen um sie herum offenbar verstärkt. Sein Ärger wuchs, als ihm klar wurde, dass er sich gedulden musste, dass er sein Begehren womöglich noch lange aufschieben musste, bevor er es nach Belieben befriedigen konnte. Er musste sich gedulden, bis Helen beschloss, die Zusammenarbeit mit dem FBI zu beenden und sich in die Opferrolle zu fügen, die es ihm gestattete, sie aufzuspüren und zu töten. Eine Woge der Zärtlichkeit stieg in ihm auf, seine Stirnfalten glätteten sich, und sanft küsste er das weiche obere Labellum. Genau, auf diese besondere Art der Zärtlichkeit kam es an, es war das gleiche Gefühl, das ihn mit seiner älteren Schwester Barbara verbunden hatte, bevor er gezwungen war, sie im Schwimmbad zu ertränken. Es war einfach nicht vorstellbar gewesen, das elterliche Vermögen mit ihr zu teilen. Er brauchte dieses gewaltige Manna ohne jede Einschränkung.

Vage stieg die Erinnerung an Worte jenes französischen Autors in ihm auf, den seine Frau so sehr schätzte. Helen las ihm Sätze oder Gedankengänge laut vor, auf die sie gestoßen war und die sie bewunderte wie einen »Schmetterling unter Glas«. »Hör einmal zu, das ist einfach genial!«, rief sie dann, oder: »Das ist einer jener Augenblicke, aus denen man etwas lernen könnte.«

Der Name des Autors bestand lediglich aus einem Vornamen … Es war eine Schriftstellerin. Colette, so hieß sie.

Ein Begehren, das ungelegen kommt, kehrt wieder und vergeht irgendwann. Ein ungelegenes Begehren wandelt sich, aber es wird dennoch irgendwann verwirklicht. Jetzt gleich.

10. Oktober, Cambridge-Boston, Massachusetts und FBI, Militärbasis von Quantico, Virginia

Allmählich packte Cordell eine leichte Nervosität. Bei seinem Bummel durch Boston war er bisher noch auf kein Objekt der Begierde gestoßen.

Da seine Stimmung an diesem Abend nicht auf Männer ausgerichtet war, hatte er nur die Frauen gemustert, die seinen Weg kreuzten. Was für ein Spaß war es doch, sich mit hochnäsiger Miene abzuwenden, wenn eine von ihnen, geschmeichelt durch die Blicke dieses attraktiven Mannes, ihm vorsichtig oder gar vertraulich zulächelte. Aber dieser Abend war anders, er sollte einzigartig sein.

Cordell stöhnte vor Erregung auf. Nein, sie war nicht die Richtige, nicht für diese Ausnahmesituation. Hübsch war sie, kaum älter als 25 Jahre, hoch gewachsen, nicht zu flippig für ihn. Warum musste sie unbedingt blond sein? Ihr Tweedhut verbarg die Farbe ihrer Haare und war der Auslöser für sein kurzes Zögern. Aber eine Ausnahmeerscheinung sah anders aus. Cordell stellte sie sich noch einmal vor, und die so geliebte Spannung erfasste erneut seine Lenden. Er fühlte, wie es zwischen seinen Schenkeln hart wurde, sein Bauch sich zusammenzog und alles bis zu seinem Anus wie elektrisiert war. Er musste sie finden, jetzt gleich.

Die blonde junge Frau drehte sich zu ihm um, ihre abweisende Miene wich alsbald einem Lächeln. Er erklärte mit belustigter Miene:

»Keine Sorge, ich habe Sie mit einer meiner Freundinnen verwechselt. Es ist schon ziemlich dunkel, und von hinten … Entschuldigen Sie bitte.«

Sie hielt ihn zurück.

»Andererseits, wenn Ihre Freundin nicht auf Sie wartet …«

»Ja … es tut mir Leid.«

»Wirklich?«

»Wirklich.«

»Wenn das so ist, gebe ich Ihnen wenigstens meine Handynummer. Man weiß ja nie.«

Der Mann lächelte wieder, fuhr mit dem Zeigefinger über seine Oberlippe und liebkoste die Furche unter der Nase. Obgleich zurückhaltend, verstörte diese Geste die junge Frau: Ein Schauer lief ihr den Rücken hinunter, die Nackenhaare stellten sich auf. Ihren Mund mit den Augen verschlingend, murmelte er:

»Das ist eine hervorragende Idee.« Er überflog den kleinen, bekritzelten Zettel, den sie ihm reichte. »Vielleicht bis bald, Eve. Mit Sicherheit.«

Schließlich wurde Julia doch von der Müdigkeit überwältigt. Sie hatte gleich nach ihrer Rückkehr von den Einkäufen mit Dougray Doyle reden wollen. Eine enttäuschte Lorca war bereits nach einer knappen Stunde mit ihrer »Schutzbefohlenen« von dem großen Bekleidungsgeschäft im Stadtzentrum zurückgekehrt.

Julia hatte einen weiten, unförmigen Rock aus dickem Jeansstoff anprobiert und, nachdem sie ihn tatsächlich schließen konnte, gleich drei Exemplare gekauft. Außerdem hatte sie vier weite, anthrazitgraue und schwarze Männerpullover sowie zehn T-Shirts erstanden. Einige riesige, weiße Baumwollslips, die eher wie Bettbezüge aussahen, zwei Büstenhalter, eine Art langen, braunen Wollmantel und zwei Paar Wanderschuhe mit identischen Schnürsenkeln vervollständigten ihre Liste.

Bei ihrer Rückkehr in die Basis erwartete sie eine Nachricht von Doyle auf dem Anrufbeantworter ihres Zimmers:

Mrs. Holmer, ich halte es für das Beste, wenn wir uns morgen Vormittag treffen. Sagen wir um zehn Uhr. Ich wünsche Ihnen eine gute Nacht, die haben Sie sicher nötig. Die Cafeteria im Erdgeschoss steht Ihnen selbstverständlich offen. Ich muss jetzt nach Hause ... ein väterliches Versprechen. Ich gebe mir genug Mühe zu zeigen, dass man seine Versprechen halten muss. Aber es wäre pädagogisch sehr ungeschickt, sie zu brechen. Ich hoffe, Sie verzeihen mir, dass ich nicht mit Ihnen zu Abend essen kann. Michael Baghurst wird Sie an meiner Stelle gegen 19 Uhr abholen. Wenn Sie lieber allein sein wollen, so sagen Sie es ihm. Er wird es Ihnen nicht übel nehmen. Also dann bis morgen.

Sie hätte lieber allein zu Abend gegessen. Andererseits hatte Baghurst sicher etwas Besseres zu tun, als Babysitter bei ihr zu spielen, und es war sehr zuvorkommend von ihm, ihr einen großen Teil seines Abends zu widmen. Hatte die kaum verhüllte Aggressivität des großen Informatikers sie bei ihrer ersten Begegnung überrascht, so war es ihr rasch gelungen, sie einzuordnen. Die unterdrückte Wut von Baghurst hatte nichts mit ihr zu tun. Obwohl er in der Privatwirtschaft wesentlich besser verdient hatte, ließ er sich von Dougray Doyle abwerben. Der junge Mann hatte geglaubt, hier das große Abenteuer der Verbrecherjagd zu erleben. Stattdessen hatte er sich hinter dem gleichen Computer wiedergefunden und in die gleichen Tasten gehauen, weil Doyle natürlich viel mehr einen Spurensucher am Bildschirm brauchte als einen weiteren Ermittler. Doyle war intelligent, vielleicht sogar durchtrieben. War dieses Abendessen von Baghurst mit der Exfrau eines der gerissensten, meistgefürchteten Serienmörder nicht eine Art Zugeständnis an den Informatiker, der glauben sollte, endlich mit der »echten« Ermittlungsarbeit anfangen zu können? Nun gut, zu ändern war es ohnehin nicht! Letztlich war die gute Laune und damit auch die hervorragende Arbeit von Michael Baghurst für sie ebenso wichtig wie für die gesamte Abteilung.

Cordell schlenderte den Broadway entlang, bog dann in die Main Street, die auf einer Seite des Massachusetts Institute of Technology entlangführte. Die Abende Mitte Oktober waren nicht mehr so mild, dafür aber angeregter. Er liebte die träge Stimmung heißer Sommernächte, aber er verabscheute die Ausdünstungen der Stadt, die damit verbunden waren. Der strenge Geruch menschlichen Schweißes, die vielfältigen, sich ineinander mischenden Duftnoten von Parfums und Deodorants, der Gestank der Abgase, der widerwärtige Geruch des vom Charles River oder aus einer der kleinen Buchten emporsteigenden Wasserdampfes. Außerdem schmeicheln die Sommerkleider ihren Trägerinnen meist nicht sonderlich. Zu leicht, zu offenherzig. Keine Spur mehr von jenem faszinierenden Mysterium, von dieser Erwartung, wenn man an einem Oberteil einen Knopf nach dem anderen öffnet, wenn man erst eine Schulter bloßlegt, dann die andere, wenn die Hand einen Strumpf entlangstreicht und dann unter den Rock gleitet.

Eine Gestalt zog seine Neugierde auf sich. Mit gelangweilter Miene stand sie auf dem Bordstein an einer roten Ampel. Cordell überquerte die Hauptverkehrsstraße, in der Mitte ging sie an ihm vorüber, er machte kehrt und folgte ihr. Einfach perfekt. Seine Ausnahmeerscheinung.

Die Spannung zwischen seinen Lenden baute sich wieder auf.

Er näherte sich ihr. Sie beschleunigte den Schritt. Die Frauen sind so wunderbar. Sie spüren, wie sich die Kiefer öffnen, die gleich zuschnappen werden, dennoch möchten sie so gerne darüber hinwegsehen, und meistens gelingt es ihnen.

Ohne ihren Schritt zu verlangsamen, drehte sich die junge Frau kurz zu ihm um und verzog das Gesicht. Nur noch ein paar Meter lagen zwischen ihnen, er konnte ihre Atemzüge bereits hören.

Schließlich blieb sie stehen und sah ihn aggressiv an.

»Folgen Sie mir oder sehe ich das falsch?«

»Ich gebe es zu«, antwortete er lächelnd. »Es gibt auch keinen Ort, nach dem ich Sie fragen könnte, und meine Armbanduhr geht ebenfalls richtig. Ich habe also keine Entschuldigung vorzubringen, wenn ich es recht überlege.«

Diese unnatürliche Offenheit schien die junge Frau ein wenig zu beruhigen. Sie war sehr hübsch trotz ihres verschlossenen Gesichtsausdrucks, trotz der flachen Stirn, die Cordell etwas enttäuschte. Andererseits war es bereits recht spät am Abend, und er würde vielleicht keinen Ersatz mehr finden.

Michael Baghurst war ein hübscher Junge. Das ist das Wort für Männer, die man nicht für attraktiv hält. Nicht etwa, dass er etwas Weibliches hatte. Es gab da ein unklares Gefühl, eine Art unbewusstes sexuelles Erkennen, dass da ein Unterschied war, wobei man nicht wusste, ob das Pendel in Richtung Verführung oder Abwehr ausschlagen würde. Baghurst zählte zu jenen Männern, mit denen sogar eine vorsichtige oder argwöhnische Frau die Nacht in einem Hotel verbringen könnte, wenn nur noch ein einziges Zimmer frei ist. Nicht, dass die anderen alle auf Beute aus waren; sie wirkten einfach verwirrender.

Da Julia dem Informatiker bisher nur wenig Aufmerksamkeit geschenkt hatte, musterte sie ihn nun. Er war groß. Schlank, aber nicht mager, und sehr blond. Er musste Frauen eigentlich gefallen, eher jungen Frauen. Sein kurzes, dünnes Haar glänzte noch von der Dusche. Er war frisch rasiert und hatte für diesen Anlass sein Hemd gewechselt. Julia war angenehm berührt. Sie war so unförmig, so unappetitlich, und dennoch hatte dieser knapp dreißigjährige Mann sich extra für sie umgezogen. Zwar war das nur eine Höflichkeit, aber eine nette, aufrichtige Höflichkeit, die davon zeugt, dass man ein wenig an das Wohlbefinden des anderen gedacht hat, ohne eine Gegenleistung zu erwarten.

Pamela Kells musste immer wieder über die launigen und leicht anmaßenden Erzählungen dieses Norman Sanders lachen, dem sie auf der Main Street begegnet war und der nun Anekdoten aus der Zeit seines Pharmaziestudiums zum Besten gab. Seine tiefe, einschmeichelnde Stimme drang an ihr Ohr, mal atemlos, mal spöttisch:

»Zumal ich eine furchtbare Angst vor jedem möglichem Symptom einer Krankheit habe. Wie viele kerngesunde Menschen neige ich zur Hypochondrie. Der kleinste Schnupfen, und ich sehe mich schon mein Leben aushauchen aufgrund einer doppelten oder dreifachen Pneumonie.«

»Und warum haben Sie dann Pharmazie studiert?«, fragte sie lachend.

»Mein Vater … wer sonst! Er war selbst Pharmazeut und glaubte deshalb felsenfest, dass es auch mir im Blute liegen müsste. Immerhin hat er mir das Medizinstudium erlassen.«

Pam verbrachte einen wundervollen Abend. Sie fragte sich, wann sie sich das letzte Mal so gut amüsiert hatte. Das Netz der Verführung, das dieser Mann seit ihrer Begegnung um sie herum gewoben hatte, wiegte sie sanft und verursachte einen angenehmen Nervenkitzel.

Kurz zuvor, als er sie in jenes hervorragende, neu eröffnete Meeresfrüchte-Restaurant auf der Vassar Street eingeladen hatte, hatte sie noch gezögert. Sie befand sich gerade mal wieder in einer »Keinen Bock auf Luschen«-Phase, die Folge einer kürzlich vollzogenen Trennung von einem gewissen Terence. Sie hatte zwar nichts Großartiges von ihm erwartet, aber er hatte nicht einmal ihre bescheidensten Hoffnungen erfüllen können. Abgesehen von einer äußerst mittelmäßigen Intelligenz, dem völligen Mangel an Humor, einer eher bescheidenen Bildung und einer systematischen Knausrigkeit sowie einem ausgeprägten Hang zur Lüge und einer mehr als plumpen Sinnlichkeit, verwechselte Terence eine Liebesbeziehung mit einer kostenlosen Psychotherapie. Pam hatte seinen Diskurs der Selbstabsolution satt, denn dieser ließ sich im Grunde auf folgende Aussage reduzieren: »Ich benehme mich wie ein armes Schwein, weil ich so viele Probleme habe. Nicht ich verhalte mich so, sondern meine Neurose.« Im Gegenzug war ganz unbestritten sie es, die dann irgendwann den Mund zu voll genommen hatte. Nachdem sie ihre Fantasien von der beschützenden und verständnisvollen Mutter sowie von der unbedarften Krankenschwester ausgelebt hatte, hatte sie Terence vor die Tür gesetzt. Übrigens hatten bisher alle flüchtigen Neigungen oder Liebesbeziehungen Pamelas auf diese Weise geendet, was nicht sehr schmeichelhaft war für eine Frau von 32 Jahren. Sie hatte die Schnauze voll von falschen Versprechungen, falschen Gefühlen, falschen Liebesschwüren und untreuen Liebhabern.

Aber dieser Mann war anders. Das war offensichtlich, sie sah es ihm von Kopf bis Fuß an. Er war so schön, so elegant. Groß, sonnengebräunt, sein lockiges Haar stand von seinem Kopf ab wie bei einem kleinen Kind, das gerade aufgewacht ist. Sein Lächeln galt nur ihr, und es war so überwältigend, so strahlend. Spöttisch, aber siegessicher. Seine Augen waren wie dunkler Samt, ein Blick wie der seine konnte Liebe, Leiden oder Schlaf bringen. Schon wusste Pam, wie sich bestimmte Gefühle auf seinem Gesicht spiegelten. War er erstaunt, so zog er leicht die Augenbrauen zusammen, wobei sich sein oberes Lid zur Schläfe hin hob. War er amüsiert, so legte er die Spitze seines Zeigefingers an die Lippe und liebkoste die breite Furche zwischen Lippe und Nase. Und seine Hände. Schon eine ganze Zeit lang blieb Pams Blick immer wieder auf ihnen haften. Bei diesen Händen dachte sie an nächtliche Berührungen, Schweiß, unzusammenhängendes Gestammel.

»Jetzt aber genug von meinen unglückseligen beruflichen Anfängen. Was machen Sie?«

»Ich bin Klavier- und Cello-Lehrerin. Das ist nicht immer sehr einträglich: Leider habe ich nicht die Klasse von Pablo Casals, Solomon oder Glenn Gould.«

Sie sah, wie seine Augen aufleuchteten, und sein offensichtliches Interesse schmerzte sie auf seltsame Weise. Wann hatte sie bei jemandem ein solches Interesse erregt, dass er seinen Mund schürzte und leicht öffnete, dass er sie mit durchdringendem Blick ansah? Er wirkte wie elektrisiert:

»Das ist ja verrückt ... Meine Mutter war Konzertpianistin. Nach ihrer Heirat hat sie ihre Karriere aufgegeben, aber ich glaube, dass sie es immer ein wenig bereut hat. Solomon ... was für ein Wunder ... Wissen Sie, dass gerade eine neue CD-Reihe von Mozarts Klavierkonzerten mit Ackermann und Menges herausgekommen ist?«

»Ich habe mich gleich darauf gestürzt, was denken Sie?«

Der Mann, der sie schon eine ganze Weile verwirrte, blickte sie verschmitzt an und fragte:

»Nun die Frage, an der sich die Geister scheiden ... Was meinen Sie zu der Interpretation der *Goldberg-Variationen* von Glenn Gould aus dem Jahre 1955? Ist sie ein Verrat, eine unerträgliche Koketterie oder ein Beweis seines Genies? Kreuzen Sie das entsprechende Feld an – ohne mich zu ohrfeigen, bitte!«

Pam setzte ihr Glas ab und erstickte ein hysterisches Lachen mit ihrer Serviette.

»Hu ... Heh ... geraten wir jetzt aneinander?«

»Nicht, wenn wir einer Meinung sind. Vielleicht sollten wir unsere Antwort auf einen Papierfetzen schreiben, den wir erst beim Verlassen des Restaurants lesen. So könnten wir in aller Ruhe und guter Stimmung unser Dessert genießen und unseren Kaffee trinken!«

Pam war der Meinung, dass sie gerade nach dem Abendessen nicht in Streit geraten sollten.

Es stellte sich heraus, dass beide von den Freiheiten und der Fantasie in Glenn Goulds Interpretation begeistert waren. Das feurige und dennoch beherrschte Spiel des Pianisten verlieh den Noten etwas Erhabenes, einen neuen Glanz. Beim Brombeersoufflée kam Pam zu dem Schluss:

»Ich halte diese Diskussion für völlig überflüssig. Es ist normal, dass man sich ein Werk aneignet, sei es in der Literatur, der Musik oder den Bildenden Künsten. Nur so lebt es weiter, nachdem sein Schöpfer es in die Welt entlassen hat.«

Erstaunlicherweise gestaltete sich dieses Abendessen, das Julia ein wenig gefürchtet hatte, angenehm. Es stellte sich weder Langeweile noch ein Gesprächsnotstand ein, der mühsam mit Floskeln hätte gefüllt werden müssen. Es war angenehm, sehr angenehm. Und es schien der jungen Frau sogar, als sei der Informatiker darüber ebenso überrascht wie sie. Die Atmosphäre der riesigen, fast menschenleeren Cafeteria und die dort angebotenen, unansehnlichen Gerichte waren wahrlich kein Anlass zu gehobener Stimmung.

Zunächst ging sie hinter ihm, schob ihr Tablett hinter seinem die Theke entlang und musterte wie er den jämmerlichen Inhalt der kleinen Vitrinen. Baghurst murmelte:

»Wenn ich Ihnen den freundschaftlichen Rat eines Eingeweihten geben darf, dann lassen Sie die Finger von der hochtrabend ›Cordon Bleu des Chefs‹ genannten Kreation. Beschränken Sie sich lieber auf die klassischen Gerichte. Es heißt, dass sein Auflauf à la francaise aus einer dicken Schicht Semmelbrösel auf Bratwurst besteht, getränkt mit einer ziemlich komischen Béchamelsauce.«

Julia kommentierte seine Ausführungen mit einem: »Uhh … wie übel.«

»Das Rindfleisch hingegen ist genießbar. Wenn Sie es mögen.«

»Ich mag alles Essbare … vorausgesetzt, es gibt davon mehr als genug. Das sieht man doch, oder?«

Der Informatiker wandte den Kopf und warf ihr einen ernsten, ein wenig traurigen Blick zu. Dann lächelte er. Michael Baghurst besaß ein schönes Lächeln. Er wartete, bis sie an einem kleinen runden Tisch an der großen Glasfront saßen, hinter der die Rasenfläche lag.

»Man schlägt sich mit dem herum, was man hat. Oder vielmehr mit dem, was einem gelassen wird. Entscheidend ist, dass man den Mut zum Kampf aufbringt, auch wenn er von vornherein verloren zu sein scheint. Einfach, um nicht verrückt zu werden, oder noch schlimmer, um sich nicht selbst zu verabscheuen.«

»Feiglinge verabscheuen sich selten.«

»Die meisten schon, aber sie belügen sich. Es zugeben hieße, moralischen Selbstmord zu begehen. Zu dieser Gruppe gehören auch all diejenigen, die jeden Konflikt scheuen oder aus Angst vor Liebesentzug oder geringerer Wertschätzung der anderen jede Konfrontation vermeiden.«

»Ist das jetzt ein Plädoyer für das Faustrecht?«

»Nein. Nein, gewiss nicht. Nur die Überzeugung, dass

ein Konflikt sehr nützlich und hin und wieder sogar notwendig ist.«

»Das liefe darauf hinaus, unsere Triebhaftigkeit zu akzeptieren, die uns doch peinlich berührt. Man muss doch nur den Zustand betrachten, in den wir unseren Planeten im Verlauf von nicht einmal einem Jahrhundert versetzt haben. Bei den Tieren ist der Konflikt ein Mittel der Regulierung. Den anderen angreifen, um herauszufinden, wo die eigenen Grenzen liegen, wie weit der andere zurückweicht, ohne sich zu verteidigen. Man könnte sich natürlich mit dem Argument beruhigen, dass es dazu nur kommt, wenn es ums blanke Überleben geht, und dass wir diesen Zustand längst hinter uns gelassen haben, zumindest hierzulande. Dabei lassen wir allerdings außer Acht, dass wir die Anlage zum Konflikt in unseren Genen tragen und dass unsere gegenwärtigen Annehmlichkeiten von zwei sehr unbeständigen Parametern abhängen: dem Hier und Jetzt.«

Michael Baghurst nickte bekräftigend und fuhr fort:

»Wissen Sie, ich frage mich oft, wovor die Leute Angst haben. Ich beschränke mich bei meinen Überlegungen natürlich auf unsere Gesellschaften. Man hat Angst, den Mund aufzumachen, wenn man anderer Meinung ist, wenn man mit einer Lüge konfrontiert wird, wenn man etwas nicht akzeptabel findet. Angst, zornig zu werden, Angst, eine harmlose und meistens nutzlose Petition für die Umwelt oder gegen irgendwelche Gräueltaten zu unterzeichnen. Ich kann verstehen, dass man an manchen Stellen auf dem Erdball seinen Mund hält, um nicht ins Gefängnis zu kommen, nicht gefoltert zu werden ... aber, verdammt noch mal, was befürchten wir denn hier?«

»Die Angst ist ein hervorragendes Machtmittel. Sie

wird uns mit der Muttermilch eingeflößt. Das einzige Mittel, sie zu bekämpfen, besteht im Nachdenken. Man stopft uns mit Wissen voll, das wir behalten sollen, das aber selten kritisch ist. Kritisches Denken ist sehr anstrengend. Außerdem ist das Ergebnis, auch wenn gute Arbeit geleistet wird, oft niederschmetternd.«

»Ich weiß … Scharfsinn verdirbt alles, nicht wahr?«

»Genau.«

»Letztlich ergibt sich eine verblüffende Gleichung: Entweder man weiß von nichts oder man gelangt zu einer Art Wahrheit, mit der man sich nicht gerade brüsten kann.«

Julia lachte und nahm ihre Muschelsuppe mit Safran in Angriff – so zumindest schimpfte sich laut der großen Speisekarte am Eingang des Selbstbedienungsrestaurants der gelbliche Sirup, in dem einige weißliche und beigefarbene Klumpen schwammen.

»Wenn wir bei diesem Thema bleiben, gibt es eigentlich nur noch die Wahl, sich zu betrinken oder in Tränen auszubrechen.«

»Ich neige zu der ersten Alternative, aber sie lässt sich an diesem Ort leider nicht realisieren: das Zeug, das sie hier tropfenweise ausschenken, reicht bei einem normal gebauten Erwachsenen nicht im entferntesten aus, um sich einen Rausch anzutrinken. Wir wechseln also besser das Thema.«

»Einverstanden.«

Die Dreizimmerwohnung von Pamela Kells in der Hampshire Street, unweit von Donnelly Fields, war von recht bescheidenem Ausmaß, aber geschmackvoll eingerichtet. Im Wohnzimmer stand ein Halbflügel, den restlichen Platz teilten sich von Büchern überquellende Regale und ein feuerrotes Sofa. Daran schloss sich ein kleines Esszimmer an, dessen Einrichtung von *Arts and Crafts* inspiriert war. Dahinter lag eine winzige, in leuchtendem Orangegelb gestrichene Küche.

Cordell ließ seinen schwarzen Lederrucksack zu Boden gleiten und öffnete seine grünbraune Samtjacke. Pam drehte sich zu ihm um und las in seinem Blick, der ihren Hals hinunterwanderte, dass nun das Spiel richtig begann.

»Musik? Die *Goldberg-Variationen*?«

»Nein … Etwas … Sanfteres, was besser als Ouvertüre zu einem Abend zu zweit passt.«

Dieser Augenblick war so erstaunlich, so vollkommen, dass Pam spürte, wie ihr Tränen in die Augen stiegen. Als wäre alles sinnlos, bedeutungslos außer den Minuten, die nun folgen würden. Was würde morgen davon noch bleiben? Sie wusste es nicht, aber im Augenblick erschien ihr die Frage auch albern, und die Antwort war ihr vollkommen egal. Sie riss sich zusammen und stieß hervor:

»Ich glaube, ich habe zwei oder drei nette Sachen da …«

Die leicht geöffneten Lippen von Norman wanderten ihren Hals hinauf, folgten dem Verlauf ihrer Halsschlagader, liebkosten ihre Nasenflügel und fanden zu ihrem Mund. Sein Atem drang tief in sie ein, weckte in ihr die Lust zu schreien, zu lachen oder zuzubeißen. Seine Hände waren weniger zögerlich, sie fuhren ihre Schenkel hoch bis unter den Rock und schoben sich unter den Slip, um ihre Pobacken und ihr Geschlecht zu streicheln. Mund, Atem und Hände gaben sie frei. Ohne es zu merken, stöhnte sie auf. Ihre Augen hingen an dem Lächeln des dunkelhaarigen Mannes, seine tiefe Stimme besänftigte ihre aufgepeitschten Nerven:

»Scht, meine Süße … Warten wir noch … noch ein Weilchen, ein wenig Musik, ein wenig Wein.«

Sie musste sich an den Rahmen der Küchentür lehnen. Ihr schwindelte und ihre Waden zitterten vor Spannung.

»Ich muss erst einmal zu Atem kommen. Ich habe eine ausgezeichnete Flasche französischen Wein. Das Geschenk eines Schülers. Die habe ich aufgehoben für …«

»Für uns.«

»Letztlich … Ja, ja, ich glaube, das ist richtig. Ich habe sie für uns aufgehoben.«

Baghurst schien zu zögern. Als er das Gespräch wieder aufnahm, spürte Julia, dass er seine Worte sorgfältig wählte.

»Sie sind, oder besser, waren Philosophin.«

»Das ist ein ganz schön hochtrabendes Wort für eine junge Philosophiedozentin. Sagen wir lieber, ich hatte vor, aus einer Leidenschaft meinen Beruf zu machen. Gleich nach meiner Hochzeit habe ich aufgehört zu unterrichten.«

»Hatte Taylor-Caeden etwas gegen arbeitende Frauen?«

»Nein. Aber er hatte etwas gegen die Niedergeschlagenheit, mit der ich so oft von meinen Kursen an der Universität Boston zurückkehrte. Ich hatte die so genannten naturwissenschaftlichen Studiengänge übernommen. Philosophie war eines der ihnen zur Wahl gestellten Nebenfächer. Das andere nannte sich ›Politik und Gesellschaftswissenschaften‹ und war mit reichlich Arbeit und umfangreichem Stoff verbunden. So erklärte sich mein unbestreitbarer Erfolg, was die Anzahl der Studenten betrifft. Ihre Einstellung ließ allerdings zu wünschen übrig. Es war einfach unmöglich, ihre Neugierde zu wecken!«

Er unterdrückte ein Lachen.

»Dazu sage ich lieber nichts ... Ich war genauso und wählte das Nebenfach ›Film‹. Auch in der Hoffnung, mir eine Verschnaufpause von meiner Büffelei für die Mathe- und Informatikkurse zu verschaffen.«

Er atmete tief durch. Sie begriff, dass er sich nun zu der Frage durchrang, die ihm auf den Lippen brannte.

»Sie ... äh, ich befürchte, dass ich mich jetzt wirklich in die Nesseln setze ...«

»Wenn Sie das tun, dann helfe ich Ihnen wieder heraus, machen Sie sich keine Sorgen.«

»Ist Ihnen niemals irgendein Verdacht gekommen?«

»Dass Cordell ein Mörder der allerschlimmsten Sorte ist?«

»Genau. War da nichts in seinem Verhalten, das ...«

»Nein. Es gibt sicher Leute, die davon überzeugt sind, dass ich dumm oder verblendet war von meiner Liebe. Aber das glaube ich nicht. Ich hatte sehr viel Zeit, diese drei Jahre meiner Ehe zu überdenken – es waren siebenunddreißig Monate, um genau zu sein. Cordell ist ein Musterbeispiel für einen integrierten Soziopathen: Wenn er Lust hat, nimmt er sich, was er begehrt, und er tut dabei nichts Verdächtiges, bis der Vorhang fällt. Hinzu kommt eine wahre Vorliebe für intellektuelle Perversionen. Sein Äußeres, seine Erziehung und seine Bildung kommen ihm dabei zugute. Das alles gehört für ihn zum

Reiz seiner Spiele. Er will täuschen, er will der Klügere, der Charmantere und der Sieger sein. Er will seine Opfer dazu bringen, sich seinen Wünschen zu unterwerfen, und sie dann töten.«

»Da ist er nicht der Erste.«

»Das stimmt. Der Berühmteste ist Ted Bundy, der 1989 in Florida wegen Mordes an drei jungen Frauen hingerichtet wurde. In Wirklichkeit hatte die Zahl seiner Opfer bereits fast die Fünfzig erreicht. Das ließ er zumindest am Vorabend seiner Hinrichtung durchblicken. Er hoffte, dass er durch dieses letzte Geständnis noch einmal Zeit gewinnen könnte. Eine Wiederaufnahme des Prozesses. Wissen Sie, dass manche seiner Geliebten oder Kolleginnen seine Schuld nie wahrhaben wollten? Manche von ihnen haben sogar angeboten, zu seinen Gunsten auszusagen. Schön, groß, dunkelhaarig, eine hohe Stirn. Ein verschmitztes, charmantes Lächeln. Bundy war intelligent, während die meisten Serienmöder einen unterdurchschnittlichen IQ haben. Er hatte in Seattle Jura studiert. Aber Sie werden seine Geschichte sicher besser kennen als ich.«

Anfangs wagte sie kaum, ihre Hand auf seine matte Haut zu legen und mit ihrem nackten Körper den seinen zu berühren. Anfangs fürchtete sie, er könne verschwinden wie ein Traum. Sie fühlte sich erschöpft wie nach einem ausgiebigen Schwimmen und dennoch zum ersten Mal lebendig.

»Berühr mich, meine Süße. Tanz noch ein wenig mit mir. Streichle mich. Ich will deine Hände überall gleichzeitig auf mir spüren.«

Es schien Pamela, als verleihe ihr erst der Mund von

Norman, sein dicht an sie gepresster Körper die Luft zum Atmen. Die Stimme von Ella Fitzgerald klang ganz weit weg. Dieser Tanz könnte eine Ewigkeit dauern, ohne dass sie jemals genug hätte, und dennoch musste er sie jetzt ins Schlafzimmer bringen, jetzt gleich, sonst würde etwas in ihrem Kopf platzen. Sie wollte es, sie wollte es jetzt so sehr.

Sie strich mit der Zunge über die schmalen, blassen Narben, die über seinen Oberarm liefen, und schaute zu ihm auf. Er lachte zu ihr herab und murmelte:

»Wundmale einer übergroßen Liebe.«

Er bückte sich und griff nach seinem Rucksack, aus dem er eine lange glänzende, breite Nadel und ein breites, graues Klebeband hervorzog.

»Soll ich es dir zeigen, meine Süße? Sag, dass du es willst …«

Mit halb geöffnetem Mund rang sie nach der Luft, die sein von ihr weichender Körper mit sich nahm; sie nickte und streckte ihre Hände nach ihm aus. Eine Klinge, es war tatsächlich eine lange, dünne Klinge. Sie glitt über den Arm von Norman. Zunächst geschah nichts: Das Metall drückte auf das Fleisch, eine vergängliche Markierung. Dann ein roter Tropfen wie eine aufkeimende Perle, ein zweiter und noch einer, bis die schmale Linie breiter wurde, sich rot färbte, purpurrot. Sie starrte auf dieses Gerinnsel, das schmaler wurde und dann wie ein roter Faden zu seinem Handgelenk hinablief. Es packte sie eine Lust zu lachen, zu schreien, sich gemeinsam mit ihm auf dem Boden zu wälzen. Norman trat zu ihr und strich betörend sanft ihr Haar, bevor er ihren Mund zu dem rinnenden Blut führte. Eine Sekunde lang schien es ihm, als wolle sie sich widersetzen, dann benetzte sie ihre Lippen und schmeckte mit ihrer Zunge etwas Kräftiges, leicht Zuckriges, kaum nach Eisen Schmeckendes. Wundervoll.

Als die Hand von Norman sich erneut zwischen ihren Schenkeln nach oben tastete und sie sanft öffnete, als er seine Hand flach gegen ihr Geschlecht drückte und sein Bauch sich gegen ihren presste, glaubte sie vor Lust zu ersticken.

Michael, der gerade den Mund voll hatte, schüttelte zerknirscht den Kopf und schluckte dann hastig seinen Bissen hinunter.

»Nein, nein. Ich habe gerade erst mit Kursen in Kriminologie begonnen. Doyle hat mich hingehalten. Es wäre ihm lieber gewesen, wenn ich weiterhin in meiner Ecke auf der Tastatur herumklimpere. Aber ich habe ihn am Ende doch davon überzeugt, dass ich nicht ein wesentlich niedrigeres Gehalt in Kauf genommen habe, um dann die gleiche Arbeit in Büros ohne Tageslicht zu machen. Vorher habe ich die gesamte Informatik einer großen Bank gesteuert. Mein Büro war riesengroß und äußerst komfortabel, meine Sekretärin kochte mir jeden Morgen Kaffee ... Da muss man es ja nicht übertreiben! Fahren Sie doch bitte fort! Der Fall interessiert mich!«

»Das war auch mein Eindruck. Ich meine, was Dougray Doyle betrifft. Bundy stellte seinen Opfern – jungen Frauen – auf dem Campus, in Jugendherbergen und so weiter nach. Er gab sich charmant, und sein Äußeres besorgte den Rest. In seinem Auto schlug er sie dann bewusstlos, manchmal mit einem falschen Gips, den er sich über den Unterarm schob, und vergewaltigte sie – ich erspare Ihnen die Details – bevor er sie erwürgte. Anschließend entsorgte er das, was er herablassend »seine Werbebeilagen«[2] nannte.

Bundy war bereits aus anderen Gründen verhaftet worden und wieder geflohen. Seine hochgradig psychotisch strukturierte Persönlichkeit wurde vor allem durch seinen Alkoholismus beschädigt. Er wurde unvorsichtig und hatte sein Jagdfieber und seine Triebe nicht mehr unter Kontrolle. Ich frage mich, ob man ihn sonst gefasst hätte.

Seine Verhaftung und Identifikation durch das FBI waren reiner Zufall. Er hatte vier Studentinnen aus Tallahasee in Florida überfallen und zwei der jungen Mädchen umgebracht. Die Dritte hatte beim Eintreffen des Krankenwagens einen Schädelbruch, und die Letzte kam mit einem gebrochenen Kiefer davon. Er hat noch ein letztes Mal gemordet – ein zwölfjähriges Mädchen –, bevor er geschnappt wurde, weil er auf einen Polizisten geschossen hatte. Er fuhr einen gestohlenen Wagen. Hätte das FBI ihn nicht identifiziert, wäre er womöglich mit ein paar Monaten Knast davongekommen – für Autodiebstahl und Trunkenheit am Steuer.

Man hat Bundy auf sehr widersprüchliche Art beschrieben: Ein äußerst introvertierter Typ, der nach Sex gierte, aber zugleich panische Angst davor hatte und der erst mit zwanzig Jahren seine ersten sexuellen Erfahrungen machte. Trotzdem hatte er ein paar Freundinnen, um die ihn viele Männer beneideten. Er arbeitete bei der Abteilung Kriminologie am Justizministerium – kaum zu glauben, nicht wahr? –, und seine männlichen Kollegen benei-

---

[2] (vgl. *The Serial Killers. A Study in the Psychology of Violence*, Colin Wilson, Donald Seaman, Editions W. H. Allen & co., 1990. Der von Ted Bundy verwendete Begriff lautet *throwaways*. Das sind die Werbeprospekte, die tagtäglich unsere Briefkästen verstopfen und die wir wegwerfen, ohne sie überhaupt anzusehen.)

deten ihn um seine Selbstsicherheit, seinen Charme und seinen Adoniskörper. Andererseits behauptete man später sogar, die Zurückweisung durch eine seiner Freundinnen hätte ihn zum ersten Mord getrieben.«

»Aber Sie glauben das nicht?«

»Nein. Seltsamerweise läuft es in der umfangreichen Literatur über Serienmörder – ich meine die ernst zu nehmenden Werke – in geradezu hinterlistiger Weise immer wieder auf eine merkwürdige Gleichung hinaus. Irgendwann wird eine Frau – also ein potenzielles Opfer der meisten dieser Täter – als die mutmaßliche Schuldige dafür benannt, dass die Täter sich in Monster verwandeln. Vor allem ist es die Mutter, die entweder zu autoritär oder zu schwach ist, die sich scheiden ließ oder wieder geheiratet hat. Man könnte glauben, dass die Frau allein an der Heirat, am Kinderkriegen und an der Scheidung schuld ist! Oder es ist die Freundin, die dem künftigen Serienmörder den Laufpass gibt, weil sie schließlich vor manchen seiner Verhaltensweisen Angst bekommt. Oder es ist die Frau, bei der er nicht gekommen ist.«

»Glücklicherweise verwandeln sich nicht alle Männer, die irgendwann einmal keinen hochkriegen oder eine Trennung durchmachen, in Serienmörder! Übrigens verstehen sich die meisten dieser Mörder sehr gut auf psychologische Tricks, um sich dem Gefängnis oder der Todesstrafe zu entziehen.« Julia dachte kurz nach und fuhr dann fort: »Abgesehen von den wirklich professionellen Psychologen neigen wohl viele Menschen dazu, Denkmuster, die bei der ›normalen‹ Bevölkerung vorkommen, auch auf Serienmörder zu übertragen. Ich weiß nicht, wie jemand zum Serienmörder wird, und da ich es nicht weiß, lasse ich mich auch nicht auf irgendeine theoretische Deutung ein, der am Ende jede Schlüssigkeit fehlt.«

»Ted Bundy stammte aus »guter« Familie, sein Großvater betete ihn an. Gut, seine Mutter war ledig, als sie ihn bekam, aber auch wenn Bundy sich mit diesem Argument verteidigt hat, finde ich es nicht sehr überzeugend. Umso mehr, als die Großeltern Mutter und Kind bei sich aufgenommen haben. Kurz darauf muss sie einen ganz passablen Mann geheiratet haben. Offenbar hat Ted Bundy sehr früh begonnen, auf pathologische Weise zu lügen, zu betrügen und zu stehlen – lange vor der Geschichte mit der widerspenstigen Freundin. Vielleicht kommt sogar eines Tages noch heraus, dass sie gar nicht sein erstes Opfer war.«

Die Erschöpfung hatte sie niedergestreckt. Pamela spürte, wie sie in einen wunderbaren Dämmerzustand glitt, aus dem sie jedoch beunruhigt auffuhr, als Norman sich erhob.

»Scht, ich komme wieder.«

Sie wies mit einem Blick auf die Fesseln, die ihre Knöchel immer noch zusammenhielten und einen Arm an ihre Hüfte pressten.

»Wir lassen die Fesseln noch so, meine Süße, und auch den Knebel. Wie sind noch nicht fertig.«

Pamela seufzte vor Wohlbehagen und Erschöpfung und schloss für ein paar Sekunden die Augen. Als es seltsam still blieb, öffnete sie sie wieder.

Er stand nackt am Fuß des Bettes und musterte sie mit einem entzückten Lächeln auf den Lippen.

Pamela Kells versuchte aufzustehen und stürzte auf den Fußboden. Die Hand von Cordell hielt ein Rasiermesser, die blanke, aufgeklappte Klinge glänzte. Sie schaffte es, auf die Beine zu kommen und zum Esszimmer zu hüpfen. Ohne Hast packte eine Hand ihre Haare und zog ihren Kopf nach hinten. Taumelnd versuchte sie, sich zu wehren und zu schreien, aber sie bekam kaum Luft, und das Klebeband erstickte den Schrei. Er schob seine linke Hand hinter ihren Hals, und sein Gesicht näherte sich ihrem, während er flüsterte:

»Scht, meine Süße … alles ist gut.«

Die Fassungslosigkeit von Michael Baghurst nahm Julias Bitterkeit ihre Spitze. Er starrte sie an, ohne daran zu denken, dass auf seinem Teller ein T-Bone-Steak langsam kalt wurde. Als er den spöttischen Blick Julias bemerkte, schüttelte er errötend den Kopf.

»Aber das ist doch verrückt! Was kann einen intelligenten Menschen dazu veranlassen … Wenn nicht einmal das klassische Argument der leidvollen Kindheit zutrifft! Je mehr ich davon erfahre, desto weniger begreife ich es. Mir fehlt wirklich jeder Anhaltspunkt. Und Charly …«

Cordell warf einen gleichgültigen Blick auf den nackten, am Boden hingestreckten Körper und stieg vorsichtig über ihn hinweg, um weder seinen Hosensaum noch seine Schuhe mit Blut zu verschmieren. Pamela starrte mit friedlichem Gesichtsausdruck an die Decke. Es amüsierte ihn, dass seine Opfer so angst- und schmerzfrei dreinschauten. Diese trügerische Ruhe beschwichtigt viele der liebenden Angehörigen, die sich mit dem Gedanken trösten, dass der Tod sanft gewesen sein muss. Das ist natürlich falsch. Die Gesichtsmuskeln entspannen sich erst nach dem gewaltigen Kurzschluss im Gehirn, der das

Hinscheiden markiert und der Leiche diesen scheinbar friedlichen Ausdruck verleiht.

Cordell schob die CD mit den *Goldberg-Variationen* in der Version von 1955 in den Recorder und freute sich über seinen spaßigen Einfall. Es war eines von Helens Lieblingsstücken. Sie würde die Botschaft verstehen, die für sie bestimmt war. Nur für sie allein.

»Cordell hat im Grunde nichts mit einem Ted Bundy gemein, es sei denn das Aussehen und die Vorliebe für Manipulation und Täuschung. Cordell ... Sie haben Recht, nennen wir ihn Charly, war ein Gott. Er wurde und wird noch immer vergöttert. Er ist so schön, so charmant, so witzig. Einfach vollkommen. Auch Bundy war ein sehr kultivierter Mensch. Letztlich kenne ich die wahren Motive von Bundy nicht genau, die von Charly aber sind mir klar. Er will beweisen, dass er der Herr ist. Dabei möchte er keinesfalls, dass man sich seinem Willen unter Zwang fügt. Das wäre nicht amüsant. Wichtiger als alles andere ist, dass man ihm gefallen will, seine Wünsche befriedigen möchte. Man muss dazu verführt werden, den eigenen Willen und jede Form des Widerstandes aufzugeben.« Sie räusperte sich in ihre Serviette: »Genau das habe ich drei Jahre lang getan.«

Baghurst senkte seinen Blick auf einen Früchtebecher, in dem er bereits seit einigen Minuten mit seinem Löffel herumstocherte, und murmelte:

»Verabscheuen Sie ihn?«

»Das war einmal. Der Hass liegt hinter mir.«

Sie nahm ein riesiges Brownie in Angriff, das in weißen Schaum getränkt und mit Unmengen von Sahne verziert war.

Und das stimmt, Cordell, du weißt es. Ich habe es hinter mir. Du hast mich in eine von Angst und Schrecken gezeichnete Welt getrieben, in der keine Gefühlsregung, kein menschliches Gefühl möglich ist. Ich will, dass du krepierst, Cordell. Ich will wieder zu den Unsrigen zurückkehren, zu den Menschen. Ich werde zurückkehren, und wenn ich dabei draufgehe. Und dafür wirst du krepieren.

Michael Baghurst begleitete sie bis zur Tür ihres Zimmers und entschuldigte sich:

»Sie sind leichenblass, Mrs. Holmer, und Sie sehen erschöpft aus. Ich hoffe, ich habe Ihre Zeit nicht allzu sehr in Anspruch genommen … Vor allem hoffe ich, dass ich keine unerträglichen Erinnerungen wachgerufen habe.«

»Machen Sie sich keine Sorgen. Sie können ja nichts dafür. Außerdem sind es nicht die Erinnerungen, die unerträglich sind, sondern mein Leben. Das einzige, was mir noch bleibt. Im Gegenteil, ich danke Ihnen für Ihre Gesellschaft. Das habe ich jetzt gebraucht. Gute Nacht und bis morgen.«

Die Nacht war wundervoll. Cordell hob den Blick und betrachtete den klaren Himmel, an dem die Sterne einander berührten.

Schade um Glenn Gould.

Er zog seinen Rucksack über die Schultern, dann begutachtete er voller Entzücken die Blutkruste, die die Linien auf seiner Handfläche bedeckte. Was für eine schöne Lebenslinie, so lang und gerade. Eine ausgeprägte Erfolgslinie. Eine verheißungsvolle Liebeslinie, so gerade und so schlicht. Er liebte seine Hände ungemein. Zartgliedrige, sehnige Hände, Bluthände, Hände in Blut. Im Blut der anderen.

Cordell streifte seine schokobraunen Lederhandschuhe über, die er in die Tasche seiner Jacke gesteckt hatte. Die Spannung war endlich von ihm gewichen und hatte einer sanften Müdigkeit Platz gemacht.

Er würde zurück zum Auto gehen, nach Hause fahren, eine ausgiebige heiße Dusche nehmen, die das auf seiner Haut getrocknete Blut lösen und in einer Lache hinab zu seinen Füßen spülen würde.

Fast war es, als habe er heute Nacht Helen verführt, mit ihr getanzt, sie geliebt und ihr dann die Kehle durchgeschnitten. Der Reiz der Erwartung stieg wieder in ihm auf. Er konnte sich noch gedulden.

Julia presste die Stirn gegen die große Fensterfront ihres Zimmers, das zur Rückseite des Jefferson Building hinausging. In der Ferne sah man die ersten dunklen Bäume des sich über viele Quadratkilometer hinziehenden Waldes.

Die Nacht war wundervoll. Sie hob den Blick und betrachtete den klaren Himmel, an dem die Sterne einander berührten.

Wundervoll und so friedlich. Eine jener Nächte, in denen man bedauert, nicht den Mut zu haben, allein durch die Straßen zu gehen.

Nach einer flüchtigen Abendtoilette legte sie sich hin und schlief wie ein Stein.

11. Oktober,
Umgebung von Fredericksburg, Virginia

Liam hatte sich am Vorabend bei dem großen Fest seiner Tauchschule glänzend geschlagen. Das zumindest entnahm Dougray Doyle dem Beifall seiner kleinen Freunde auf den Bänken, die das große Schwimmbecken umgaben. Ein Junge in seiner Nähe hatte während der Darbietung seines Sohnes voller Bewunderung seinem Nachbarn zugeraunt:

»Verflucht noch mal, ist der Doyle gut. Es ist total schwer, diesen Beutel mit den Kugeln hochzuholen. Jedes Mal, wenn du ihn zu fassen versuchst, zieht dich das Gewicht der Kugeln nach unten. Mit dem Kreuz ist es leichter. Du packst es in der Mitte und ziehst es nach oben.«

Mit einem Mal hatte Doyle den von den jungen Tauchern dargebotenen Kunststücken mehr Aufmerksamkeit geschenkt. Die dunkle Gestalt seines Sohnes hob sich in ihrem Schwimmanzug von den anderen ab. Er schwamm mit angelegten Armen in drei Metern Tiefe. Über ihm kräuselte sich das Wasser, sodass seine Bewegungen eine eigenartige Dynamik erhielten. Becken und Beine wiegten sich auf und nieder wie bei einem Delphin. Er wirkte klein und leicht, aber dennoch entschlossen, dieses fließende Element zu beherrschen, in dem wir uns neun Monate lang entwickeln, bevor es uns fremd und manchmal sogar zuwider wird.

Als sie später nach Hause zurückfuhren, erklärte Doyle im Brustton der Überzeugung:

»Dieser Beutel … das muss ja ganz schön schwer sein. Ich stelle mir vor, dass die Kugeln dich jedes Mal, wenn du nach ihnen greifst, mit ihrem Gewicht nach unten ziehen, oder? Außerdem kann man nicht gut zupacken. Mit dem Kreuz, das wir früher hochholen mussten, war es viel einfacher. Da musste man nur in die Mitte greifen und es heraufziehen.«

Liam rief begeistert aus:

»Das hast du alles gesehen? Ich dachte, dass dir das gar nicht auffallen würde.«

»Hör mal, das sieht man doch. Nein, nein … das hast du ganz toll gemacht, mein Sohn.«

Sie beendeten ihr Frühstück. Das war mehr als eine Gewohnheit oder eine väterliche Pflicht. Es zählte für Dougray zu jenen Augenblicken in ihrem gemeinsamen Leben, die ihm am meisten bedeuteten. Ein Aberglaube, na und? Das war ihm ganz egal. Aberglaube hängt oft mit Ängsten zusammen, die sich nicht benennen, identifizieren oder definieren lassen. Die Furcht, unter einer Leiter durchzugehen, lässt uns einen Umweg über die Straße nehmen, selbst auf die Gefahr hin, dass wir dabei überfahren werden. Solche Verhaltensweisen geben uns die Gewissheit, dass wir Macht über angstbesetzte Dinge haben, dass wir über ein wunderbares Mittel verfügen, ihnen aus dem Weg zu gehen. Wenn wir die Zahl 13 fürchten und deshalb vermeiden, so vergessen wir für einen kurzen Augenblick, dass wir eines Tages sterben werden, ohne zu wissen warum und ohne sicher sein zu können, ob unser Leben ein Ziel oder einen Sinn hatte. Durch Ritualisierung sollen unsere vagen und deshalb umso schrecklicheren Ängste fassbar und damit erträglich werden. Auf diese Weise gelingt es vorübergehend, die Zerbrechlichkeit des menschlichen Daseins zu vergessen und sich so etwas wie eine magische Kraft anzueignen. Doch man muss sich im Klaren sein, dass diese Krücke keinen wirklichen Halt bietet.

Die Vorstellung, dass nach einem gelungenen Frühstück auch alles Übrige gelingen müsse. Zwangsläufig. Die Vorstellung, dass ihn an einem solchen Tag nichts aus dem Gleichgewicht bringen könne. Wer von beiden hielt sich denn nun eigentlich am anderen fest in dieser Wüste, die Rosemary hinterlassen hatte? Sie war keine Mutter mehr und auch keine Ehefrau, nicht einmal eine Frau, nur ein kleiner, schmerzerfüllter, bis auf die Knochen abgemagerter, furchtbar verlorener Schatten ihrer selbst. Zweifellos war er der Schwächere; er, der Erwachsene, der sich sonst brüstete, Macht und Entscheidungsfreiheit zu besitzen. Dougray Doyle entdeckte jeden Tag an diesem kleinen zwölfjährigen Jungen etwas, das ihn verwirrte, manchmal sogar schmerzte. Diese vorzeitige Reife, eher ein Vergessen der Kindheit, dieser Blick, der dem seinen manchmal so sehr ähnelte und ihm dennoch Fragen stellte, auf die er nicht antworten wollte. Scheiße! Liam war doch noch ein Kind!

Kinder dürfen nicht in Dinge hineingezogen werden, gegen die sie sich noch nicht schützen können. Die bedingungslose Offenheit und Erklärungswut ist nichts weiter als ein bequemer Irrweg der Erwachsenen. Man gibt etwas zu, und schon greift die Redewendung: *Ein Ge-*

ständnis ist die halbe Vergebung. Widerlich. Gestehen heißt manchmal einfach nur, etwas abladen, die Erinnerung vereinfachen oder gar sie sich zurechtstutzen. Man benutzt den anderen als Auffangbecken, als Anxiolytikum oder als Schuttabladeplatz. Wenn er gegenüber Liam den Mut zur Lüge aufbrachte, war das vermutlich einer der schönsten väterlichen Liebesbeweise.

»Gehst du morgen zu Mama? Es ist Samstag.«

Dougray Doyle bemühte sich, keine Regung zu zeigen. Wie hatte Liam seine Gedanken erraten? Das Kind lächelte ihn traurig an.

»Ich weiß, dass du an sie gedacht hast. Das machst du immer, wenn du die Augen schließt, die Zähne zusammenpresst und den Kopf zu deinem Teller hinunterbeugst.«

»Ich weiß noch nicht. Bist du am Wochenende bei Benny Gyver?«

»Warum? Wäre dir das recht?«

»Wie meinst du das?«

»Ja … du willst, dass ich sie nicht mehr sehe, oder? Du richtest es immer so ein, dass du Mama besuchst, wenn ich bei Benny oder im Training bin. Wenn ich mich nicht abwimmeln lasse, bleiben wir höchstens zehn Minuten bei ihr. Immer findest du eine Entschuldigung, warum wir schnell los müssen.«

Eine unbestimmte Angst beschlich Dougray Doyle.

»Das stimmt nicht, Liam … oder sagen wir, nicht ganz. Es ist einfach so … Sie ist … sie ist auf die andere Seite gegangen.«

Dougray biss sich auf die Lippen. Die gleiche Frage, seit Monaten immer die gleiche Frage, die in ihrem Kielwasser eine Antwort und ihre Zurückweisung nach sich zog. Musste das Band zwischen dem Kind und seiner Mutter sich nicht lockern, um Schmerzen zu vermeiden? Rosemary kannte sie nicht mehr, und selbst wenn manchmal eine Erinnerung aufblitzte, bedeutete das nichts. Ihre Welt bestand nur noch aus dem Zimmer im Bellview Hospital, das sie seit zwölf Jahren, seit der Geburt ihres Sohnes bewohnte. Ihre Krankheit war wenige Tage nach der Geburt ausgebrochen. Sie vergaß ihr Baby auf dem Wickeltisch oder in einem Kinderwagen vor einem Geschäft und rief dann aus: »Aber das ist nicht mein Baby! Ich hatte ein Töchterchen, und ich will es zurückhaben. Mein Mann wird vor Gericht ziehen! Hier liegt eine Verwechslung vor!«

Dougray Doyle hatte erst nach einigen Monaten begriffen, was diese Umkehrung des Geschlechts bedeutete und warum seine Frau sich nicht mehr an den Vornamen ihres Sohnes erinnern konnte. Die Erleuchtung war ihm gekommen, als Rosemary begonnen hatte, von Muffin zu sprechen, jenem kleinen, weißen Hund mit dem krausen Fell, der eines Tages einen kleinen Jungen vor einem Laden angefallen hatte. Rosemary hatte niemals einen Hund besessen. Sie hatte sich die Erinnerungen ihrer Mutter zu Eigen gemacht und sprach von ihrem Vater als einem viel zu jung an einem Herzinfarkt gestorbenen Ehemann, den sie so sehr geliebt habe und nun so sehr vermisse. Doyle existierte nicht mehr für sie und auch Liam nicht. Das kleine Mädchen, das sie manchmal schreiend zurückforderte, war sie selbst – aber das hatte sie vergessen, denn sie wurde in ihren Wahnvorstellungen zu ihrer eigenen Mutter, der Frau ihres Vaters. Ihr Gehirn hatte die letzten zwanzig Jahre ihres Lebens ausgeblendet, all die Jahre, die nichts mit ihrem Vater, ihrer Mutter und ihrer eigenen Kindheit zu tun hatten. Diese spezifische Amnesie hatte Doyle zunächst niedergeschmettert. Dann hatte ihn der Gedanke, dass er für Liam da sein musste, aus der bodenlosen Verzweiflung gerissen, in die Rosemary ihn – ohne es zu wissen und zu wollen – gestürzt hatte.

»Auf die andere Seite? Willst du damit sagen, dass Mamas Krankheit sich verschlimmert hat? Erklär es mir doch, Papa.«

Eine rasende Wut verscheuchte Doyles Kummer. *Wie konntest du uns derart im Stich lassen, deinen Sohn und mich? Wie konntest du uns deinem Wahnsinn ausliefern? Warum bist du nicht gestorben, Rosemary? Warum bist du nicht zu einem schönen Schmerz, einer wunderbaren Erinnerung geworden, die wir solange gehegt hätten, bis daraus unsere einzigartige Liebesgeschichte geworden wäre?*

Doyle streckte die Hand über den kleinen runden Küchentisch und berührte das Gesicht seines Sohnes.

»Sie ist nach und nach in ihre Vergangenheit zurückgekehrt, Liam. In die Zeit, als sie noch ein kleines Mädchen war.«

Nun geschah das, was er am allermeisten fürchtete. Der dunkle, sanfte Blick, der unverwandt auf ihm ruhte, verschleierte sich. Liam brachte langsam hervor:

»Willst du damit sagen, dass sie sich nicht mehr an mich erinnert? An uns? Nie wieder?«

Unter Aufbietung all seiner Kraft widerstand Dougray Doyle der Versuchung, sich durch eine feige Antwort eine vorübergehende, im Augenblick aber rettende Erleichterung zu verschaffen. Sein Sohn musste sich von der Hoffnung verabschieden, dass ein Wunder ihn aufs Neue mit seiner Mutter vereinen würde. Es würde kein

Wunder geben. Nur die wiederholte Zerstörung einer trügerischen Hoffnung.

»Sie … weiß nicht mehr, wer wir sind.«

»Aber haben denn die Ärzte keine Medikamente dagegen?«

»Nein. Sie arbeiten jeden Tag mit ihr, aber sie zieht sich mehr und mehr in ihre Welt zurück.«

Das kleine runde Kinn zitterte, und eine Träne kullerte über die Wange. Liam wischte sie wütend weg, als wollte er sich kratzen. Und dann drang jener Satz an Doyles Ohr, den er so sehr aus dem Mund seines Sohnes fürchtete:

»Bin ich daran schuld?« Der kleine Junge sprang auf, stieß den Stuhl um und schrie: »Sag mir die Wahrheit … Ich bin schuld, oder? Ich weiß es, denn sie ist so geworden, als ich gerade geboren war!«

Dougray Doyle stürzte zu ihm, um ihn in die Arme zu nehmen und an sich zu drücken. Angesichts dieses kleinen, verkrampften, gegen seinen Kummer ankämpfenden Körpers wäre er am liebsten in Tränen ausgebrochen, um dann davonzulaufen und womöglich zu töten. Er fiel auf die Knie und beschwor seinen Sohn:

»Du bist nicht schuld, Liam, ich schwöre es dir! Und ich auch nicht. Du hast nichts mit all dem zu tun.«

Der kleine Junge stammelte in seiner Umarmung:

»Aber sie ist dort, seit ich geboren bin. Das heißt doch, dass es mit mir zusammenhängt. Die Mutter von Benny hat auch Depressionen gehabt nach seiner Geburt. Benny sagt, dass das häufig so ist …«

»Nein. Das ist nicht das Gleiche. Die Ärzte haben es mir erklärt. Weißt du, wenn eine Frau schwanger ist, verändern sich ihre Hormone. Wenn sie ihr Baby dann bekommen hat, kehren die Hormone von vorher wieder zurück. Es gleicht einem Wirbelsturm, der ganz schön schlimm sein kann. Die Ärzte nennen es auch den Blues post-partum. Einerseits freut sich die Mama über das neue Baby, andererseits ist es auch ein großer Schock für sie. Gewöhnlich geht das aber bald vorüber.«

Diese gewaltige Ausschüttung von Hormonen, die die Frauen überschwemmt, und dann die untergründige Weigerung zu akzeptieren, dass mit der Geburt die Zweisamkeit in ihrem Bauch zu Ende geht. Das Baby, das durch sie geatmet hat und genährt wurde, das sich auf Schritt und Tritt mit ihr bewegt hat, verlässt sie. *Warum konntest du das nicht aushalten, Rosemary? Warum hast du dich nicht bemüht, uns so sehr zu lieben, dass du uns festhalten konntest?* Niemals würde er zulassen, dass Liam sich verantwortlich fühlte für das Weggleiten seiner Mutter in eine andere Wirklichkeit. Scheiße, dieses gesellschaftliche Problem gibt es doch, seit Frauen Kinder kriegen! Rosemary hatte bereits ihn kaputtgemacht, seit zwölf Jahren zerfraß ihn dieser Zustand von innen heraus. Sie sollte nicht auch noch seinen Sohn in den Abgrund ziehen. Es war ihm gleich, ob diese Gedanken ungerecht waren. Gut, dann bin ich eben der Bösewicht!

»Aber vielleicht gibt es Fälle, wo es stärker ist, Papa.«

Doyle küsste ihn auf das nasse Kinn und murmelte:

»Nein. Setz dich, ich muss dir etwas erklären. Ich hätte lieber noch ein wenig damit gewartet, aber … nun muss es eben jetzt sein. Ich habe dir schon einmal erzählt, dass ich deine Mutter in der Bibliothek von Newton im Staate Massachusetts kennen gelernt habe, oder? Sie war so hübsch, wie man es sich nur denken kann. Ziemlich klein, sehr schlank, mit hübschen Sommersprossen und wundervollem, kastanienbraunem Haar, das ihr über die

Schultern hinabfiel. Ich glaube, ich habe mich innerhalb einer Viertelstunde in sie verliebt. Sie war nervös, manchmal auch exaltiert, dann wieder sehr schweigsam. Ihr Lachen konnte durch irgendeine Kleinigkeit in Tränen übergehen. Damals fand ich das ganz reizend, ich hielt sie für außergewöhnlich sensibel. Im Nachhinein wird mir klar, dass ich darin die ersten Anzeichen einer psychischen Störung hätte sehen müssen. Vielleicht hätte man etwas unternehmen müssen, vielleicht wäre alles anders gekommen, wenn sie damals schon einen Arzt aufgesucht hätte … Was ich sagen will, es hat nichts mit dir zu tun. Sie trug diesen Riss bereits in sich.«

Liams dunkler Blick drang erneut in ihn.

»Stimmt das? Schwörst du es, Papa?«

»Ich schwöre es. Kreuz aus Holz, Kreuz aus Eisen, wenn ich lüge, soll ich in der Hölle schmoren, und das wird schrecklich sein.«

Liam stand auf, ging zu seinem Vater und drückte sich an ihn. Er weinte, aber diese Tränen schmerzten nicht mehr.

Wann bist du wirklich aus der Spur geraten, Rosemary? War die Geburt von Liam der notwendige Auslöser oder nur die Offenbarung des Unausweichlichen? Ich weiß es nicht, Rosemary. Aber mein Sohn, der nicht mehr der deine ist in deiner Leere, wird den Schmerz meiner Ungewissheit nicht teilen. Später, in ein paar Jahren, werde ich ihm gestehen, dass ich heute aufgehört habe, für dich einzutreten und mich damit letztlich gegen ihn zu stellen. Man kämpft, man beschützt dort, wo man liebt. Ich liebe dich nicht mehr. Ich gebe mir nur noch Mühe, dich nicht zu verabscheuen. Für Liam.

11. Oktober,
FBI, Militärbasis von Quantico, Virginia

Das durchdringende Klingelgeräusch der Videoüberwachung ihres Zimmers ließ Julia hochschrecken. Auf dem visitenkartengroßen Bildschirm zeigte sich die winzige, gegen die Wand des Flures gelehnte Gestalt von Doyle. Trotzdem nahm sie den Hörer und fragte:

»Wer ist da?«

»Dougray Doyle. Ich bin gerade angekommen. Haben Sie Lust, vor unserer Besprechung noch rasch einen Kaffee mit mir zu trinken?«

»Gerne. Einen Augenblick bitte. Sobald ich es schaffe, mit der Chipkarte für das Schloss zurechtzukommen, öffne ich Ihnen.«

Er hörte sie fluchen, dann ging die Tür auf. Sie erklärte:

»Ich frage mich, was die Leute gegen normale Schlösser mit richtigen Schlüsseln einzuwenden haben!«

»Es beult die Taschen aus.«

»Nun, das ist ein Argument nach meinem Geschmack! Pragmatisch und einleuchtend.«

Julia folgte ihm durch den Flur bis zu dem Aufzug, der sie zur Cafeteria hinunterbrachte. In der Kabine lehnte Doyle sich gegen die glatte Metallwand.

»Sie sehen nicht gerade sehr frisch aus, Mr. Doyle.«

»Ich habe nicht sonderlich gut geschlafen.«

Sein Tonfall hielt sie davon ab, weitere Fragen zu stellen.

Sie scherzte:

»Endlich einmal ein stummer Aufzug. Weder ein teuflisches Kreischen noch eine Stimme, die einem die einzelnen Etagen ins Ohr säuselt.«

Doyle fiel die Haarfarbe von Julia auf. Sie ähnelte der von Rosemarys Haaren, nur war der Kupferton ein wenig stärker und strahlte mehr Wärme aus.

Automatisch lenkte Julia ihre Schritte zu dem Tisch, an dem sie am Abend zuvor gesessen hatte. Doyle nahm ihr gegenüber Platz.

Seine verkrampften Kiefer und sein etwas gepresstes Atmen verrieten ihr seine Anspannung. Offensichtlich kostete es ihn einige Anstrengung, eine höfliche und scheinbar heitere Miene zur Schau zu tragen. Sie musste ihm helfen, seine finsteren Gedanken zu vertreiben, denn sie brauchte ihn und seine Fähigkeiten. Also begann sie:

»Michael Baghurst ist ein hervorragender Babysitter. Ich habe einen netten Abend mit ihm verbracht. Das ist unter den gegebenen Umständen ziemlich erstaunlich. Wir haben hier an diesem Tisch zu Abend gegessen. Es ist seltsam, dass man unbewusst zur Wiederholung neigt, nicht wahr? Obwohl hier doch ungefähr fünfzehn freie Tische herumstehen«, wies sie mit einer ausladenden Bewegung auf den Raum. »Aber man benutzt ja auch immer den Gehsteig auf der gleichen Straßenseite, wenn man zur Arbeit oder zum Kiosk geht.«

Der Anflug eines Lächelns huschte über Doyles Gesicht.

»Und beim Anziehen beginnt man immer mit dem gleichen Teil, dem Slip, den Strümpfen oder dem Hemd.«

Julia spürte, dass sie ihn von seinen Sorgen abgelenkt hatte, und fuhr fort:

»Gibt es Ihrer Meinung nach eine Erklärung dafür?«

»Es gibt zweifellos mehrere. Die Abfolge und die Ordnung der kleinen täglichen Handlungen ist Teil unserer Konditionierung. So können wir handeln, ohne dass es eine besondere Konzentration erfordert, was unserer geistigen Beweglichkeit während dieser Zeit zugute kommt. Bei der Wahl des Tisches liegt das Problem etwas anders. Sie bewegen sich auf einem Terrain, das Ihnen fremd ist, und sind deshalb vorsichtig. Dieser Weg und dieser Tisch haben sich gestern sozusagen als nicht feindselig erwiesen, und deshalb haben Sie dieses Muster verinnerlicht.« Mit einem leichten Lachen fügte er hinzu: »Abgesehen davon haben Sie eine gute Wahl getroffen, es ist einer der besten Tische.«

»Darf ich mich zu Ihnen setzen? Falls … falls ich nicht störe?«

Julia schaute auf. Esperanza Lorca y Fernandez sah ausschließlich Doyle an. Dieser antwortete müde:

»Bitte sehr. Es sind gerade noch fünf Minuten bis zu unserer Besprechung.«

»Wie war es gestern bei der Tauchvorführung von Liam?«

»Oh, er hat sich großartig geschlagen.«

»Das wundert mich nicht.«

Julia wunderte sich zunächst über Lorcas Unsicherheit. Ihre sonst so scharfe, oft gar verletzende Art schien wie weggeblasen. Aber plötzlich begriff sie. Mit der Frage nach etwas Persönlichem, so belanglos es auch sein mochte, gab Lorca ihr, der anderen Frau, zu verstehen, dass sie diesem Mann näher stand. Sie suggerierte den Hauch einer Verschworenheit mit Doyle, um ihren Gebietsanspruch zu markieren. Diese Feststellung belustigte Julia zwar, doch andererseits ärgerte sie sich, dass ihr etwas so Offensichtliches entgangen war: Lorca war eifersüchtig, weil ihre Gefühle für Doyle über das rein Berufliche hinausgingen. Hatten die beiden eine Beziehung gehabt? Die verdächtige Gleichgültigkeit von Dougray Doyle ließ es vermuten.

Schweigend tranken sie ihren Kaffee aus, worauf Doyle sich als Erster erhob.

»Wenn Sie so weit sind, Mrs. Holmer, sollten wir jetzt zu den anderen gehen. Thomas Sturgeon ist in Washington. Er wird erst in ein paar Tagen zurückkommen. Ich werde das Vergnügen haben, Ihnen unsere neue Mitarbeiterin vorzustellen. Nina Kroeger. Es war vielleicht verfrüht, an einen … Ersatz für Cory zu denken, aber wir haben in der Abteilung darüber gesprochen. Die Verwaltung ist nun einmal so: Sie streichen uns diese Stelle, wenn wir jemanden ablehnen. So hatten wir keine Wahl … schwierig. Es versetzt mir jedes Mal einen Stich, wenn ich die Tür von Corys Büro öffne und in Ninas Gesicht sehe.«

Er schob seinen Arm hinter den Rücken von Julia und leitete sie unmerklich durch den riesigen Raum. Sein Bemühen, Lorca keinerlei Beachtung zu schenken, bestärkte sie in der Vermutung, dass zwischen den beiden etwas wenig Erfreuliches lag.

Doyle hielt die Doppeltür auf und erklärte:

»Nehmen Sie Platz, Mrs. Holmer. Wir müssen noch

zwei oder drei Kleinigkeiten durchgehen, dann kommen wir wieder zu Ihnen. Anschließend möchte ich Sie unter vier Augen sprechen. Ihre neuen Papiere für Ihre geänderte Identität sind mit dem gleichen Hubschrauber eingetroffen wie Sie.«

Julia spürte keine Verlangen danach, sie kennen zu lernen. Das bedeutete ihr nichts. Sie war sich selbst gleichgültig geworden. Welche Bedeutung konnten da ein Name, ein Vorname und ein Geburtsdatum haben, die ihre Nichtexistenz bemäntelten?

Wann war sie zum ersten Mal in diesem Besprechungszimmer gewesen? Es schien ihr eine Ewigkeit her und doch lag ihr Besuch erst ein paar Wochen zurück. Das nicht sehr große fensterlose Zimmer flößte ihr Unbehagen ein.

Hier hatte Julia ihnen gegenübergestanden. Wie ein Clan strömten sie die Gewissheit aus, dass sie eine Welt für sich bildeten, dass sie schreckliche Geheimnisse hüteten und den letzten Schutzwall zwischen den Übeltätern und dem Rest der Bevölkerung bildeten: Lorca, Sturgeon und Baghurst.

Hier hatte Julia sie anfangs mit der Darbietung ihrer Fettleibigkeit in Verlegenheit gebracht. Sie erinnerte sich an die Antwort, die sie einer hinter einem hübschen Make-up und hinter dem Dunst eines schweren, teuren Parfums versteckten, von ihrer Fettmasse verschreckten Cory Fried gab: ›Es sind keine Hitzewallungen, Madame, ich ringe nach Luft, weil es schwer ist, 110 Kilogramm Fett mit sich herumzuschleppen, wenn man nicht einmal 1,60 Meter groß ist.‹

Hier hatte Julia sie schließlich davon überzeugt, dass sie mit ihrer Hilfe ihren Ex-Ehemann, Cordell, finden könnten. Sie hatte gespürt, wie sie sich zurückzogen, in Deckung gingen, und sie hatte sie nur mit einer irrwitzigen List wieder hervorlocken können. Sie musste ihnen weismachen, dass sie eine von ihnen war: Ein menschliches Wesen. Dass Cordell sie nicht angesteckt hatte. Keiner hatte gemerkt, wie verlogen ihre Beteuerungen waren. Keiner hatte ihre Täuschungsmanöver durchschaut, nicht einmal Doyle mit seinem beunruhigenden Scharfsinn. Oder Lorca, die ihr von Anfang an feindselig gegenüberstand. Keiner hatte begriffen, dass sie hier genau das suchte: die Wiederherstellung ihrer Identität als menschliches Wesen.

Um dieses ungeheuerliche Rätsel lösen zu können, hätten diese Superbullen schon selbst eine solche *amour fou,* eine so bedingungslose Leidenschaft erlebt haben müssen wie sie während der vergangenen drei Jahre. Diese aufwühlenden, berauschenden Nächte, wenn Cordell sie begehrte – sie hätten das alles auf ihrer Haut, in ihrem Blut spüren müssen. Dann hätten sie fraglos begreifen müssen, warum sie sich nicht einen Augenblick lang widersetzt, gewundert oder gefürchtet hatte.

»Reich mir deinen Arm, mein Engel. Wie wär's mit A Whiter Shade of Pale? *Schließ' die Augen, wenn du willst.« Sie schloss die Augen und lächelte hinter dem Knebel, der mit breitem, grauem Klebeband über ihre Lippen geklebt war. »Komm, steh auf und tanz' mit mir.« Die Fesseln an ihren Fußgelenken hinderten sie, aber sie stand schwankend auf und presste ihren Bauch gegen den ihres Mannes. Ein Slow, ein wundervoll langsamer Slow. Sie fühlte, wie sie feucht wurde. Wie immer waren ihre Nerven bis zum Zerreißen gespannt. Sie wollte ihn, wollte ihn jetzt. Aber die Zeit war noch nicht gekommen. Cordell würde sie erst anrühren, wenn ihre zittern-*

den Schenkel, ihr bebender Unterleib ihn zum Lachen brachten. Erst wenn seine Hand in ihr Geschlecht fuhr und feucht und salzig wieder hervorkam und er dann über sie leckte oder ihre Stirn damit benetzte.

Miststück. Widerlicher Psychopath.

Du musst sterben, Cordell.

Ich flehe dich an, stirb.

Verstehst du nicht, dass es sein muss? Seit drei Jahren lechze ich danach, vielleicht sogar mehr als mir klar ist.

Die Fotos deiner Opfer, meine Erinnerungen, meine Hoffnungen, alles führt zu dir zurück, und ich sehne mich nach deinem Todeskampf.

Erst wenn du stirbst, werde ich es verstehen und dir in den Tod nachfolgen. Das schwöre ich dir.

Stirb, ich bitte dich darum. Stirb für mich.

»Sie müssen Mrs. Julia Holmer sein.«

Julia fuhr herum. Die tiefe, freundliche Stimme gehörte zu einer etwa dreißigjährigen, vielleicht auch etwas älteren Frau. Kurze, blonde Locken umrahmten ihr kantiges, aber herzliches Gesicht, aus dem zwei hellbraune Augen sie anlächelten. Alles an dieser großen, stattlichen, aber keineswegs schwerfälligen Frau wirkte harmonisch. Dennoch war sie nicht hübsch im eigentlichen Sinne: Ihre Nase war zu kurz und ihr Mund zu breit. Die Kieferknochen waren für ihre helle, zarte Haut zu kräftig. Zu ihrer eigenen Überraschung streckte Julia ihr die Hand entgegen.

»Und Sie sind Nina Kroeger.«

»Richtig! Sollen wir uns setzen?«

Nina musterte sie mit einem kurzen, freimütigen Blick. Hatten die anderen ihre Fettleibigkeit bereits erwähnt, oder war es ihr ganz einfach egal? Möglicherweise beides.

»Ich nehme an, dass Sie seit Ihrer Ankunft mit unserem üblen Kaffee belästigt werden. Ich wage kaum, Ihnen noch eine Tasse anzubieten. Die Kaffeemaschine hier auf der Etage ist noch schlimmer als die in der Cafeteria. Was wieder einmal beweist, dass die Wirklichkeit jede Vorstellungskraft übersteigt.« Hier unterbrach Nina ihr scherzhaftes Geplauder und fügte nach einer kleinen Pause hinzu: »Äh … ich weiß nicht recht, wie ich es Ihnen sagen soll, ohne anmaßend zu wirken, Mrs. Holmer, aber ich fühle mit Ihnen. Ja, das ist das richtige Wort.«

»Echtes Mitgefühl ist ein sehr edles, besonderes Gefühl, was die Menschen auszeichnet. Nennen Sie mich doch bitte Julia. Mit dem anderen zu fühlen bedeutet, sich an seine Stelle, in ihn hineinzuversetzen. Im Gegensatz zur so genannten Soziopathie.«

»Taylor-Caedon ist ein Soziopath, nicht wahr?«

»Von der allerschlimmsten Sorte. Er hat die Soziopathie gewissermaßen zur Kunst erhoben. Aber es gibt so viele harmlose Formen von Soziopathie, wissen Sie. Wir leben überall damit, zum Beispiel mit der höflichen Gleichgültigkeit gegenüber leidenden Menschen, ganz gleich, wie ihre Leiden aussehen mögen.«

Da nun die drei anderen eintrafen, konnte Nina nicht mehr antworten, aber etwas in ihren klaren, hellbraunen Augen hatte Julia dennoch erleichtert.

Doyle setzte sich und holte zu Erklärungen aus:

»Ich sehe, Sie haben sich bereits bekannt gemacht. Ninas Stellung ist eine ganz andere als die von … ach, ist auch egal. Nina kommt von *Alcohol, Tabacco and Firearms*, der legendären Abteilung ATF, und wir sind sehr glücklich darüber. Ich brauche wohl nicht zu betonen, dass wir uns alle Mühe geben werden, um sie davon zu überzeugen, dass es hier bei uns besser ist als dort.« Er seufzte und fuhr dann fort: »Wenn Sie sich gewappnet fühlen, Mrs. Holmer, dann möchte ich Sie bitten, uns den Überfall in allen Einzelheiten zu schildern. Wenn Sie eine Pause brauchen, sagen Sie es mir bitte. Wir haben genügend Zeit.«

11. Oktober, Militärbasis von Quantico, Virginia

Eine völlige Erschöpfung brachte Julia an den Rand des Verstummens. Was? Noch einmal? Wie oft hatte sie schon die gleiche Geschichte heruntergeleiert? Die gleichen Minuten wiedergekäut?

Dougray J. Doyle spürte ihre Müdigkeit und drängte sie höflich:

»Ich bitte Sie … Nehmen Sie sich noch einmal kurz zusammen.« Der Vorteil der Erschöpfung liegt darin, dass der Zeuge Dinge preisgibt, die er bisher zurückgehalten hat, da er sie für unwichtig oder unpassend hielt …

Plötzlich klangen die ersten Töne eines schottisches Volksliedes durch den Raum. Alle blickten auf Nina, die bis zu den Haarwurzeln errötete, während sie erklärte:

»Entschuldigen Sie. Ich hatte darum gebeten, die Anrufe zu filtern. Es muss etwas Dringendes sein. Ich hoffe es zumindest.«

Die Satzfetzen, die sie in das Handy murmelte, klangen zunächst aggressiv, dann zunehmend verstört. Schließlich reichte sie das winzige Gerät über den ovalen Konferenztisch zu Doyle.

»Es ist besser, wenn Sie das Gespräch übernehmen.«

Die tiefe Falte zwischen seinen Augenbrauen, seine zusammenpressten Lippen und sein Blick, der sie mied, verrieten Julia alles.

Du hast wieder zugeschlagen, du Miststück! Wie viel Zeit hast du verstreichen lassen seit dem Brand? Wer war es diesmal? Ein Mann oder eine Frau? Natürlich eine Frau, stimmt's, Cordell?

Nachdem er das Handy ausgeschaltet hatte, erfüllte eine atemlose Stille den Raum. Julia holte tief Luft und fragte mit sachlicher Stimme:

»Gibt es ein neues Opfer? Eine Frau, oder? Er konnte den Gedanken nicht ertragen, dass ich es überlebt habe. Wann?«

»Ja, eine Frau, gestern Abend in Boston. Pamela Kells, eine Musiklehrerin. Die Polizei von Boston schickt mir die Akte mit allen Aufnahmen. Sie warten noch auf die Genehmigung für die Autopsie, die weiteren Untersuchungen und den genetischen Fingerabdruck, aber der *modus operandi* lässt kaum Zweifel über die Identität des Täters zu. Unter diesen Umständen muss ich unsere Besprechung abbrechen. Lorca, Sie nehmen unverzüglich Verbindung mit den Polizisten vor Ort auf. Machen Sie sich selbst auf den Weg und bitten Sie Susan Wuang Tong, einen der besten Experten des Russel Building zum Tatort zu schicken. Ich will, dass jeder Millimeter dieser verdammten Schlächterei unter die Lupe genommen wird, und Sie werden das überwachen!«

Lorca stand mit einem Satz auf.

»In Ordnung, Sir. Was die Reise betrifft …«

Unwirsch schnitt er ihr das Wort ab:

»Sind Sie immer noch da, Lorca?!«

»Ich bin ja schon weg.«

Grußlos verließ die junge Frau den Raum. Baghurst zögerte. Schließlich siegte sein Ärger über seine Vorsicht:

»Ich weiß ja nicht, aber es scheint mir doch wichtig, dass wir einen Zweiertrupp bilden. Thomas oder ich sollten sie begleiten, und da Thomas auf Dienstreise ist …«

»Baghurst, Sie haben wirklich überhaupt keine Ahnung. Ich brauche Sie hier. Jetzt, in meinem Büro. Wenn Sie uns bitte folgen wollen, Mrs. Holmer.«

»Oh, mein Gott!«

Baghurst stürzte hinter den Schreibtisch von Doyle und starrte auf den Bildschirm des Computers. Nina Kroeger stand auf und streifte die Schulter von Julia, die neben ihr saß. Alle Farbe wich aus Michael Baghursts Gesicht, er starrte auf Nina und vermied es, Julia anzusehen. Diese begriff, dass nun etwas sehr Schmerzhaftes kommen würde.

Eine verdrängte Furcht stieg auf und ließ ihr Inneres erstarren. Fliehen. Aus diesem Zimmer fliehen. Wieder einmal fliehen.

Nein, nicht fliehen. Die Flucht brachte nichts ein. Genauso wenig wie die Angst. Sie musste sich beruhigen. Wieder zu Verstand kommen und ihn einsetzen. Und das sofort. Nur mit ihrer Intelligenz würde sie sich wehren können.

Die Blicke der drei anderen mieden sie. Wie auf Verabredung blickten sie über sie hinweg und schlossen sie aus.

Sie musste sie wieder erreichen. Musste das mühsam geknüpfte Band zu ihnen wieder herstellen. Eigentlich war es ja eine Fiktion, aber dennoch ungeheuer wichtig.

»Ich glaube, wir sollten besser miteinander sprechen. Das Schweigen macht alles noch schlimmer. Meine Erinnerungen und meine Vorstellungen sind abgründig genug.«

Dougray Doyle stieß mühsam hervor:

»Ich weiß nicht, Mrs. Holmer. Ich weiß wirklich nicht. Und um ehrlich zu sein, Mrs. Holmer, ich habe Schiss.«

Sie sah ihn fest an und beharrte sachlich:

»In diesem Fall sind Sie hoffentlich einverstanden, wenn ich mich erhebe und schaue, was Sie auf Ihrem Bildschirm haben.«

»Es ist … Kommen Sie.«

Langes, lockiges Haar. Ein schönes, kupfern glänzendes Kastanienbraun. Große, strahlend blaue Augen. Eine blasse und zarte Haut. Eine kleine, wohlgeformte gerade Nase. Ein hübsches, verschmitztes Lächeln. So sahen sie aus. Pamela Kells und auch Julia. Oder eher Helen. Pamela war so schlank wie Helen vor drei Jahren. Eine dünne, schwarze Linie trennte diese Aufnahme von der nächsten. Auch sie zeigte Pamela. Ihre Lockenpracht war auf dem Teppich ausgebreitet und von bräunlichem Blut verklebt. Ein schönes, rotschimmerndes Kastanienbraun. Aufgerissene, strahlend blaue, leere Augen starrten zur Decke. Eine zarte, aber aschfahle und aufgedunsene Haut – die Haut einer Leiche. Hinter dem dicken grauen Knebel waren die Lippen kaum zu sehen.

Doyles Stimme ließ sie auffahren, denn sie war für ein paar Sekunden mit Pamela allein gewesen.

»Die CD der *Goldberg-Variationen* von …«

»Bach, gespielt von Glenn Gould im Jahre 1955, lag noch im CD-Player? War es so?«

»Ja.«

»Er hätte auch das Requiem von Fauré, die *Krönungsmesse* von Mozart oder das Cellokonzert von Boccherini auflegen können. Alles Werke, die ich liebe. Ich konnte sie stundenlang hören, so begeistert war ich von dieser Musik. Schon meinen Vater brachte das auf die Palme, und sogar mein …«

Julia hielt abrupt inne. Sie hatte sagen wollen: »Und sogar mein Mann regte sich darüber auf.« Panik ergriff sie, ein solcher Schnitzer durfte ihr nicht passieren. Etwas in ihr geriet ins Wanken.

»O nein, mein Engel … nicht schon wieder das Boccherini-Konzert. Es ist wundervoll, aber wir werden doch wohl ein anderes schönes Stück in unseren CD-Beständen finden. Etwas, das wir noch nicht dreitausend Mal gehört haben. Die Hornkonzerte von Mozart oder das Requiem von Duruflé zum Beispiel …«

»Ich entdecke in jedem Takt etwas Neues.«

»Etwas Neues?«

»Einen neuen Beweis für seine Perfektion.«

Cordell stand auf und strich mit seinen Lippen über ihre Stirn. Er murmelte:

»Du bist so lustig. Wie machst du das?«

Julia stützte sich auf den Schreibtisch. Michael Baghurst streckte die Hand zu ihrem Gesicht aus. Sie sah ihn erstaunt an.

11. Oktober, Boston, Massachusetts

Die geräuschvolle Geschäftigkeit war vorüber. Die Ansammlung anonymer Gesichter und leichter weißer Taucheranzüge hatte sich aufgelöst. Das Ganze glich einer Art Termitenhügel, wo alle nach genau vorgeschriebenen Regeln herumwirbeln, emsig Bruchstücke, Fasern, Haare zusammentragen und in einem Arsenal kleiner, nummerierter Gefäße aufbewahren. Die Überbleibsel eines Lebens. Die letzten objektiven Spuren eines Gemetzels: des Mordes an Pamela Kells.

Lorca holte tief Luft. Das unverkennbare Klacken eines Feuerzeugs ließ sie auffahren. Sie hatte völlig benommen auf einem Stuhl gesessen, den sie in eine Ecke geschoben hatte, um niemanden zu behindern. Susan Wuang Tong stieß eine dicke Rauchschwade aus.

»Sie rauchen?«

Die Biologin lehnte an einem Erkerfenster und sah sie erstaunt an.

»Ja, warum?«

»Ich weiß nicht, ich habe es nicht erwartet.«

»Warum? Weil ich Chinesin und Wissenschaftlerin bin?«

»Es spielt wohl beides eine Rolle.«

»Vermutlich. Wenn ich so etwas sehe ... Wenn ich auf die Leiche einer jungen, erdrosselten Frau stoße ... rücken all meine übrigen Ängste plötzlich sehr weit weg. Trotz unserer alten Kultur, die so stark von Symbolen und Träumen geprägt ist, zwingt uns unsere Geschichte dazu, pragmatisch zu sein. In meinem Fall wird dieser Charakterzug noch durch die Wissenschaft verstärkt.«

»Nur weil so ein Miststück jemanden massakriert hat, brauchen Sie ja noch lange nicht an Lungenkrebs zu sterben.«

Susan Wuang Tong lächelte und sagte freundlich:

»Das hätte vermutlich auch Pamela gesagt.«

Die schwarze Kleidung der zierlichen Chinesin unterstrich ihre schlanke, sehnige Gestalt. Sie trat aus der schützenden Nische heraus, drehte sich einmal um die eigene Achse und murmelte:

»Es ist hübsch eingerichtet, gemütlich ... finden Sie nicht auch? Nicht teuer, aber geschmackvoll. Sehen Sie, Lorca, aus diesem Grund war es mir so wichtig, selbst herzukommen, als Sie einen »Super-Experten« anforderten. Ich weiß, Sie sind nicht sonderlich begeistert davon, dass ich Ihnen hinterherschnüffle. Man darf nie vergessen, dass es um einen Menschen geht, den Sie nun den Spezialisten zur Untersuchung überlassen. Man darf niemals aus den Augen verlieren, dass dieser Mensch ein Opfer war, dem eine Art Genugtuung zusteht, und dass es einen Schuldigen gibt, der bestraft werden muss.«

Die junge Frau presste die Kiefer aufeinander und fuhr fort:

»Ich habe noch nie ein Mordopfer gesehen, wenn ich ehrlich bin. Ich habe Fotos gesehen und Videoaufnahmen. Ich habe die sterblichen Hüllen von geliebten Verwandten gesehen. Ich habe armselige, tiefgekühlte Leiber in der Leichenhalle gesehen. Aber ich habe noch nie einen Körper gesehen, der noch von seiner Angst und seinen Qualen gezeichnet war.«

Am liebsten wäre Lorca auf sie zugegangen und hätte ihr die Hand gedrückt. Stattdessen senkte sie den Blick zum Teppich, verschränkte die Arme und antwortete sachlich:

»So dürfen Sie nicht darüber nachdenken.«

»Warum nicht?«

»Weil alles, was diese junge Frau jetzt braucht, Ihre Intelligenz, Ihr Wissen und Ihre Ausdauer ist. Nicht Ihr Mitgefühl. Im Übrigen erwarte auch ich genau das von Ihnen.«

Susan Wuang Tong trat auf sie zu. Ein tiefer Blick aus ihren schwarzen Mandelaugen drang in Lorcas dunkelschimmernde Iris.

»Lassen Sie sich niemals gehen, Esperanza?«

Beunruhigende Gefühle beschlichen Lorca. Die zierliche Frau vor ihr erfüllte sie nicht länger mit Furcht, sie war sogar geneigt, ihr zu vertrauen, und genau das weckte ihren Argwohn. So antwortete sie ironisch:

»Ich vermeide es. Ich habe es mir durch viel Übung abgewöhnt, und es geht mir ganz gut dabei.«

»Empfinden Sie denn nichts für sie?«

Was nun? Noch mehr Ausflüchte und Beteuerungen auftischen? Susan begnügte sich nicht mit oberflächlichen Erklärungen. Als Wissenschaftlerin war sie es gewohnt, die Wahrheit jenseits der vorgebrachten Tatsachen zu suchen. Lorca rang sich zu einer Halbwahrheit durch:

»Nicht jetzt. Das ist ein Luxus, den ich mir nicht erlauben kann, Susan. Ich muss meine Arbeit tun. Später. Vielleicht werde ich später heulen, aber noch nicht jetzt.«

»Sie können mich ja anrufen, dann heulen wir gemeinsam.«

»In Ordnung.«

Die Wissenschaftlerin drehte sich um, hob ihr üppiges langes, seidiges Haar und wand es zu einem dicken Knoten, den sie an ihrem Hinterkopf feststeckte.

»Ich weiß nicht genau, was Sie von mir erwarten. Der Pathologe wird sich um die Autopsie kümmern. Wann kommen übrigens die Leute von der Gerichtsmedizin vorbei?« Ohne eine Antwort abzuwarten, fuhr sie fort: »Die Spurensicherung der Bostoner Polizei hat den Tatort abgesucht … Klar, sie haben ihre Routine, aber sie machen ihre Arbeit gut. Gerade deshalb würden sie kein Indiz übersehen …«

»Ich weiß nicht, was ich erwarte, Susan. Vielleicht ein kleines Wunder.«

»Auch wenn es seltsam klingen mag, gerade wir Wissenschaftler glauben oft an das Glück! Los, Esperanza. Falls Sie eine Hasenpfote, ein vierblättriges Kleeblatt oder sonst einen Talisman haben, so ist jetzt der Augenblick gekommen, um ihn zu beschwören. Schaden kann es nicht, und ich werde es keinem weitersagen.«

»Leider besitze ich nichts dergleichen. Wenigstens haben die Jungs vom Labor alles bereits untersucht und fotografiert, auch die beiden Kapuzen neben dem Bett. Wir können also bedenkenlos herumwühlen.«

Sie teilten sich die kleine Wohnung auf. Susan begann mit dem Schlafzimmer, Espy mit dem Essraum. Dann nahmen sie in einem zweiten Anlauf Küche und Wohnzimmer in Angriff.

Es war bereits dunkel, als sie sich im Badezimmer trafen. Susans Gesicht wirkte müde. Eine tiefe Falte grub sich zwischen ihre dunklen Augenbrauen. Espy erfüllte eine eisige Wut, sodass ihr die Hände zitterten.

»Scheiße! Nichts. Nichts weiter als das, was die Jungs vom Labor schon gefunden haben. Sie haben sogar den Sifon im Bad und im Klo abgeschraubt. Und was nutzt das alles? An der Identität des Mörders gibt es ohnehin keinen Zweifel. Alle Welt kennt den Täter: dieses Dreckstück Taylor-Caedon.«

»Uns bleibt nur noch die Leiche.«

Die drohende Niederlage machte Espy aggressiv. Sie zischte:

»Sind Sie jetzt auch noch Gerichtsmedizinerin geworden?«

»Nicht in diesem Ton, Lorca! Sie werden doch jetzt nicht durchdrehen? Machen Sie einen Spaziergang und lassen Sie mich arbeiten.«

Die feste Stimme von Susan ließ sie wieder ruhig werden.

»Entschuldigen Sie … ich … ich kann die Vorstellung nicht ertragen, dass dieser Irre schlauer ist als wir, dass er wieder einmal Sieger bleibt …«

Susan Wuang Tong fuhr ihr aggressiv ins Wort:

»Ich nicht! Ich gebe mich nicht so leicht geschlagen. Selbst wenn es auf eine vernichtende Niederlage hinauszulaufen scheint, lasse ich mich nicht entmutigen, im Gegenteil. Wenn es etwas zu finden gibt, dann finde ich es. Es ist nur eine Frage der Zeit, und die nehme ich mir.

Auf geht's. Die Leiche rühren wir nicht an, damit der Gerichtsmediziner möglichst viele Rückschlüsse ziehen kann.«

Espy folgte ihr ins Wohnzimmer und kniete sich neben Pamelas starren Körper. Die mittlerweile trockenen Augen starrten immer noch auf einen Punkt an der Decke. Der Knebel zeugte von dem abgrundtiefen Schweigen der Frau, die hier gestorben war. Ein zähflüssiger, milchiger Rückstand haftete an ihm und verströmte immer noch einen beißenden Geruch. Es war Schnellkleber, der instabile Fingerabdrücke fixierte, die sich auf einer weichen und verformbaren Trägersubstanz wie einem Klebeband oder einem Stoff nicht lange hielten.

Espy sah, wie sich die zarte Hand mit den kurzen, blassrosa lackierten Fingernägeln der Stirn der Toten näherte. Drei Finger legten sich in einer zögernden und sehr zärtlichen Liebkosung auf sie. Eine furchtbare Müdigkeit überkam sie, und sie ließ sich zu Boden gleiten. Nicht einmal der große getrocknete Blutfleck, auf den sie sank, kümmerte sie noch. Sie vernahm Susans geflüsterte Worte:

»Wir werden ihn finden, Pamela, ich verspreche es dir.«

Esperanza Lorca y Fernandez kostete es eine ungeheure Anstrengung, das Zimmer nicht zu verlassen. Sie versuchte sich weiterhin zu konzentrieren, aber in ihrem Kopf herrschte eine große Leere. Scheiße. Es sah so aus als hätte Pamela – genau wie sie – geglaubt, dass sich etwas Unbegreifliches und Vollkommenes in ihrem Leben ereignete, was sie für den Rest entschädigen und selbst die schmerzlichsten Erinnerungen wegwischen würde. Es sah so aus, als hätte Pamela zuvor geglaubt, in diesem verführerischen Mann ihren Seelenbalsam gefunden zu haben.

Cordell. Lorca hatte sich bisher eingeredet, sie jage einfach einen Mörder. Nun musste sie sich eingestehen, dass Cordell ein Trugbild war, eines jener Trugbilder, die auch ihrem Leben bisher sehr abträglich gewesen waren. Trugbilder, die lügen und schmeicheln und einem weismachen, die Welt könnte zu einem einzigen Märchentraum werden. Nachher lassen sie einen dann sitzen, elender als zuvor. Was für eine blöde Kuh war sie doch! Den Einzigen, der sie nicht belogen hatte, der die Wirklichkeit nicht schöngeredet hatte, hatte sie davongejagt. Dougray Doyle mit seinem Ernst, seiner Geradheit, seiner Klugheit.

An jenem Abend hatte sie die Lust am Gemetzel so weit getrieben, ihn zu sich nach Hause einzuladen, wo sie doch in ihrer Zwei-Zimmer-Wohnung kaum mehr benutzte als die Dusche und das Bett. Unter den Umzugskartons, die seit über einem Jahr unausgepackt herumstanden, hatte sie schließlich den Karton mit dem Geschirr gefunden. Natürlich hatte sie der Wunsch nach Häuslichkeit nicht so weit getrieben, für ihn zu kochen, aber zumindest konnte sie den Tisch mit Porzellantellern und richtigem Besteck decken.

Eine Stunde nachdem Dougray gekommen war, hatte sie ihn ruhig und freundlich wieder hinauskomplimentiert, als wäre er eine dieser zahllosen oberflächlichen Bekanntschaften, mit denen sie über Jahre hinweg ihre einsamen Nächte etwas weniger einsam gestaltet hatte. Sie hatte sich die Beendigung dieser kaum begonnenen Beziehung bis ins kleinste Detail zurechtgelegt: »Nun gut, ich werde mich ja wohl nicht an die Leine legen lassen. Was ist schon dabei, wenn zwei Erwachsene ein paar schweißtreibende Augenblicke zusammen verbringen? Eine feste Beziehung brauche ich genauso wenig wie einen Furunkel am Hintern. Und dann auch noch Liam, wo ich doch nie Kinder wollte.«

Dougray Doyle hatte schon so lange gegen seinen unterdrückten Zorn angekämpft. Espy hatte es gespürt, hatte seine Wut förmlich auf ihrer Haut gespürt. Der schweigsame Mann hatte ihr nie verziehen. Warum sollte er auch? Sie hatte den Moment für ihre kleine teuflische Abfuhr sorgfältig gewählt, hatte ihn getroffen, als er am verletzlichsten war.

Warum? Zweifellos, weil dieser Mann nicht wie die anderen war und weil sie ihn fürchtete. Zweifellos, weil die Sache auch diesmal schief gegangen wäre und es sehr viel angenehmer war, wenn er die Abfuhr einstecken musste und nicht sie. Zweifellos, weil sie weder die »kindischen Sentimentalitäten der Männer« noch ihren »Hang, jeden Vorteil mitzunehmen« oder »ihren unerträglichen Schiss, sich auf etwas einzulassen« ertragen wollte. Mit einem Wort, die ganze, schon reichlich oft bemühte Palette an Vorwürfen, die sie gewöhnlich allen ihren Eroberungen zur Last legte, um sie dann mit Fug und Recht wegwerfen zu können wie einen alten Strumpf.

Scheiße, sie hatte sich in ihn verliebt, liebte ihn wahrscheinlich immer noch, aber dieses verwirrende Gefühl war ihr so wenig vertraut, dass sie davor davonlaufen musste. Nein, nicht *wahrscheinlich*: sie hatte immer nur diesen Mann geliebt. Und das war auch einer der schwer einzugestehenden Gründe, warum ihr der »Wal« auf die Nerven ging, warum sie Cory Fried von oben herab angesehen hatte. Ihnen war Doyle mit diesem spontanen, weitherzigen Zartgefühl begegnet, das er nur für Frauen und für seinen Sohn zu empfinden schien. Eifersüchtig, ja sie war eifersüchtig. Scheiße, das hatte gerade noch gefehlt.

Ein tiefer Seufzer riss sie aus ihrem inneren Chaos. Die Worte, die ihm folgten, waren nicht an sie gerichtet. Susan war ganz mit ihren eigenen Gedanken beschäftigt und sprach sich selbst Mut zu:

»Nein, nein, das ist kein Haar. Viel zu dick, eher wie eine Borste. Denk nach, Wuang, denk nach!«

»Was?«

»Dieser Cordell Taylor-Caedon ist ein Pedant. Das mag ich. Ich bin selbst so pedantisch, dass es manchmal nicht zum Aushalten ist. Zuerst hat er ihren rechten Arm gefesselt.«

»Woher wissen Sie das?«

Susan lächelte, doch in ihren Augen lag ein unerbittlicher Blick. Lorca schoss die blödsinnige Überlegung durch den Kopf, dass nichts aufwühlender ist als ein abgründiger Blick. Nichts kann liebevoller, nichts vernichtender sein. So wie der Blick von Doyle, wenn er manchmal tief in der Nacht seine schweißnassen Haare zurückgeschoben hatte. Oder als er seine Serviette auf den Tisch geworfen hatte, um die Verwünschungen zurückzuhalten, die ihm auf den Lippen lagen. Ein Blick, der neu erschaffen oder zerstören konnte. Susan witterte ihre Beute. Espys Hand fasste nach ihrem schlanken Arm und drückte ihn. Eine Geste, die sie selbst so überraschte, dass sie spürte, wie sie errötete.

Die Biologin wies mit dem Daumen auf den schmalen Knick am Ende des Klebebandes.

»Er macht es genau wie ich im Büro. Ich knicke das Ende des Klebebands um, damit ich es später leichter wiederfinde und abrollen kann.«

»Ja, und …«

»Und in dem Knick hängt etwas fest. Da, sehen Sie, etwas Dunkelbraunes. Aber ein Haar ist es nicht.«

Lorca beugte sich darüber. Eine Art kurzer Zylinder vom Durchmesser einer Nadel war dort festgeklebt. Sie wollte danach greifen. Eine feste Hand gebot ihrer Bewegung Einhalt.

»Hände weg, Espy. Wenn es eine organische Substanz ist, habe ich keine Lust, Ihren genetischen Fingerabdruck unter den anderen auszusortieren. Haben Sie eine Pinzette dabei?«

»Ja.«

»Ich habe in der Küche eine Schere gesehen. Wir werden das Ganze abschneiden und vorsichtig in einen Umschlag oder ein Küchenpapier stecken, auf jeden Fall in etwas ganz Sauberes.«

»Was glauben Sie, was es ist?«

»Ich habe keine Ahnung. Es stammt von ihm, aber es ist nicht von ihm selbst … zumindest nicht in biologischer Hinsicht. Weder Körperhaar, noch Haupthaar. Vielleicht ist es auch ganz unwichtig …«

12. Oktober, Bellview Psychiatric Hospital, Virginia

Dougray Doyle stellte den Wagen am Rand des kleinen Besucherparkplatzes ab. Das Bellview Hospital war eine halb-private psychiatrische Einrichtung ein paar Kilometer nördlich von Richmond.

Die drei kleinen Gebäude hatten jeweils vier Etagen und lagen an einem sanft ansteigenden Hügel. Sie schienen erst kürzlich verputzt worden zu sein. Das strahlende Weiß der Mauern verlieh dem ganzen Anwesen den Anschein mütterlicher Fürsorge. Es war ein unbestrittener Fortschritt gegenüber dem grauen Zement, der zuvor die gleiche Tristesse verströmt hatte wie die kleinen Elendsgestalten, die in den Fluren entlangschlurften.

Dougray J. Doyle schaltete den Motor aus, blieb aber zunächst im Wagen sitzen und starrte abwesend auf die Wiese. Ein Mann mit im Nacken verschränkten Händen und halb geöffnetem Mund blickte aus einiger Entfernung kurz zu ihm herüber. Seine Pyjamahose war zu weit und ließ den Bauch hervortreten. Er schwankte vor und zurück, als bewegte er sich zu einem stumpfsinnigen Gebet.

Jeden Samstag. Wenn er daran dachte, dass er seit zwölf Jahren jeden oder fast jeden Samstag hierherkam. Von heute an würde er seltener kommen. Seine Besuche galten nicht mehr seiner Frau, sondern einem kleinen Phantom, das einmal seine Frau gewesen war. Sie waren schon seit langem sinnlos geworden, aber er hatte jahrelang an ihnen festgehalten. Aus einem einfachen Grund: Er hatte Angst, dass Liam ihm eines Tages vorwerfen könnte, er hätte seine Mutter dem Wahnsinn überlassen. Doch der Weinkrampf des kleinen Jungen am Abend zuvor hatte ihm offenbart, dass die wöchentlichen Besuche in Bellview Schuldgefühle bei seinem Sohn nährten. Liam konnte es nicht hinnehmen, dass sein Vater allein zu der Klinik fuhr. Man schloss ihn aus, hielt ihn von seiner Mutter fern, was für ihn bedeutete, dass seine Geburt die Ursache ihrer Krankheit war. Nun musste Doyle ihm zeigen, wie abwegig diese Folgerung war. Rosemary und die Vorwürfe, die ungewollt von ihr ausgingen, mussten verschwinden. Für sie konnte Dougray Doyle nichts mehr tun, für seinen Sohn aber noch alles.

Schließlich entschloss er sich auszusteigen, nachdem er die Tüte mit den kleinen Geschenken von der Rückbank genommen hatte, die er jeden Samstag mitbrachte. Meistens waren es Süßigkeiten und Kuchen, die Rosemary mit der Gier einer Verhungernden hinunterschlang. Hatte er die Mitbringsel einmal vergessen, so schmollte sie stumm vor sich hin oder brach gar in ersticktes, vorwurfsvolles Schluchzen aus, sodass Dougray am liebsten geflüchtet wäre oder losgeschrien hätte. Einmal hatte sie ihn, vor Enttäuschung aufstampfend, sogar blutig gekratzt. Nur mit großer Mühe war es ihm gelungen, diesen abgezehrten, tobenden Körper zu bändigen.

In der Eingangshalle schlug ihm immer der gleiche Geruch nach Kohl und Desinfektionsmittel für die Böden entgegen. Eine der Frauen in weißen Kitteln – er konnte sie nicht voneinander unterscheiden – lächelte ihm hinter ihrem hufeisenförmigen Schreibtisch entgegen. Ganz mechanisch erwiderte er ihren Gruß.

Rosmarys Zimmer lag in der zweiten Etage. Er ging am Aufzug vorbei und stieg in aller Ruhe die Treppenstufen hoch, was ihm noch ein paar Sekunden Ruhe gewährte. Vor ihrer Tür zögerte er jedes Mal, bevor er ohne anzuklopfen hineinging. Rosemary bat schon lange niemanden mehr in ihre vier Wände, ihr kleines, abgeschlossenes Reich.

»Guten Tag, Rosemary, wie geht es dir? Ist das das Nachthemd, das ich dir letztes Mal mitgebracht habe? Es steht dir sehr gut. Blau ist immer deine Farbe gewesen.«

Es waren keine wirklichen Fragen, die er stellte, sondern einfach nur Laute, die sein Unbehagen verscheuchen sollten. Denn Rosemary würde ihm nicht antworten. Seit mehreren Monaten schon hatte sie kein Wort mit ihm geredet. Er war nicht einmal sicher, ob sie überhaupt noch die Sätze der anderen verstand. Nur wenn sie selbst sprach, wurde deutlich, dass sie noch ein menschliches Wesen war. Lange, hastig hervorsprudelnde Monologe, wirr und voller Wiederholungen, sodass Dougray ihnen nur schwer folgen konnte.

Wie gewöhnlich stand sie, die Hände auf dem Rücken verschränkt, aufrecht an dem vergitterten Fenster ihres Zimmers und starrte gebannt auf die Hände ihres Mannes. Das Nachthemd in Kindergröße, das er für sie gekauft hatte, schlotterte um ihren ausgemergelten Körper.

Rosemary schüttelte den Kopf, zunächst langsam, dann immer heftiger. Mit ausgestreckten Händen stürzte sie auf die Papiertüte zu, die er auf ihr Bett gelegt hatte. Sie packte ihre Beute und zerriss erregt das Papier, um an die Schokoladenriegel und die Kekse zu gelangen. Doyle fühlte Übelkeit in sich aufsteigen und wich zur Tür zurück, während den leicht geöffneten Lippen seiner Frau ein Stöhnen entfuhr. Speichel lief ihr Kinn entlang, ohne dass sie daran dachte, ihn abzuwischen. Endlich entdeckte sie das eigentliche Geschenk dieser Woche. Argwohn verzerrte ihre Züge, bis sie das kleine, weiße Plüschtier aus dem Seidenpapier hervorgeholt hatte. Plötzlich aber erhellte sich ihr Gesicht, und sie stieß einen Freudenschrei aus, den ersten seit zehn Jahren:

»Muffin! Oh, Muffin ... Wie hübsch du bist! Du hast Mama so sehr gefehlt, mein Liebling! Aber wo bist du gewesen, du Bösewicht?« Sie drehte und wendete das Spielzeug in alle Richtungen und fuhr mit den Fingern durch das synthetische Fell. »Bist du auch nicht verletzt? Ich habe mir solche Sorgen gemacht! War es, weil ich dich ausgeschimpft habe, als du den kleinen Jungen gebissen hast? Das war es, oder? Du bist davongelaufen, um mich zu bestrafen. Aber du musst mich doch verstehen, mein Liebling: Du durftest diesen kleinen Jungen nicht beißen, er hat dir nichts getan. Natürlich sind manche Kinder sehr grausam zu Tieren, aber dieser Junge ... Oh, aber das ist jetzt egal ... Ich bin so glücklich ... Ich habe mir solche Sorgen gemacht ...«

Vor Glück brach Rosemary in Tränen aus, presste das Plüschtier an sich und überhäufte es mit Küssen. Der sagenumwobene Muffin, der Hund ihrer Mutter. Jetzt war es ihr Hund.

Plötzlich öffnete sie den Mund, hob ihr Gesicht zu Dougray und stammelte:

»Ich habe Ihnen noch nie erzählt, was für eine große Dummheit Muffin begangen hat, oder?«

Er fühlte, wie sich sein Rücken verkrampfte. Die beiden roten Flecken, die sich nun auf den bleichen Wangen seiner Frau abzeichneten, wirkten wie schlecht aufgetragene grelle Schminke. Er wusste, dass er die tausendste Wiederholung dieser Anekdote nicht ertragen würde. Es ging dabei um ihre Mutter, und nur die Erinnerungen an sie brachten ein wenig Farbe in das wächserne Gesicht seiner Frau. Für einen Augenblick verabscheute er Rosemary so sehr, dass er sie hätte ohrfeigen können. Aber sie hatte seine Anwesenheit schon vergessen und kümmerte sich nur noch um das Plüschtier.

Dougray sah schweigend, wie hermetisch verschlossen das winzige Universum von Rosemary war. Es gab nur sie selbst und das Spielzeug. Er verließ das Zimmer und ging zum Aufzug.

Er hatte lange gezögert und den Hund über Monate in einen Schrank geräumt, da ihm klar war, dass dieses Geschenk die von seiner Frau angenommene Identität noch festigen würde. Heute Morgen hatte er sich entschieden. Heute war alles anders, denn es ging Doyle nicht mehr darum, mit Rosemarys Wahnsinn und seiner eigenen Angst umzugehen. Er hatte sich damit abgefunden, dass er vollkommen aus ihrer Erinnerung verschwunden war. Letztlich hatte die immer wieder enttäuschte, törichte Hoffnung, seine Frau noch einmal zu erreichen und zu ihnen, seinem Sohn und ihm selbst, zurückzubringen, ihn mehr mitgenommen als die nunmehrige Erkenntnis, dass sie beide in dem verwirrten Geist des kleinen Phantoms nicht mehr existierten. Sie war nicht mehr »Mama« oder »Liebste«, sie war eine Kranke, bei der es nur noch darum ging, ihre Leiden zu lindern und ihr ein wenig Annehmlichkeit und Frieden zu verschaffen. Sie glich einer kleinen Wildkatze, die man in seinem Garten füttert und im Winter vor der Kälte schützt, ohne sie jedoch zu zähmen. Ohne auch nur den Wunsch zu haben, sie zu zähmen.

Doyle wanderte langsam zu seinem Wagen. Der alte Mann auf der Wiese war noch immer mit seiner hingebungsvollen Beschwörung beschäftigt. Auf der Rückbank lag ein Nougatriegel, der vermutlich aus der Tüte gefallen war. Doyle ging auf den Mann zu, der erschreckt zurückwich. Er reichte ihm die Süßigkeit.

»Das ist für Sie, mein Herr.«

Der alte Mann kam einen Schritt näher, dann noch einen, streckte seine faltige, knochige Hand danach aus und murmelte mit Tränen in den Augen:

»Oh … danke, Doktor.«

12. Oktober, Massachusetts

Cordell Taylor-Caedon schloss die Tür des Vivariums hinter sich und schaltete den wärmenden UV-Strahler über ihm an. Er begutachtete die schmalen Gänge zwischen den Reihen der Gestelle, über denen hier in dem Gewächshaus die Pflanzenpracht mit der siegreichen Lebenskraft unsterblicher Götter wucherte. Eine rosa und purpurrote Cattleya leckte sein entblößtes Geschlechtsteil, sodass er vor Lust erschauerte, bevor er sich bückte, um sanft die großen verführerischen Blütenblätter zu küssen. Diese feuchte Wärme belebte seine Gier nach menschlicher Haut und animalischen Gerüchen.

Bei der Erinnerung an das erste Mal lächelte er. Nicht hier, sondern in einem anderen weitläufigen Haus hatte er eine erstarrte und entkleidete Helen in diesen betörenden Dschungel entführt. Seine junge Ehefrau zitterte vor Panik. Sich tagsüber vor ihrem Mann zu entkleiden, kostete sie bereits Überwindung, aber nackt in einem unter dem Himmelsgewölbe daliegenden Gewächshaus umherzugehen, kam ihr reichlich obszön vor.

Natürlich hatte er sie überreden können. Einen Arm vor ihre Brüste gepresst folgte sie ihm. Er hatte sie auf einen Teppich wunderschöner, unerschwinglich teurer Blumen gebettet, die die meisten Sterblichen nicht einmal kannten. Er hatte diese Haut, dieses verlangende Fleisch hingebungsvoll liebkost. Er war in sie eingedrungen und hatte dabei ein Büschel flammendroter *Encyclia vitellina* unter ihrem Hinterteil zerdrückt, hatte ihr Geschlecht gerochen, süß umwittert von den betörenden Ausdünstungen einer *Gongora atropurpurea,* deren Blüten sich aus einer Zierschale ergossen. Es hatte ihn zutiefst befriedigt, dass sie ihn hinderte, wieder aufzustehen. Sie presste ihn von neuem an sich und setzte sich auf das Fruchtfleisch der geknickten Orchideen, um dann ihre Beine fest um seine Hüften zu schlingen. Ihre Hand tastete nach seinem Glied, streichelte es, um es dann unter triumphierendem Stöhnen wieder in sich hineinzuführen.

Cordell fuhr mit der Hand seinen Rücken hinunter, strich über seine Spalte, um dann über seinen Oberschenkel zu seinem Penis zu gelangen. Diese zarte, so erregbare Spalte, die zu seinem Anus führte – wie hatte sie sie zunächst verabscheut. Jetzt schrie er beinahe vor Erregung auf und versuchte sich zu beherrschen. Jetzt, sofort. Aber seine Hand wusste es besser. Schließlich kehrte sie zu seinem Penis zurück. Seine Knie gaben unter ihm nach, und er klammerte sich mit der anderen Hand an das Gestell.

Helen, mein Engel, bald, ganz bald werden wir beide viele Stunden für uns, ganz für uns haben. Für mich.

Es war Abend geworden. Er seufzte befriedigt auf. Die ausgiebige, beinahe kochend heiße Dusche hatte ihn beruhigt, hatte seine Muskeln und seine Zellen entspannt und seine Erinnerungen besänftigt.

Nachdem Cordell eine Weile in den weiten, verlassenen Park vor der großen Fensterfront des Wohnzimmers geblickt hatte, ging er zu dem kleinen Rosenholztischchen, um seine geleerte Tasse Tee darauf abzustellen. Aus dem hohen Spiegel über dem Kamin schaute ihn sein Bild an: Ein großer, schlanker Mann, stark und muskulös. Er war so schön. Der feine, schwarze Wollpullover hob seine blasse Haut hervor und brachte sein Lächeln, bei dem sich seine Lider ein wenig zu den Schläfen hin dehnten, richtig zur Geltung. Mit seiner wohlgeformten sehnigen Hand fuhr er durch sein braungelocktes, dichtes Haar und musste lachen.

Wie kannst du nur hoffen, mir zu widerstehen, mein Engel? Niemand kann mir widerstehen, und das weißt du.

In einem Anflug leichten Ärgers runzelte er kurz die Stirn. Er hasste es, wenn man sich ihm widersetzte. Das konnte ihn sogar auf lächerliche Weise aggressiv machen. Aber die unangenehme Verstimmung verflog rasch wieder. Helen würde sich nicht viel länger wehren als die anderen auch. Gerade lange genug, damit das Spiel wirklich erregend wurde.

Cordell setzte sich an den Louis-XIII-Tisch und wählte sich ins Internet ein. Ein variabler, informationstechnischer Weg über eine größere Menge von Verschlüsselungen, den er per Post in einer nur für diese Korrespondenz gemieteten Mailbox vorfand, erlaubte ihm den raschen Zugang zu dem, was er suchte: Einer Nachricht von seiner Kontaktperson, einem gewissen XX. Auch wenn der Deckname nicht gerade originell war, so ersparte er ihm zumindest die üblichen blutrünstigen Pseudonyme. Vielleicht verbarg sich dahinter eine biologische Botschaft: XX für die Frauen, XY für die Männer. Aber das war im Augenblick auch nicht von Bedeutung. Er las laut und atmete dabei im Einklang mit den kurzen Pausen von *Una macchia è qui tuttora* aus Verdis *Macbeth* in der wundervollen Interpretation von Montserrat Caballé.

Gute Nachricht: Der Name lautet Terry Novak. Ich kenne nicht alle Einzelheiten, und die Adresse ist auch noch vertraulich. Schlechte Nachricht: Die üblichen Maßnahmen werden ohne Wissen der Person verstärkt. Hochtechnologische Vorkehrungen sind geplant. Wir müssen rasch handeln, wenn wir uns nicht um das Spiel bringen wollen. XX

Cordells Faust donnerte auf den Tisch. Er spannte seinen Körper an, bis seine gesamten Halsmuskeln rebellierten. Er legte den Daumen auf sein unmerklich zitterndes Lid. Ein Anzeichen beginnender Raserei. Wann war er das letzte Mal in einen solchen Wirbelsturm von Gefühlen geraten? Das war Jahre her. Als dieses kleine Dreckstück, das seine Mutter besprang, ihr so etwas wie Liebe vorgaukelte und dafür reichlich entlohnt wurde, ihm mit nachdrücklichem Augenzwinkern zuraunte: »Es wäre gut, wenn wir uns verstehen, Cordell. Letztlich gehören wir doch zur gleichen Rasse, wir sind Jäger … Also, deine Mutter und ich, wir finden, dass du viel zu viel Geld ausgibst. Sie erwägt, euren Steuerberater zu bitten, etwas Ordnung in die Geschäfte zu bringen. Ich kann sie darin bestärken oder davon abhalten, je nachdem.«

Cordell war auf den gerade einmal sechs Jahre älteren Mann zugegangen und hatte ihm den Nacken gekrault, bis er wie ein Kater schnurrte. In seiner Raserei hatten seine Finger gezittert, was den anderen Jäger noch mehr verwirrte. Das Chalet, in dem sie ab und zu ihre Ferien in Aspen verbrachten, war am nächsten Abend explodiert.

Gas war unter der Küche aus einer lecken Leitung ausgeströmt. Wie tragisch.

Diese armselige Larve. Der wollte ein Jäger sein?

Eine mickrige Zweitbesetzung. Ein Zuhälter, der einer gutgläubigen Frau Geld aus der Tasche zog, die das Gefühl brauchte, noch geliebt zu werden, noch begehrenswert zu sein.

Cordell spreizte seine Finger über der Tastatur. Sie zitterten. Er wartete ein paar Sekunden, bevor er seine Nachricht eintippte:

Was für technologische Vorkehrungen? Ich brauche genaue Informationen. Sonst hervorragende Arbeit. Das Geld erhalten Sie auf dem üblichen Weg.

Schon wenige Minuten später erreichte ihn die Antwort.

Im Augenblick handelt es sich mehr um eine Befürchtung als um eine Gewissheit. Allerdings nehme ich nun Risiken auf mich, die zu Anfang nicht vorhersehbar waren. Daher halte ich es nicht für unangemessen, auf eine Wertschätzung Ihrerseits zu hoffen, die sich in einem finanziellen Zuschuss von 30.000 Dollar äußern könnte, zahlbar in der üblichen Weise. Sollte Ihnen dies übertrieben erscheinen, bin ich selbstverständlich zu einem Gespräch bereit. XX

Die überhöfliche und geschraubte Ausdrucksweise entlockte Cordell ein Schmunzeln. Sein Gesprächspartner hatte trotz all seiner Vorsichtsmaßnahmen Angst vor ihm. Gefunden hatte er ihn auf einer Internetseite mit dem Namen *Wasserstelle*. Es war ein Netz für besonders wertvolle Kontakte. Eine Wasserstelle, wo die Raubtiere bei Einbruch der Nacht ihren Durst stillen, wo ein kurzzeitiger Waffenstillstand zwischen den Bestien herrscht, während sie ihr nächstes Opfer schon im Blick haben. Zwischen den Jägern und der Beute besteht eine starke und schöne Verbindung, denn die einen kann es nur dank der anderen geben. Cordell verdankte die Kenntnis dieser Internetseite dem braven Ernest Whitecomb. Es war eine der wenigen interessanten Dinge, die Erny außer seinen Beuteln mit den nahrhaften Schimmelpilzen für seine Orchideenzucht zu bieten hatte.

Amüsant. Die Beute weiß nicht, dass sie Beute ist. Selbst einzelgängerische Raubtiere rotten sich zusammen, um ihre Kräfte zu bündeln. Aber die Beutetiere geraten in Panik, sie laufen davon und sondern sich von der Herde ab, anstatt sich als Gruppe zu stellen. So bringen sie den Jäger vom Angriff ab.

Die Website war in einem Gefängnis entworfen worden. Ihr Ersteller war für eine Lappalie eingesperrt worden. Außer den Eingeweihten – und zu ihnen zählte der selige Erny – hatte niemand herausgefunden, dass es sich um einen wahrhaftigen Mörder handelte. Jesse James Preston. Ob es sein echter Vorname war oder ein Pseudonym? Der Familienname war zweifellos echt. Solche Typen haben meist einen unstillbaren Drang, ihr Ego zu verewigen: Man soll sie erkennen, man soll sie identifizieren.

Jesse James Preston war vor achtzehn Monaten wegen eines Überfalls auf ein Juweliergeschäft eingebuchtet worden. Das Unternehmen war schlecht geplant und strotzte nur so vor Einfalt, was viel über den Intelligenzquotienten des Täters verriet. Man braucht Geld, um jemanden ohne Unannehmlichkeiten umzubringen. Viel Geld. Diese Internetseite belegte es nachdrücklich. Wenn Preston in ein paar Jahren wieder aus dem Knast kam – vorausgesetzt, es gelang ihm nicht schon früher zu fliehen – konnte er sich sofort wieder auf die Jagd begeben und würde dank dem Internet mit den sadistischen Neuigkeiten seiner Artgenossen sowie mit den neuesten Einfällen der Polizei bereits bestens vertraut sein.

Auch das war amüsant. Bisher hatten alle Serienmörder, die wieder freikamen, sofort wieder getötet. Warum? Weil es ihre ureigene Natur war, ihr einziges Vergnügen. *Mach es dir zur Gewohnheit, dich bei jedem Handeln zu fragen: Was ist ihr wirkliches Ziel? Aber beginne bei dir selbst damit und prüfe dich als Ersten (Marc Aurel, Selbstbetrachtungen).*

Cordell prustete vor Lachen. Der selige Erny rief eine Reihe denkwürdiger Erinnerungen wach, denn er hatte das Gesicht und die Seite des jungen Mannes auf dem rotglühenden Rost des Backofens halb verkohlt, um ihn zum Gehorsam zu zwingen, bevor er ihn umgebracht hatte. Das Leben hält so viele winzige, reizende Überraschungen bereit.

Cordell wandte sich wieder der Nachricht auf dem Bildschirm zu. Er antwortete:

Die Summe ist nicht unangemessen, sofern die Information mich zufriedenstellt. Vielen Dank für eine rasche Bearbeitung und umgehende Lokalisierung.

Irgendwann würde er die Identität seines Gesprächpartners herausfinden. Später. Im Moment ging es nur um die Sache selbst.

Er kehrte zu dem Anfangsbild dieser Seite zurück, einer grünen Oase, deren Palmen sich im Wüstenwind wiegten.

Cordell seufzte erleichtert und schaltete den Computer aus. Das Spiel wurde komplizierter, als sein Informant vorhergesehen hatte.

Gut. Dreißigtausend Dollar mehr. Es war schon ein ganz hübscher Batzen Geld zusammengekommen. Cordell war von den bisher erhaltenen Informationen offenbar entzückt.

Der Rest war komplizierter und auch gefährlicher. Es mussten Einzelheiten über die Schutzmaßnahmen preisgegeben werden, die die Beute abschirmen sollten. XX kannte sie, zögerte aber noch. Einen Namen verraten war etwas ganz anderes, als den Schlüssel zu einem Mord liefern.

Nina Kroeger erhob sich aus ihrem Sessel und überlegte ein paar Sekunden. Ja, das musste gefeiert werden. Mit einem Glas hervorragenden Weines. Sobald das versprochene Geld auf ihrem Geheimkonto bei der Bank der Kaimaninseln eingegangen war, würde sie Cordell die von ihm so heiß ersehnte Adresse übermitteln. Die neue Adresse von Helen, Julia. Die fette und frischgebackene Terry Novak. Auf diesen Namen lauteten die neuen falschen Papiere, die das FBI ihr ausgestellt hatte. Eine neue Identität, um sie zu schützen.

Der erste Schluck des hervorragenden französischen Chablis, den Doyle ihr zu ihrem Dienstantritt geschenkt hatte, entlockte ihr ein Lächeln. Ein feiner Grand Cru 1990, er hatte sie richtig eingeschätzt.

200.000 Dollar schlummerten bereits auf ihrem Konto. Was kann man damit alles tun? Bev hätte einen Notizblock gezückt und endlose Listen erstellt: Eine Reise zu zweit, ein neues Auto, ein 4x4 … das waren ihre Träume.

Unzufrieden über die getroffene Auswahl, hätte sie anschließend das Blatt zerrissen, um noch einmal von vorn anzufangen.

Aber Bev war tot.

12. Oktober, Farm Heights, Virginia

Diesen gesättigten, endlich zur Ruhe gekommenen Körper strecken. Die Welt hatte sich aufgetan und würde sich nicht mehr verschließen. Das Universum in die Knie zwingen, das war Macht. Sich erhaben fühlen über das rührende menschliche Gewimmel. Diese kopflos herumschwirrenden Ameisen mit ihren Ängsten, ihren zaghaften Hoffnungen, ihrer Angst vor Tod und Bestrafung. Nein, es ging nicht ums Fühlen. Es ging um das Sein. Das Sein, endlich.

Sein Blick schweifte umher. Das Szenario war zwar schön, aber zweifellos noch verbesserungsfähig. Einige Kleinigkeiten störten durch ihre ungeschickte Anordnung. Ein anderes Mal. Ein anderes Mal würde sich alles von selbst ergeben und so perfekt zu einem Ganzen fügen, wie es sich gehörte. Jeder noch so schöpferische Künstler muss tastende Phasen durchlaufen, bevor er den Gipfel seines Könnens erreicht. Außer der Begabung gehört Arbeit dazu und der Erwerb technischer Fähigkeiten, die es dem Genie erlauben, seiner wundervollen Einzigartigkeit Ausdruck zu verleihen. Diese Technik musste erworben werden, um auf eine Stufe mit den ganz Großen zu gelangen.

Das wahre Schicksal eines großen Künstlers ist ein Schicksal der Arbeit. Er gelangt in seinem Leben an einen Punkt, wo die Arbeit seinen Weg vorgibt … Jeden Tag wird dieses seltsame Gewebe aus Geduld und Enthusiasmus dichter in dem arbeitsamen Leben, das aus einem Künstler einen Meister macht.[3]

Genau. Die Verwendung dieser drei Schlüsselworte – Arbeit, Enthusiasmus, Meister –, noch dazu von einem französischen Philosophen an einem solchen Ort, würde Mrs. Helen Taylor-Caedon erstarren lassen. Sie würde sie zweifelsohne wiedererkennen.

Ein letzter Blick, bevor er die breite, schiefe Holzlattentür hinter sich schloss. Alles war zu Ende. Welche Ironie, da jetzt doch alles erst begann.

---

[3] Anm.: Gaston Bachelard (1884 – 1962). Ursprünglich Postbeamter, später Professor der Physik und Philosophie

13. Oktober, Farm Heights, Virginia

Don Harvey glitt auf dem feuchten, glitschigen Boden aus, prustete los und versuchte sich an dem dünnen, tief hängenden Zweig einer Pappel festzuhalten. Der zarte Spross blieb zwischen seinen Händen stecken, und er landete gut gelaunt auf seinem Hinterteil. Seine Heiterkeit währte allerdings nur kurz: Scheiße, Thelma würde ihm die Leviten lesen, wenn er auch nur seinen Mantelsaum verschmutzte. Ein quälender Schluckauf beförderte das Übermaß Bier, das er auch noch mit Bourbon umspült hatte, wieder seine Kehle hinauf. Zu blöd! Nicht gerade ein günstiger Augenblick, um zu Hause aufzukreuzen. Mit diesem Schwips und dieser Hose konnte ihm eine grässliche Szene blühen. Aber erst einmal wollte er seinen Rausch ausschlafen.

Thelma hatte nie besonders viel Sinn für Humor gehabt, und vierzig Ehejahre hatten daran nichts geändert. Mittlerweile gab sie sich auch keine Mühe mehr, das zu verbergen. Nun gut, zugegeben: Don hinkte seinen vielen großartigen Versprechungen aus ihrer Verlobungszeit um einiges hinterher. Aber letztlich hätte sie das von vornherein wissen müssen. Schon sein Vater war ein armer Teufel und Trunkenbold gewesen, der noch dazu mit Faulheit gestraft war. So war kaum zu erwarten, dass sich die männliche Linie der Familie Harvey mit einem Schlag zum Positiven verändern würde. Davon konnte man einfach nicht ausgehen. Nun denn, mit den Jahren wurde Mutter Thelma richtig miesepetrig und gemein. Früher hatte sie ihn manchmal noch verwöhnt. Außerdem hatte sie hinter seinem Rücken die Schlösser auswechseln lassen. Wenn Don nicht vor acht Uhr zu Hause war, verriegelte sie die Hütte, und er konnte zusehen, wo er draußen eine Schlafstelle fand.

Er kullerte auf alle Viere, und schließlich gelang es ihm, sich wieder aufzurichten. Schwankend hob er das Gesicht zum Himmel, der sich bereits dunkel färbte. Scheiße, bald würde es stockfinster sein.

Don Harvey hatte große Mühe, seine wenigen nicht vom Alkohol voll gesogenen oder völlig zerstörten Gehirnzellen zu aktivieren. Der erste warme, trügerisch wohl tuende Rausch des Bourbon verflog und wich allmählich jener heimtückischen Kälte, die in seine mageren Glieder kroch. Er zitterte, und der Katzenjammer des Trinkers überkam ihn.

Er hatte es wirklich nicht gut getroffen mit dieser Frau. Am Anfang war sie noch hübsch gewesen, aber jetzt … Und dann behauptete sie auch noch, es wäre seine Schuld: »Wenn du nicht ein so elender Säufer wärst, hätte ich etwas sparen können, um mich hübsch anzuziehen und hin und wieder zum Friseur zu gehen. Stattdessen habe ich mich abgerackert, um zwei Gören großzuziehen und die Schulden für diese Bruchbude abzubezahlen. Wenn du krepierst, werde ich endlich meinen Frieden haben!«

Endlich tauchte in Dons benebeltem Hirn eine Idee

auf. Die Hütte des alten Barney. Auch der hatte sich die Hucke voll gesoffen. Aber bei ihm hatte Thelma immer Entschuldigungen gefunden: »Barney hat seinen einzigen Jungen in Vietnam verloren. Seine Frau hat das nicht einmal ein Jahr ausgehalten, man fand sie mit dem Kopf im Backofen. Danach verlor er den Boden unter den Füßen, weil ihm nichts mehr geblieben war. Vergleich dich bitte nicht mit Barney, du bist ein Nichts gegen ihn.«

Man hatte Barney tot aus dem Fluss gefischt, auf dem er aufgedunsen trieb wie ein Sack, ganz blau verfärbt. Kein schöner Anblick. Der arme Barney. Alle hatten zusammengelegt, um ihm eine einigermaßen würdige Beerdigung neben seiner Frau zu spendieren, selbst dieses geizige Miststück Richard vom Anglergeschäft hatte sich beteiligt. Natürlich blieb ihm auch gar nichts anderes übrig, als Thelma und ihre beiden Freundinnen – Mary und Bernardine – mit dem Umschlag in seinem Geschäft aufkreuzten, um zu sammeln. Einen armseligen Dollar wollte er zuerst herausrücken, schließlich ginge es ja nur »um die Geste«. Worauf die schwergewichtige Bernardine antwortete: »Und meine Hand in deiner Fresse, wäre das auch eine Geste?«

Der spindeldürre Richard hatte mit Recht Angst bekommen. Unter dem bohrenden Blick der drei Freundinnen hatte er zunächst zehn Dollar spendiert, dann fünfzig, um am Ende einhundert Dollar in der zunehmend feindseligen und bedrohlichen Stille herauszurücken. Damit gaben sie sich zufrieden, nicht ohne ihm voller Spott für seine »spontane Großzügigkeit« zu danken. Richard standen Tränen in den Augen. Mein Gott, einhundert schöne Dollar. Wie konnte er die wieder beschaffen? Konnte er sie von den Steuern absetzen? Aber dafür brauchte er sicher einen Beleg. Vielleicht konnte ihm der Pastor einen ausstellen? Mal sehen ... aber ganz diskret, weil die drei Furien ihn womöglich dabei ertappen und ein peinliches Gezeter veranstalten könnten. Peinlich, weiß Gott! Was machte es denn für Barney noch für einen Unterschied, wie Richard sich sein Geld wieder holte? Das Sammeln war nun einmal Sache der barmherzigen Frauen. Aber es hatte sich gezeigt, dass der Pastor ganz auf ihrer Seite war, denn Richard war ohne viel Federlesens aus der Kirche hinausgeflogen, und die traurige Anekdote hatte sich in ihrer kleinen Stadt herumgesprochen.

Don Harvey machte kehrt und schlug sich am Fluss entlang durchs Gebüsch.

Erschöpft erreichte er die Hütte. Kalter Schweiß ließ ihn am ganzen Körper zittern.

Die breite Holzlattentür stand halb offen. Er achtete nicht darauf. Als er die wackligen Bretter weiter aufschob, erstarrte er. Ein paar schreckliche, endlos wirkende Zehntelsekunden brauchte er, um zu begreifen, was er da sah: Ein Martyrium. Das blutige Leiden eines Menschen. Ein trockenes Schluchzen entfuhr seinem Mund, er krümmte sich und rang mühsam nach Luft. Ein furchtbarer Hustenanfall schüttelte ihn. Ächzend wankte er nach draußen, um einen bitteren, salzigen Mischmasch aus Alkohol, Erdnüssen und Magensäften zu erbrechen.

Rita. Es war Rita Puig. Trotz des Blutes, das ihre Haare zu grotesken Klumpen verklebte, trotz der heraushängenden Eingeweide, die das zartgrüne Kleid rot und braun verschmierten. Trotz des schwarzen Schuhs, der unter einem abgeknickten Fuß hervorsah und blutüberströmt war. Die freundliche, traurige Rita Puig.

Don Harvey stürzte mit gesenktem Kopf davon. Er

scherte sich nicht um die Zweige, die ihm mit voller Kraft ins Gesicht schlugen. Er scherte sich nicht darum, dass er immer wieder zu Boden stürzte, und seine Kleider bald von Dreck verschmiert waren. Er scherte sich nicht um die Tränen, die ihm über die eiskalten Wangen liefen. Er scherte sich nicht um seinen Rausch, der im ungünstigsten Augenblick nachließ, er scherte sich nicht um Thelma, Richard und sogar Barney. Rita, die freundliche Rita würde ihm für immer auf der Netzhaut eingebrannt sein.

Während er so den ganzen Weg zur Stadt rannte und seinem wild pochenden Herzen befahl, noch ein wenig durchzuhalten – während dieses ganzen Albtraums kam ihm ein seltsames, schreckliches Gebet in den Kopf:

»Herr, vergib uns nicht, vergib uns niemals. Wir sind alle schuldig, denn wir haben die Unschuldigen zerfleischt oder aber wir haben die Augen geschlossen, weggesehen und es geschehen lassen.«

15. Oktober, Boston, Massachusetts

Er sah gut aus, dieser Mann. Nein, mehr als das. Er war 43, vielleicht auch 45 Jahre alt, nicht sehr groß und hatte grau meliertes, schönes Haar. Und seine Augen. Tiefblaue Augen, deren Blick einem Flausen in den Kopf setzen konnte. Ein richtiges Lächeln und ein richtiger Blick. Er verzog nicht einfach die Lippen und suchte nicht nur die Augen des anderen, weil es sich so schickte, er es aber insgeheim lästig fand. Hugh, ja, sein Name war Hugh. Ein schöner, beinahe in Vergessenheit geratener Vorname. Ein Männername, der ausgesprochen gut zu ihm passte.

Julia sollte ihn heute Morgen treffen, damit er ihr die Wohnung zeigen konnte, die er ihr überlassen würde. Anschließend wollte er ihr noch ein paar Dinge erklären. Vor ein paar Tagen hatte sie Quantico verlassen und seither täglich das Hotel gewechselt, wie Dougray Doyle es ihr geraten hatte. Mit ihm stand sie in ständigem Kontakt. Allmählich fand sie Gefallen an diesem Nomadenleben, an den anonymen und austauschbaren Zimmern und an der Vorstellung, ihre Reisetasche abzustellen, ohne sie überhaupt auszupacken. Denn sie würde ohnehin schnell wieder abreisen und nichts benötigen oder hinterlassen.

Hugh beugte sich gerade über eine hohe Frauenbüste

aus Tonerde, als sie die durch ein schweres Eisengitter gesicherte Tür öffnete. Jemand hatte immerhin so viel Geschmack besessen, sie lavendelblau zu streichen, um ihr ungastliches Aussehen zu mildern. Zweifellos er. Das zumindest schoss Julia durch den Kopf, wobei sie nicht genau wusste, warum.

Er richtete sich auf und kam mit ausgestreckten Händen auf sie zu. Sein Lächeln verzerrte sich nicht und nahm auch keinen mitleidigen Ausdruck an, als er die unförmige Gestalt der Frau mitten in dem großen Empfangs- und Ausstellungsraum sah.

»Sie sind Terry. Terry Novak, stimmt's? Guten Tag, ich heiße Hugh. Kommen Sie herein. Einen Tee oder einen Kaffee? Ich habe nichts anderes da.«

»Dann nehme ich einen Kaffee.«

Während er die Treppe hochging, einen hellen Labrador beruhigte, der enttäuscht war, weil er von dem neuen Zeitvertreib fern gehalten wurde, und zwei dampfende Becher für sie zubereitete, schlenderte sie zwischen den hohen, aufgebockten Tischen hin und her. Hugh war Bildhauer. Seit drei Jahren bewohnte er dieses Atelier, das die Stadt Boston Künstlern, die bereits einen gewissen Namen hatten, zu einem günstigen Preis überließ. Das war insofern verständlich, als der in Fertigbauweise errichtete Loft sich am Rande von Quincy befand, zwischen Hangars und Unternehmen, die Baumaschinen verliehen, mitten in einem Viertel, in dem dunkle Geschäfte getrieben wurden.

Ein paar ohne erkennbare Ordnung zusammengeschobene Stücke weckten Julias Aufmerksamkeit. Die etwa zwanzig Zentimeter hohe Keramikbüste einer alternden Frau war sehr anrührend. Ein zartrosa Gefäß mit Craquelé, dessen Deckel wie Quarz schimmerte und den Eindruck sanfter Überlegenheit vermittelte. Sie ging um die lebensgroße Skulptur eines knienden Mannes herum. Sein Haar war offenbar vom Regen durchnässt, der Kopf war auf die Oberschenkel herabgesunken. »Ausgelaugt«, »erledigt«, »geprügelt« – solche Worte schossen ihr bei seinem Anblick durch den Kopf.

Ein heller Wirbelwind tobte fröhlich bellend die Treppe herunter und riss sie beinahe um.

»Kiki!«

Hugh entschuldigte sich und reichte ihr einen Becher.

»Er liebt Gäste. Er gehört zu den Hunden, die Einbrecher geradezu hereinbitten, wenn sie eine Runde Blödsinn mit ihm machen.«

»Kiki?«

»Ein ziemlich grotesker Name, nicht wahr? Den Spitznamen hat ihm eine meiner früheren Freundinnen gegeben. An ihn hat er sich aber viel besser gewöhnt als an den Namen Sokrates, den ich ihm zugedacht hatte und der zu ihm passte wie eine Schürze zu einer Kuh. Ich hatte gerade Platon gelesen, aber die sokratische Ironie gleitet an diesem Hund einfach ab.«

»Dabei hat doch ein Schüler von Sokrates selbst die Schule der Kyniker gegründet, die ebenso scharfsinnig bei jedem Vorurteil anschlagen sollten wie ein wachsamer Hund bei einem Eindringling.«

»Ach ja, ich vergaß, dass Sie ja eigentlich Philosophin sind.«

»Ehemalige Philosophiestudentin, um es weniger bombastisch, dafür aber treffender auszudrücken.«

»Und dann haben Sie sich verführen lassen und sich der Kunst und dem Kunsthandwerk zugewandt?«

Julia log kaltblütig:

»Ja, ich bin Malerin.«

»Ach, eine meiner alten Sehnsüchte. Aber ich brauche den physischen Kontakt mit dem unbearbeiteten Material. Jetzt, da Sie bei mir herumgestöbert haben, müssen Sie mir auch ein paar von Ihren Werken zeigen.«

»Einverstanden. Im Augenblick habe ich sie jedoch bei einem Speditionsunternehmen untergestellt.«

Dort waren tatsächlich zehn Bilder untergestellt worden. Fotografien davon befanden sich in ihrer angeblichen Künstlermappe, deren Qualität, verbunden mit einigen zwielichtigen Empfehlungen, die Kulturbehörden der Stadtverwaltung überzeugt hatte. Es waren wilde Ölgemälde, deren rachedurstiges Rot und abgründiges, schmerzhaftes Braun gut zu ihr passten. Als sie die Bilder bei einem Studenten der Bostoner Akademie in Auftrag gegeben hatte, hatte er sie gebeten, ihm drei Worte zu nennen. »Wie, drei Worte?« Lachend hatte er geantwortet: »Ja, sagen Sie mir in drei Worten, was Ihre Bilder ausdrücken sollen!« Ohne zu überlegen, war ihr über die Lippen gekommen: »Blut, Zerstörung, Opfer.«

Das Lachen des jungen Mannes war schlagartig verstummt. Er hatte die Augenbrauen hochgezogen. Wegen ihrer Fettleibigkeit hatte er sie für lebenstüchtig gehalten, für ein heiteres Gemüt. Zu dieser tröstlichen Schlussfolgerung kamen viele. »Dick« bedeutet »Fressen«, »Appetit«, »Leben«. Aber er brauchte die großzügig bemessene Geldsumme, die diese Frau ihm anbot, und so hatte er die Bedingungen ohne weitere Diskussionen akzeptiert: Die Bilder sollten in wenigen Tagen fertig sein und unsigniert bleiben. Im Gegenzug für sein Stillschweigen hatte sie ihm versprochen, dass sie seine Bilder niemals jemandem weiterverkaufen würde, außer an ihn selbst, falls er das irgendwann einmal wünschte. Die diffuse Traurigkeit, die er bei dem Treffen mit dieser Frau verspürt hatte, hatte den Kunststudenten davon überzeugt, dass sie nicht log.

Julia betrachtete noch einmal den knienden Mann aus Ton und fragte Hugh:

»Was hat er hinter sich?«

»Ein Desaster. Er hat alles verloren, alles, ganz gleich, was er zuvor besaß. Er weiß nicht einmal, ob er noch am Leben ist. Ich meine, wirklich am Leben.«

»Genau darum geht es.«

»Ich habe ihn für eine große Ausstellung modelliert, an der ich teilnehme. Das Thema ist die Katastrophe, das Desaster. Ich werde Ihnen eine Einladung zur Vernissage schicken, wenn es Sie interessiert.«

»O ja. Das ist eine abgründige Verbindung: Das Desaster impliziert Schicksalhaftigkeit, und die Katastrophe impliziert Umwälzung.«

»Wie schade, warum sind Sie mir nicht schon früher über den Weg gelaufen! Ich habe über einen Monat gebraucht, um zu dieser Erkenntnis zu gelangen! Kommen Sie, Terry, ich begleite Sie bei der traditionellen Besichtigung mit dem Vermieter.« Er lächelte und senkte den Blick. »Ich werde diesen Ort vermissen. Im Sommer ist es hier heiß wie in einem Backofen, im Winter kalt wie in einem Eisschrank – das werden Sie bald merken, da es schon recht kühl ist. Außerdem ist es laut wie auf einem Bahnhof, und nachts ist die Gegend ein unsicheres Pflaster. Aber ich habe sehr schöne, wertvolle Stunden hier verlebt – und natürlich auch sehr traurige. Ich habe das Gefühl, mich von meinem Kokon zu trennen, von dem

Bauch, in dem ich geborgen war. Das macht mir ein wenig Angst.«

»Warum wollen Sie denn hier weggehen?«

»Es muss sein, aus verschiedenen Gründen. Dazu gehört auch die Einladung zu einer Ausstellung an der Westküste, die ich nicht ausschlagen kann. Meine Keramiken verkaufen sich jetzt besser dort unten, und das ist der Königsweg zum asiatischen Markt. Außerdem bin ich der Meinung, dass man keinen neuen Wege einschlagen kann, wenn man an einem Ort hängen bleibt. Letztlich *beginnen die größten Reisen …*«

»*… alle mit einem ersten Schritt.* Laotse, nicht wahr?«

Lachend ergriff er ihre Hand, um sie zu der Metalltreppe zu führen, die zu den Wohnungen der Künstler führte. Sie dachte, dass sie zwei Schülern glichen, die gemeinsam einen Streich ausgeheckt hatten. Ihm zuliebe heuchelte Julia Interesse für die gut ausgestattete Küchenecke, das kleine helle Schlafzimmer und den angrenzenden, rosa tapezierten Waschraum. Sie nickte anerkennend, als er erklärte:

»Das Fenster habe ich selbst eingebaut, denn das Bad war sehr dunkel und furchtbar feucht. Das soll doch ungesund sein. Jetzt braucht man nur das Fenster nach dem Duschen zu öffnen.«

Letztlich interessierten sie die Räumlichkeiten und die Aufteilung wenig. Was für sie zählte, war die Peripherie, die Atmosphäre der abweisenden, unfreundlichen Vorstadt, wo es überall Lagerhallen gab, die nachts von Killerhunden geschützt wurden. Denn wen kümmerten schon die Herumtreiber, die sich in der Dunkelheit hierher verirrten? Die meisten existierten ohnehin seit langem für niemanden mehr.

Julia, die jetzt Terry hieß, würde ihre Hunde einsperren müssen. Ihre harmlosen Hunde hätten keine Chance gegen die auf tödliche Bisse dressierten Monster, die von ihren Besitzern morgens gefüttert und geschlagen wurden, damit sie nachts zu wilden Bestien wurden. Die Tiere hängen gläubig an den Menschen und werden zu dem, was die Menschen wollen. Darin besteht ihre Größe und ihr Leiden, das ist bei vielen Menschen nicht anders. Es gibt so viele Menschen, die sich von dem Hass und den Mordgelüsten einiger durchtriebener Menschen anstecken lassen. Aber sie war jetzt dagegen immun. Sie glaubte niemandem, nicht einmal sich selbst.

Hugh erwartete mehr als ein bloßes zustimmendes Kopfnicken. Sie improvisierte:

»Das ist ja fast so prachtvoll wie Byzanz. Im Vergleich zu meiner vorherigen Bleibe ist es ein Vier-Sterne-Etablissement! Ich werde mich hier sehr wohl fühlen.«

Ihr Lob schien ihn zufrieden zu stellen. Immerhin würde sie in sein ehemaliges Reich einziehen. Sie stiegen wieder hinunter und durchquerten das einigermaßen voll gestellte Atelier. Er führte sie zu einer schweren Metalltür, die mit Vorhängeschlössern und einem dicken, im Boden verankerten Sicherheitsriegel ausgestattet war.

»Dahinter sind die Brennöfen. Sie bleiben hier. Einen Moment, gleich fühlen Sie sich wie in Fort Knox. Aber das sieht nur so aus. Vergessen Sie bloß nie, abends alles zu verriegeln. Die Mauer, an der die Brennöfen stehen, ist sehr dünn. Mit ein paar gezielten Schlägen könnte jemand dort eindringen.«

»Das würde doch jeder hören.«

»Sie glauben doch nicht, dass eine Polizeistreife mitten in der Nacht auf einen Notruf aus dieser Gegend reagiert!

Zu ihrer Entlastung sei gesagt, dass es nach Schließung der meisten Lagerhallen hier nicht mehr viel zu holen gibt. Außer bei Ihnen natürlich, wenn Sie hier wohnen.«

Ein beißender Geruch nahm ihr den Atem, als er die schwere Türe öffnete. Es roch nach Asche, Metall und glutheißen Ziegeln. Zwei große Brennöfen mit weit offen stehenden Klappen nahmen fast den ganzen kleinen, mit feuerfesten Kacheln versehenen Brennraum ein.

»Dieser Ofen ist für Keramik bestimmt. Der kleinere ist nur für Raku-Keramik. Ein ganz besonderes Verfahren. Was für uns Abendländer nur Technik ist, ist für die östliche Kultur sehr stark von Geistigem durchdrungen. Die Temperatur muss langsam gesteigert werden, um einhundert Grad pro Stunde, bis tausend Grad erreicht sind. Dann wird das Brenngut aus dem Ofen genommen und gekühlt. Man kann es mit einer Mineralienmischung emaillieren, bevor es bei genau 980 Grad noch ein zweites Mal gebrannt wird. Dann muss alles sehr schnell und exakt gehen. Man nimmt die noch weiß glühenden Teile heraus und gräbt sie in Holzspäne oder Heu ein. Dieses Räuchern bringt die Farben zur Geltung und schwärzt die nicht emaillierten Stellen des Stückes auf ganz unverwechselbare Weise.«

Julia staunte:

»Das ist faszinierend. Warum lassen Sie die Öfen hier?«

»Es würde ein Vermögen kosten, sie an die Westküste zu bringen. Außerdem gehören sie mir nicht.« Hugh stockte und zog die Stirn kraus. »Sie stammen von dem Paar, das vorher hier wohnte.«

»Und die wollten sie nicht mitnehmen? Sie sind doch sicher sehr teuer gewesen?«

»Nein, der Mann ist ermordet worden. Ein paar Monate bin ich noch mit der Frau in Kontakt geblieben, aber dann habe ich sie aus den Augen verloren.«

Julia beschloss nachzuhaken, nicht so sehr aus Neugier, sondern weil ihr dieser Mann, den sie noch nicht einmal eine Stunde kannte, schon beinahe wie ein Vertrauter vorkam.

»Ich habe den Eindruck, das alles hängt mit diesen Räumen zusammen.«

»Hören Sie, Terry … Wir geben uns Gefühlen und Fantasien hin, aber wir dürfen es niemals zulassen, dass sie unser Denken wirklich beherrschen. Was ich sagen will, ist … werden Sie allein hier wohnen?«

»Ich habe Hunde, und falls Ihre eigentliche Sorge ist, ob ich Angst habe, so lautet die Antwort: nein. Ohne jede Einschränkung.«

Er streckte die Hand aus, als wolle er ihr über das Gesicht streichen. Sie wich nicht zurück.

»Er wurde in diesem Brennraum ermordet. Sie haben ihn hierhergeschleift und zu Tode geprügelt.«

»Sie?«

»Die vier Typen, die genau über diese Außenmauer eingedrungen sind. Laut Polizei gingen sie davon aus, dass niemand hier wäre. Sie stießen jedoch auf die Frau, die noch im Atelier arbeitete. Der Mann schlief oben. Sie versuchte zu fliehen, aber sie haben sie geschnappt und ihr sehr zugesetzt. Sie schrie, ihr Mann kam mit einem Küchenmesser die Treppe herunter. Scheiße, ein Küchenmesser … Warum kein Taschenmesser! Die Diebe sind ausgerastet. Sie schlugen die Frau nieder und brachten den Mann um. Sie war in einem schrecklichen Zustand, nach der Tat, meine ich. Sie fühlte sich an dem

Mord an ihrem Mann schuldig. Sie machte sich unablässig Vorwürfe, dass sie durch ihr Schreien alles verschuldet hätte, denn sonst hätten die Diebe die Wertgegenstände eingepackt und sich aus dem Staub gemacht.«

»Es ist einfach verrückt. Am Ende fühlen sich immer die Opfer schuldig und meinen, sich dafür rechtfertigen zu müssen, dass sie Opfer sind. Oder dafür, dass sie noch am Leben sind.«

Nach einer Pause erwiderte Hugh:

»Wenn man darüber nachdenkt, so wirkt das ziemlich logisch. Meistens können nur die Opfer zwischen Gut und Böse unterscheiden. Die Täter kennen diese Begriffe nicht mehr oder sie sind ihnen egal. In ihren Augen gibt es nur noch Erfolg oder Scheitern.«

»Das stimmt, aber wir vergessen, dass es so etwas wie Scham gibt.«

»Verlassen wir diesen Raum lieber, Terry. Ich bin immer froh, wenn ich wieder draußen bin.«

Er verriegelte die Sicherheitsschlösser der Tür und wandte sich ihr zu. Sein Lächeln glitt über ihren Körper, als wäre sie seine Schwester oder – warum auch nicht – ein unförmiger, aber aufmerksamer Tonklumpen. Sie ärgerte sich nicht darüber, wich nicht zurück. Diese Hände, dieses Lächeln wollten nicht abwägen oder urteilen. Sie waren auf der Suche. Auf der Suche nach einer grundlegenden Wahrheit hinter allem. Plötzlich beschlich Julia ein Bedauern. Darüber, dass sie diesen Mann nicht schon ihr ganzes Leben kannte, nicht schon lange mit ihm befreundet war. Darüber, dass sie ihn schon wieder verlieren sollte, obwohl sie ihn doch gerade erst gefunden hatte.

»Denken Sie daran, Terry, dass dieser Ort nichts mit

all dem zu tun hat. Es ist ein bloßer Zufall, nichts weiter. Solch schreckliche Dinge können überall geschehen. In einem netten Einkaufszentrum ebenso wie in einer hübschen Wohnung, überall.«

Warum hatte er das gesagt? Spürte er etwas? Julia musste sich beherrschen, um nicht in Tränen auszubrechen.

»Oh, ich weiß, Hugh, ich weiß. Deshalb habe ich auch keine Angst mehr.«

Er hauchte einen flüchtigen Kuss auf ihre langen, roten Locken und murmelte:

»Das ist gut.«

Beide schwiegen eine Weile. Hugh ließ den Blick zum anderen Ende des Ateliers schweifen und lehnte sich neben die Tür. Mit einem Mal fuhr er auf, so plötzlich, dass Julia zusammenzuckte.

»Scheiße!«

Hastig kontrollierte er den dicken roten Knopf und den Zähler, die direkt neben der Türeinfassung angebracht waren. Dann seufzte er erleichtert auf.

»Genau das darf man nicht tun. Über diesen Knopf wird die automatische Heizung angestellt. Diese Art der externen Schaltung gewährt demjenigen, der den Ofen anmacht, eine besondere Sicherheit, so wie bei den Kühlräumen in den Schlachthöfen. Ich habe dort einmal gearbeitet, um mir etwas Geld zu verdienen. Die Temperatur steigt sehr rasch an, und wenn die Öfen nicht geschlossen sind, würde man in kurzer Zeit in der Glut verbrennen. Ganz zu schweigen von der Explosionsgefahr bei all den Lösungsmitteln, die hier herumstehen.«

Julia meinte beunruhigt:

»Das ist wirklich sehr gefährlich. Man könnte aus Versehen auf den Knopf drücken.«

»Ja, vor allem solche leichtsinnigen Typen wie ich. Wenn Sie sich also gegen eine Wand lehnen wollen, wählen Sie eine andere. Am besten stellen Sie etwas vor den Zähler, sobald Sie eingezogen sind.«

Sie machten kehrt. Kiki lag mit einem blauen Plastikknochen im Maul vor der Eingangstür, als wollte er seinen Gehorsam demonstrieren.

Hugh lachte.

»Wenn er so brav tut, dann will er etwas. Es ist Zeit für einen Spaziergang und das Knochenspiel.«

»Danke für die Führung, Hugh. Ich …«

»Ich weiß. Manche Begegnungen sind wirklich seltsam, nicht wahr? Man könnte meinen, sie sind bis ins Kleinste vorherbestimmt. Und das Merkwürdigste ist, dass wir meistens nicht begreifen, wie es dazu kommt.«

Julia lachte. Das war eine so ungewöhnliche Reaktion für sie, dass sie selbst überrascht war. Seit wann hatte sie nicht mehr gelacht?

»Genau. Genau so ist es.«

»Ich begleite Sie zu Ihrem Wagen. Ist es die Blechkiste dort hinten? Neben meiner? Blechkiste, meine ich. Lustig, wir fahren beide einen vorsintflutlichen Volvo.«

»Vertrauenswürdig und unverwüstlich. Genau das Richtige für Künstler …«

»… ohne Geld. Das gehört für die meisten von uns zusammen.«

Sie schwieg. Noch eine Lüge im Gespräch mit diesem Mann hätte sie nicht ertragen können. Hugh wartete, bis sie ihre Körpermassen hinter dem Steuer verteilt hatte, und strich ihr über das Haar.

»Ich bleibe noch ein wenig hier in der Gegend – vor dem großen Abflug. Es gibt noch einiges zu regeln, bevor mein Vertrag ausläuft. Ich werde Ihnen meine Telefonnummern auf den Kühlschrank legen. Zögern Sie nicht, mich anzurufen, wenn Sie ein Problem haben, Terry. Auch mitten in der Nacht. Ich bin sofort wach und unterwegs und komme selbst bei einer Begegnung mit fünf Rowdys ohne Kratzer und Beulen davon. Schließlich bin ich leicht mondsüchtig und außerdem extrem kurzsichtig.«

Das war so offensichtlich, dass sie antwortete:

»Daran habe ich keinen Zweifel.«

»Bis bald, Terry.«

»Hoffentlich, Hugh.«

15. Oktober,
FBI, Militärbasis in Quantico, Virginia

Das Klingeln des Telefons entlockte Dougray J. Doyle ein ärgerliches Brummen. Er zögerte, legte dann jedoch seinen Regenmantel, den er gerade überziehen wollte, wieder ab und griff nach dem Telefonhörer. Gleichzeitig sah er auf die Uhr. Scheiße, schon 19 Uhr vorbei!

Ein tiefe, unfreundliche, männliche Stimme fuhr ihn an:

»Und, wer sind Sie jetzt?«

Doyle antwortete trocken:

»Wie bitte?«

»Hören Sie, mein Junge, seit einer halben Stunde werde ich von einem zum anderen weitergereicht. Um es jetzt einmal ganz deutlich zu sagen, ich habe Besseres zu tun.«

»Ich auch. Kommen wir also zur Sache. Wer sind Sie, was wünschen Sie und warum?«

Doyles entschiedener Ton schien seinen Gesprächspartner davon zu überzeugen, dass ein bisschen Höflichkeit keineswegs schaden konnte. Etwas diplomatischer fuhr er fort:

»Ich bin Sheriff Fondale. Josh Fondale. Farm Heights gehört zu meinem Distrikt. Ich suche den Witzbold, der bei Ihnen für das Programm für Gewaltverbrechen zuständig ist. Es geht schließlich nur darum, etwas aufzunehmen und die entsprechenden Leute zu unterrichten. Sonst kann man das nächste Mal gleich ein Bier trinken gehen. Da würde man zumindest nicht so viel Zeit verlieren.«

Die schlechte Laune von Doyle war mit einem Schlag verpufft. Jedem anderen, der in einem solchen Ton mit ihm redete, hätte er den Kopf gewaschen, aber nicht einem Sheriff aus dem Staate Virginia, der seinen Distrikt vor dem Zugriff des FBI bewahren wollte. Daher antwortete er ausweichend:

»Wir unterstützen die Abteilung für Gewaltverbrechen, wo immer es geht.«

»Und wer sind Sie?«

»Dougray J. Doyle. Ich leite die Abteilung für Kindesmissbrauch und Serienmörder. Was kann ich für Sie tun?«

Es folgte ein langer, gequälter Seufzer.

»Ich weiß gar nichts mehr, Doyle. Jetzt habe ich schon zwanzig Jahre Dienst auf dem Buckel, aber ganz ehrlich, einen solchen Fall hätte ich hier nicht für möglich gehalten. Farm Heights ist eigentlich ein sehr ruhiger Fleck, müssen Sie wissen. Vor einer Woche haben wir nun die Leiche von Rita Puig in einem Schuppen nahe dem Pickett River gefunden. Sie wurde ermordet, aber auf eine sehr spezielle Art und Weise. Ich muss dazu sagen, dass ich Rita gut kannte. Wie übrigens viele Leute hier. Sie war Putzfrau in der Grundschule, in die meine Enkelin, die Tochter meiner ältesten Tochter, geht. Rita war eine anständige Frau, aber verheiratet war sie mit einem verdammten Nichtsnutz.«

Doyle unterbrach ihn, da er fürchtete, dass nun eine ausführliche Beschreibung der Einwohner samt ihrer verwandtschaftlichen Beziehungen, Beschäftigungen, Eheschließungen, Scheidungen und Todesfälle folgen würde.

»Warum glauben Sie, dass dieser Mord so ungewöhnlich ist?«

»Es wirkt alles irgendwie inszeniert, und das passt nicht hierher. Gewaltverbrechen kommen bei uns sowieso sehr selten vor. Und wenn, dann geht es um Eifersucht oder Rache. Oder irgendein Idiot hat zu viel getrunken, rempelt einen Passanten an und haut ab.«

»Aber bei Rita Puig war alles anders?«

»Nun ja. Der alte Don Harvey hat sie gefunden. Hängt ganz schön rum, wenn er betrunken ist. Er hatte keine Lust, nach Hause zu gehen, wo seine Alte ihm die Hölle heiß macht, wenn er sich die Hucke voll gesoffen hat. Er ist so schnell er konnte zur Polizei gerannt. Hat ihn ganz schön nüchtern gemacht. Wir sind hinausgefahren, und … dieser verdammte Schweinehund … ich glaube, ich habe noch nie in meinem Leben so viel Blut gesehen. Die Arme … Sie lehnte kniend an der Bretterwand, ihre Hände waren gefaltet, wie zum Gebet. Man hatte sie aufgeschlitzt wie einen Hasen und ihr die Kehle durchgeschnitten. Verflucht … sie war eine gute Frau.«

Doyle konnte hören, wie sein Gesprächspartner mühsam schluckte. Als junger Polizist beim FBI hatte er sich ähnlich gefühlt!

»Der Gerichtsmediziner …«

»Sie haben gut reden. Wir sind hier in Richmond. Um so etwas kümmert sich hier der Notarzt. Aber die ganze Sache ist so seltsam, dass ich bei der Gerichtsmedizin angerufen habe. Sie haben sie abgeholt. Ich will, dass eine richtige Autopsie gemacht wird. Die Ergebnisse müssten bald kommen.«

»Könnten Sie sie mir dann gleich zufaxen?«

»Natürlich. Glauben Sie, ich rufe Sie nur an, um zu quatschen? Handelt es sich vielleicht um einen dieser Verrückten, der sich jetzt zu uns verirrt hat?«

Doyle spürte, wie gerne Sheriff Fondale hören wollte, dass dies nicht der Fall sei, dass sein kleines Paradies nicht durch den Blutdurst eines Serienmörders bedroht sei.

»Falls Sie von Serienmördern sprechen, so sind das keine Verrückten, zumindest nicht im klassischen Sinne. Sie sind nicht unzurechnungsfähig, auch wenn sie bei ihrer Verteidigung vor Gericht fast immer auf dieses Argument setzen. Im Falle von Rita Puig weiß ich nicht, wie die Dinge liegen. Vielleicht liefern uns die Ergebnisse ein paar Anhaltspunkte.«

»Ja, aber wenn man etwas findet, so würde das bedeuten, dass es noch weitere Morde geben wird.«

»Richtig. Aber vielleicht nicht in Ihrer Gegend. Diese Typen ziehen oft von einem Ort zum anderen.«

»Aber Sie ... ich meine, hat es woanders schon ähnliche Fälle gegeben? Deshalb habe ich Ihnen die Tatumstände doch mitgeteilt.«

Diese Frage war genau der entscheidende Punkt. Doyle wand sich um eine Antwort.

»Ausgehend von dem, was Sie mir sagen, fällt mir kein anderer Fall ein. War das Opfer gefesselt? An Händen oder Füßen? Mit einem Klebeband oder Schnüren? War es geknebelt?«

»Nicht dass ich wüsste. Ich habe keine Spuren festgestellt. Aber verflucht noch mal, er hat sie fürchterlich zusammengeschlagen, das versichere ich Ihnen. Wenn ich den Dreckskerl in die Finger kriege, weiß ich nicht, was ich tue. Ich genauso wenig wie meine Leute. Und wenn schon, das wäre nur recht und billig. Scheiße, ich weiß gar nichts mehr.«

»Um ehrlich zu sein, ich auch nicht. Hören Sie, Fondale, schicken Sie mir die Ergebnisse zu, sobald Sie sie haben. Ich rufe dann zurück. Wenn nötig, komme ich zu Ihnen.«

»In Ordnung.«

»Bis dann, Sheriff.«

»Ja. Äh, Doyle. Danke.«

Das war nicht Charly. Soweit er es beurteilen konnte, hatte dieser Mord nichts mit den Untaten von Cordell Taylor-Caedon gemein. Cordell brauchte seine Opfer nicht zusammenschlagen, sie gehorchten freiwillig. Denn genau das war das Ziel seines Spiels.

Der Abdruck einer Ohrfeige auf der aschfahlen Haut einer zarten Wange. Ein einziges Mal hatte Charly zugeschlagen, um den plötzlichen Widerstand seines Opfers niederzuzwingen. Das war Cory Fried, die begriffen hatte, dass ihr Märchen in einem Albtraum enden würde. Zu spät. Denn Cory war tot – wie die anderen auch.

16. Oktober,
FBI, Militärbasis in Quantico, Virginia

Espy knallte das kleine schnurlose Telefon so heftig auf die Plexiglasscheibe ihres Schreibtisches, dass sie es sofort noch einmal einschaltete, um zu prüfen, ob es noch ging.

Scheiße, dieser Frau schien der Hörer am Ohr festgewachsen zu sein! Seit ihrer Ankunft versuchte Lorca, Susan Wuang Tong im Russel Building in Washington zu erreichen. Entweder war besetzt, oder man wurde an eine Mailbox weitergeleitet, wo einem eine Stimme ins Ohr flötete: *»Der gewünschte Gesprächspartner spricht gerade, wird Sie aber in Kürze zurückrufen.«* Dieses Versprechen schien Susan hoheitsvoll zu ignorieren.

Nina steckte den Kopf durch die angelehnte Tür und erkundigte sich:

»Gehen wir zum Essen?«

»In zwei Minuten. Ich versuche noch einmal, Susan Wuang Tong zu erreichen, dann komme ich.«

»Gut, ich halte dir einen Platz frei.«

»In Ordnung.«

Diese Kroeger war eigentlich recht sympathisch. Sie ließ einen nicht spüren, dass sie von der Sonderabteilung ATF kam. Noch dazu sah sie gut aus. Wie eine gut genährte Pflanze, die ihre Lungen bereits um 5 Uhr morgens auf einem Trimm-dich-Pfad mit Sauerstoff voll pumpt oder ein paar Meilen im eiskalten Wasser eines Sees krault. Wie jemand, der noch nie eine Kippe in die Hand genommen oder sich einen Schwips angetrunken hatte, nicht einmal aus Versehen. Jemand, der Lorca beschämte. Aber auch jemand, der nicht die geringste Chance und zweifellos auch nicht die geringste Lust hatte, einen Dougray Doyle zu verführen. Denn sein Schicksal war es nun mal, labile, verletzte Frauen wieder ins Leben zurückführen zu wollen – ganz besonders solche, die es nicht zuließen. Seine Frau, sie selbst, Julia und all diejenigen, die Espy nicht kannte und von denen sie auch gar nichts wissen wollte.

Am letzten Wochenende hatte sie die Heldentat vollbracht, nicht noch einmal an jenen Ausrutscher zu denken, der sie in der Wohnung von Pamela Kells so ins Schleudern gebracht hatte. Nach ihrer persönlichen Auffassung musste man über die Dinge nachdenken, wenn man sie bewältigen wollte. Es war nicht Lorcas Art, sich in Ausflüchten zu ergehen. Eine Frage erforderte eine Antwort, ein Problem eine Lösung. Es bedurfte einer ungeheuren Geduld, um ungeklärte Fragen zu ertragen, oder aber man musste einen wahren Hang zum Leiden haben. Die Geduld fehlte ihr, und leiden wollte sie nicht. Lieber ein Schlag ins Gesicht, als sich mit quälender Unsicherheit, einer immer wieder genährten und aufgeschobenen Hoffnung zu belasten. Die Hoffnung nagt an einem, unerbittlich und jeden Tag.

So ist es gut, Lorca, mein Mädchen, du hast einen Riesenschritt nach vorn gemacht. Du hast dir eingestanden, was du im Grunde schon seit fast zwei Jahren wusstest. Dass du in die-

sen Mann verliebt bist und wahrscheinlich noch niemanden geliebt hast außer ihm. Dass dich dieser Junge, sein Sohn, so angerührt hat wie ein Märchen. Dass du, ja du, nichts dagegen hättest, in Panik zu geraten, wenn er zehn Minuten zu spät von der Schule zurückkommt, dass du gerne mit ihm seine Hausaufgaben durchsehen und ab und zu ihm zuliebe Milchreis kochen würdest. Bravo, Espy, meine Große! Zum ersten Mal seit der Beerdigung deiner unglückseligen, albernen Mutter gibst du zu, dass es wichtig ist zu lieben und die Liebe der anderen zu akzeptieren.

Sie hatte die Wahl: Entweder sie tauchte an einem Samstagabend bei Doyle auf, wenn Liam das Wochenende bei seinem Freund Benny Gyver verbrachte. Mit ihrem hübschen schwarzen, nicht zu weit ausgeschnittenen Kostüm, einer guten Flasche Wein und einem betrübten Lächeln auf den Lippen würde sie mit gekränkter, leicht vorwurfsvoller Stimme sagen: »Ich verstehe nicht, was passiert ist. Du hast das, was ich sagen wollte, falsch verstanden.« Das Problem war nur, dass Doyle kein Idiot war, dass er nicht nur feinfühlig, sondern auch intelligent war. Deshalb standen die Chancen neun zu eins, dass er ihr die Tür des großen Hauses im Süden von Fredericksburg vor der Nase zuschlug und ihr vielleicht sogar noch ein paar Beschimpfungen hinterherschickte. Die andere Möglichkeit sah so aus, dass sie zu dem großen, wenig einnehmenden Haus unweit von Charlottesville ging, um sich schlicht und ergreifend zu entschuldigen. Sie würde sich unverzüglich auf ihn stürzen und ihm ihr Herz ausschütten, wie sie es sich seit Monaten erträumte. Wenn er dann seine dunklen Augen senkte, wenn auch nur winziges Lächeln seine Züge erhellte, wenn er seine Arme ausbreitete, um sie zu umfangen, dann würde sie ihm alles erklären. Sie würde ihm so vieles erklären, was nur er verstehen könnte. Scheiße, das war die reinste Tortur!

Nervös wählte sie die Nummer des Russel Building. O Wunder, Susan meldete sich.

»Susan, ich versuche bereits seit heute Morgen, Sie zu erreichen.«

»Ich weiß, Sie brauchen mir nichts zu erzählen. Hier ist der Teufel los.«

»Was ist geschehen?«

Die sonst so freundliche junge Wissenschaftlerin erwiderte trocken:

»Soll das ein Witz sein, Espy? Haben Sie noch nichts von dem Sniper in Washington gehört? Sie brauchen nur hinauszugehen oder den Fernseher einzuschalten. Ich kann Ihnen sagen, es herrscht die reine Panik. Wir haben nichts in der Hand, und außerdem ist das Sache der Polizei. Ich erlaube mir, Sie daran zu erinnern, dass Ihr Kollege Thomas Sturgeon gerade vor Ort ist.«

»Ach ja. Scheiße, der Sniper!«

»Ja, auch er gehört zu den Mördern, die jederzeit wieder zuschlagen können – so wie etwa hundert andere Leute in diesem Land ebenfalls.«

»Haben Sie keine Anhaltspunkte?«

»Kaum. Außer, dass wir ziemlich sicher sind, dass es sich um einen ehemaligen Bullen oder einen Veteranen handelt. Er geht sehr symbolträchtig vor: Eine einzige Kugel pro Opfer. Als wolle er sagen: ›Seht ihr, wie gut ich mit meiner Knarre umgehen kann!‹ Der zweite Aspekt ist, dass er sich alles wie ein Gottesurteil zurechtlegt: Wenn die eine Kugel nicht tödlich ist, so ist das eine göttliche Fügung, und er setzt sich nicht über Gottes Willen hinweg. Wir wissen noch nicht einmal – und das beweist seine Reaktionsschnelligkeit –, ob er allein unterwegs ist oder ob es zwei sind: Einer, der fährt, und einer, der zielt.«

»Das tut mir Leid …«

»… aber Ihr Fall ist Charly. Ich weiß, Ihr seid alle gleich. Was diese Sache angeht, weise ich Sie darauf hin, dass die Analysen über das Wochenende sehr viel länger dauern. Um es kurz zu machen, das kleine Ding, was auf dem Klebeband festhing, ist etwas Organisches. Es gibt DNA-Spuren darauf. Wir haben sie und werten sie jetzt aus. Viel mehr weiß ich im Augenblick auch noch nicht. Außer, dass es sich um etwas Organisches oder um organisches Gewebe handelt. Nach dem ersten Eindruck und auf der Basis von rein anatomisch-physiologischen Vergleichen könnte man es für den Stachel eines Seeigels halten. In diese Richtung ermitteln wir. Espy, ich muss jetzt Schluss machen … Ich habe noch drei andere Gespräche in der Leitung.«

»In Ordnung, Susan, ich verstehe.«

»Machen Sie sich keine Sorgen. Sobald ich Genaueres weiß, rufe ich Sie an.«

Espy wollte gerade auflegen, als Susan noch etwas in den Hörer hineinrief.

»Ach, Espy, ich verstehe nicht viel davon, aber sagen Sie mir, werden die Sicherheitsvorkehrungen um Julia/Helen wirklich aufs Strengste beachtet werden, ja?«

»Ja, natürlich.«

»Er wird versuchen, sie zu kriegen. Pamela war nur ein zufälliges Opfer. Er hat sie ausgewählt, weil sie seiner Frau ähnelte.«

Von der ausgesuchten Höflichkeit ihrer eigenen Antwort war Espy selbst überrascht. Wäre ihr jemand anderer mit einer solchen Binsenweisheit gekommen, hätte sie ihn zum Teufel gejagt.

»Ich weiß, Susan, wir wissen es alle. Auch Julia ... Sie sind wirklich in Ordnung, Susan.«

»Ich tue mein Bestes, aber das ist nicht immer leicht. Bis bald!«

Als Esperanza Lorca y Fernandez sich zu den anderen gesellte, war ihre Laune, die sie seit ein paar Tagen mehr oder weniger gut im Griff hatte, noch übler als zuvor. Die haushälterischen und handwerklichen Tätigkeiten, zu denen sie sich ausnahmsweise am Sonntag aufgerafft hatte, hatten ihr Selbstwertgefühl auch nicht sonderlich gestärkt. Dougray Doyle war in ein lebhaftes Gespräch mit Nina und Michael vertieft. Als sie sich einen Stuhl heranzog, verstummten die anderen, sodass sie Lust hatte, gehässig zu werden. Nachdem sie zwei oder drei Gemeinheiten verworfen hatte, entschied sich für ein bissiges:

»Lassen Sie sich bloß nicht unterbrechen.«

Dougray Doyle versuchte, sie zu beschwichtigen:

»Wir sprachen gerade von Thomas. Er hat heute Morgen mit Michael telefoniert. Sein Aufenthalt in Washington scheint ihn nicht gerade zu begeistern. Er hat das Gefühl, dass er dort nicht sonderlich nützlich sein kann.«

Lorca nahm ihre Gemüsesuppe in Angriff und knurrte:

»Nun, er braucht ja nur zurückzukommen, wir könnten seine Hilfe bei unserem Fall gut gebrauchen.«

Doyle seufzte.

»Unmöglich. Wir müssen unsere Präsenz demonstrieren.«

Mit ihrer üblichen Liebenswürdigkeit gab Espy zurück:

»Dann muss er eben Geduld haben oder seine Frau anrufen, um sich trösten zu lassen. Wir sind die falsche Adresse für sein Gejammer.«

Diesem Ausfall folgte peinliches Schweigen. Michael studierte das Etikett seines Joghurtbechers, und Nina bestaunte den Rasen vor der großen Fensterfront des Selbstbedienungsrestaurants. Die Niederschläge der letzten beiden Wochen hatten das Grün so saftig werden lassen, dass es beinahe künstlich wirkte. Nur Dougray Doyle musterte sie mit undurchdringlichem Blick, während sein Dessertlöffel über dem Käsekuchen schwebte. Das Mittagessen war mit einem Schlag zu Ende, da keiner mehr Lust auf einen Kaffee verspürte. Unter dem Vorwand eines dringenden Telefonats verließen Michael und Nina eilig den Tisch.

Den Blick fest auf ihr betörend orangefarbenes Karottenpüree geheftet, haderte Lorca mit sich selbst. Scheiße, zu ihrer Blödheit kam noch eine zänkische Kleinlichkeit. Dabei war Thomas der Einzige, an dem sie nichts auszusetzen hatte, ob berechtigt oder nicht.

Der Atem des Mannes auf der anderen Seite des Tisches ging rascher. Espy wartete. Was nun kam, würde nicht gerade angenehm werden. Und das war noch sehr milde ausgedrückt. Diese Stimme mit ihrer mühsam unterdrückten Wut hätte sie unter Tausenden herausgehört. So hatte sie auch an jenem Abend geklungen, als er die Serviette auf den Tisch geworfen hatte.

»Ich werde Ihre dümmlichen Gemeinheiten nicht kommentieren, Lorca. Sie wissen sehr gut, wovon ich spreche. Eines werde ich jedoch im Hinblick auf die gute Zusammenarbeit meiner Abteilung nicht hinnehmen: dass Sie Ihre Scheiße gezielt bei uns abladen! Der Zusammenhalt unserer kleinen Truppe ist für unser Überleben unbedingt erforderlich, mag er auch oberflächlich und trügerisch sein. Wenn Sie sich austoben wollen, empfehle ich Ihnen eine ausgiebige kalte Dusche oder eine Stunde Schweiß und Muskelarbeit im Kraftraum. Weder Nina, Michael, Thomas oder ich sind Ihre Müllhalde, Lorca. Wir werden nicht dafür bezahlt, Ihre Launen zu ertragen. Es ist das letzte Mal, dass ich mit Ihnen darüber spreche. Wenn Sie das nicht verstehen, werde ich Sie bitten, sich unverzüglich versetzen zu lassen. Sie könnten auf meine Hilfe zählen, wenn Sie sich verändern wollen. Alles in allem leisten Sie gute Arbeit.«

Ein kleines, grünes Knäuel, das einmal eine Papierserviette gewesen war, landete genau vor ihrem Glas. In eisigem Ton schloss er:

»Habe ich mich klar ausgedrückt?«

»Absolut, Sir.«

»Gut. Haben Sie Neuigkeiten von Susan aus dem Russel Building?«

»Sie wird mich zurückrufen, sobald Sie neue Informationen hat.«

»Halten Sie mich auf dem Laufenden. Bis später.«

Für den restlichen Nachmittag vergrub sich Espy in ihrem Büro. Es gab nur wenige Dinge, die sie lähmten. Die Scham, ja die Scham gehörte dazu. Die Scham ist ein schönes Gefühl. Es schwingt eine Art Großmut in ihr mit, und auch eine verletzende Klarheit. Aber sie ist auch ein niederschmetterndes Gefühl. Eine Selbstkritik, die weh tut. Man muss einen groben Fehler gemacht haben, um

Scham zu empfinden, aber Scham zu empfinden bedeutet auch, dass man noch eine Seele besitzt. Es ist wie eine schwierige, aufreibende Gratwanderung zwischen Selbstachtung und Selbsthass.

Schon nach 19 Uhr. Esperanza lauschte, ob sie es nun wagen konnte hinauszugehen. Es war kein ruhmvoller Abgang, aber einigermaßen erträglich. Michael war bereits fort. Dougray auch. Aus der Stille in dem langen Gang ihrer Abteilung schloss sie, dass keiner mehr da war. Sie würde niemandem mehr begegnen auf dem Weg zu ihrem Auto.

Sie zog ihren Mantel über, als ein blonder Schopf durch die offen stehende Tür hereinschaute.

»Sie sind noch hier, Espy?«

Scheiße, Nina!

»Äh … In der Tat. Aber ich wollte gerade gehen.«

»Ich auch. Gehen wir zusammen?«

»Einverstanden.«

Scheiße, verfluchter Mist!

Stumm warteten sie auf den Aufzug. Wie oft macht man sich über die belanglosen Plaudereien lustig, die das Schweigen durchbrechen und die Situation so viel angenehmer machen. Bleiben sie dann einmal aus, so vermisst man sie sehr. Schließlich gab Lorca sich einen Ruck:

»Es tut mir Leid wegen heute Mittag. Wirklich. Das war idiotisch und gemein. Thomas ist in Ordnung. Er muss sich fürchterlich langweilen in Washington. Seine Frau sitzt hier mit dem Baby und wartet auf ihn.«

»Sie hatten schlechte Laune, das kommt vor.«

»Das ist kein Grund, über anständige Leute herzuziehen.«

»Stimmt.« Nina riss sich von der Betrachtung der Stahltür los, die sich hinter ihnen geschlossen hatte, und musterte Lorca, bevor sie sanft hinzufügte: »Vor allem wäre es wichtig, die Ursachen für Ihre schlechte Laune zu beseitigen. Dann würde es gar nicht erst so weit kommen.«

Das war so deutlich, dass Espy zusammenzuckte.

»Ich … Aber …«

»Ich weiß. Ihre Strategie besteht zum großen Teil darin, Ihre Gefühle von allem anderen abzusondern. Sie verbannen sie in ein verborgenes Eckchen und hoffen, sie damit zu entschärfen. Aber das klappt oft nicht, wie Sie sehen.«

Lorca erstarrte vor Schreck, sodass die Tür des Aufzugs sie beim Aussteigen beinahe einklemmte. Sie stürzte hinter der hoch gewachsenen Gestalt Ninas her und fasste sie am Arm.

»Warten Sie. Wer hat Ihnen … Dougray?«

»Niemand. Und Doyle ist nun nicht gerade der Typ für vertrauliche Geständnisse. Aber ich bin neu hier und sehe alles von außen, mit einem unbefangenem Blick gewissermaßen. Außerdem bin ich eine Frau.« Sie lächelte, bevor sie fortfuhr: »Manchmal eine echte Hellseherin. Ich rieche Herzensangelegenheiten zehn Kilometer gegen den Wind. Hören Sie, wir wohnen doch beide in Fredericksburg. Ich habe heute Abend nichts vor. Wenn Sie Lust haben, könnten wir uns ein kleines, hübsches Restaurant in der Stadt suchen.«

Espy ließ den Arm der jungen Frau los.

»Nein … danke.«

Nina senkte den Blick und sagte:

»Das ist schade. Allerdings hätte mich eine andere Antwort auch überrascht. Bis morgen, Espy, kommen Sie gut heim.«

16. Oktober, Fredericksburg, Virginia

Verflixt, in dieser Wohnung war es kaum auszuhalten! Das große Zwei-Zimmer-Apartment, das sie mit Beginn ihrer Tätigkeit bei der CASKU und ein paar Monate vor der kurzen Affäre, die ihr nun seit zwei Jahren das Leben schwer machte, im Süden von Fredericksburg gemietet hatte, wirkte immer noch unbewohnt. Seit ein paar Tagen trat zu dieser Leere jedoch eine Art Feindseligkeit. Es ist seltsam, wie sehr es uns Räume übel nehmen, wenn wir sie vernachlässigen. Diese Wände, dieses Parkett, diese wenigen Möbelstücke, dieses Fehlen von Gegenständen, Bildern oder Fotos zeugten von der Gleichgültigkeit der Bewohnerin und verströmten eine abweisende Kälte. Sie schienen sie zum Weggehen aufzufordern, als hätten sie selbst es satt, von Espy so missachtet zu werden. Ein wenig wie in dem großen Haus, das Dougray und sein Sohn bewohnten, in dem Haus von Rosemary.

Wie blöd von ihr! Warum hatte sie die Einladung von Nina nicht angenommen? Sie hätten zusammen zu Abend essen und dabei ein wenig plaudern können, ohne dass sie sich eine Blöße gegeben hätte. Der Abend wäre auf diese Weise sehr viel schneller und weniger kompromisslos vergangen. Irrtum. Diese Frau hatte etwas Irritierendes, etwas Rätselhaftes, das Espy nicht zu greifen bekam. Die neue Mitarbeiterin war sympathisch, offen, fast schon überfreundlich, und dennoch hatte sie kurz zuvor in diesem Aufzug eine Art Härte gespürt, nicht böswillig, aber erbarmungslos. Ihre Gehirnzellen begannen zu arbeiten. Warum hatte Nina um ihre Entlassung beim ATF gebeten? Sie hatte dort eine Abteilung für Informatik geleitet. Hatte sie sich hierher beworben oder hatte sie zufällig die freie Stelle bekommen? Ihr Scharfsinn zwang Espy zu dem Eingeständnis, dass sie der jungen Frau einfach nur deshalb misstraute, weil sie die Gründe für ihre Agressivität während des Mittagessens durchschaut und benannt hatte.

Esperanza schaltete den Fernseher ein, ohne das Bild wahrzunehmen, das auf dem 16x9-Bildschirm erschien. Ein Hintergrundgeräusch, nichts weiter als eine Aneinanderreihung von Signalen.

Sie hielt es nicht mehr auf ihrem Platz aus, stand auf und zog zwei große mexikanische Teppiche aus dem begehbaren Kleiderschrank hervor, die sie einmal aus Langeweile oder Übermut gekauft hatte. Sie befreite sie aus der Plastikschutzhülle und rollte sie aus. Die kräftigen, kontrastreichen Farben entlockten ihr das erste Lächeln dieses Tages. Das Gelb und Kobaltblau würden sehr gut in das Zimmer passen, das sie zum Schlafzimmer erklärt hatte, indem sie hier ihr Bett und nichts anderes aufgestellt hatte. Folglich war das andere, größere Zimmer das Wohn- und Esszimmer. Der Beweis: Ein Tisch, vier Stühle und ein Sofa standen dort einsam herum. Der zweite Teppich würde mit seinem Ziegelrot, Grün und Beige gut in diese minimalistische Einöde passen. Die vereinzelten Anstrengungen von Espy, ihre Bleibe zu verschönern, führten zu entsprechend bescheidenen Resultaten. Schmerzlich tauchte die Erinnerung an die Wohnung von Cory Fried in ihr auf. Sie war hübsch ausgestattet, hell und freundlich. Ein paar schöne Möbelstücke, zwei oder drei üppige Pflanzen, eine elegante Einrichtung. An der Wand hing ein schönes Ölgemälde mit gelben und violetten Farbtönen. Die Wohnung passte zu ihrer Besitzerin: Ohne viel Geld war sie fröhlich eingerichtet, mit einer ausgesprochenen Vorliebe für hübsche Dinge und das Glück. Diese Sehnsucht nach Glück hatte Cory das Leben gekostet. Espy presste mit einem Mal ihre Kiefer aufeinander und brüllte dann laut:

»Quatsch! Es war dieser Scheißkerl, der sie getötet hat.«

Sie bestellte telefonisch eine Pizza, und während sie auf den Überbringer wartete, zappte sie durch die Programme. Mithilfe eines Glases Whisky schlang sie dann die Hälfte des zähen, von einer Unmenge Schmelzkäse überdeckten Teigs hinunter. Ein furchtbarer Kummer ergriff sie, und sie ließ das dreieckige Pizzastück fallen, in das sie gerade gebissen hatte. Der Wal. Scheiße, sie glich dem Wal, abzüglich des ganzes Fetts. Ein Schluchzen schnürte ihr den Atem ab, und sie spuckte den letzten Bissen in den großen, fettigen Pappkarton auf ihren Knien zurück. Nicht einmal das stimmte. Der Wal hatte dieses Dasein aus freien Stücken gewählt, und Julia konnte sich auch wieder umentscheiden, wenn sie wollte, ihr Vermögen würde ihr dabei helfen. Espy hingegen hatte sich ihren Ängsten ergeben, hatte sich einem Kalkül verschrieben, das sich als dumm und todbringend erwies: Alleinsein bedeutet, seine Kräfte ganz auf sich selbst konzentrieren. Lieben bedeutet, eine Verletzlichkeit zulassen und sich einer unwägbaren Gefahr auszuliefern. Wie kam sie jetzt auf so blödsinnige Gedanken? Der Mord an Cory, die mürrische Beschränktheit ihrer eigenen Mutter, Helens Ehe mit einem Serienmörder … All diese Geschichten hatten sie zwar in ihrer Argumentation bestärkt, aber es ging dabei auch nicht um Liebe. Sondern genau um das Gegenteil: Verrennt man sich in seiner Liebe zu einem unwürdigen Subjekt, so besteht das Leben nur noch in Qualen, Zurückweisung und Zerstörung. Dougray jedoch war der Liebe würdig. So würdig, dass sie voller Schrecken davongelaufen war.

Espy leerte ihr Glas und schenkte sich noch eines ein. Mit dem Rest Whisky schluckte sie zwei Schlaftabletten hinunter. Schlafen. Dem Gehirn eine trügerische Ruhe verschaffen. Zum Teufel mit den Albträumen, solange sie sie am Morgen wieder vergessen hatte. Es würde sich schon alles finden. Noch besaß sie genug Energie, um nicht zu enden wie der Wal.

17. Oktober, FBI, Militärbasis von Quantico

Ein vielversprechender Anflug von Migräne pochte bereits gegen ihre rechte Schläfe, als sie am nächsten Morgen kurz nach acht Uhr ihr Auto auf dem Parkplatz des Jefferson Building abstellte. Ein schmerzhafter Strang zog sich vom Haaransatz bis nach vorn zur Nasenwurzel, obwohl sie bereits drei Exedrin-Kapseln mit dem lauwarmen Morgenkaffee heruntergespült hatte. Eine leichte Orientierungslosigkeit verriet, wie unruhig ihr Schlaf gewesen war, aber dank der beiden kleinen, länglichen Schlaftabletten vom Abend zuvor erinnerte sie sich an nichts.

Espy blieb vor der Kaffeemaschine auf ihrer Etage stehen und wartete darauf, dass der Becher sich mit dem vom Hersteller hoffnungsfroh »Espresso« getauften Gebräu füllte.

Seit dem Vortag war sie keinen Schritt weitergekommen. Keine Entscheidung, keine Klärung. Nein, das stimmte nicht ganz: Immerhin war sie zu dem Schluss gekommen, dass sie diese Unentschiedenheit nicht länger ertragen konnte und etwas unternehmen musste.

Sie ging in ihr Büro hinunter und begegnete Thomas Sturgeon, der sie anlächelte, als hätte sie eine gute Neuigkeit auf Lager.

»Ach, ich freue mich wirklich, dich wiederzusehen, Lorca. Wie geht's?«

»Nicht gerade umwerfend, aber das ist nicht so wichtig. Nun, endlich aus Washington zurück?«

»Gott sei Dank! Ich hatte dort nicht sehr viel zu tun. Das ist für zwei Tage ganz schön und kommt dir vor wie ein von der Regierung geschenkter Urlaub. Dann aber geht es einem auf die Nerven.«

»Wirklich nichts zu tun?«

»Nur beratende Funktion, da die örtliche Polizei die Fälle übernimmt. Essen wir zusammen zu Mittag?«

Esperanza nickte, ohne den Vorschlag von Thomas richtig aufzunehmen. Eigentlich mochte sie ihn ganz gern. Zumindest empfand sie ihm gegenüber keinerlei Feindseligkeit. Außerdem war sie zufrieden, dass er wieder zurück war. So war sie etwas weniger isoliert und hatte weniger Zeit zum Grübeln. Das konnte nicht schaden. Natürlich war Nina sympathisch, aber sie kannte sie noch nicht so gut, dass sie als Verbündete gegen diesen blöden Angeber Baghurst in Frage kam.

Espy war klug genug, um sich einzugestehen, dass ihre Abneigung gegenüber Michael kaum begründet war. Sie hatte einfach das Gefühl, dass er nicht zögern würde, sich ungefragt und ohne den Anflug eines schlechten Gewissens irgendwo einzunisten. Wahrscheinlich tat seine unbewusste Arroganz ein Übriges. Er war einfach der nette, wohlerzogene Junge, der niemals an sich gezweifelt hat, niemals Kränkungen einstecken musste, weil er aus einer weißen, protestantischen, kleinbürgerlichen Familie kam. Ganz anders als Thomas oder sie. Ein Abgrund lag zwischen ihr und Baghurst: die soziale Verwundbarkeit. Welche Ängste, Demütigungen und Verletzungen damit einhergingen, das würde Baghurst niemals verstehen.

Auf ihrem Anrufbeantworter befand sich eine Nachricht von Susan Wuang Tong.

»Esperanza, ach, Sie sind noch nicht wieder da. Dann rufen Sie mich sobald wie möglich zurück! Ich habe etwas herausgefunden. Die ersten Vergleiche scheinen darauf hinzuweisen … Nein, das dauert zu lang. Das Band wird mittendrin zu Ende sein. Ich warte auf Ihren Anruf.«

In wenigen Minuten hatte Espy die junge Wissenschaftlerin ausfindig gemacht.

»Susan, Sie kommen also auch einmal nach Hause?«

»Vor ein paar Sekunden, nur um zu essen und zu schlafen. Wir haben so viel zu tun und sind sehr knapp besetzt. Es ist immer das gleiche Elend. Glücklicherweise schreibt mein Freund Computer-Handbücher und arbeitet viel zu Hause. Und da er auch recht begabt beim Kochen und im Haushalt ist, brauche ich mich nur noch an den gedeckten Tisch setzen.«

Diese beiläufige Information versetzte Espy einen Stich. Obwohl sie nicht wirklich darüber nachgedacht hatte, hätte sie gewettet, dass Susan allein lebte. So einsam wie sie selbst. Sie zwang sich zu einem heiteren Tonfall.

»Sind Sie weitergekommen?«

»Je nachdem … Von außen betrachtet scheint eine wissenschaftliche Untersuchung die Sache zunächst einmal noch komplizierter zu machen.«

»Oh, ich habe schon schlimme Befürchtungen … Das soll wohl eine Warnung sein, oder?«

Am anderen Ende der Leitung war ein Lachen zu hören, dann erklärte Susan:

»Ich habe gleich gewusst, dass Sie ziemlich hell im Kopf sind! Natürlich wird es Sie nicht überraschen, dass das im Futter der beiden Morgenmäntel gefundene Sperma von Cordell Taylor-Caedon stammt. Aber auch das Blut, das am Knebel und um die Lippen des Opfers verschmiert war, ist von ihm. Ich habe die Ergebnisse sofort per Mail an Dougray geschickt.«

»Wie bitte? Können Sie das noch einmal wiederholen? Das Sperma war klar, aber der Rest?«

»Der Experte im gerichtsmedizinischen Institut von Boston hat Spuren von getrocknetem Blut an der Innenseite des festgeklebten Knebels gefunden, also dort, wo er Kontakt mit den Lippen hatte, und auch außen am Mund des Opfers. Es ist in beiden Fällen das gleiche Blut, das von Cordell. Nun glaube ich aber nicht, dass sich dieser Typ einfach so beißen lässt.«

»In der Tat. Allerdings scheint er bei seinen sexuellen Spielchen eine Vorliebe für Verletzungen zu haben. Sex – Blut – Tod. Das gehört ja seit Menschengedenken zusammen. Auch bei einigen anderen Opfern hat man Spuren seines Blutes gefunden. Wer mein Blut trinkt, wird ein Teil von mir, ist unauflöslich mit mir verbunden, ist für immer ganz und gar mein.«

Susan fügte hinzu:

»Ein klassisches Motiv in Vampirromanen und -filmen.«

»Vampirismus war immer eng mit Sexualität verbunden, vor allem im viktorianischen Zeitalter. Das war sicher auch ein Weg der Literatur, die Zensur zu umgehen. Die grundlegende Ideenverbindung lautet immer: Sex – Blut – Tod.«

»Das entzieht sich meinem Verständnis. Für mich ist

Blut immer ganz elementar und zwingend mit Leben verknüpft.«

Espy unterdrückte ein Lachen.

»Für die Vampire auch. *Ihr* Leben eben. Und was ist mit dem kleinen Ding, das wir auf dem Klebestreifen gefunden haben? Haben Sie da neue Erkenntnisse?«

»Genau. Jetzt halten Sie sich fest. Die genetischen Abdrücke auf dem fraglichen Teil stammen nicht von einem Menschen. Außerdem gibt es zumindest zwei stark voneinander abweichende DNA-Spuren.«

»DNA von Schimmelpilzen? Wie beim letzten Mal? Einer dieser besonderen Schimmelpilze, die zur Keimung der Orchideen führen?«

»Falsch! Daran habe ich auch sofort gedacht, aber die Versuche mit den spezifischen Präparaten klappen nicht. Fehlanzeige. Wir haben es mit allen anderen im Zentrallabor aufbewahrten Präparaten versucht, vor allem mit denen von gewöhnlichen Säugetieren wie Hund und Katze, aber auch dann funktioniert es nicht. Die entscheidende Frage für uns lautet nun: Sind diese beiden DNA für unseren Fall von Bedeutung, oder aber ist eine von ihnen rein zufällig dorthin geraten und verhindert nun ein eindeutiges Ergebnis?«

Espy, die etwas auf ein Blatt gekritzelt hatte, hielt inne und verkündete mit gerunzelter Stirn:

»Ich kann Ihnen nicht ganz folgen.«

»Ich erkläre es Ihnen an unserem Fall. Nehmen wir einmal an, dass keine der beiden DNA menschlichen Ursprungs ist und ein Tier – ein Hund oder eine Katze – an unserem Beweisstück, dem kleinen braunen Ding, geleckt hat, bevor es auf das Klebeband geriet. Das Tier hätte dort seinen Speichel hinterlassen und damit auch seine DNA. Diese hätte allerdings nichts mit dem Mord zu tun, müsste also ausgesondert werden und dürfte auf keinen Fall eine Rolle bei weiteren Schlussfolgerungen hinsichtlich der Tat spielen.«

»Und wie wollen Sie das herausbekommen?«

»Wie bemühen uns. Es wird nicht gerade einfach sein, weil wir keinerlei Vorstellung davon haben, woher die beiden Genome stammen. Ich glaube, ich würde lieber nach einer Stecknadel in einem Heuhaufen suchen.«

Doktor Susan Wuang Tong hielt inne und Espy hörte, wie sie angestrengt vor sich hin murmelte.

»Susan, sind Sie noch da?«

»Hm, ich denke nach und führe Selbstgespräche. Das habe ich auch schon als Kind getan, also kein Zeichen geistigen Verfalls. Es mag zunächst seltsam wirken, aber man gewöhnt sich schnell daran. Warten Sie … Wir sind in einer ungünstigen Lage. Ich habe sehr wenig biologisches Ausgangsmaterial, da die Probe äußerst klein war. Da es sich nun nicht um die Pilze handelt, habe ich nicht die geringste Ahnung, woher sie stammt. Denk nach, Susan, denk nach. Die Bausteine der DNA sind in diesem Stadium noch vollkommen nutzlos. Man muss also ihre Sequenzen herausfinden. Genau, das ist es. Wir müssen die Ketten rekonstruieren!«

Plötzlich schien sich die junge Frau daran zu erinnern, dass am anderen Ende der Leitung noch ihre Gesprächspartnerin wartete:

»Oh, Verzeihung, Espy. Wir werden die DNA-Kette rekonstruieren.«

»Was bedeutet das?«

»Äh … Nun, das ist schwierig zu erklären. Ich gebe Ihnen eine Kurzfassung. Sie wissen, dass die DNA der genetische Grundstoff von allen Lebewesen ist, mit Ausnahme einiger Viren, die nur die RNA besitzen. Diese DNA bildet die Chromosomen. Das sind lange aneinander gereihte Molekülketten, zu denen sich noch kleinere Einheiten, die Nukleotide, zusammenschließen. In der DNA gibt es vier Nukleotide, die man anhand ihres basischen Grundstoffes unterscheidet: Adenin, Cytosin, Guanin und Thymin, A, C, G, T. Um die Abfolge dieser vier Bausteine in einer vorgegebenen DNA-Kette zu bestimmen, zerlegt man sie in kleinere Teile und injiziert diese in einen technischen Apparat, der sie weiter spaltet. Diese Teilstücke dienen dem Apparat als Modell. Gleichzeitig gibt man ein Gemisch aus den vier Nukleotiden hinzu. Der Apparat fügt die DNA-Bruchstücke dann ausgehend von den Modellen, die er hat, zusammen. Rein zufällig. Die Fragmente unterscheiden sich nach Gewicht, Größe und elektrischer Ladung, da sie nicht die gleiche Zusammensetzung an Nukleotiden haben. Anschließend kann man sie dann auf einem elektrophoresischen Gel trennen. Weitere Details erspare ich Ihnen, aber auf diese Weise kann man sie voneinander unterscheiden. Was dabei herauskommt, sieht übrigens sehr hübsch aus: Die Moleküle schließen sich zu langen, schmalen Wendeltreppen zusammen. Es gibt sogar Künstler, die sie in ihren Werken unterbringen. Das würde ich übrigens gerne einmal sehen. Nun gut, ich will nicht abschweifen. Der Apparat liefert uns also die Verkettung der vier Basen – A, C, G und T – in den verschiedenen Fragmenten, ausgehend von unserem anfänglichen Modell. Pro Fragment eine ganze Menge. Das sind die berühmten Molekülketten. Die gibt man dann in einen Computer mit einer Datenbank von bereits bestimmten Molekülketten ein, und mit ein wenig Glück führt der Vergleich zur Identifizierung. Äh … Alles klar?«

»Ja«, log Espy.

»Wirklich?«

»Vollkommen klar.«

»Da bin ich aber froh. Ich wusste am Anfang gar nicht, wo ich anfangen sollte …«

Lorca mochte diese Biologin, und letztlich war es nicht so schlimm, wenn sie nichts kapiert hatte, denn sie vertraute dem Wissen der jungen Frau. Daher flunkerte sie im Brustton der Überzeugung:

»Sie sind eine großartige Pädagogin, Susan, ehrlich. Ich könnte zwar nicht wiederholen, was Sie mir erklärt haben, aber ich habe alles verstanden. Wie lange dauert der Vorgang in einem solchen High-Tech-Kochtopf?«

»Wenn man sofort loslegt, denke ich, dass der Apparat morgen Abend die ersten Ergebnisse ausspucken müsste.«

»Dann legen Sie los, Susan!«

Eine spöttische Stimme antwortete amüsiert:

»Ist das Ihr Ernst? Welche Überraschung!«

Espy gönnte sich noch eine halbe Stunde, um ihre Gedanken zu ordnen. Auch wenn sie sich dagegen sträubte, bekam dieser Fall eine persönliche Komponente. Sie hasste sie, hatte sie immer schon gehasst, all diese Defekte, die dazu führen, dass Menschen andere Menschen töten, quälen und zerstören – einfach zu ihrem Spaß. Sie musste sie verabscheuen, um etwas abzuschütteln, was sich ganz tief in ihrem Innern eingenistet hatte und verbissen und gefährlich an ihr nagte. Denn den Kampf gegen das Böse führt man nicht mit edlen Gefühlen oder frommen Wünschen. Eine solche Rührseligkeit gibt es nur in Filmen. In Wirklichkeit geht man mit der gleichen Entschlossenheit und Kaltblütigkeit vor wie diejenigen, die man aus dem Verkehr ziehen soll. Zumindest war das bei ihrem Feldzug gegen Kinderschänder der Fall.

Bisher jedoch hatte sich Espys Hass auf diese Spezies im Allgemeinen bezogen. »Sie« – das war ein Etikett oder eine Bezeichnung für das Böse gewesen, gegen das der Mensch seit jeher kämpfen muss. Niemals hatte das eine religiöse Komponente für sie besessen, denn sie war davon überzeugt, dass der Mensch sich frei entscheiden und dafür auch verantworten musste. Nun aber war dieses »sie« etwas anderes für sie geworden, ein »er«, Cordell. Das war ein fürchterlicher Fehler, und Espy wusste das. Sie war nicht ausreichend gewappnet, nicht abgebrüht genug, um dieses »er«, das sich in ihren Kopf, in ihr Leben drängte, unbeschadet abzuschütteln. Sie verabscheute ihn zutiefst, gewiss. Aber »er« faszinierte sie auch. Dieser Mensch mit seiner unmenschlichen Perversion hatte all das erlangt, wonach sie sich seit Jahren sehnte. »Er« war von allen geliebt worden, und »er« liebte auch sich selbst. »Er« hatte Leben zerstört, massakriert, vernichtet, und trotzdem hatte er nicht den geringsten Schmerz, nicht das geringste Leid empfunden. »Er« war der provozierende, unerträgliche Beweis dafür, dass Unrecht belohnt wird.

Mit geballter Faust schlug sie heftig gegen die Zementwand hinter der dünnen, grauen Tapete. Der Schmerz schoss durch ihren Unterarm zum Ellbogen hinauf und trieb ihr Tränen in die Augen. Sie schnappte nach Luft und zwang sich, nicht vor Schmerz loszuschreien. Für ein paar Sekunden befürchtete sie, ihre verkrampften und wie gelähmten Finger seien gebrochen. Dann gelang es ihr, sie zu entspannen und zu dehnen. Die Haut über den Knöcheln war bei dem Stoß aufgeplatzt und Blut rann über ihren Handrücken. Sie wollte gerade in die Toilette verschwinden, als Dougray in ihr Büro trat. Espy versteckte die verletzte Hand hinter dem Rücken.

»Was war das? Ich habe einen dumpfen Schlag gehört. Ist alles in Ordnung? Sie sind blass.«

Mit tonloser Stimme stieß sie hervor:

»Alles in Ordnung.«

Doyle musterte sie und trat auf sie zu. Sie wich zurück, bis ihre Schultern die Wand berührten.

»Geht es Ihnen gut, Lorca?«

»Ja doch.«

»Warum verstecken Sie Ihren Arm?«

»Aber ich ...«

»Zeigen Sie her.«

Den Mund leicht geöffnet, blieb sie stocksteif stehen. Er ließ nicht locker:

»Zeigen Sie her, Lorca, das ist ein Befehl.«

Sie rührte sich immer noch nicht. Der Mann fasste nach dem Ärmel ihres Pullovers und zog die Hand hervor. Er schloss für einen Augenblick die Augen und murmelte:

»Ich kenne das gut, so einen Schlag gegen die Wand oder die Windschutzscheibe. Das ist sehr dumm, wissen Sie. Es hilft nichts, aber auch gar nichts. Im Gegenteil, man kann sich sehr weh dabei tun. Kommen Sie, wir lassen kaltes Wasser darüber laufen, um den Schmerz zu lindern. Ich denke auch, dass Sie es röntgen lassen sollten.«

»Es ist nicht gebrochen ... Ich komme schon klar.«

»Kommen Sie.«

Als das eiskalte Wasser über ihre angeschwollenen

Knöchel lief, schmerzte es zunächst so sehr, dass sie dachte, sie müsse sich in die Hose machen. Danach tupfte Doyle ihre Hand sanft mit einem Papiertuch ab.

»Ich habe irgendwo in meinen Schubladen eine Wundsalbe.«

In seinem Büro führte er sie zu einem Stuhl und suchte nach der Tube.

Als er sie ein paar Minuten später gefunden hatte, war der Schmerz beinahe unerträglich geworden. Sie versuchte zu scherzen:

»Danke. Sie hätten Krankenschwester werden sollen.«

Doyle zog eine Augenbraue hoch.

»Das bin ich doch ... und Köchin und Amme. Ich bin ein bewundernswerter Mann und eine perfekte Frau.«

»Ich weiß«, antwortete sie so mitgenommen, dass er sie erneut musterte.

Er ging zu seinem Schreibtisch zurück und stützte sich auf die Platte. Espy krümmte sich zusammen, um nicht nach seiner Hand zu fassen und ihn zu zwingen, an ihrer Seite zu bleiben.

Ein kurzes Schweigen trat ein und eine knisternde Spannung, die Espy so schnell wie möglich aufheben wollte.

»Ich habe gerade lange mit Susan Wuang Tong gesprochen ...«

»Später. Sie hat mir zwei Mails geschickt. Warum haben Sie mit der Faust gegen die Wand geschlagen?«

»...«

»Antworten Sie.«

»Dieses Miststück Cordell ... Im Grunde nicht nur wegen ihm. Wegen der Ungerechtigkeit. Warum hat dieser Typ alles bekommen? Warum hat er das Kostbarste, Schönste und Liebenswerteste von seinen Opfern bekommen, wo er nur Schmerz und Tod bringt, ohne jemals etwas zu geben?«

»Ich könnte Ihnen jetzt antworten, dass man das schon lange wüsste, wenn es in der Welt gerecht zuginge. Ich bin nicht einmal sicher, dass die Menschen die Gerechtigkeit so sehr lieben. Sie sind es vor allem dann, wenn sie Vorteile davon haben. Aber ich weiß, dass das alles aufhören wird, weil wir ihm ein Ende setzen werden. Hören Sie mir zu, Lorca? Ich will, dass wir diesen Irren kriegen, und zwar bald. Ich will, dass diese Ungerechtigkeit ein Ende hat. Ich weiß, es ist nur ein Tropfen auf einen heißen Stein, aber wir werden ihn kriegen!«

Espy beugte sich nach vorn. Er sah zu, wie ihre schweren dunklen Locken langsam auf die Knie hinabfielen. Ein paar Nächte hatte er diese Haare an seine Brust gepresst und in seinem Arm gespürt.

»Scheiße. Ich frage mich langsam, ob sie nicht doch Recht hat«, murmelte Espy. »Mrs. Holmer. Ich habe Schiss, weil ... und wenn er einfach stärker, gerissener ist als wir und wir ihn nie erwischen?«

»Nein.«

»Aber warum glaubt es Julia Holmer, die zwar ihre Fehler hat, aber alles andere als dumm ist?«

»Sie muss es glauben, zumindest im Augenblick. Sie muss sich beruhigen, indem sie ihm beinahe übernatürliche Kräfte andichtet. Alles andere würde Selbstmord bedeuten.«

Espy blickte auf. Die feuchte Spur einer abgewischten Träne verwirrte den Mann ihr gegenüber. Während sie schlief, hatte er ihr einmal mit der Fingerspitze Tränen abgetupft, die neben ihrer Nase hinunterrannen. Nächtliche Tränen, die schreckliche Träume unter den geschlossenen Lidern der jungen Frau hervorquellen ließen. Träume, bei denen sie die Beine anspannte und mit den Händen die Bettdecke festkrallte. Er hatte es nie gewagt, sie nach dem Inhalt oder den Gründen ihrer Träume zu fragen.

»Warum Selbstmord?«

»Weil Mrs. Holmer im Augenblick unbedingt eine Erklärung oder wenigstens eine Rechtfertigung braucht – so vage sie auch sein mag –, wie sie derartig verblendet sein konnte. Wenn sie ihrem Mann außergewöhnliche intellektuelle Fähigkeiten und sogar noch mehr andichtet, so geschieht das genau zu diesem Zweck. Haben wir ihn erst einmal hinter Schloss und Riegel, wird sie diesen Mythos zerstören können, ohne sich dabei selbst zu zerstören.«

»Wird sie das Ihrer Meinung nach schaffen?«

»Ich hoffe es von ganzem Herzen. Die Ungerechtigkeit ist eine der zahlreichen Abweichungen von dem Gesetz, dass minus mal minus plus ist. Eine mit einer Ungerechtigkeit multiplizierte weitere Ungerechtigkeit ergibt niemals Gerechtigkeit. Die Zerstörung nimmt immer mehr überhand, und es bleiben schmerzhafte Narben zurück, die nie mehr ganz verschwinden. Und diesen Prozess müssen wir so schnell wie möglich stoppen.«

Espy seufzte. Ohne es zu wollen oder darüber nachzudenken, entfuhren ihr die Worte:

»Zu diesem Schluss bin ich in der Wohnung von Pamela Kells auch gekommen. Ich … ich habe mich wie eine blöde Kuh benommen. Nein, ich verhalte mich seit zwei Jahren wie eine blöde Kuh. Das ist umso schlimmer, als es mich nicht wirklich glücklich macht. Ganz im Gegenteil. Ich wollte, dass Sie das wissen.«

Eine schmerzliche Sehnsucht raubte Dougray die Sprache.

Scheiße! Wie gerne hätte er dieses Bekenntnis vor ein paar Wochen gehört. Nach dem Ende ihrer Beziehung, als sie ihn vor die Tür gesetzt hatte wie andere Liebhaber vor ihm, hatte er sich monatelang mit Fragen gequält. Was hatte er falsch gemacht? Was war so verkehrt an ihm, dass Rosemary in das Leben ihrer eigenen Mutter schlüpfte, dass sie ihn, Dougray, ihren eigenen Ehemann verließ und sogar ihren neugeborenen, winzigen Sohn verleugnete? Warum hatte Esperanza ihn fortgeworfen wie eine vorübergehende Laune? In schlaflosen Nächten hatte er sich diese Fragen wieder und wieder gestellt. Und heute bekam er die Antwort.

»Ich denke, ich sollte Ihnen für diese Offenheit danken. Leider kommt sie reichlich spät … zu spät. Esperanza … Ich … Sie hatten Recht, ich bin ein zu ernster Mensch. Mir fehlt es an Humor, zumindest wenn Gefühle im Spiel sind. Sogar mein Sohn behauptet das. Ich werde nun 43 Jahre und bin der Vater – und zwischenzeitlich auch die Mutter – eines Jungen, der genug durchgemacht hat. Liam zählt auf mich. Er braucht jemanden, den er lieben kann und der ihn ohne Bedingung und Einschränkung liebt. Er muss sicher sein, dass man seine Liebe nicht wieder einfach wegwirft. Mit anderen Worten, ich habe keine Zeit mehr für die Fisimatenten und Spielchen junger Leute. Und auch keine Energie. Außerdem muss ich gestehen, dass ich das Spiel ›Ich gehe auf dich zu – du weichst zurück‹ immer schon zum Kotzen fand, vermutlich, weil ich keine Begabung dafür habe. Es tut mir Leid.«

»Weniger als mir.«

»Sicher nicht.«

Sie stand auf. Scheiße, sie musste aus diesem Büro verschwinden, bevor sie wegen dieses ganzen Wirrwarrs und ihrer Blödheit in Tränen ausbrach. Sie war schon auf dem Weg zur Tür, als Dougrays Stimme sie noch einmal zurückhielt.

»Ich werde die Mails von Susan noch einmal lesen und sie, wenn nötig, in Washington anrufen. Ich denke, dass unsere Abteilung vor dem Mittagessen kurz zusammenkommen sollte.«

»In Ordnung«, sagte sie, ohne sich umzuwenden.

»Espy … Espy? Schauen Sie mich an.«

»Wozu?«, zischte sie verbittert, weil sie ihre Selbstkontrolle zu verlieren drohte.

»Das war kein günstiger Moment. Ich meine … man kann in einem solchen Moment, hier zwischen Tür und Angel, nicht eine solche Unterhaltung führen.«

»Ich habe mir den Moment nicht ausgesucht. Außerdem weiß ich nicht, ob es einen besseren gibt.«

»Aber vielleicht einen weniger schlechten. Nach Cordell, wenn wir diese blutige Angelegenheit hinter uns gebracht haben.«

Sie schüttelte den Kopf und murmelte:

»Ich sagte Ihnen ja, welche Macht er besitzt: Es gelingt ihm sogar, das Gefühlsleben von Leuten zu manipulieren, die er niemals gesehen hat!«

Susan Wuang Tong informierte Doyle über den Stand ihrer Nachforschungen. Am Ende ihrer Unterredung stellte er endlich die Frage, die ihm die ganze Zeit über auf der Zunge lag:

»Sagen Sie mir ganz offen, Susan … wird uns dieses ›Ding‹, wie Sie es nennen, weiterhelfen?«

Er hörte sie leise lachen.

»Wenn ich ehrlich bin, Dougray, als Espy und ich es entdeckten, hielt ich es nicht für sehr ergiebig. Aber ich habe meine Meinung geändert.«

»Warum?«

»Sagen wir, aus Intuition.«

»Glauben Sie an so etwas, Susan?«

»Eigentlich nicht. Aber vielleicht habe ich unrecht. Ich rufe Sie an, sobald ich mehr weiß. Auf Wiedersehen, Dougray.«

Das Rattern des Faxgerätes riss ihn aus der wiederholten Lektüre der Notiz. *Man nimmt die Gleichen und fängt von vorne an.* Eine kleine, belanglos wirkende Bemerkung, die aber zu verschnörkelt war, um harmlos zu sein, ging ihm im Kopf herum.

»Es versteht sich von selbst, dass die Rückzahlung der Kredite sehr viel genauer berechnet werden muss als bisher.«

Was verstand sich hierbei von selbst? Doyle warf den Zettel beiseite und griff zum Faxgerät, das seine Blätter ausspuckte.

Oben auf der ersten Seite hatte Josh Fondale in aller Eile ein paar Wörter hingekritzelt: *Puig war eine friedfertige Frau mit tadellosem Ruf. Sie war nicht der Typ, der einem fremden Mann in einen einsamen Schuppen folgt.* Dann folgte der Bericht der zuständigen Gerichtsmedizinerin, einer Frau Doktor Nelle Pierce vom 15. Oktober, 21 Uhr 25.

Rita Puig, geboren in Puerto Rico am 19. Juni 1954, kaukasischer Abstammung. 1,62 m groß, 65 kg schwer. Todesursache: Verbluten.

Das Alter des Opfers verwirrte Doyle. Neunundvierzig Jahre. Mörder, die Frauen dieser Altersgruppe nachstellten, waren eher selten. Das typische Opfer war jünger, denn Alter macht misstrauisch und auch weniger begehrenswert. Er hielt inne. Warum ging er davon aus, dass sie es mit einem Wiederholungstäter zu tun hatten? Wieder wandte er sich dem medizinischen Bericht zu, der Zeugnis von den letzten Augenblicken eines menschlichen Wesens ablegte:

Ereignisse ante mortem:

Das Opfer wurde mit geballter Kraft ins Gesicht geschlagen. Davon zeugt eine Platzwunde an der linken Augenbraue, die aufgeplatzte Oberlippe sowie der ausgeschlagene, linke obere Eckzahn. Die Schläge wurden von einem dem Opfer frontal gegenüberstehenden Rechtshänder ausgeführt. Ihre Wucht lässt auf einen kräftigen männlichen Angreifer schließen (Anmerkung: Hier handelt es sich um eine sprachliche Vereinfachung, denn die Anwesenheit mehrerer Angreifer ist nicht ausgeschlossen, wenn auch wenig wahrscheinlich).

Quetschungen mit Blutergüssen unterhalb des Schlüsselbeins und an den Hüften weisen auf nicht ganz so heftige Schläge hin.

Da keine Spur von Sperma vorhanden ist, muss von der Verwendung von Präservativen ausgegangen werden. An der Scheide und am After sind Schürfwunden vorhanden. An der Innenseite der Oberschenkel sind blutunterlaufene Flecken. Nach dem von Sheriff Fondale erstellten Bericht fand sich kein Präservativ am Tatort.

Im oberen Drittel der Speiseröhre des Opfers wurde ein Schamhaar gefunden, was auf Fellatio hinweist. Da die Haarzwiebel fehlt, ist es nicht möglich, die DNA zu bestimmen. Im Zusam-

menhang mit der Verwendung eines Präservativs lässt dieses Beweisstück darauf schließen, dass das Haar beim Abrollen des Präservativs ausgerissen wurde. Der vorläufigen mikroskopischen Untersuchung zufolge hat der Angreifer hellbraune Haare.

Die Verletzungen in der Bauchgegend und am Hals wurden dem Opfer ante mortem *zugefügt. Das belegt das Einsickern des Blutes an den Wundrändern. Die Verletzungen wurden mit einer blanken Waffe ausgeführt, und jede einzelne war bereits schwerwiegend, da Arterien oder Venen beschädigt wurden. Der Blutverlust war erheblich, und der Tod muss sehr schnell eingetreten sein.*

Die Art der Wunden (ein sauberer Einstich) weist auf die Verwendung einer ziemlich breiten Klinge ohne Zacken wie bei einem Küchenmesser hin. Sie wurden dem Opfer beinahe beiläufig zugefügt.

In Anbetracht verschiedener Umstände (rektal gemessene Temperatur im Verhältnis zur Raumtemperatur, Augenflüssigkeit, Reaktionen des Gewebes nach den Verletzungen) muss der Tod etwa vierundzwanzig Stunden vor Auffinden der Leiche eingetreten sein.

Ereignisse post mortem:

In Anbetracht der Hautverfärbung der Leiche sind einige Minuten zwischen dem Todeszeitpunkt und dem »Drapieren« der Leiche in die kniende Stellung vergangen. Allerdings weist eine frische Hautabschürfung an den Knien darauf hin, dass das Opfer vor seinem Tod eine ziemlich lange Zeit gezwungen wurde, kniend auszuharren.

Ergänzende Bemerkungen:

Der Zustand der Lungen des Opfers verrät eine seit langem bestehende Nikotinsucht. Blutalkohol war nicht vorhanden.

Die weiteren toxikologischen Analysen sind noch nicht abgeschlossen. Auf den ersten Blick litt das Opfer an keiner Krankheit, die das gerichtsmedizinische Gutachten hätte aufdecken können.

Dougray Doyle legte die Blätter vor sich hin. Ohne es zu merken strich er sie mit der Handkante glatt. Sollte er mit den anderen, die sicher schon im Besprechungszimmer auf ihn warteten, darüber reden? Dieser Fall ging sie nichts an. Alles wies darauf hin, dass es sich um eine Einzeltat handelte. Und selbst wenn sie zu einer Serie gehörte, würde der Fall in den Händen der örtlichen Polizei bleiben ... Es sei denn, Fondale würde sie um Mitarbeit ersuchen.

Seine Unschlüssigkeit dauerte nicht lange. Es war doch besser, die anderen über diese Sache zu informieren. Sie würde sich ohnehin herumsprechen. Und bei dem Glück, das er und seine Leute seit einiger Zeit hatten, würde der Mörder wieder zuschlagen, und einer dieser Bügelfaltenhengste würde hinter seinem Teakholzschreibtisch hinausposaunen, dass seine Abteilung tatenlos zusehe und ihre Unfähigkeit offenbar System hatte. Auch eine Folge der Ereignisse vom 11. September. Er nahm sich vor, noch am gleichen Abend Sheriff Fondale anzurufen, um mit ihm in Kontakt zu bleiben und auch um die Mitglieder seiner Abteilung zu schützen.

Als er zu seinen Mitarbeitern in dem kleinen Besprechungszimmer kam, wunderte Doyle sich, dass sie alle Schulter an Schulter um den länglichen Tisch herum saßen. Sie wirkten beinahe wie eine Herde, die sich zu ihrem Schutz oder ihrer Verteidigung zusammengeschart hat. Michael Baghurst brachte die Stimmung auf seine Weise zum Ausdruck. Wütend stieß er hervor:

»Wir kommen bei unseren Untersuchungen nicht einen Deut voran! Dieser Typ wird noch andere umbringen, und wir haben nichts Neues herausgefunden!«

»Etwas Neues nicht, in der Tat. Aber wir ermitteln nun in eine andere Richtung«, erwiderte Doyle.

»Was soll das heißen?«

Doyles Blick kreuzte den erstaunten Blick von Nina, wählte seine Worte genau und meinte möglichst beiläufig:

»Ich habe mit Fiorentino von der Technik Kontakt aufgenommen …«

Die beschönigende Bezeichnung »Technik« umfasste verschiedene Abteilungen, die auf die Überwachung, das Abhören von Telefongesprächen, das Anbringen von Mikrofonen, Kameras und Wanzen spezialisiert waren. Ihr Chef Marcus Fiorentino gehörte zu jenen genialen Tüftlern, die aus drei Gummibändern und zwei Korken jedes beliebige High-Tech-Gerät zusammenbasteln. Dank seiner Rockermähne, seinem durchtrainierten und massigen Körper und seinen unzähligen mit Malteserkreuzen und Totenköpfen verzierten Silberringen war er vielen FBI-Agenten, für die nur das strenge Grau und Blau ihrer Uniformen zählte, ein Ärgernis.

Marcus hatte als Experte für Spezialeffekte beim Film begonnen und war zweifelsohne zufällig in dieses Milieu hineingerutscht. Wie er sagte, hatten ihn die Gags rasch gelangweilt. Als seine Lebensgefährtin verreisen musste, hatte er nur zu gern seinen wunderbaren kleinen Schatz überall mit sich herumgeschleppt – seine einjährige Tochter Enya. Sie war rothaarig wie ein Eichhörnchen und schaute mit ihren großen, grauen Augen gelassen und still in die Welt. Den ganzen Tag über thronte sie auf den Schultern ihres riesigen Vaters oder hing in einem großen Tragetuch aus Jeansstoff auf seinem Rücken, das den Kokons nachempfunden war, wie sie afrikanische Frauen für ihre Kinder benutzen. Diese Art der Kinderbetreuung war in der Militärbasis verboten, aber Marcus war sehr misstrauisch, vor allem wenn es um Enya ging. Außerdem begegnete man ihm aufgrund seiner fantastischen Fähigkeiten mit einer Nachsicht, die von niemandem hinterfragt wurde. Jeder hofierte eifrig das Kind, um sich die Dienste und die Freundschaft des Vaters zu sichern, dessen Büro schließlich einem Spielzeugladen glich. Auch Dougray Doyle machte keine Ausnahme und schenkte Enya so diskret wie möglich einen dicken Plüschelefanten, dessen Rüssel sich hob und senkte und dabei so etwas wie einen Trompetenton ausstieß.

»Sie haben sich diesen von der Stadt Boston gemieteten Loft vor dem Einzug von Mrs. Holmer mit großer Diskretion vorgenommen.«

»Können Sie etwas präziser werden?«, wollte Nina mit ruhiger Stimme wissen.

»Bin schon dabei. Die beiden Eingänge wurden mit Mini-Solarkameras, Infrarotlicht und integralem Abtastgerät gesichert. Wir haben auch Bewegungsmelder in Menschenhöhe installiert – wegen der ganzen Tiere, die Mrs. Holmer bei sich hat. Wir haben schließlich keine Lust, alle zehn Minuten einzugreifen, nur weil ein Wauwau herumhüpft. Jeder, der hineingeht, ganz gleich ob bei Tag oder bei Nacht, wird erfasst. Werden die Kameras entdeckt, zugeklebt, ausgeschaltet oder vielleicht sogar manipuliert, werden wir sofort gewarnt. Die Fenster haben wir nicht geschützt, da sie alle vergittert sind. Auf diesem Weg kann Cordell also nicht hineingelangen. Der Lärm würde ihn schnell verraten.«

»Was heißt ›integrales Abtastgerät‹?«, fragte Michael Baghurst.

»Äh … Was die technische Seite betrifft, muss ich passen. Das Ding hat Marcus während seiner großen Zeit beim Film gebastelt. Wenn ich recht verstanden habe, handelt es sich um ein besonders gekrümmtes Objektiv, das Großaufnahmen bei einem Blickwinkel von fast 360 Grad bei einer Aufnahme ermöglicht. Die Auswahl des gewünschten Bildes erfolgt dann über Computer. Da wir dann richtige Aufnahmen haben, müssen wir nicht mehr auf Vergrößerungen zurückgreifen, die immer mit Einbußen an Schärfe verbunden sind.«

»Wie Sie wahrscheinlich wissen, besteht das Hauptproblem solcher mit einem Computer gekoppelten Überwachungstechniken darin, dass ein Kenner sie umlenken und eine falsche Aufnahme einspielen kann. Dazu bräuchte er allerdings bereits Aufnahmen des Ortes, aber ein paar Sekunden würden schon ausreichen. Die müsste er nur immer wieder vervielfältigen, bis er die gewünschte Dauer erreicht hat. Der Computer kann den Unterschied nicht erkennen, und die Beobachtungsposten glauben, dass im Haus alles ruhig ist. So verfügt der Angreifer über genug Zeit, um in den gesicherten Bereich vorzudringen, seine Pläne auszuführen und unbeobachtet davonzukommen. ›Aber nicht mit Marcus‹, hat er mir versichert. Er hat nämlich etwas eingebaut, was einen Eindringling im System entlarvt.«

»Das ist ja riesig!«, rief Nina. »Was ist das?«

»Das bleibt geheim! Streng geheim. Fiorentino gibt

nicht das kleinste Fitzelchen preis. Ansonsten wird er mir den Plan seiner Installation übermitteln, und ich werde Ihnen so schnell wie möglich eine Kopie zukommen lassen.«

Ein wenig beunruhigt fragte Michael Baghurst:

»Ist das denn alles legal? Ich meine, weiß Mrs. Holmer, dass wir sie indirekt ausspionieren?«

»Ja, was die erste Frage betrifft. Wir haben ohne größere Schwierigkeiten die Genehmigung für unser Vorgehen erhalten, da es sich um den Schutz eines Kronzeugen handelt. Nein, was die zweite Frage betrifft. Sie weiß Gott sei Dank nichts davon und darf auch nichts wissen. Ich misstraue der selbstmörderischen Tapferkeit von Mrs. Holmer.«

Anschließend berichtete Dougray Doyle von seiner Unterredung mit Doktor Wuang Tong. Zum Schluss kam er noch auf den Fall von Farm Heights und den Mord an einer gewissen Rita Puig zu sprechen.

Thomas Sturgeon fragte gelassen:

»Haben wir etwas damit zu tun?«

»Nein, noch nicht, Thomas. Die Akte wäre niemals zu uns gelangt, wenn nicht Sheriff Fondale so beharrlich gewesen wäre. Ich glaube, der gute Mann nimmt sich den Fall sehr zu Herzen. Die Vorstellung, auch seine kleine Stadt könnte nun in abgründigem Sadismus versinken, macht ihn krank. Umso mehr, als sich alle in dieser einsamen Gegend zu kennen scheinen, zumindest vom Sehen.«

»Wenn ihn das schon krank macht, so soll er doch einmal zu uns kommen. Das würde ihn schnell immun machen.«

Fast unhörbar stellte Nina richtig:

»Nichts macht uns immun. Niemals. Und das ist gut so.«

Nur Dougray Doyle hatte ihre Worte vernommen, und sein Blick suchte den der jungen Frau. Er erkannte in ihm jenen Schmerz, der niemals ganz verschwindet. Und das war gut so, denn es gibt Nächte, in denen dieser Schmerz das Einzige ist, was einem zeigt, dass man noch lebt, dass man Mensch ist.

Er wandte den Blick ab und schloss:

»Im Moment warten wir ab, aber ich bin auf dem Laufenden. Mir scheint, das war alles. Danke für Ihre Aufmerksamkeit.«

Esperanza Lorca y Fernandez stand als Erste auf. Sie hatte während der gesamten Besprechung kein Wort gesagt.

17. Oktober, Fredericksburg, Virginia

In der Diele ihres Appartements ließ Nina den großen Rucksack auf den Boden gleiten, in den sie alles hineinstopfte und der ihr gleichzeitig als Handtasche diente. Sie bückte sich, um den Plan herauszufischen, der die genauen Angaben über die Schutzmaßnahmen in der Wohnung enthielt, die Julia gerade bezogen hatte. Dann ging sie in das große Wohnzimmer, das zugleich ihr Arbeitsraum war.

Sie hatte problemlos ein hübsches Appartement im Zentrum von Fredericksburg kaufen können.

Mit dem Geld der Versicherung. Scheiße! Geld, das nach Blut und Verzweiflung roch. Geld, das mit dem Ende eines gemeinsamen Lebens und mit dem Tod verknüpft war. Nicht daran denken. Aussperren. Das war im Augenblick das Einzige …

Eine große, helle Dreizimmerwohnung in der dritten Etage eines schönen, kürzlich stilvoll renovierten Hauses. Zweimal die Zahl 3. Das hätte Bev toll gefunden. Sie suchte überall nach beziehungsvollen Zeichen und wenn sie fehlten, hatte sie auch keine Hemmungen, welche zu erfinden. Zugegeben, die Hausnummer hätte ihr missfallen: 16. Vermutlich hätte sie die beiden Ziffern addiert: 1+6=7, und damit wieder eine ihrem System nach günstige Ziffer erhalten. Und dann hätte es geheißen: auf in die Schlacht. Bewaffnet mit dem Magnetkompass in der Hand und ihrer ›Feng-Shui-Bibel‹ hätte Bev Millimeter für Millimeter den Raum erobert. Sie hätte vor ihrem geistigen Auge entworfen, was sie ihr Ba-Gua nannte. Dabei ging es darum, in jedem Zimmer die neun Häuser voneinander abzugrenzen – Wind, Wasser, Feuer, Erde, Gebirge und die anderen –, wobei das Ding im Zentrum mit einer besonderen Bedeutung versehen war und vor jeder Unordnung bewahrt werden musste. Nina hatte vergessen, wie es hieß.

Nina wäre ihr gefolgt, hätte die Möbel nach ihren Anweisungen aufgestellt, sie hin- und hergerückt, weil die Energie schlecht floss oder weil die rechten Winkel der Möbel schädliche *Chi* freisetzten. Sie hätte sie solange in alle Richtungen gedreht, bis Beverly endlich wohlig aufgeseufzt und ausgerufen hätte: »Jetzt ist es besser, fühlst du es auch? Der Raum atmet. Man kann es spüren, nicht wahr?« Nina spürte zwar nichts, war aber entzückt, dass sie zufrieden war, und noch mehr erleichtert, dass alles seinen Platz gefunden hatte. Deshalb antwortete sie: »Oh, ja … das ist wirklich ein Unterschied.«

Wo war die Energie heute? Wo war diese verfluchte Harmonie? Bev und ihre blödsinnigen Axiome: »Wenn du eine gute Energie erzeugst, so antwortet man dir auf der gleichen Welle. Negative oder aggressive Energien erzeugen weitere unheilvolle Energien.« Bev, die niemandem etwas zu Leide getan hatte, die niemanden gehasst hatte. Ganz im Gegensatz zu Nina. Sie hätte sich gewehrt, bei der ersten Gelegenheit zugeschlagen und vermutlich auch getötet, und sie wäre davongekommen. Aber nicht Bev. Nicht Bev, die bis zum Schluss darauf vertraut haben musste, dass ihre positive Energie auf die des anderen einwirken könnte.

Beverly war tot.

Wann war es endlich vorbei gewesen? Nach wie vielen Minuten, nach wie vielen Stunden? Wann hatte der rettende Tod endlich ein Ende bereitet? Nina wehrte sich gegen das Aufsteigen des tödlichen Hasses, der sie seit vier Jahren quälte und ihr Leben öde und leer machte.

Jetzt brauchte sie etwas zu trinken. Ja, so war es: Beverly war tot. Hatte das Übrige noch irgendeine Bedeutung? Diese Überlegung hätte Beverly angestellt. Aber nicht sie, nein, Nina nicht.

Die junge Frau schenkte sich ein großes Glas kühlen Weißwein ein und ging zu dem kleinen, sichelförmigen Tisch, auf dem ihr Laptop stand. Cordell musste ihre neuen Anweisungen erhalten, mit denen sie ihm den Weg wies, auf dem er zu ihr gelangen konnte. Er würde zufrieden sein und zu dem Schluss kommen, dass sie ihm nicht zu viel Geld aus der Tasche gezogen hatte.

Nina schaltete den Scanner ein und wählte sich ins Internet ein. Sie scannte den Plan, den Doyle ihnen kurz zuvor gegeben hatte, und ergänzte ihn um ein paar Anweisungen, die ihrem großzügigen Mäzen Aufschluss über die zum Schutz von Julia/Terry installierten technischen Finessen lieferten. Außerdem teilte sie ihm die genaue Lage des Loft mit. Sie lenkte den kleinen Pfeil auf das ›Abschicken‹-Zeichen, zögerte für den Bruchteil einer Sekunde und drückte dann auf die Maustaste.

Beverly war tot. Alles Übrige würde seinen Lauf nehmen. Wie das geschah, war letztlich ohne Bedeutung. Nur der Ausgang interessierte sie noch.

17. Oktober, Grenze zwischen Boston und Quincy, Massachusetts

Die Hunde waren nachts angebunden und in der großen unordentlichen Garage neben dem Haus untergebracht.

Julia/Terry hatte zunächst erwogen, sie unten im Atelier, in ihrer Nähe zu lassen. Aber diese geschmeidige und allzu wachsame Tierhorde verlieh den Räumlichkeiten eine trügerische Sicherheit. Die Aufmerksamkeit ließ nach, sobald die Tiere den Schutz übernahmen und den Schlaf bewachten.

Julia ging durch das große Atelier, das nur noch von den Kontrolllampen über den beiden Türen beleuchtet wurde. Zu diesem spärlichen Licht gesellte sich noch ein schwacher Schein aus der Küchenzeile im Obergeschoss.

Keine Angst vor dieser lastenden Stille, durchbrochen von Geräuschen des urbanen Krieges, der sich an manchen Abenden jenseits des Zauns abspielte. Sie wollte von all dem nichts mitbekommen und übertönte diese diffuse Geräuschkulisse mit einem Konzert von Boccherini.

Keine Angst vor dieser Dunkelheit, die von den gepanzerten Türen, den vergitterten Fenstern und den Metallläden abgehalten wurde.

Warum sollte sie Angst haben? Man hat nur dann

Angst vor dem Unabwendbaren, wenn man es nicht annimmt. Hat man erst einmal akzeptiert, dass einem nur ein Aufschub gewährt wurde, muss die Angst verschwinden, da sie sonst alles verschlingt. Auch die Zeit, die einem bleibt, und die Energie, die man noch hat. Julia hatte in Cordells blutigen Spielen einen Aufschub erhalten. So einfach war das.

Julia ließ sich auf das abgewetzte Sofa sinken. Hugh hatte es zurückgelassen, da auch er es wiederum von seinem Vormieter übernommen hatte. Vielleicht von diesem Paar? Bloß nicht an sie denken. Das beigefarbene, rissige Leder wies überall deutliche Kratzspuren eines Hundes auf. Von Kiki?

Sie warf einen Blick auf die kleine Frauenbüste, die sie in einem der beiden Brennöfen gefunden hatte. Hatte Hugh sie vergessen oder verworfen? An der rechten Hüfte zog sich ein langer Riss nach unten, vielleicht der zärtliche Hinweis auf eine frühere Schwangerschaft. Die etwas zu stark hängenden, etwas zu schweren Brüste verstärkten den Eindruck eines organisch gewachsenen, gelebten Lebens. Der gebrannte Ton hatte seine mineralische Vollkommenheit verloren und die Erosion einer weiblichen Physiologie in sich aufgenommen.

Cordell gluckste vor Zufriedenheit. Gut … Sein anonymer Gesprächspartner hatte seine Entlohnung wahrlich verdient. Er lieferte ihm die versprochenen Informationen, und die waren so geartet, dass sie den Schwierigkeitsgrad des Spiels unerwartet steigerten.

Er musste einen Experten finden, der alle von den Technikern des FBI installierten Fallen ausfindig machte und ausschaltete. Es gibt nur ein einziges Problem, für das es keine Lösung gibt. Das ist der Tod. Genau deshalb ist er auch so schön, so vollkommen. *Der Tod: der absolute Meister*, wie Georg Wilhelm Friedrich Hegel in seiner *Phänomenologie des Geistes* sagt. Ansonsten geht es nur darum, die passenden Mittel zu finden und zum Gegenangriff überzugehen.

Ein Kinderspiel für ihn.

Julia gelang es, das Gleichgewicht zu halten, als sie das große Tablett mit ihrem Abendessen auf ihre Knie stellte. Eine dreifarbige, einäuige Katze sprang auf die Armlehne. Dreifarbige Katzen gelten in manchen asiatischen Ländern als Glücksbringer. Aus diesem Grund, hatte Julia gehört, wurden sie dort auch nicht verspeist – im Gegensatz zu ihren farblich weniger privilegierten Artgenossen.

Das kleine Tier wagte sich mit ausgefahrenen Krallen behutsam vor und strich sanft über ihren Arm. Seltsam, wie schnell Katzen begreifen, dass sie jemanden nur gewinnen können, wenn sie ihm nicht wehtun. Julia sah sie an und erklärte:

»Gleich, mein Kätzchen. Ich lasse dir ein paar Stücke Fleisch übrig.«

Die schlanke Angoramischung beugte die Pfote, ihr sehendes Auge wurde vor Gier ganz schmal, und ihr Schnurren wurde lauter. Sie spielte die wohlerzogene Gefährtin, der es niemals in den Sinn käme, mit ihren raschen diebischen Krallen auf den Teller ihrer Herrin zu springen. Wenn es sich nicht vermeiden lässt, können Katzen sehr gut Gehorsam vortäuschen. Julia lächelte, reagierte aber nicht. Katzen haben auch ein sehr feines Gespür für Macht und registrieren deren Anzeichen erstaunlich genau. Sie wissen, wann sie nachgeben müssen und wann sie eine Chance haben, etwas zu erreichen. Jede Geste, jedes freundliche Wort würde von dem zarten Tier als Einladung gedeutet, seine Gier zu stillen.

Ihr fiel ein schöner Satz von Colette ein: *Das Öffnen der Türe genügte, um wieder deine Katzenmaske aufzusetzen, deine hübsche japanische Maske mit den Schlitzaugen … Willst du das leugnen?*

Die Speisen auf dem Tablett entzückten Julia. Sie hatte sich heute Abend viel vorgenommen. Als Erstes gab es eine üppige Menge Tarama mit drei großen Blinis. Dann würden karamelisierte Schweinerippchen mit klebrigem Reis folgen. Sie hatte dem kleinen, schwitzenden Jungen in dem winzigen, chinesischen Stand am Eingang des Supermarktes erklärt: »Ich brauche zwei große Portionen.« Anschließend kam ein leuchtend gelber Käsekuchen, getränkt mit einer roten Flüssigkeit, die optimistisch ›Himbeercoulis‹ getauft worden war. Da der heutige Abend ein ganz privates Fest war – der Einzugsschmaus für sie allein – wich Julia von ihrem Speiseplan ab und gönnte sich einen hervorragenden Wein: Eine Flasche französischen Chablis, *premier cru*, der wie heller Honig im Glas schimmerte. Normalerweise zwang sie sich zu dem, was ihr Schuldgefühl ihr auferlegte. Denn sie war schuldig: Sie hatte sich so sehr täuschen lassen, dass ihre Eltern und Nana wie Tiere abgeschlachtet worden waren. Eine richtige Schlachtorgie. Dafür musste sie nun bezahlen, jeden Tag, damit sie sich immer an ihre nicht wieder gutzumachende Dummheit erinnerte. Morgen war wieder billiger Fusel angesagt. Versprochen.

Zu ihrem großen Bedauern hatte sie den von ihrer Lieblingssprecherin präsentierten Wetterbericht verpasst. So zappte sie ohne große Begeisterung durch die Programme.

Julia betete diese Frau an, die so unfreiwillig zu einer Lachnummer geriet. Sie war mäßig hübsch, knallrot im Gesicht und zwängte sich in so weit ausgeschnittene Kostüme, dass man ständig fürchtete, ihre Brüste könnten bei ihren verzweifelten oder verzückten Gesten aus der Jacke hervorquellen. Eine tragische Heldin aller Unbilden des Wetters, was gar nicht so leicht ist. Wenn sie ein Gewitter mit verzagtem Lächeln und zitternder Stimme voraussagte, schien sie den Tränen nahe, während sie in wahre Begeisterung verfiel, wenn sie den spärlichsten Sonnenstrahl ankündigte. Hagelkörner stürzten die Ärmste in tiefe Verzweiflung. Sie wand sich, als wäre sie selbst höchstpersönlich für dieses unverzeihliche Verhängnis verantwortlich. Sie warf Hilfe suchende Blicke in die Kulissen, als hoffe sie, ein Ritter in voller Rüstung, auf dessen Helm die Aufschrift WETTERDIENST prangte, könnte heransprengen, sie eines Besseren belehren und ihr gestatten, ihre Vorhersage zum Guten hin zu korrigieren. Am Ende jeder Darbietung teilte sie dem Zuschauer mit vertraulich gesenkter Stimme die aktuellen Sonnenaufgangs- und Sonnenuntergangszeiten mit.

Das Gebrüll, das unweigerlich ertönte, wenn die Verbindung mit der versteckten Website hergestellt war, brachte Cordell jedes Mal in Wut. Der Einfall war vulgär, aber er passte durchaus zu dem geistigen Vater dieser Startseite: Jesse James Preston. Er war nun einmal ein Ausbund an dumpfem, blutdürstigem Irrsinn. Eben das, was manche einen Schlächter nennen würden. Dabei ist dieser Begriff so dumm. Schlächter zerschneiden lediglich Tierkörper, das allerdings mit einem gewissen Geschick und natürlich auch mit hinlänglichen anatomischen Kenntnissen. Auch die Bezeichnungen Täter oder Mörder waren in diesem Fall unpassend. Sie unterstellen, dass der Akt des Tötens das Wesentliche ist. Dabei war das für Preston gerade der am wenigsten befriedigende Teil. Wenn sein von Schmerzen und Schreien erschöpftes Opfer in einen komatösen Zustand fiel, sah sich der Peiniger um sein Vergnügen betrogen: ihm die größtmöglichen Schmerzen zuzufügen. Dann musste er sein Opfer töten, bevor er sich einen anderen Körper zum Quälen suchte. Jesse James Preston war ein lustvoller, widerlicher Sadist, primitiv und eingebildet. Seine Briefe strotzten nur so vor Rechtschreibfehlern, als sähe er darin einen Beweis seiner Überlegenheit. Ein übler Zeitgenosse. Noch dazu vollkommen uninteressant. Aber nützlich. Im Augenblick.

Cordell kostete einen Schluck Vosne-Romanée. Das samtige Rot des Weines warf durch die geschliffenen Facetten des hohen, schmalen Kristallglases einen rubinroten Schimmer auf seine Hand.

Eine angenehm tiefe und unangemessen muntere Männerstimme lieferte den Kommentar zu der Tiersendung. Eine hochgewachsene Gazelle wird von zwei afrikanischen Wildhütern eines Reservates mit Seilen aus einem Sumpf gezogen. Aus der prekären Lage befreit, schnaubt sie vor Erleichterung und entschwindet in der Savanne, ohne ihre Retter eines weiteren Blicks zu würdigen.

Eine Löwin erhebt sich gähnend und leckt beruhigend über zwei junge hungrige Löwen, die sich an ihre Brust drängen.

Ihr Gang ist gebieterisch und furchteinflößend, bei jedem Schritt treten ihre Muskeln hervor. Sie bleibt stehen; betrachtet ruhig eine Herde magerer Säbelantilopen, die unweit einer Wasserstelle weiden. Überstürzte Flucht der erspähten Beute beim Angriff des Raubtieres. Der Sprecher lässt keine Binsenweisheit aus: »Die Löwin wird das langsamste und älteste Tier wählen. Sie muss Nahrung für ihre Jungen heranschaffen.« Wer braucht schon Erläuterungen zu dem, was allen weiblichen Wesen der Schöpfung gemeinsam ist? Die Raubkatze pirscht sich langsam heran. Sie blickt zu ihren Jungen, die aneinander gedrängt und ungeduldig jaulend zurückgeblieben sind. Nur eine alte Säbelantilope kann nicht entkommen. Sie versucht nicht einmal zu fliehen, sondern setzt zu einem eleganten und vollkommen unnützen Verteidigungsversuch an. Ihr Ende ist gekommen, und sie stellt sich ihm. Ihre langen, gedrehten Hörner sind auf den Angreifer gerichtet. Die Löwin schleicht ohne Hast um sie herum. Sie fürchtet lediglich, von den Hörnern der Antilope aufgespießt zu werden. Alles Übrige ist nur eine Frage der Zeit, des Angriffwinkels. Urplötzlich stellt die Raubkatze sich auf ihre Hinterbeine und springt mit aufgerissenem Maul auf den Rücken ihrer Beute.

Julia schloss stöhnend die Augen und tastete blind nach der Fernbedienung, die sie auf dem Couchtisch abgelegt hatte. Wahllos drückte sie alle Tasten, über die ihr Daumen strich. Natürlich landete sie wieder auf dem gleichen Kanal. Wenigstens war die blödsinnige Stimme verstummt.

Mit ihren Fangzähnen zieht die Löwin die Beute zu ihren Jungen und hinterlässt dabei eine lange, von der trockenen, ockerfarbenen Erde aufgesogene Blutspur. Sie schleppt den Kadaver zwischen ihren Pfoten zu dem kleinen Hügel, der ihren Jungen Schutz bietet und gleichzeitig einen weiten Blick über die Savanne gestattet. Ein großer träger Löwe nähert sich und fordert seinen Anteil an dem Festschmaus. Wutschnaubend duckt sie sich, faucht und geht mit schmalen Augen zum Angriff über, um seine Schläge zu parieren. Mit ihren Krallen und ihrem Maul stößt sie den Löwen zurück, der sich hier einen Leckerbissen erhofft hat. Er wird nicht darauf bestehen, denn sie wird bis zum Äußersten gehen. Er spürt es an der Art, wie sie ihm die Stirn bietet. Auch wenn er stärker als sie ist, so weiß er doch, dass ihre Entschlossenheit sie unberechenbar und gefährlich macht. Er zieht sich zurück und schüttelt sich vor Ärger. Ein paar Stunden später, wenn die kleinen Leckermäuler sich mit blutverschmierter Schnauze auf dem kurzen Gras tummeln, wird sie ihm die Reste überlassen. Anschließend wird sie die beiden säubern, mit ihnen spielen und einen Schlafplatz suchen.

Julia zappte weiter. Eine lärmige Musik ersetzte die Stimme des Mannes, der mittlerweile seinen dümmlichen Kommentar wieder aufgenommen hatte.

Das war reine Notwendigkeit. Keine Gefühle, kein Mitleid, aber auch nicht die geringste lustvolle Grausamkeit. Die Kleinen der Löwin sind hungrig, sie hält Ausschau nach einer Beute und erlegt sie. Sie zerreißt das noch warme Fleisch in große Stücke, die sie vor den beiden ablegt. Ihre Kleinen überleben. Sie überlebt. Das ist alles.

Cordell gab sein Passwort ein: *Forma praedicta*. Er hatte zwei Nachrichten, beide von einem regelmäßigen Besucher der Site, der mit dem sprechenden Namen Bloodfeast unterzeichnete.

Ho, ho … der Kamin ist so breit, dass zwei Nikoläuse durchpassen.

Zweifellos verärgert, weil keine unmittelbare Reaktion erfolgte, hatte Bloodfeast zwei Stunden später eine noch beschwörendere geschrieben:

Raubkatzen finden sich immer dort ein, wo Fleisch zu holen ist. In diesem Fall handelt es sich um eine fette Beute. Auch anderen läuft das Wasser im Munde zusammen. Terry, Terry … mein Liebling, bald hat alles ein Ende.

Seine Faust fegte das Glas vom Tisch. Ein großer, dunkelroter Fleck ergoss sich über die rohweiße Wolle des Teppichs. Cordells Mund war verzerrt, er schloss die Augen und atmete langsam ein und aus. Nachdenken. Er musste über diese neue Lage nachdenken, die ihn deshalb so aufbrachte, weil er sie nicht vorausgesehen hatte. Dabei lag es doch auf der Hand, denn seit Wochen ließen sich die Medien über Charly aus: seine Heldentaten, seine Ungeheuerlichkeit, seine Eleganz, seinen Charme, seine Intelligenz. Es hatte etwas, die Frau des meistgesuchten Serienmörders umzubringen, also jene Beute, die er selbst hatte entkommen lassen. Eine wundervolle Beute.

Nach einem kurzen Zögern beschloss er, dem Schreiber zu antworten:

Ich wäre bereit, über weitere Informationen zu dem genannten Thema zu verhandeln.

Er musste unbedingt in Erfahrung bringen, ob tatsächlich noch ein anderer Jäger Helen im Visier hatte. Er musste ihn identifizieren, stellen und ausmerzen. Helen gehörte ihm, ihm ganz allein.

Ihre Mutter Katherine. Wie gerne hätte Helen/Julia ihre Mutter dazu gebracht, sie zu lieben. Wie gern hätte sie ihr gezeigt, was für ein nettes, entzückendes, kluges kleines Mädchen sie war. Aber ihre Mutter wollte nichts von ihr wissen. Einen Sohn hätte sie akzeptiert, vielleicht sogar geschätzt. Ein männliches Wesen eben, das nicht mit den gleichen Reizen aufwartete wie sie. Julia konnte ihr deshalb nicht einmal richtig böse sein. Ihre Mutter war das vierte Kind einer bürgerlichen Familie, zu einfältig, um das Interesse des Vaters zu wecken, zu wenig lustig, um die Aufmerksamkeit ihrer Mutter auf sich zu lenken. So war die kleine Katherine aufgewachsen. Gut genährt, niemals geschlagen, aber nicht geliebt. Und so auch unfähig, selbst zu lieben. Ihre Gefühle waren von Konventionen, Zwängen und Zukunftsängsten bestimmt, und sie galten dem, der ihr verschaffen sollte, was sie entbehrte: ihrem Mann. Aber nicht ihrer Tochter.

Ein Hunger nach Liebe, ein unstillbarer Hunger nach Liebe. Die Liebe, das Bedürfnis nach Liebe ist schrecklich. Es gleicht einem Abgrund, der alles verschlingt, einem Durst, den man niemals löschen kann. Helen hatte versucht, ihre Mutter zu beschenken, hatte unentwegt Pluspunkte gesammelt: Auszeichnungen, beste Schülerin, beliebteste Schulkameradin, erster Preis in Englisch, erster Preis in Naturwissenschaft, beste Promotion an der Universität Boston. Es gab ein paar kurze, aber sehr anerkennende Artikel über ihre Doktorarbeit in Philosophie. Ihre unvernünftige Hoffnung hatte sie sogar so weit getrieben, die Zeitungsausschnitte in einen hübschen, grün eingebundenen Block zu kleben und ihrer Mutter zu schenken. Ein Lächeln wurde ihr zuteil: »Wie schön, mein Liebling.« Nana hatte aus der Küche gerufen, dass die Soße klumpte. Ihre Mutter hatte den Block auf einen Stapel Zeitschriften gelegt. Als sie aus der Küche zurückkam, hatte sie ihn bereits vergessen, so sehr hatte die misslungene Béchamel-Sauce sie verstimmt.

Helen hätte alles getan, damit diese Mutter sie liebte, damit sie sich wie eine Wölfin um sie kümmerte. Aber dazu war diese Mutter nicht in der Lage. Sie hatte nicht gelernt zu lieben.

Verdammt noch mal, sie hätte ihr Blut für ihre Mutter vergossen, sie wäre bis ans andere Ende der Welt gelaufen! Sie hätte sich gewünscht, dass diese Liebe das Größte, das Strahlendste in ihrem Leben wäre, für das man ohne Zögern alles hingibt. Aber so war es nicht gekommen, trotz aller Träume, die sie in den vergangenen Jahren gehegt hatte. Ihre Mutter hatte sie niemals verteidigt, niemals ihre Partei ergriffen. Ihre Mutter war eine höfliche, ängstliche und gefühlsarme Frau. Sonst nichts.

Helen/Julia war allein geblieben mit ihrem naiven Traum von der bedingungslosen Liebe. Sie war eine dumme Gans, eine richtige dumme Gans, die dem Lügenmärchen von der Liebe, dem Mut und der Hingabe der Mütter aufgesessen war.

Mama, du bist an der Liebe vorbeigegangen, die dir so sehr gefehlt hat. Eine einzige Person hätte dich so sehr lieben können, dass du die dir fehlende Liebe restlos zurückbekommen hättest. Ich hätte sie dir geben können, aber du wolltest mich nicht. Bis zu dem Tag, an dem du mich nicht mehr ertragen konntest, ohne es dir einzugestehen.

All das war eine Erklärung für Cordell. Cordell war

sozusagen ihre wahre Mutter. Das war in physiologischem Sinne absurd, psychologisch gesehen hingegen zwingend. Cordell hatte ihr das Leben geschenkt, Cordell fürchtete nichts und niemanden. Er hatte nichts mit der kleinen, ängstlichen Frau gemein, die sie geboren hatte, um sie dann von sich zu stoßen. Helen hatte gespürt, dass Cordell ein Jäger war. Natürlich hätte sie niemals gedacht, dass er auch ein Mörder sein könnte. Aber sie wusste, dass niemand sie verletzen oder demütigen würde, solange er sie an sich gedrückt hielt. Sie war seine Frau, und alle achteten ihn, weil er Furcht einflößte. Endlich fühlte sie sich als das abgöttisch geliebte Wesen, das sie so gerne für ihre Mutter geworden wäre.

Da er ihr das Leben geschenkt hatte, war es da nicht logisch, dass er es ihr auch wieder nahm?

Cordell musterte den roten, von der dicken Wolle aufgesogenen Fleck. Er hatte schon viele solche Flecken gesehen. Blut zieht Blut nach sich. Sie pflanzen sich ins Unendliche fort, bis sie nicht mehr voneinander zu unterscheiden sind. Alle sind gleich. Wie der Wein lässt sich auch das Blut abwaschen. Warum macht man daraus ein solches Drama? Das schöne Blut des Menschen fließt in Strömen, ohne Grund und beinahe ohne Folgen. Und so war es schon immer, seit es Menschen auf dieser Erde gibt.

Die Antwort von Bloodfeast kam unverzüglich. Ungeduldig drängte er auf eine Abmachung:

Mein Preis ist hoch und ich handle nicht.

Cordell tippte:

Schießen Sie los.

Ich will den Kopf von Jesse James Preston. Das ist nicht bildlich gemeint.

Cordell stöhnte gereizt auf. Den Kopf von Preston! Warum nicht gleich auf einem Silbertablett? Bloodfeast hatte offenbar den seinen – bildlich gemeint – wohl verloren.

Unmöglich. Aber über eine beträchtliche Summe Geld ließe sich durchaus reden.

Die Antwort kam prompt:

Auf Wiedersehen, ein solcher Deal interessiert mich nicht.

Cordell fuhr von seinem Stuhl hoch. Bloodfeast hatte nicht die Absicht zu verhandeln. Hatte er eine Rechnung mit Preston zu begleichen? Verrat im Gefängnis oder Rivalität zweier Mörder, die sich ins Gehege gekommen waren? Aber was hatte er damit zu tun? Für ihn hieß es nur, dass er diese wunderbare Trägheit aufgeben musste, die ihm so angenehm war. Geld war so einfach zu beschaffen. Bis zu Preston vorzudringen war weit schwerer, auch wenn seine Haft es erleichterte, an ihn heranzukommen. Cordell stöhnte missvergnügt und konzentrierte sich auf seine Nachricht.

Wenn es so ist, werde ich Ihnen Preston liefern. Welche Sicherheit können Sie mir im Gegenzug bieten, dass ich bekomme, was ich will?

Die Antwort von Bloodfeast folgte auf dem Fuße:

Zunächst einmal verlange ich eine formelle Bestätigung per Mail, die auf dieser Site platziert wird. Falls Sie kneifen sollten, würden Sie also zum Gespött der Leserschaft werden. Im Gegenzug werde ich Ihnen die Beweise dafür liefern, dass ein Konkurrent Ihren Schritten bis zu Terry folgt. Ich werde Ihnen genaue Angaben zu dieser Person liefern, die hilfreich für Sie sein müssten. Den eigentlichen Schlüssel in dieser Angelegenheit werde ich aber so lange in der Hand behalten, bis Sie Ihren Teil der Abmachung erfüllt haben. Ich brauche Sie wohl nicht darauf hinzuweisen, dass ich mich nicht mit einem Hinweis auf Prestons Ermordung in den Medien begnügen werde. Ein Informant wird sie mir bestätigen. Ach, ich vergaß … Er soll keinen sanften Tod sterben. Da vertraue ich voll und ganz Ihrer Fantasie.

Scher dich zum Teufel, Cordell. Scher dich zum Teufel! Was? Du hast mir das Leben geschenkt? Was, du hast mir in den Kopf gesetzt, dass ich liebenswert bin, wo ich mich gerade mit meiner Wertlosigkeit abgefunden hatte? Was, du hast voller Leidenschaft mit mir geschlafen, während ich mich gerade gut genug dafür hielt, die jämmerlichen Arbeiten von Studenten zu korrigieren, denen mein Unterricht scheißegal ist? Was, ich hatte das Gefühl, dass die Welt mir gehörte, wenn du mit mir zusammen warst?

Scher dich zum Teufel. Krepiere, Cordell. Du musst sterben, damit ich noch einmal in vollen Zügen diesen allzu menschlichen Geruch atmen kann, den die Bloßstellungen, die Schwindeleien, die kleinen Betrügereien vieler meiner Artgenossen verströmen. Danach werde ich sterben. Rasch, das ist sicher.

Wie soll ich akzeptieren, dass ich mein Dasein einem Mörder verdanke? Wie soll ich ertragen, dass ich mein Selbstbewusstsein nur dank deiner vernichtenden Macht gefunden habe? Das sind wunderbare Gründe, nicht wahr? Solche, zu denen man sich bekennen kann. Solche, die ein Biograf mit Begeisterung verwerten und ausschmücken würde. Und sie sind wahr, selbst wenn sie bei dem Teil der Wahrheit stehen bleiben, der noch akzeptabel ist.

Als ich vor einiger Zeit die ganze Wahrheit vor mir sah, bin ich schweißgebadet aufgewacht, immer noch wie gelähmt von einem endlosen Orgasmus. Soll ich dir meinen Traum erzählen, Cordell? Er müsste dich ergötzen. Wie immer tanzte ich eng umschlungen mit dir. Du hattest meinen Mund mit einem roten Seidentuch verbunden, auf dem sich dunkle Flecken meines Speichels abzeichneten. A Whiter Shade of Pale *war gerade zu Ende. Du hast gelächelt, dein Lächeln, das mich immer so schwach werden ließ. Ich habe die Augen geschlossen, den Kopf in den Nacken gelegt und darauf gewartet, das Bett unter mir zu spüren, dein drängendes Knie zwischen meinen Schenkeln zu fühlen. Endlich bist du zu mir gekommen, in mich und hast dabei gemurmelt: »Schau mich an, mein Engel.« Ich habe die Augen geöffnet. Deine Hände haben meine Brüste und meine Schultern gestreichelt und erreichten dann mein Gesicht. Rot. Glänzendes Rot unter meinen Augen, an dem Halstuch. Rot auf Rot. Die diffuse Vorstellung, es könnte sich um mein Blut handeln. Keine Wunde. Vielleicht war es Menstruationsblut, das dich immer so verwirrte, da du darin einen Grund sahst, warum Frauen sich verweigerten. Dann, sehr rasch, die Gewissheit, dass dieses Blut von einer anderen Person stammte und auf deinen Händen Zeugnis von deinem Tun ablegte.*

Keine Ungeheuerlichkeit, kein Schrecken, kein Hass. Nein. Cordell. Verstehst du, ein überwältigender Orgasmus hat mich aufgeweckt.

Sie glauben, dass ich dich immer noch liebe. Sie, das FBI. Eine einfache, passende Schlussfolgerung, die mir noch dazu ganz recht ist. Aber sie verrät auch, wie sie Liebe definieren. Dieses schöne, so poetische, so fesselnde Gefühl. Und wenn die Liebe nun ein roter Abgrund wäre, eine Kraft, die einen hinabreißt und jeder Freiheit beraubt? Eine Macht, die man fürchtet und verabscheut, der man sich aber unterwirft, weil man weiß, dass außer ihr nichts Lebenswertes mehr existiert?

Letztlich wäre die Hinrichtung des armen Mr. Preston eine exzellente Angelegenheit, ein Weg, dieser Welt ein wenig Eleganz zu geben. Freilich nur ein Tropfen Wasser im Ozean, aber schließlich besteht der Ozean ja nur aus beinahe unendlich vielen Tropfen Wasser.

Nun habe ich Angst vor diesem Traum, der meine Intelligenz verhöhnt. Ich habe so viele Anstrengungen unternommen, um mich davon zu überzeugen, dass ein Teil der Wahrheit sich wie ein Tumor ausbreiten und schließlich den ganzen Rest überdecken könnte – all das, was mein Gehirn nicht zugeben will. Um den Rest der Wahrheit unkenntlich und damit erträglich zu machen. Aber die Metastasen dieses Krebsgeschwürs führen zu dir zurück, sie gleichen dir so sehr.

Bin ich bereits infiziert? Wie sehr? Wo existieren bereits Keime in mir und warten nur auf einen Katalysator? Wird man als Monster geboren oder wird man allmählich zu ihm?

Solange noch etwas Licht in mir ist, werde ich mich dagegen wehren. Daran klammere ich mich. Ich werde nicht zulassen, dass diese todbringende Gleichung, in der der Tod anderer der Preis für die Lust am eigenen Leben ist, meine letzten klaren Augenblicke verdunkelt.

Verstehst du jetzt, warum du sterben musst, Cordell?

Und zwar vor mir.

Du musst mir den Beweis liefern, dass all dies nur ein Wahnbild ist. Ich muss die Gewissheit haben, dass diese Gleichung nicht existiert, dass ich nicht zu einem Monster geworden bin, Cordell.

Cordell zögerte nur einen Augenblick. Er formulierte das von Bloodfeast verlangte Versprechen und schickte die Nachricht ab, bevor er die Verbindung beendete.

Armer Preston … was für ein Gesicht würde er wohl machen, wenn er erführe, dass es einem seiner Feinde gelungen war, über die von ihm eingerichtete Site seinen Tod zu veranlassen!

Über diese Aufgabe musste er jetzt nachdenken. Preston saß wegen eines bewaffneten Überfalls in einem Gefängnis in Illinois ein.

Das Ziel war also kaum zu verfehlen. Ein großer Vorteil.

Cordells Zeigefinger strich zärtlich und langsam über die breite Furche zwischen seiner Oberlippe und der Nase. Dann lachte er … Ein pikanter, kleiner Spaß war ihm eingefallen. Aber er musste sorgsam in die Wege geleitet werden.

Noch heute Abend würde er damit beginnen.

18. Oktober, Russel Building, Washington DC

Susan Wuang Tong legte ihre Listen weg. Listen mit unzähligen Kombinationen der Buchstaben T, A, C und G, und die Datenbank des Russel Building vermochte nicht, sie zu entziffern. Das Rätsel gestaltete sich umso verzwickter, als zwei verschiedene DNA sich überlagerten.

Einen Moment lang überlegte sie, ob sie sich geschlagen geben musste. Dann versetzte sie dem kryptischen Blätterstapel schimpfend einen Stoß mit der flachen Hand und knurrte:

»Na warte. Ich werde das letzte Wort behalten!«

Zeit, verflucht noch mal, Zeit. Alles war eine Frage der Zeit, und die war so knapp, dass ihr ganz anders wurde.

Die Wissenschaft hatte Susan immer schon fasziniert, genauer: diese ›biologische Sache‹, der sie sich verschrieben hatte und die ihr einen Halt gab.

Sie stand auf, um die Tür zu ihrem Arbeitszimmer – einem ehemaligen, eilig für sie umgebauten Labor – zu schließen, und zündete sich eine Zigarette an. Ein kurzer Blick auf das Schild, das alle Türen im Gebäude zierte: *Rauchen strengstens verboten. Zuwiderhandlung wird bestraft*. Die zweite Generation dieser Schilder hatte sie wenigstens abwenden können: Ein rot-weißes Stoppschild als Plastikaufkleber, auf dem in dicken, schwarzen Lettern stand: *RAUCHEN TÖTET*. Allerdings schien sie die Einzige zu sein, die das lächerlich fand.

Es stimmte natürlich, man brauchte gar nicht darüber zu streiten: Rauchen tötet. So viele Dinge töten. Autos töten, Alkohol, Skiabfahrten, ganz zu schweigen von der Luftverschmutzung, die manche Leute so gerne verringern möchten und die manchen anderen Leuten viel Geld einbringt. Das Essen oder das fehlende Essen, Züge, Flugzeuge, rutschige Badezimmer, ein Kochherd, ein Fön, der in die Badewanne fällt. Die Menschen selbst und die Naturgewalten bringen Hunderttausende ums Leben. Lieben, verabscheuen, glauben, nicht glauben, vertrauen – all das tötet. Und die Liste ließe sich um beinahe alles verlängern, was es überhaupt gibt. Soll man ein allumfassendes *Durchfahrt verboten* über das Leben verhängen? Denn es lässt sich nicht leugnen, das Töten gehört schicksalhaft zu ihm. Brot und Spiele. Man gibt der Bevölkerung ohne viel Aufwand das Gefühl, dass man sich um sie kümmert, ohne dass die Mächtigen dabei gestört werden. Es war in unzähligen Variationen die immer gleiche demagogische Vorgehensweise, anwendbar in allen möglichen Zusammenhängen.

Susan ging zum Fenster und öffnete es einen Spalt. Diese kleine Feigheit gestand sie sich jeden Tag zu, denn sie ersparte ihr das vorwurfsvolle Naserümpfen anlässlich des geringsten wahrnehmbaren Rauchgeruchs. Etwas ganz Kleines fiel aus der Gleitvorrichtung des Schiebefensters, unter dem sich eine Unmenge weißer Ordner türmte. Die Biologin stapelte dort Aktenberge, die sie irgendwann einmal aufräumen wollte. Sie fischte einen Bleistift aus der Brusttasche ihres Kittels hervor und streifte von der Mine ab, was sie zunächst für ein kleines Faserbüschel gehalten hatte. Was machte diese kleine Spinne hier? Susan blies den getrockneten Körper weg. Ein feines, braunes Stückchen blieb oben auf dem Aktenberg liegen …

Sie stürzte an ihren Schreibtisch, wählte die Nummer von Dougray Doyle und schrie los, als er abgenommen hatte:

»Ich bin fast sicher, dass es sich um das Bein einer Spinne oder eines Insektes handelt!«

»Susan? Sprechen Sie von dem Ding auf dem grauen Klebeband?«

»Ja.« Sie holte Atem und fuhr fort: »Wir können es nicht mehr den Insektenkundlern des Smithsonian Institute zur Begutachtung anvertrauen, weil wir es für die DNA-Analyse ziemlich zerlegt haben. Aber sie besitzen eine Datenbank von DNA-Sequenzen von Insekten, Gliederfüßlern und anderem Getier.«

Als Dougray Doyle ihr antwortete, spürte sie, dass ihre Entdeckung ihn in Aufregung versetzt hatte.

»Tun Sie mir den Gefallen, Susan, und sagen Sie mir, dass wir nun einen ersten ernst zu nehmenden Hinweis haben.«

Sie zögerte, entschied sich aber, bei der Wahrheit zu bleiben:

»Das kann ich leider nicht. Im Gegenteil. Ich weiß nur, dass es der einzige Hinweis ist, den wir überhaupt haben, deshalb müssen wir uns sputen. Ich rufe den Direktor der Abteilung für Insektenkunde an und schicke ihm die Sequenzen. Ich halte Sie auf dem Laufenden. Bis später, Dougray.«

Sie legte auf, bevor er sich bedanken konnte.

19. Oktober, Farm Heights, Virginia

Mit einem Druck auf die Taste hielt sie die CD an. Nickelback, *Silver Side Up*. Eine kanadische Gruppe, deren Musik an kompromisslosen Rock anknüpfte, aber doch so gemäßigt war, dass man sie auch tagsüber hören konnte. Die verschiedenen Etikettierungen im Dschungel der Stilrichtungen bedeuteten wenig: Grunge, Independent Rock oder Hard Rock? Wahrscheinlich eine Mischung aus allen dreien. Ihr ging es vor allem um die Stimme des Sängers: schwermütig, rau und kräftig, getragen von ein paar harmonischen Gitarrenklängen. Nur sie hatte Nina während der ganzen Fahrt wach gehalten. Ein hübscher, von Feldern gesäumter Weg, hier und da ein paar Marktflecken. Ein Weg in die Ferien oder in ein verliebtes Wochenende, wenn es sich denn um ein Wochenende handelte.

Nina Kroeger stieg aus und drehte sich einmal um die eigene Achse. Auf der anderen Straßenseite sah sie ein kleines, zwischen einem Friseur und einem Fischfanggeschäft eingezwängtes Diner. Genau der richtige Ort, um sich zu entspannen und ein paar Erkundigungen einzuziehen.

Doyle würde toben, wenn er erführe, dass sie hier in

der Gegend herumschnüffelte. Vielleicht würde er sie sogar rausschmeißen. Das ließ sich nicht ändern. Sie war niemandem etwas schuldig, außer einer alten, furchtbaren Erinnerung.

Sie drückte die Tür auf und lächelte über das Glockenspiel, das den träge vor ihrem Kaffee, ihren Eiern oder ihren Pfannkuchen sitzenden Gästen ihr Eintreten kundtat. Alle Blicke wandten sich zu ihr um. Sie beruhigte sie mit einem »Guten Tag«, dessen gezwungene Heiterkeit offenbar überzeugend wirkte. Dann klemmte sie sich auf einen hohen, roten Kunstlederhocker an der Bar. Die Frau hinter dem Tresen stieß sich von der Wand ab.

»Sie haben eine gute Wahl getroffen!«

»Wie meinen Sie das?«, fragte Nina und strahlte noch mehr.

Wäre ihr jemand in Washington, Richmond oder irgendwo sonst mit dieser Bemerkung gekommen, so hätte sie ihm bissig eine Abfuhr erteilt: »Ich glaube nicht, dass ich Sie um Ihre Meinung gebeten habe.«

»Ich habe gesehen, wie Sie Ihren Wagen abgestellt und überlegt haben. Hier gibt es richtigen, frisch gerösteten Kaffee, und unser Kuchen ist hausgemacht. Kein Tiefkühlprodukt, das Anfang der Woche von einem Lieferwagen hergekarrt wird!«

Nina übernahm den fröhlichen Tonfall der Frau – sie hieß Louisa, wenn man dem gestickten Namenszug auf ihrem weiß-rosa gestreiften Oberteil glauben durfte – und scherzte:

»Das muss ich schon aus der Ferne gerochen haben!«

»Gut so. Und was darf ich Ihnen nun bringen, meine Liebe?«

Louisa war eine muntere Vierzigerin. Ihr hübsches Gesicht war sorgfältig geschminkt. Sie hatte ein leichtes Parfum aufgelegt, und ihre Nägel waren gepflegt und malvenfarben lackiert.

»Kaffee, einen großen Milchkaffee mit Zucker und … ein Stück hausgemachten Apfelkuchen.«

Als Louisa die helle Flüssigkeit in die große weiße Tasse goss, holte Nina zum zweiten Streich aus:

»Ich mag Ihr Parfum, was ist es?«

Das entzückte Lächeln der Frau verriet ihr, dass sie ins Schwarze getroffen hatte.

»Oh, nichts Besonderes«, antwortete sie geschmeichelt, »ein Eau de Cologne auf der Basis von Ylang-Ylang und Vanille. Es hält eine Weile und ist doch nicht zu schwer. Das darf es hier auch nicht sein. Die Gäste wollen ja nicht eingenebelt werden. Wenn man Schinken oder Pommes isst, hat man schließlich keine Lust auf Moschus oder Patschuli als Beilage, nicht wahr?«

»Stimmt.«

Sie hatte Louisa um den Finger gewickelt, die nun, da sie sich um diese frühe Zeit ohnehin langweilte, wissen wollte:

»Sind Sie auf der Durchreise oder bleiben Sie ein wenig bei uns?«

»Auf der Durchreise. Ich komme aus Washington«, log Nina. »Aber mir hat die Stadt gefallen, und so habe ich angehalten, um einen Kaffee zu trinken und ein wenig spazieren zu gehen.«

»Ja, so sollte man reisen. Heutzutage stürzen sich die Leute auf die Autobahn und rasen los! Sie sehen nichts, wissen gar nicht, was sie alles verpassen, und nennen das dann auch noch Ferien! Ja, es ist schön bei uns. So friedlich, nicht wahr?«

»Genau. Das habe ich mir auch gesagt. Vielleicht können Sie mir einen schönen Weg nennen, wo ich ein wenig spazieren gehen kann, bevor ich weiterfahre. Ich habe mir den Verlauf des Pickett River angesehen. Das schien mir recht hübsch …«

»Ja, dort ist es sehr hübsch«, Louisas Gesicht verdüsterte sich. Sie holte tief Luft, bevor sie dieser sympathischen Frau, die noch dazu ihre Heimat zu schätzen wusste, mitteilte: »Aber inzwischen … vielleicht sollte ich es nicht sagen, aber es gibt da eine Geschichte …«

Nina spürte das Schweigen, das sich allmählich hinter ihr ausbreitete. Sie kümmerte sich nicht darum und hakte sanft nach:

»Was für eine Geschichte?«

Und nun schilderte Louisa ihr das schreckliche Ende dieser armen Rita Puig, als wäre sie dabei gewesen. Ein alter Mann, der in der Nähe gesessen hatte, kam an die Bar, um seinen Beitrag zu der Erzählung zu liefern. Seine Stimmlage schwankte zwischen aufrichtigem Kummer und einer Theatralik, die ihm passend schien für ›diese Tragödie‹, wie er es nannte. Eine weitere männliche Stimme – tiefer und jünger – schaltete sich hin und wieder in ihr Duett ein, um etwas zu berichtigen oder um der jungen Frau auf der Durchreise topografische Details zu erklären, was sie ihm mit einem Kopfnicken oder einem Lächeln dankte.

Alle kannten die Geschichte und erzählten sie gerne, solange keine Journalisten zuhörten! Den Journalisten misstrauten sie. Die schrieben dann schauerliche Dinge, die die Touristen abschreckten: DER ROTE FLUSS, DER SCHUPPEN DES SCHRECKENS, EIN LANDSTRICH TERRORISIERT VON DEM BÖSEN. So ein paar Kostproben von den Titeln, die in der Presse nach Auffinden der armen Rita erschienen waren. Danach würde doch garantiert keine nette Familie mit vier Kindern mehr ein Wochenende bei ihnen verbringen wollen!

Eine Stunde später verabschiedete sich Nina dankbar von Louisa und den übrigen Gästen. Sie hatte mehr erfahren, als Dougray nach der Lektüre eines dreihundert Seiten starken Berichts wissen würde. Trotz allem vielleicht nicht so viel wie Sheriff Fondale – aber im Gegensatz zu ihm besaß sie die Mittel und die Fähigkeit, um die Informationen auszuwerten. In den letzten vier Jahren hatte sie ihre Intelligenz und ihre Kombinationsgabe geschult. Und das nur im Hinblick auf ein einziges Ziel. Hier gab es tatsächlich eine Ähnlichkeit zu Julia Holmer. Der Unterschied zwischen ihnen bestand in ihrem Umgang mit Zweifeln. Nina hatte auch den geringsten Anflug von Zweifeln aus ihrem Bewusstsein verbannt. Das waren ein wesentlicher Unterschied und ein beachtlicher Vorteil. Der Abgrund zwischen einem potenziellen Opfer und einem abwartenden Vollstrecker.

Es brachte nichts ein, am Pickett River entlangzugehen, so schön es dort auch war. Rita würde nicht mehr dorthin kommen. Sie hatte an seinem Ufer ihre Angst, ihre Qualen und ihr Leben verloren. Es gab nichts, was Nina weiterhelfen konnte. Diese redseligen, aber wohlwollenden Leute hatten Rita als eine gute Frau dargestellt, die mit niemandem Streit anfing.

Niemand hatte in dieser einsamen Gegend, in der jeder jeden kannte, zum Zeitpunkt des Mordes einen Fremden herumstreichen sehen. Sie hatten Nina erspäht, sobald sie ihr Auto abgestellt hatte. Wie also war es dem Mörder gelungen, sich an Rita heranzumachen, die laut den Erzählungen so zurückhaltend und vorsichtig war? Es braucht Zeit, jemanden – und ganz besonders eine Frau – dazu zu bewegen, einem in eine einsame Gegend am Ufer eines Flusses zu folgen. Die Lösung der Gleichung war einfach und blieb doch zweideutig. Der Mörder gehörte zu der dörflichen Gemeinschaft und/oder Rita kannte ihn und/oder er war mit den örtlichen Gegebenheiten vertraut, dass er mit seinem Opfer zusammentreffen und sich anschließend davonmachen konnte, ohne gesehen zu werden.

Nina stieg wieder ins Auto und seufzte, bevor sie wieder die CD einlegte. Ein schwungvoller Schlag auf das Armaturenbrett brachte die Stimme des Sängers in Gang, auch wenn sie etwas zittrig klang.

Es würde einen weiteren Mord geben, das hatte sie gespürt. Noch eine Frau würde so niedergemetzelt werden wie Rita. Schon bald und hier in dieser Gegend. Es gab keinen Grund, warum dieser Irre von seinem Weg abweichen sollte.

Sollte sie mit Dougray Doyle darüber sprechen?

Nein, sie würde ihm nichts sagen. Sie hatte schon genug mit Cordell und Mrs. Holmer zu tun.

Es ging darum, schneller zu sein als die anderen. Eine zweite Chance würde es nicht geben. Nur Schnelligkeit konnte das Schlimmste verhindern. Und das Schlimmste nahm von Nina aus seinen Lauf. Aber sie hatte gelernt, es zu manipulieren. Sie würde es kontrollieren können, bis sie am Ziel war.

Und dann?

Dann komme was wolle.

19. Oktober, Massachusetts

Cordell lächelte, als er den Hörer auflegte. Er hatte seinen Spaß und das mit Grund. In weniger als zwei Tagen hatte er ein heikles Problem gelöst. Nun gut, es waren zwei Tage gewesen. Das verzögerte seine nächste Konfrontation mit Helen, aber die Vorfreude auf einen Genuss ist so köstlich.

Konfrontation war das treffende Wort. Zwei Seiten, die aufeinander treffen. Bauch an Bauch, Mund auf Mund, Stirn gegen Stirn. Zwei Körper, der eine drängend, der andere widerstrebend – zumindest am Anfang. Genau das war so kostbar in dieser Zeit der Virtualisierung, wo man Sex über Fotos, Telefon oder E-Mails mit Unbekannten abwickelte, deren wirkliche Nähe, falls sie sich in einer U-Bahn oder einem Geschäft ergäbe, nur Verwirrung stiften würde.

Bernie Safers war wie gewöhnlich eine große Hilfe gewesen. Dieser alte Vertraute oder eher Gehilfe seines Vaters hatte in wenigen Stunden die Akteure für eine Lösung gefunden.

Bei Cordells Anruf vorgestern Abend hatte die salbungsvolle Stimme des kleinen, dicklichen Mannes die Vergangenheit heraufbeschworen. Bernie kannte Cordell von Kind auf. Wahrscheinlich hatte Cordell erst ein gewisses Alter erreichen müssen, um zu begreifen, dass dieser Mann der beste Lieferant war, den sein Vater für seine zunehmende Gier nach jungen Mädchen hatte finden können. Über ein gewisses Bankkonto ließ sich alles regeln. Die nicht so Begüterten konnten sich die Dienste eines Bernie allerdings kaum leisten.

Seine Kunst bestand darin, ›gute‹ Eltern auszusuchen, die die Gier blind machte. Die Mädchen, meist nicht einmal vierzehn Jahre alt, wurden vorbereitet und herausgeputzt wie Tiere für einen Wettkampf und anschließend mit der Empfehlung ihrer Erzeuger, die sie obendrein zu Höflichkeit und Gehorsam gegenüber dem ›Herrn‹ anhielten, ins Haus gebracht. Sie verbrachten den Tag in einer wundervollen Villa und erhielten Geschenke. Onkel Bernie erledigte alles. Anschließend brachte er die verzweifelten oder völlig verstörten Mädchen zu Papa und Mama zurück, die sie einsperrten, da er die notwendigen Vorkehrungen getroffen hatte, um ihnen die Aussichtslosigkeit eines einträglichen Erpressungsversuchs vor Augen zu führen.

Eines Tages hatte Bernie Cordell fröhlich verkündet: »Nehmen wir einmal an, es gibt das Jüngste Gericht und die Hölle, so habe ich niemals etwas Böses getan. Ich habe mich damit begnügt, die menschlichen Fehler und die menschlichen Lüste in eine Beziehung zueinander zu bringen … und die kennen keine Grenzen. Die Reichen sind nicht mehr und nicht weniger verrückt als die anderen. Sie besitzen nur die Mittel, ihren Lüsten zu frönen. Das ist der einzige Unterschied. Man muss nur einmal darauf achten, was viele Stars aus dem Show-Business, dem Sport und der Börse außerhalb ihrer eigentlichen Tätigkeitsfelder so treiben.«

Bernie hatte nicht sonderlich entzückt auf den Anruf des Erben seines früheren Großkunden reagiert. Cordell hatte es im Gegensatz zu seinem Vater nicht verstanden, diskret vorzugehen. Aber üble Geheimnisse, die man miteinander teilt, schweißen zusammen. Daher hatte er das Angebot des Sohnes und seinen Plan akzeptiert.

»Ich verstehe. Das wird nicht einfach sein, Cordell. Ich kenne nicht sehr viele Leute in diesem Milieu. Wie viel bietest du?«

»Sagen wir … 200.000 Dollar für dich und die weiteren Akteure. Du kannst die Summe nach Belieben verteilen.«

»Hmm … für 400.000 vollbringe ich die reinsten Wunder, da kannst du sicher sein.«

Cordell hatte gelacht.

»Ach, Bernie, Bernie … du wirst dich niemals ändern. Also 250.000. Das ist mein letztes Angebot.«

»Das kann gar nicht das letzte sein, da du keine Alternative hast.«

»Wie geht es eigentlich deiner Tochter, Bernie? Sie war damals sehr hübsch und ist doch ein wenig jünger als ich … Ein paar Jahre, wenn ich mich recht erinnere. Cindy, so hieß sie doch? Ach ja … sie glaubt, du seiest Jurist.«

Ein hörbarer Atemzug. Bernie hatte die unterschwellige Drohung und ihre möglichen Optionen verstanden: Eine simple Mitteilung an seine Tochter, die keine Ahnung von der wahren Tätigkeit ihres Vaters hatte; aber Cordell schreckte auch vor Schlimmerem nicht zurück – er schreckte vor gar nichts zurück, das war sein Markenzeichen.

»Ich bin Jurist. Zumindest habe ich das Diplom. Gut, 250.000 sind in Ordnung. Die Hälfte überweist du morgen auf mein Konto, den Rest nach Erledigung des Auftrags. Ich muss ein paar Leute anrufen, dann melde ich mich wieder bei dir. Gib mir deine Nummer.«

»Nein. Ich rufe dich zurück. Sagen wir, in vier bis fünf Stunden.«

Bernie hatte gute Arbeit geleistet, wie Cordell es vohergesehen hatte:

»Es klappt, Cordell. Ich habe einen Typ ausfindig gemacht, der wiederum einen kennt, der Knete braucht und dafür so ziemlich alles tut.«

»So lautet die bestechende Beschreibung eines perfekten Kandidaten. Wann?«

»Übermorgen. Mein Typ wird seinen Kumpel morgen instruieren.«

»Ich werde selbst in Chicago sein, den Lauf der Dinge zu überwachen.«

»Wie du meinst, Cordell … es ist nicht nötig, dass du mich besuchst.«

»Das hatte ich auch gar nicht vor, Onkel Bernie. Zumindest nicht im Augenblick. Du bist wertvoll. Versuch, es auch zu bleiben.«

So, sein Flug war reserviert, seine Suite im *Shepard's* auch. Spätestens morgen würde Bloodfeast zufriedengestellt sein und ihm die Informationen liefern, auf die er so ungeduldig wartete.

21. Oktober, Fredericksburg, Virginia

Ganz allmählich erwachte Esperanza Lorca y Fernandez. Es war kein angenehmes Erwachen. Stück für Stück kehrte das Bewusstsein zurück, und gleichzeitig wuchs ihre Schmerzempfindlichkeit. Immer deutlicher spürte sie die Migräne, die hinter ihrer rechten Schläfe pochte, am Nasenflügel entlanglief und in den Kiefer ausstrahlte. Sie hatte am Abend zuvor getrunken, zu viel getrunken. Ihre Wade streifte fremde Haut. Diese unerwartete Berührung machte sie hellwach. Sie schlug die Augen auf. Ihr wurde schwindlig, und ein unangenehmer Geschmack stieg aus ihrem Hals auf.

Wer war der Typ, der hier neben ihr schlief? Bei wem und wo hatte sie die Nacht verbracht? Sie schlug die rotvioletten Seidenlaken zurück und wankte aus dem Bett.

Die »fremde Haut« streckte sich, murmelte im Schlaf etwas vor sich hin und drehte sich auf die andere Seite.

Scheiße, wie hieß er gleich noch? Ein deutsch klingender Name … Chad, äh … Chad Schlund. Wenn sie ihren recht verschwommenen Erinnerungen Glauben schenken wollte, so war er ein sympathischer Typ und recht leidenschaftlich dazu. Es war gut gelaufen, obwohl die Episode mit dem Badezimmer sie bereits das Schlimmste hatte befürchten lassen. Manche Männer hatten die Angewohnheit, sehr bestimmt zu fragen: ›Soll ich dir ein Handtuch bringen?‹ oder ›Willst du als Erste ins Bad?‹, als hätten sie Angst, ein kleines Ferkel vor sich zu haben. Das zerstörte jede Atmosphäre, wobei körperliche Ungepflegtheit zugegebenermaßen der Atmosphäre auch nicht zuträglich war. Jedenfalls erfüllten solche Äußerungen Espy stets mit Unbehagen. Abgesehen davon hatte ihr Sauberkeit immer viel bedeutet, denn aufgrund ihrer Herkunft aus armen Verhältnissen war sie lange Zeit ihr einziger Luxus, ihre einzige Schönheitspflege gewesen. Ansonsten aber entsprachen der Abend und die Nacht durchaus ihrer Sehnsucht nach Verwüstung und Vergeltung. Chad hatte sie vergessen lassen, dass sie keine rot-violette Bettwäsche – und noch weniger schwarze – mochte, die in so vielen männlichen Schlafzimmern wie ein Markenzeichen für wilde Bettgeschichten zu finden war. Wie ehrlich war dagegen das raue Leinen und die weiße Baumwolle bei Dougray … bloß nicht daran denken.

Wo war noch einmal das Badezimmer? Mit ein wenig Glück mussten doch irgendwo ein paar Aspirin zu finden sein.

Espy unterzog sich einer raschen Katzenwäsche. Duschen würde sie bei sich zu Hause. Es war erst 6 Uhr morgens. Sie sammelte ihre Schuhe ein, um sie erst draußen anzuziehen, als eine Stimme sie aufblicken ließ:

»Normalerweise sind es doch eher die Männer, die sich davonstehlen, um dem gemeinsamen Frühstück zu entkommen.«

Sie wandte sich ab und kämpfte gegen die Röte, die ihr in die Wangen stieg.

»Äh … ich wollte dich nicht aufwecken.«

Er legte den Kopf auf die Seite. Ja, er sah gut aus und war noch dazu charmant. Ein kräftiger, aber sanfter Riese. Und auch nicht dumm. Sie erinnerte sich, dass er Maler war und gar nicht schlecht davon lebte, da er in der Lage war, etwas von seinen künstlerischen Ansprüchen abzurücken. »Warum sollten die Künstler als Einzige nicht in der Lage sein, mit den ökonomischen Gegebenheiten Kompromisse zu schließen?«, hatte er beim Essen ausgeführt und erklärt: »Ich male, Mister, Madam, ihre Gören und sogar ihren Hund *à la façon de*. Die alte Schachtel nach Rosetti, den schmutzigen, ungezogenen Jungen nach Velázquez und das Familienoberhaupt nach Rousseau dem Zöllner. Das ist sehr einträglich, wenn du einmal begriffen hast, dass der Hintergrund des Bildes sich nicht mit der Seide oder dem Moiré der Wände im großen Salon beißen darf. Dafür kann ich an anderer Stelle tun, was ich will. Außerdem übertreibe ich: Ich male auch sehr hübsche Frauen und ganz reizende Kinder. Und viele meiner Kunden besitzen durchaus Humor, wenn sie derartige Bilder bei mir in Auftrag geben, und dann ist es eine kultivierte und beiläufige Ablenkung von der wahren Kunst.«

Verschämt zog Espy ihre Schuhe an. Chad sagte nun:

»Aber jetzt bin ich wach. Wir könnten einen Kaffee zusammen trinken, bevor du gehst. Ich mache das beste Rührei der Welt.« Lächelnd fügte er hinzu: »Ich verspreche hoch und heilig, ich werde nicht versuchen, dir ein weiteres Rendezvous abzuringen, außer du flehst mich auf Knien an. In Ordnung?«

»Ja.«

Natürlich hatte Chad Schlund sein Versprechen nicht gehalten, was sie auch gar nicht erwartet hatte. Sie hatte sich seiner mit der Freundlichkeit und Höflichkeit entledigt, die er verdiente: indem sie ihm wider besseres Wissen versicherte, dass sie ihn im Laufe der Woche anrufen würde.

Als sie auf den Parkplatz des Jefferson Building fuhr, war es immer noch nicht ganz hell. Ein frischer Wind wehte ihr um die Ohren, als sie aus dem Auto stieg. Der Herbst wurde allmählich ungemütlich. Sie war nun doch nicht zu sich nach Hause gefahren, und ihre Bluse vom gestrigen Tag sah jämmerlich aus. Sie wollte in der Sporthalle duschen und sich in den Umkleideräumen umziehen. Jetzt zahlte es sich aus, dass sie für den Fall langer, durchgearbeiteter Nächte in oft überhitzten Fluren vorgesorgt hatte. In einer ihrer Schubladen lag immer eine frische Jeans und eine Bluse sowie ein Slip und ein winziges Necessaire.

Am Ende des schmalen Ganges verbreitete eine Lichtquelle einen beinahe übernatürlich wirkenden Schein. Er kam aus dem Büro von Michael Baghurst. Espy zögerte. Sie legte keinen besonderen Wert auf einen Plausch mit ihrem Kollegen. Andererseits juckte es sie, ihm zu zeigen, dass er nicht der Einzige war, der in aller Herrgottsfrühe zur Arbeit kam. Also steckte sie den Kopf durch die leicht geöffnete Tür und schmetterte ihr vorbereitetes Sprüchlein in den Raum:

»Michael, Sie sind ja genauso ein Morgenmensch wie ich. Ich wollte mir einen Kaffee machen, möchten Sie …«

Eine Gestalt richtete sich vor dem schwarzen Metallschrank hinter dem Schreibtisch auf. Einen Augenblick lang herrschte Stille. Nina Kroeger ergriff als Erste das Wort.

»Espy … Ich … kann eine Akte nicht finden, die Michael angelegt hat. Einen Vergleich aller von Cordell Taylor-Caedon begangenen Morde. Haben Sie vielleicht eine Idee, wo er sie hingeräumt haben könnte? Es ist doch ein wenig paranoid, alles so wegzuschließen, oder?«

Nina log. Esperanza spürte es an ihrer übertriebenen Munterkeit und dem komplizenhaften Lächeln. Für den Bruchteil einer Sekunde schwankte sie zwischen zwei einfachen Möglichkeiten: Entweder sie hielt ihre große Klappe und tat so, als schluckte sie den Vorwand, oder aber sie nahm sich die neue Mitarbeiterin zur Brust.

»Wenn es paranoid ist, so tat er in diesem Fall offenbar gut daran. Ich glaube nicht, dass er entzückt wäre, Sie in seinen Akten herumwühlen zu sehen.«

Nina ging mit ausgestreckten Händen auf sie zu, ein erstarrtes Lächeln auf den Lippen, und meinte beschwichtigend:

»Warten Sie, Espy, wir arbeiten doch zusammen … Wir sitzen doch alle im gleichen Boot.«

»Wirklich?« Die Frage klang wie eine Drohung. Espy stemmte die Hände in die Hüften und fragte: »Wo kommen Sie wirklich her, Kroeger? Welche Aufgabe hatten Sie bei der ATF? Sie sind sehr zurückhaltend, wenn es um Ihre Vergangenheit geht. Das Leben der anderen hingegen scheint Sie zu faszinieren.«

Nina lächelte gequält und versuchte, Zeit zu gewinnen:

»Huh … was soll das denn? Ist das jetzt ein richtiges Verhör?«

»Nein, aber es kann eines werden. Wenn ich mich nicht täusche, sollten Sie Cory Fried hier ersetzen. Bisher habe ich noch nicht gemerkt, dass Ihre Arbeit als Sekretärin Sie besonders in Anspruch nimmt.«

Ninas Miene verfinsterte sich, und sie antwortete mit spürbarem Groll:

»Dann empfehle ich Ihnen, dies Ihrem Vorgesetzten Dougray Doyle mitzuteilen.«

»Danke für den Ratschlag. Allein wäre ich nicht darauf gekommen. Und jetzt verlassen Sie dieses Büro! Sie haben hier nichts zu suchen.«

Nina starrte sie wütend an, bevor sie auf dem Absatz kehrtmachte.

»Ach, Kroeger, ich habe auch noch einen guten Rat für Sie. Verirren Sie sich bloß nicht in *mein* Büro, sonst fliegen Sie mit einem Tritt in den Arsch wieder raus. Ist das klar?«

Offenbar kostete es Nina einige Mühe, die Gemeinheit, die ihr auf der Zunge lag, hinunterzuschlucken. Wortlos verschwand sie in den Flur.

Dougray J. Doyle zog gerade seinen Regenmantel aus, als Lorca ohne anzuklopfen in sein Büro trat.

»Ich muss mit Ihnen sprechen, Mister.«

»Kann das nicht zwei Minuten warten?«

»Nein.«

Mit einem Seufzen forderte er sie auf:

»Nun gut, Lorca, legen Sie los. Ich höre zu.«

»Ich habe Kroeger überrascht, wie sie bei Baghurst herumgeschnüffelt hat. Ihre Erklärung – angeblich suchte sie nach der Akte zu den Morden von Charly – war gelogen. Außerdem wirkte es, als hätte ich sie ziemlich auf dem falschen Fuß erwischt in ihren Tennisschuhen. Haben Sie ihre Akte der ATF eingesehen?«

Doyle ließ sich auf seinen Sessel fallen und antwortete gedehnt:

»Glauben Sie, ich stelle jemanden ein, nur weil mir sein Gesicht gefällt?«

»Was hat sie bei der ATF denn genau gemacht?«

»Sie leitete eine der Eliteabteilungen. Eine Abteilung für Nachrichtenermittlung. Wie Sie vielleicht wissen, beschäftigt die ATF keine Ausflügler. Agenten des ATF werden leicht zur Zielscheibe, besonders wenn sie dem organisierten Verbrechen auf der Spur sind. Mit ihrem Know-how wissen sie rasch zu viel über das Netz. Ich glaube, sie fürchtete um ihre Haut und wünschte sich einen weniger gefährlichen Posten.«

Lorca beharrte eigensinnig:

»Wenn man in eine Eliteabteilung eintritt und noch dazu dort eine leitende Position übernimmt, weiß man, welcher Gefahr man sich aussetzt. Umso mehr, als unter den Kandidaten extrem gesiebt und sorgfältig ausgewählt wird. Außerdem gibt es dort nicht gerade viele Frauen. Mit anderen Worten, wenn eine Frau genommen wird, so muss sie ihre männlichen Mitstreiter an physischen oder intellektuellen Fähigkeiten überragen. Aber das ist nicht das eigentliche Problem: Kroeger hat herumgeschnüffelt, und das gefällt mir nicht.«

»Vielleicht suchte sie tatsächlich diese Akte.«

»Ich habe Ihnen bereits gesagt, dass sie sehr verlegen war, als ich auftauchte.«

»Ich werde mir Klarheit verschaffen. Haben Sie Neuigkeiten von Susan?«

»Nein. Ich muss sie anrufen. Darf ich Sie bitten, mich auf dem Laufenden zu halten, was Kroeger angeht?«

»Natürlich. Ach … Lorca, solange ich noch nicht mit Nina gesprochen habe, bleibt die Angelegenheit unter uns. Es bringt nichts, Michael gegen sie aufzubringen, vor allem wenn es sich, wie ich glaube, ganz einfach um eine Unhöflichkeit handelt. Sie wissen ja wie er ist: ständig der Meinung, dass keiner ihn schätzt.«

»In Ordnung.«

Mit diesen Worten verließ sie das Büro ihres Vorgesetzten.

Es gelang ihr nicht, Doktor Susan Wuang Tong zu erreichen. Da sie hartnäckig blieb und sich als vertrauenswürdig ausweisen konnte, vermochte sie einer misstrauischen technischen Angestellten des Labors entlocken, dass die Wissenschaftlerin ein Treffen im Castle, einer der Niederlassungen des Smithsonian in Washington zwischen der Zehnten Straße und der Constitution Avenue, hatte. Leicht erstaunt legte Espy auf. Mischte sich Susan in Nachforschungen ein, die das CASKU anstellte? Andererseits war sie mit dem Wissenschaftsbetrieb und seinen Gepflogenheiten besser vertraut als sie alle.

21. Oktober, Washington DC

Die schlanke junge Frau chinesischer Abstammung wartete bereits seit einigen Minuten geduldig an einem der polierten Aluminiumtische in der Cafeteria des Smithsonian. Die Tasse Lapsang Souchong entlockte ihr ein Lächeln. Die Europäer hatten vergessen, dass sie selbst die Erfinder der meisten dieser rauchigen oder parfümierten Teesorten waren, die sie nun als etwas Exotisches genossen.

Der Mann, auf den sie wartete, stürzte auf sie zu und schwenkte seine prall gefüllte Aktentasche, als sei das gute, etwas abgetragene Stück der Grund für seine Verspätung.

»Ach, meine Liebe, verzeihen Sie mir ... was für ein Verkehr. Einfach schrecklich. Warten Sie schon lange?«

Sie schüttelte die Hand von Professor Edward Morehouse, Direktor des Instituts für Insektenkunde und weltweit bekannt als internationaler Experte für blaue oder Fleisch fressende Fliegen. Er war ein zierlicher, etwa sechzigjähriger Mann; jede seiner Gesten spiegelte die Nervosität und Begeisterung wider, die ihn beflügelte. Er besaß eine unglaublich rasche Auffassungsgabe und einen sehr beweglichen Geist, wie Susan ihn bisher nicht allzu oft erlebt hatte. Sie lächelte.

»Gerade lange genug für eine schöne Tasse Tee.«

»Hier? Sie sind sehr nachsichtig oder haben keine Geschmackszellen! Gehen wir hinauf zu mir. Ich habe in einer Schublade einen Tari versteckt, Sie müssen mir sagen, wie er Ihnen schmeckt. William müsste eigentlich auch gleich kommen. Sie wissen ja, dass seine Pünktlichkeit selbst die meine noch übertrifft! Ach, der Alltag, der Alltag ... er stellt uns immer wieder Fallen ... Haben Sie bemerkt, dass die auf den ersten Blick banalsten und gewöhnlichsten Dinge die Gabe besitzen, Ihnen im ungünstigsten Moment Knüppel zwischen die Beine zu werfen? Der Verkehr, nicht klingelnde Wecker, stecken bleibende Aufzüge, verlorene Schlüssel, was weiß ich ...«

Ohne ihre Antwort abzuwarten, rückte er seine unverzichtbare Fliege gerade und ging ihr voraus.

Edward Morehouse hatte sich auf gerichtsmedizinische Insektenkunde spezialisiert. Es schauderte Susan vor diesem morbiden Universum, auch wenn ganz unbestreitbar eine gewisse Faszination davon ausging. Aber die Vorstellung, dieses wimmelnde Getier zu untersuchen, das sich an menschlichem Fleisch labte und eines Tages vielleicht über sie selbst herfallen würde, stieß sie ab. Morehouse jedoch war eine Kapazität auf diesem Gebiet.

Der Aufzug brachte sie anstandslos in die dritte Etage des beeindruckenden Gebäudes. Der Professor gab seinen Code ein, und die schwere, gepanzerte Tür öffnete sich zu dem Universum, das Susan eine solche Gänsehaut verursachte.

An den Wänden des langen Flurs waren Insektensammlungen aus aller Herren Länder ausgestellt. Der Blick der Wissenschaftlerin verweilte so lange auf diesen Panzern, Zangen und Antennen, dass Professor Morehouse sich, von ihrem Interesse ermutigt, vor einem der großen Glaskästen aufbaute und loslegte:

»Das ist ein wundervolles Exemplar der tropischen Wespe, einer gefürchteten Spinnenjägerin. Sie ernährt sich von diesen Insekten. Sie stürzt sich auf ihre Beute, dreht sie auf den Rücken, und in wenigen Augenblicken … wird die Spinne ausgesaugt wie eine Auster.«

Er untermalte seine Ausführungen mit einer munteren Geste. Ein leichter Schauder kroch Susan über den Rücken. Sie wandte den Blick von diesem stämmigen, dunklen, etwa fünf Zentimeter langen Körper mit seinen langen, kräftigen, bernsteinfarbenen Flügeln ab. Die junge Frau versuchte, die Bilder, die in ihr aufstiegen, zu verscheuchen: breite, braune, pelzige Krallen, die ihre Klammern in den wehrlos dargebotenen Leib einer Spinne bohren. Die Wanderheuschrecke mit ihren Hörnern verstärkte ihr Unbehagen noch, während Professor Morehouse ihre Körpermaße pries, als handelte es sich um ein Topmodel:

»Stellen Sie sich das einmal vor. Sehen Sie doch auf ihre häutigen Flügel. Dreißig Zentimeter Spannweite! Unsere einheimischen Insekten haben weit weniger beeindruckende Ausmaße.«

Susan unterdrückte einen erleichterten Seufzer und wagte nicht, sich auch nur vorzustellen, wie sie mit einer Fliege oder einer Mücke kämpfte, die doppelt so groß war wie ihre Hand. Die Sammlung tropischer Schmetterlinge beruhigte sie ein wenig. Gewiss, auch sie waren meistenteils riesengroß, aber ihre Farben milderten ihre nicht zu leugnende Bedrohlichkeit. Sie konnte sich sogar zu einem Lächeln durchringen, als der Professor ihr mit einer respektvollen Geste vorstellte:

»*Danaus plexippus* ... unser berühmter Monarch. Nicht zu verwechseln mit *Danaus chrysippus*, der ihm zwar ähnelt, aber kleiner ist und von den Kanaren stammt.«

Susan nickte anerkennend und beobachtete die ausladenden roten, schwarz geränderten Flügel mit den weißen Flecken und schwarzen Streifen.

Edward Morehouse riss sich nur mühsam von ihm los und schnalzte mit der Zunge.

»Nun gut, ich lasse mich immer wieder von meinen kleinen Passionen gefangen nehmen, aber Sie sind ja schließlich nicht gekommen, um einem besessenen alten Mann zuzuhören. Allerdings, liebe Kollegin, sind diese Sammlungen auch abgesehen von ihrem Unterhaltungswert sehr interessant: Sie sind anschaulich, wie die Journalisten immer zu erklären belieben. Es stimmt schon, dass riesige Computerprogramme solche Sammlungen heute sehr vorteilhaft ersetzen, aber es fehlt ihnen ein wenig an Pepp, auch wenn sie viel mehr Informationen anhäufen können und sogar *Live-Bilder* unserer ›Pensionsgäste‹ liefern.« Er lächelte und schüttelte dabei den Kopf. »Wenn es Ihnen gelingt, die Abneigung und die instinktive Angst zu vergessen, die diese Insekten Ihnen einflößen, so müssen Sie als Wissenschaftlerin von Ihnen fasziniert sein. Sie haben die Erde schon Millionen Jahre vor uns bevölkert. Im Gegensatz zu unserer dummen und zerstörerischen Rasse haben sie die Erde nicht verwüstet. Und ich wette mit Ihnen, dass sie uns überleben werden, wenn wir alle uns gegenseitig umgebracht haben. Das ist doch eine gute Nachricht! Durch ihre kurze Lebensdauer in Verbindung mit ihrer extremen Vermehrung kommt es zu Mutationen, über die sie sich sehr rasch an ihre Umgebung anpassen.«

Ein riesiger, sehr hagerer junger Mann streckte seine Nase aus dem Arbeitszimmer.

»Ach, William, Sie sind schon da. Dann stelle ich Ihnen hier Doktor Susan Wuang Tong vor.«

Der große junge Mann richtete sich so langsam auf, als erschrecke ihn die Größe seines Vogelscheuchen-Körpers. Er nickte und grüßte sie mit so trauriger Miene, dass sie sich womöglich Sorgen gemacht hätte, wenn sie ihn nicht schon gekannt hätte. William Nutt gehörte zu jenen monomanischen Geschöpfen, die von einer einzigen Leidenschaft beseelt sind und dem übrigen Leben mit einem beinahe pathologischen Desinteresse begegnen.

Er war schon in zartem Alter der Insektenkunde verfallen und verspürte nicht die geringste Lust, diese Welt zu verlassen, und sei es auch nur für einen kurzen Augenblick. Außer vielleicht – wie er einmal bekannt hatte –, um einer kleinen Obsession zu frönen, die ihm half, seine knapp bemessene Freizeit auszufüllen, ohne vor Langeweile umzukommen: ABBA. William Nutt war ein Fan dieser schwedischen Gruppe aus den siebziger Jahren. Er besaß eine schöne Sammlung verschiedener Erinnerungsstücke: Programme, Sammlerplatten und sogar ein von Frida in einem New Yorker Hotel benutztes Handtuch. Anni-Frid Lyngstad, die dunkelhaarige von den beiden Sängerinnen. Er hatte es unter der Hand und für viel Geld von einem Zimmermädchen gekauft, das vermutlich hundert Stück an leichtgläubige Verehrer wie ihn verhökert hatte. Es hatte etwas leicht Surrealistisches, wenn diese Bohnenstange über einem binokularen Vergrößerungsglas hing wie eine Gottesanbeterin, seine langen, dünnen Glieder streckte und dabei *She's the Dancing Queen* krächzte. Hinzu kam sein nicht sehr ausgeprägter Sinn für Körperpflege, der sich auf ein Zurückkämmen seines dünnen, fettigen Haars beschränkte. Sein Schweißgeruch war zwar nicht widerlich, erstickte aber doch jede Annäherung im Keim. Aber auf seinem Gebiet – der Taxonomie – war William Nutt unbestritten eine Koryphäe.

Sie nahmen in dem Arbeitszimmer von Professor Morehouse Platz, dessen Unordnung Susan Wuang Tong als beruhigend empfand: Die Bücher- und Papierberge hatten in etwa die gleichen hoffnungslosen Ausmaße wie die Aktenberge, die sich bei ihr türmten. Ein lichtes und aufgeräumtes Arbeitszimmer lässt bei einem Wissenschaftler doch gleich Argwohn aufkommen. Denn der Ordnung geht meist eine ausgewachsene Krise voraus, die dann zu einem großen Aufräumen und Wegwerfen führt. Was man allerdings nachher bereut, denn nun sucht man vergeblich nach gerade diesem Papier, weil man nicht auf seine innere Stimme gehört und es entsorgt hat. Diese von den meisten Wissenschaftlern geteilte Befürchtung rechtfertigt ein unerbittlich fortschreitendes Chaos.

»Schieben Sie alles zur Seite, was auf dem Stuhl liegt, Susan. Genau, legen Sie es auf den Boden. Nun, was haben Sie uns mitgebracht? Ihr geheimnisvoller Anruf hat unsere Neugier geweckt.«

Die junge Frau zog einen wattierten Umschlag aus ihrer alten, abgewetzten Ledertasche.

»Das hier.«

Sie sah zu, wie er sich aufrichtete, die Augen zusammenkniff und sich voller Vorfreude die Hände rieb:

»Und das ist …«

»Ein Rätsel.«

»Oh, ich liebe Rätsel! Zeigen Sie her!«

Er riss ihr den Umschlag beinahe aus den Händen, als sie ihn über den übervollen Schreibtisch reichte. Enttäuschung malte sich in seinen Zügen, als er in dem Umschlag lediglich ein paar Fotos fand. Er hob den Blick und sah sie fragend an, während den geschlossenen Lippen von William hin und wieder ein paar spitze Töne entfuhren, in denen man ein Bruchstück aus *Thank you for the music* erkennen konnte.

Susan Wuang Tong antwortete auf seine stumme Frage:

»Das sind Aufnahmen von dem Beweisstück, bevor wir mit der Bestimmung der DNA begonnen haben.«

»Und das ist alles, was Sie haben? Welche Beschaffenheit hat die Probe?«

»Ja, das ist alles. Die fragliche Probe ist zylindrisch, nicht ganz einen Zentimeter lang und hat einen Durchmesser von 0,7 Millimeter. Das ist nicht viel, nicht einmal für uns. Ich habe es im Knick eines Klebebandes gefunden, das auf dem Mund einer ermordeten Frau klebte. Sie war das letzte Opfer von Charly.«

Das hartnäckige Quieken, das an die erfolgreichste Popgruppe der siebziger Jahre erinnern sollte, erstarb. William rutschte auf seinem Stuhl hin und her, sodass eine säuerliche Woge menschlicher Ausdünstungen zu ihr herüberschwappte und sie sich vorbeugte, um Abstand zu halten.

»Woran dachten Sie, Susan?«, wollte Morehouse wissen.

»Um ehrlich zu sein, mir ist nicht viel eingefallen, bis

ich auf die Überreste einer toten Spinne gestoßen bin, die in der Schiebeleiste an meinem Fenster gefangen war. Es könnte Teil eines Insektenbeines sein.«

Morehouse vertiefte sich in die Betrachtung der Aufnahmen, reichte sie an William weiter und knurrte vor sich hin:

»Spinnen sind keine Insekten.«

William knurrte wie ein Echo:

»Nein, sie sind Arthropoden.«

Susan fuhr fort:

»Das Präparat wurde unter dem Mikroskop in Öl getaucht, um möglichst gute Aufnahmen zu bekommen. Sie werden bemerken, dass die Oberfläche des Zylinders ein wenig unregelmäßig ist, außerdem sind die Erhebungen unterschiedlich groß. Manche verändern die Form des Zylinders ganz beträchtlich. Wir haben uns den Kopf zerbrochen, aber es ist uns nichts dazu eingefallen.«

Professor Morehouse schnaubte abfällig:

»Es ist nicht genug vergrößert! Man hätte eine elektronische Mikroskopie machen müssen.«

William pflichtete ihm mit einem mürrischen »Mhm mhm« bei. Susan rechtfertigte sich:

»Die elektronische Mikroskopie richtet bei solchen Präparaten großen Schaden an. Wir hatten ohnehin kaum genug Material für eine zufrieden stellende Analyse.« Da die beiden nicht reagierten, holte sie weiter aus: »Die kleine Eppendorf-Röhre in dem Umschlag enthält eine Aufbereitung der DNA des Präparates. Ich habe sie in eine Alkohollösung gesteckt, auch wenn diese Vorsichtsmaßnahme vermutlich überflüssig war, da sie sehr stabil ist. Schwierig wird es, weil wir tatsächlich zwei sehr unterschiedliche, nicht menschliche DNA vorliegen haben. Und hier habe ich die Daten der Sequenzen, zu denen wir gelangt sind.«

Sie beugte sich über ihre Tasche, aber William sprang von seinem Stuhl auf, griff nach dem Umschlag und presste ihn keuchend an sich. Er war außer sich angesichts ihrer Leichtfertigkeit.

»Endlich, Frau Doktor! Damit hätten Sie anfangen sollen. Es ist schon richtig, aber …«

Nun streckte er seine lange, knochige Hand aus, und sie unterdrückte einen Anflug von Panik, als seine leicht nach oben gebogenen Finger sich auf ihr Gesicht zubewegten.

»Und jetzt noch die Daten, bitte, Frau Doktor.«

Er riss ihr die Blätter förmlich aus der Hand, und nach einer billigenden Geste von Professor Morehouse stürmte er aus dem Arbeitszimmer.

Susan konnte sich einen kleinen Kommentar nicht verkneifen:

»Er ist, wie soll ich sagen, sehr hektisch, dieser William.«

»Hektisch, meine Liebe? Sie meinen wohl, reif fürs Irrenhaus! Das liegt ja oft genug nicht sonderlich weit auseinander. Noch dazu bei jemandem, dessen Familiennamen »Nutt« lautet. Aber William ist auch der beste Analytiker, den ich kenne. Außerdem haben wir doch alle unsere Marotten, und um ehrlich zu sein, ich fand die beiden hübschen jungen Frauen von ABBA auch sehr einnehmend. Fröhlich, ohne viel Getue. Ich erinnere mich noch an den Song *Fernando.*« Er trällerte ein paar Takte, dann unterbrach er sich abrupt. »Kehren wir zu unserem Thema zurück. Was war der Tatort?«

»Eine Wohnung in Boston. Die Leiche wurde ungefähr zwanzig Stunden nach der Tat gefunden.«

»Das ist sehr früh. Keine sehr günstigen Bedingungen für einen Befall durch Insekten.«

»Ganz meine Meinung. Ich neige eher zu der Annahme, dass es von außen stammt. Der Mörder hat es unwissentlich mitgebracht.«

Morehouse sah sie an. Ein komplizenhaftes und zugleich entzücktes Lächeln verzog seinen Mund.

»Ah, ich verstehe: Er hätte dieses Beweisstück also selbst mitgebracht und versehentlich am Tatort zurückgelassen. Eine Spur mithin?«

»Genau!«

»Ihre Geschichte wird ja immer spannender! Andererseits könnte man aber auch an eine Fliege denken, die es erwischt hat. Ich meine, eine Fliege, die schon in der Wohnung war. Von der Jahreszeit würde das noch passen. Fliegen befallen Leichen sehr schnell. Allein bei uns gibt es etwa hundert verschiedene Arten. Und dann gibt es noch den Skarabäus, der sich von den Eiern ernährt, die die Fliege in eine Leiche legt, aber es gibt auch Arten, die sich von toten Organismen ernähren.« Er überlegte noch einmal und erklärte dann: »Wenn es sich um das Teilstück eines Tierbeines handelt, so kommen etwa dreißig Fliegenarten in Frage. Wir müssen also sehen.«

Diese Wendung des Gesprächs versetzte Susan einen Dämpfer. Dennoch klammerte sie sich an die Hoffnung, dass dies eine Spur war, die zum Mörder von Pamela Kells führen konnte :

»Aber wenn es sich nun nicht um eine Fliege aus der Wohnung handelt? Wenn der Mörder dieses Teil mitgebracht hat?«

Professor Morehouse schien ihre Befürchtungen zu erraten und beschwichtigte sie:

»Unser – *hektischer* – William wird sich schon in die DNA-Sequenzen vertieft haben.«

»Wie lange wird das dauern?«

»Das, meine Liebe, ist reine Glückssache. Hier gelten die Gesetze der Wahrscheinlichkeitsrechnung. Es ist ähnlich wie bei den Säugetieren. In unserem Land gibt es mehrere Tausend Arten wirbelloser Tiere, selbst wenn man sich auf diejenigen beschränkt, die sich ausschließlich von toten Organismen ernähren. Daher müssen eine Menge DNA-Sequenzen miteinander verglichen werden. Hinzu kommt, dass Ihr Präparat genetisches Material von zwei verschiedenen Organismen enthält! Aber wir sind, was die phylogenetische Bestimmung angeht, sehr gut organisiert. William dürfte die genetische Familie rasch ausfindig machen und auch die Gattung, zu der Ihr Ding gehört. Zumindest wenn es sich, wie Sie es fälschlicherweise ausgedrückt haben, um ein Insekt handelt und dieses bereits in der wissenschaftlichen Literatur beschrieben wurde. Bei der Bestimmung der Art werden wir uns schon eher den Kopf zerbrechen müssen, pardon, ich meinte: *der Arten*.«

»Aber mit der Familie und der Gattung könnte man doch …«

»Sie scherzen wohl, meine Liebe! Man könnte gar nichts. Zu einer einzigen Familie gehören zehn oder sogar hundert Arten und Unterarten. Manche von ihnen sind gewöhnlich und autochthon, andere hingegen richtig exotisch und äußerst selten. Und ich erspare Ihnen all jene, die wir auf genetischer Ebene noch gar nicht entdeckt oder bestimmt haben. Nein … dagegen hat man es leicht mit den Säugetieren. Halten Sie sich an sie, Susan. Sie sind größer, man erkennt alles besser, und abgesehen davon … ist das alles gewiss nicht das Wichtigste unter der Sonne.«

Morehouse bemerkte, wie sich das hübsche, schmale Gesicht verzog, und er bereute seine letzten Worte. Hastig versuchte er sie zu beschwichtigen:

»Ich bin ein alter Narr. Manchmal fällt es mir schwer, in unsere Welt zurückzukehren. Man verlernt, was es heißt, charmant und zuvorkommend zu sein – so viel zu meiner Entschuldigung. Ich verspreche Ihnen, dass wir Ihr Ding mit vollem Einsatz untersuchen. Ich rufe Sie an, sobald ich auch nur den Hauch einer Information habe.«

»Danke, Professor Morehouse.«

Er begleitete sie zu der schweren, gepanzerten Tür. Sie blieb auf der Schwelle stehen.

»Es war das erste Mal, dass ich eine Tote gesehen habe, die derartig zugerichtet war. Pamela, sie hieß Pamela.«

Er senkte den Kopf und murmelte:

»Es ist in gewisser Weise auch eine persönliche Angelegenheit für Sie, oder? Ich verstehe, meine Liebe. Wir werden unser Bestes geben, das garantiere ich Ihnen. Außerdem, je vertrackter das Rätsel ist, desto versessener ist William darauf, es zu lösen.«

21. Oktober, Bundesstrafanstalt von Merrilville, Illinois

Leon Carpenter – Leonardo für alle, die sich nicht mit ihm anlegen wollten – betrachtete sich in dem kleinen Spiegel über dem Waschtisch. Er benetzte sein Gesicht mit kaltem Wasser und warf einen Blick auf das alte Foto von Claudia Schiffer. Eine hübsche Braut. Ihr langes, beigefarbenes Satinkleid umschmeichelte ihren Körper wie ein lauwarmer Wasserfilm. Leonardo hatte sie vor allem dorthin gehängt, weil sie notdürftig das Graffiti eines ejakulierenden Schwanzes überdeckte. Sein Vorgänger hatte ihn stümperhaft und einfallslos in den Zement geritzt. Er hatte sogar keine Mühe gescheut, um mit einigen Meißelschlägen die krankhaft vermehrte Behaarung eines riesigen Hodenpaares wiederzugegeben.

Sein blödsinniger Vorname Leon war das Einzige, was er seiner Mutter vorwerfen konnte. Sie hatte ihn nach seinem Vater benannt. Abgesehen von der Namensgebung war die gute, von einem harten Leben zermürbte Frau immer in Ordnung gewesen. Da ihr nichtsnutziger Ehemann nur eine Last für sie war, setzte sie ihn vor die Tür, als sie mit dem dritten Kind schwanger war, das dann tot zur Welt kam. Manchmal machte sich Leon Vorwürfe wegen gewisser Dummheiten, mit denen er das Leid und die Panik der kleinen, ängstlichen Frau noch vermehrt hatte. Zu seiner Entlastung führte er an, dass er erst am Ende seiner Jugend begriffen hatte, wie schwer es für sie war, sich in einer Welt durchzuschlagen, die für Geschöpfe wie sie keinerlei Annehmlichkeiten bereithält. Als er sie wiedersah, war sie leichenblass, beinahe durchsichtig von ihren kurzen Nächten, ihrer Erschöpfung und ihren ständigen Ängsten. Sie fürchtete, zusammenzubrechen, krank zu werden, morgens nicht mehr aufstehen zu können, eine beschissene Arbeit zu verlieren, um nur eine noch schlechtere zu finden. In ihren bereits recht verschlissenen Mantel gehüllt, brach sie früh morgens auf. Ihr Haar verdeckte sie unter einem Kopftuch, denn einzelne Strähnen waren bereits grau geworden. Als er sie einmal fragte, warum sie ihre Haare versteckte anstatt sie zu färben, antwortete sie ihm lächelnd: »Ach, das ist doch die Natur, mein Liebster.« Erst nach einer ganzen Weile hatte er begriffen, dass es in Wahrheit der Preis eines Friseurbesuches war, der sie abschreckte.

Irritiert schüttelte er den Kopf. Verflucht, auf seinen jüngeren Bruder Thomas konnte er nicht zählen, wenn es darum ging, seiner völlig ausgebrannten Mutter das Leben zu erleichtern. Eine Prüfung war auf die andere gefolgt, ohne dass sich jemals Licht am Ende des Tunnels zeigte, wie sie sagte. Sie hatte zu lange an dieses Licht geglaubt, das nicht mehr weit weg sein konnte. Dieser kleine Hosenscheißer Thomas schnupfte alles Weiße, was ihm nur unter die Nase kam, trieb sich in den Straßen des Viertels herum und war zu nichts nutze.

Der Gedanke an seine Mutter trieb Leon Tränen in die Augen. Trotzdem hatte er sich den Ruf eines harten Kerls erworben, mit dem nicht zu spaßen war. Auch hier. Wie kam sie nun ohne ihn zurecht? Als sie plötzlich allein mit zwei Gören und einem dritten im Bauch dastand, hatte sie eine Zähigkeit entwickelt, die niemand bei ihr vermutet hätte. Tag und Nacht hatte sie geschuftet, um sie zu ernähren und zu kleiden! Nachdem sie am Tag bedient hatte, putzte sie in der Nacht Büroräume. Niemals hatte sie geweint oder geklagt. Niemals war sie laut geworden, selbst dann nicht, als Thomas mit seinen Dummheiten angefangen hatte. Leon hatte ihm heimlich eine Tracht Prügel verabreicht, um ihm ein bisschen Vernunft und ein wenig Achtung vor ihrer Mutter einzubläuen. Blaue Flecken hatte er von den Fußtritten und den Schlägen mit dem Gürtel davongetragen, dieser Dummkopf. Zu einer wirklichen Besserung hatte das nicht geführt. Er hatte lediglich die Grenzen erkannt, die er nicht überschreiten durfte. Deshalb machte sich Leon auch keine Sorgen: Seine Mutter würde das Geld ganz sicher bekommen, ohne dass auch nur ein Cent fehlte. Thomas wusste, dass sein großer Bruder andernfalls keine Bedenken haben würde, ihn umzulegen. Wenn er wieder draußen war, natürlich.

Er brauchte also seine Entscheidung nicht noch einmal abzuwägen. Nach dem gestrigen Besuch seines Bruders hatte er einen Großteil der letzten Nacht nachgedacht. Nur so würde er seiner Mutter aus der Ferne helfen können. Natürlich durfte sie nichts wissen, denn sonst würde sie in Tränen ausbrechen und keinen Cent von dem Geld anrühren. Aber Geld an sich ist nicht schlecht. Wie man es sich verschafft und wofür man es ausgibt, das ist das Entscheidende und manchmal nicht Akzeptable. Damit aber würde sie sich nicht belasten müssen. Ihr Großer, wie sie Leon nannte, würde das für sie übernehmen.

Leon Carpenter: 28 Jahre, blond, offener Blick, hellblaue Augen, hübsche, mädchenhafte Züge, hoch gewachsen, schlank und feingliedrig, was über seine physische und psychische Kraft hinwegtäuschte. Gut ... Er musste sich eben sagen, dass man diese Unannehmlichkeit hinter sich bringen musste wie den Besuch bei einem Zahnarzt, der einem Zahnstein entfernen will. Man drückt sich und drückt sich, aber schließlich muss man es doch durchstehen. Und nachher fühlt man sich besser.

Er löste den Zopf seines halblangen, noch feuchten Haars. Durch das Flechten hatte es sich in Wellen gelegt und umschmeichelte seine zarten Gesichtszüge wie bei einem Mädchen.

Er trat an die Gitterstäbe seiner Zelle und beugte sich vor, um die große, am Endes des Laufgangs hängende Uhr sehen zu können. Zehn vor sieben, noch Zeit für eine Zigarette.

Er drückte seine Kippe mit dem Schuh aus und putzte sich noch einmal die Zähne am Waschbecken. Dann öffnete er die beiden obersten Knöpfe seines Jeanshemdes, sodass sein glatter, wenig gebräunter Brustkorb zu sehen war.

Beim Schrillen der morgendlichen Sirene entfuhr ihm ein weiterer Seufzer. Die schweren Gitterstäbe seiner Zelle glitten zur Seite. Mit einem Schritt trat er auf den Gang, grüßte kurz den mürrisch dreinschauenden Aufseher, der den Gang der Sträflinge überwachte. Der Strom der anderen in Richtung Duschraum strebenden Hemden schob ihn vorwärts und verschluckte ihn. Leon verlangsamte den Schritt und ließ sich überholen. Ein paar abgedroschene Frotzeleien wurden gezischelt:

»Beweg deinen hübschen Arsch, mein Täubchen, oder brauchst du einen kleinen Klaps ...«

»Oder noch was anderes, Leonardo.«

»Hast du deinen BH vergessen, Schatz?«

»Hast du Angst, uns dein Zizi zu zeigen, Süßer?«

»Brauchst du nicht, dreh dich um, das reicht schon.«

Leon antwortete nicht mehr als gewöhnlich. Hatte seine beinahe weibliche Schönheit mancherlei Gelüste geweckt, so waren sie durch seine Skrupellosigkeit und einige gezielte, heimtückische Schläge kuriert worden.

Endlich murmelte die Stimme, auf die er gewartet hatte, hinter ihm:

»Mal ehrlich, man könnte meinen, dass du auf mich gewartet hast, mein Kleiner.«

Leon wandte nur den Kopf, neigte ihn so, dass seine Haare über die Wange fielen, und erwiderte pampig:

»Ich heiße Leonardo und nicht »Kleiner«.

Der andere kniff die Augen zusammen. Die Erinnerung an zwei oder drei Versuche, sich gegenüber dem jungen Mann als Kraftprotz aufzuspielen, machten ihn vorsichtig. Beim letzten Mal hatte ihn ein Schlag in die Eier flachgelegt, und der Typ, der beinahe wie ein Mädchen aussah, hatte ihm dann auch noch die Stirn auf den blanken Zementboden des Duschraums geschlagen. Draußen wäre es ihm eine Genugtuung gewesen, ihn aufzustöbern und ihm ganz langsam die Haut abzuziehen, um sie dann an die Wand zu spannen, wo bereits andere hingen. Aber hier musste er auf der Hut sein. Andererseits oder vielleicht gerade deshalb versetzte ihn dieser Typ in Erregung.

»Er wird schon steif, Leonardo, ganz steif.«

Leon stieß ein ziemlich überzeugendes Glucksen aus.

»Wirklich? Ich bin sicher, dass ich noch mehr kann. Man müsste es mal ausprobieren.«

Ein Keuchen streifte sein Haar, und die vor Erregung belegte Stimme antwortete:

»Wenn du willst. Nach der Dusche. Ich werde die anderen hinausschicken. Du wirst es nicht bereuen, das weißt du. Ich kenne viele Leute, und jeder weiß, dass alles, was mein ist, niemand anderem gehört.«

Da hatte er Recht, dieser Dreckskerl. Leon hatte reichlich Gerüchte über ihn vernommen, eines schlimmer als das andere. Außerdem hatte er genau in diesem Augenblick begriffen, dass er selbst kein Teufel war. Er war ein übler Typ, ein Dieb, ein Gewalttäter, ein Mörder von anderen Gewalttätern und anderen Mördern, aber kein unwiderruflich schlechter Mensch. Das war keine Entschuldigung und noch weniger eine Absolution, aber doch eine Erleichterung. Leon hatte niemals genau gewusst, was er eigentlich war, und noch weniger, was er werden würde, wenn er überlebte. Preston hatte ihm vor Augen geführt, welche Abgründe er *nicht* in sich trug. So hatte ihm Jesse James Preston an diesem Tag unfreiwillig einen ersten und unschätzbaren Dienst erwiesen. Der zweite würde folgen, und zwar schon bald. Eine Hand streichelte seine Pobacken, und Leon unterdrückte das Bedürfnis, seine Hand zur Faust zu ballen.

Leon wählte eine Duschkabine in der Nähe der Tür, die meist leer blieb, da es dort zugig war und man leicht fror. Er konzentrierte sich auf den Gedanken *in zwei Jahren, wenn ich endlich rauskomme*. Nein, das war noch zu weit weg. Besser, *in zwei Tagen*. Übermorgen würde seine Mutter ihn besuchen. Vielleicht hatte sie dann das Geld bereits bekommen. Dieser kleine Hosenscheißer Thomas hatte den Auftrag, ihr zu sagen, es handle sich um Spielschulden, die einer aus der früheren Pokerrunde ihres

Großen endlich beglichen habe. Tom war ein pathologischer Lügner und würde diese Aufgabe mit Bravour meistern. Sie würde so glücklich sein. Man musste sie überzeugen, dass dieses Geld für sie war, um etwas Glanz in das Scheißleben zu bringen, das sie schon so lange führte, um ihrer Söhne willen auf sich genommen hatte. Um seinetwillen. Er würde es schaffen. Leon lächelte, und das lauwarme Wasser, das aus dem Duschkopf rann, wusch seine Tränen fort, spülte sie seinen Körper hinunter und bahnte ihnen den Weg zu dem Abfluss. Aber hinter den Abflüssen liegt das Meer. Und nur an das Meer durfte er denken.

Leon hörte, wie die Häftlinge nach und nach den Duschraum verließen. Nur ein paar hartnäckige Hygienefanatiker konnten kein Ende finden. Die gebieterische, bösartige Stimme Prestons rief:

»Raus, ihr Kätzchen. Ihr seid jetzt alle blitzsauber. Verschwindet!«

Große Aufregung. Die Stimme wiederholte:

»Ich habe gesagt, verschwindet! Wird's bald?!«

Niemand wagte zu widersprechen. Man widersprach Preston nicht. Sein Ruf stellte einen unzerstörbaren Schutzschild dar. Das Gleiche galt für Leon, da er nach ihrer letzten »Aussprache« in den Duschräumen einen königlichen Frieden erreicht hatte. Er war nicht mehr der ›Arsch, den man aufriss‹: Selbst Preston hatte das einsehen müssen.

Der dünne, gelbe Plastikvorhang, dessen unterer Rand sich durch die Feuchtigkeit in schimmliges Rosa verfärbt hatte, wurde zur Seite geschoben. Preston stand nackt und erregt vor ihm. Widerlich. Seine von dicken, dunklen Haaren überwucherten Fettpolster verdeckten seinen

Bauchnabel. Weißlicher mürber Speck. Leon lächelte, lächelte wirklich. Er murmelte:

»Nicht in der Dusche. Ich brauche Platz. Komm.«

Er streckte die Hand aus. Eine kindliche, weibliche Geste. Das fette, keuchende Schwein reichte ihm jedoch brav die seine und gurrte:

»Oh ... du gefällst mir schon die ganze Zeit. Oh, ich würde so gerne, ich würde so gerne ...«

Was?, dachte Leon. *Du würdest mich gerne in Streifen schneiden, mir das Fell abziehen und mich dann als Aschenbecher benutzen? Du würdest mich meine eigenen Finger fressen lassen? Das erzählt man alles von dir.*

Er drückte den dicken, schlaffen Körper sanft gegen den Rand eines Waschbeckens und kniete sich vor ihn.

»Ah, ja, leck mich, leck mich.«

Leon fuhr mit seiner Zunge über den steifen Schwanz, bevor er ihn in seinen Mund steckte. Preston krallte sich stöhnend an den Rand des Beckens. Noch ein paar Sekunden und er war nicht mehr zu einer schnellen Reaktion fähig. Leons biss mit aller Kraft in das verletzliche Geschlechtsteil, dann warf er sich nach hinten. Preston brüllte vor Schmerz.

Leon rief:

»Jetzt!«

Drei Typen preschten aus einer der anliegenden Duschkabinen und stürzten sich auf das vor Schmerz wimmernde Schwein. Sie zogen und schoben ihn brutal an der weiß gekachelten Wand entlang. Einer von ihnen, ein ehemaliges Püppchen von Preston – so hatte er die Typen genannt, die sich seinen rohen Annäherungsversuchen nicht entziehen konnten oder wollten – reichte Leon eine kurze, dreieckige, grifflose Klinge. Eine Spezialanfertigung, die nicht sehr scharf, aber großflächig war und deshalb qualvolle und tödliche Verletzungen hervorrufen konnte. Leonardo schob ein dickes Stück Seife in den Mund von Preston, um sein Schreien zu dämpfen. Er näherte sich seinem Ohr, leckte um es herum und murmelte:

»Jemand bezahlt mich dafür, dass ich dich umbringe, und das sollst du wissen. Es darf nicht zu schnell gehen. Dieser Jemand verlangt ein Stück Haut von dir als Erinnerung. Ich kenne ihn nicht, aber er ist mir durchaus sympathisch.«

Leon beugte sich über Prestons Körper. An seinem Bauch spürte er das warme Blut, das aus dessen Geschlechsteil spritzte. Der erste Stoß der Klinge zerriss den Darm. Der zweite traf die Leber. Leon wich leicht zurück. Der irre Blick von Preston stieß ihn ein wenig ab. Das Töten bereitete ihm kein Vergnügen. Aber es ängstigte ihn auch nicht. Diese Veranstaltung ließe sich noch Stunden in die Länge ziehen. Aber man musste sich schon die Taten Prestons in Erinnerung rufen, um dabei eine angenehme Genugtuung zu empfinden. Für Leon war Mord eine Selbstverteidigung oder Rache, kein Orgasmus. Er fand, dass sein Auftrag erfüllt war, und holte zum Todesstoß aus. In die Leiste.

Die drei anderen ließen den fetten blutenden Körper los, sodass er mit einem dumpfen Geräusch zu Boden sackte. Stumm warteten sie die letzten Zuckungen seiner Muskeln ab. Leon bückte sich und hob einen Hautfetzen an, um ihn herauszuschneiden. Dann faltete er die rosaschimmernde Haut zusammen. Er würde sie Thomas geben, der sie an ein Postfach schicken sollte. Zum Schluss hielt eines der ehemaligen Püppchen seinen Schwanz über die Leiche, urinierte darauf und murmelte:

»In Erinnerung an die zwei Besuche auf der Krankenstation, wo sie mich wieder zusammengeflickt haben.«

Die vier Männer wechselten einen ernsten Blick, als wollten sie ihren Pakt damit noch einmal besiegeln. Leon erklärte:

»Jeder erhält seine 5000 Dollar, sobald er rauskommt.«

Das Püppchen senkte seinen hübschen, dunkelhaarigen Kopf und stieß mit gepresster, tränenerstickter Stimme hervor:

»Verflucht, ich hätte sogar noch etwas draufgezahlt, um dabei zu sein.«

Nach dem Auffinden der Leiche Prestons würde es rasche und oberflächliche Ermittlungen geben. Um den Tod eines Häftlings wird kein Aufhebens gemacht, außer die Presse mischt sich in Ermangelung eines besseren Themas ein. Dieser Mord jedoch würde so manchen freuen, selbst unter den Wärtern.

Ein letzter Blick auf dieses ergreifende Bild. Lange rote Bahnen liefen das cremeweiße Steingut entlang. Ein gemächlicher, abschüssiger Weg, hier und da ein paar Windungen, als hätte das Blut einer eigenen Laune gehorcht.

Ein Wasserstrahl würde alles in Nichts auflösen.

21. Oktober, Grenze zwischen Boston und Quincy, Massachusetts

Ein wenig verwirrt legte Julia / Terry das Telefon weg. Eigentlich eher überrascht und irgendwie gerührt. Hugh. Hugh hatte an sie gedacht und sie angerufen, um ein wenig mit ihr zu plaudern. Und weil er sich mit ihr zum Abendessen treffen wollte, bevor er Massachusetts in Richtung Südwesten verließ. Sie hatte zugesagt, ohne viel nachzudenken. Wie lange war es her, dass jemand sie eingeladen hatte, einfach nur um ein paar Stunden mit ihr zusammenzusein? Natürlich eine Ewigkeit. Die Vorstellung, diesen sanften, warmherzigen Mann wiederzusehen, war so reizvoll, dass sie ihren Schlupfwinkel, der noch kurz zuvor derjenige von Hugh gewesen war, gerne verließ. Es schuf eine seltsame Verbundenheit, eine eigentümliche Vertrautheit, dass es der gleiche Ort war.

Julia schaltete den Fernseher ein. Eines dieser Starlets, mit dick geschminkten, Betroffenheit zur Schau tragenden Augen, interviewte einen gesetzt wirkenden jungen Mann. Beharrlich befragte das Starlet mit seinen malvenfarbenen Lidschatten den jungen Mann nach den erlittenen Diskriminierungen. Mit gefalteten Händen und tränenverhangenem Blick gestand er: Ja, sicher, er hatte darunter gelitten. Das Starlet drängte ihn, Einzelheiten seiner Ausgrenzung preiszugeben. Das einzige Beispiel, das er lieferte, verblüffte Julia. Seine Freundin, mit der er erst eine Woche zusammen war, hatte ihn vor die Tür gesetzt. Er hatte ihr allerdings noch nicht gesagt, dass er HIV-positiv war, sondern eine besorgte Freundin hatte die junge Frau gewarnt.

Ohne irgendeinen Zusammenhang herstellen zu wollen, ging die Reportage weiter.

Eine asiatische Frau irgendwo am anderen Ende der Welt, die von einem sehr diskreten Ehemann infiziert worden war. Ein fieberndes, ausgemergeltes, vom Tod gezeichnetes Gesicht. Ein röchelnder Husten, der ihr den Atem nahm. Sie musste einmal hübsch gewesen sein. Wie alt sie wohl war? Dreißig? Hundert? Jedenfalls gehörte sie zu jenem anschwellenden Heer leidender, sterbender Menschen.

Sie lag auf der Seite und sprach über ihren Tod wie über eine ferne Möglichkeit. Wie gelang es ihr noch, ihn zu ignorieren mit diesen vom Fieber glasigen Augen, diesem kleinen, sanft geschwungenen Mund. Ihr allzu magerer Brustkorb krümmte sich, um Luft zu bekommen. Selbst Julia war klar, dass ihr hier bereits der Tod vom Bildschirm entgegenblickte.

Die asiatische Frau war glücklich: Sie war endlich diesen furchtbaren Durchfall losgeworden, der sie so sehr erschöpft hatte. Im Krankenhaus hatte man ihr Tabletten gegeben. Wie einen Schatz hatte sie sie in einem kleinen Plastikbeutel nach Hause mitgenommen. Der niedergeschlagene, hilflose Arzt hatte sie hinausbegleitet und ihr ein Lächeln geschenkt, in der Hoffnung, es läge etwas Ermutigung darin.

Nachdem sich die abgezehrte Gestalt entfernt hatte, hatte er mit leiser Stimme in die Kamera gesagt, dass er ihr nichts anderes geben könne. Er habe nur Mittel gegen Durchfall. Keines von den Medikamenten, die der junge, wohlerzogene Mann bei uns, den Reichen, erhalten würde.

Und das Starlet kam ins Schleudern, weil eine junge Frau bei uns nicht wie jene Frau in der Ferne hatte enden wollen, die nun wie ein Fötus auf einer Decke kauerte und ihren Reisbrei erbrach, weil sie keine Luft mehr bekam. Die Freundin des jungen Mannes war der Ansicht, dass die Liebe sich vor allem durch die Sorgfalt im Verhältnis zum Partner auszeichnet. Und sie war schuldig geworden, weil sie sich weigerte, Opfer zu sein.

Für das Starlet mit seinen malvenfarbenen Lidschatten bedeutete das Diskriminierung.

Julias Wut verschwand ganz plötzlich und eine unbestimmte Trauer ergriff sie.

Seltsam ... Immer wieder sind es die Opfer, auch die Opfer anderer Opfer, die gezwungen sind, sich zu rechtfertigen, Erklärungen abzugeben. Auf ihnen lastet der unausgesprochene, schwerwiegende Verdacht, dass man nicht unschuldig zum Opfer wird. Als seien Missgeschick und Unglück eine gerechte Buße. Als sei man auf eine verwirrende Weise schuldig geworden, weil man bisher verschont geblieben war. Als sei man nicht zufällig zum Opfer geworden.

Seltsam ... Was treibt so viele junge Menschen, vor allem Mädchen dazu, nicht dem Schutz des eigenen Lebens einen absoluten Vorrang einzuräumen? Die Angst vor Zurückweisung? Die Angst, nicht (mehr) begehrenswert oder liebenswert zu sein?

Du liebst mich, also willst du nur das Beste für mich, du willst das Leben für mich.

Seltsam? Nicht wirklich. Vielmehr vertraut: War es nicht mit ihr und Cordell das Gleiche gewesen?

Julia kämpfte gegen den aufsteigenden Schmerz, der sich mit siegessicherer Beharrlichkeit in ihrem Kopf ausbreitete. Sie zappte sich durch die Programme und blieb bei einem Informationssender hängen. Leider war das Magazin von Stephany Mayor bereits fast zu Ende. Diese etwa vierzigjährige Frau war nicht nur eine elegante Moderatorin, sie besaß auch Konsequenz und Scharfsinn ohne je in Bitterkeit zu verfallen. Sie hatte Rückgrat und war intelligent. Niemals griff sie zu billigen Pointen, um sich selbst ins Rampenlicht zu rücken, niemals setzte sie eine Leidensmiene auf, wenn sie über Grausamkeiten berichtete, denen keine Mimik gerecht werden konnte. Mayor bevorzugte die sachliche Analyse gegenüber solchen äußerlichen Bekundungen von Menschenfreundlichkeit. Wahrscheinlich würde sie deshalb niemals ein unersetzlicher Bildschirmstar werden.

Der Schmerz gab sich noch nicht zufrieden. Die Fernbedienung entglitt Julias Händen. Ihr Zwerchfell war so verkrampft, dass sie kaum atmen konnte. Sie rang nach Luft und kämpfte gegen die Beklemmung an. Vergeblich. Das so lange zurückgehaltende Meer von Tränen brach los, riss sie mit sich, und sie ließ sich treiben.

Das krampfhafte, tagelang unterdrückte Schluchzen war so heftig, dass sie zwischen dem Sofa und dem Tisch auf die Knie rutschte.

Julia ließ dem Kloß aus Schmerz und Wut, der ihr die Kehle zuschnürte, freien Lauf, und ihre Brust erbebte unter dem Ansturm der Gefühle. Wie viel Zeit würde ihr noch bleiben? Sie hatte nicht die geringste Ahnung. Egal. Irgendwann beruhigte sich ihr Atmen. Ihre Kopfschmerzen wurden stärker und spülten alle anderen Gefühle hinweg. Unfähig, sich aufzurichten, kauerte sie eingeklemmt zwischen den beiden Möbelstücken auf den Knien und ließ sich auf den blanken Zementboden des Ateliers gleiten.

Ich hasse dich, Cordell. Ich hasse dich so sehr. Du hast mich angesteckt mit deinem Gefallen am Leben, du hast mich angesteckt mit dem Gefallen an mir selbst. Du hast mir das Gefühl gegeben, dass ich wichtig bin, und damit hast du mir jede Fähigkeit geraubt, eine Lösung zu finden.

Warum? Sag mir, warum? Weil du so später eine Frau umbringen kannst, die es wirklich gab? Du wolltest kein Gespenst ermorden, keiner lebenden Parodie die Kehle durchschneiden? Das wäre weitaus weniger befriedigend gewesen, nicht wahr? Man kann sich nur die Dinge zu Eigen machen und zerstören, die es wirklich gibt – und wenn man sie selbst erschaffen muss.

22. Oktober, Militärbasis von Quantico

Dougray Doyle legte den Telefonhörer auf, als Esperanza Lorca an die angelehnte Tür seines Büros klopfte.

»Kann ich hereinkommen, Sir?«

»Bitte. Ich habe gerade mit Susan gesprochen. Sie platzt vor Ungeduld, weil sie noch immer auf die Ergebnisse des DNA-Vergleichs aus der Abteilung für Insektenkunde des Smithsonian wartet.«

Diese Neuigkeit versetzte Lorca einen Stich. Warum rief Susan nicht sie an? Sie hatten doch seit Anfang dieser Untersuchung zusammengearbeitet und gemeinsam dieses kleine, braune Ding auf dem Klebeband entdeckt, das Pamela Kells den Mund verschloss. Sie erschrak selbst über diese kleinliche Reaktion. Was, fing sie jetzt auch noch mit solchen Eifersüchteleien an? Komm mir bloß nicht ins Gehege! Schien ihr ein derartiges Konkurrenzdenken gegenüber Kroeger und vor allem Baghurst durchaus angebracht, ja sogar hilfreich, so war es bei Doyle einfach nur dumm. Er war ihr Vorgesetzter, und ihm ging es einzig und allein darum, Charly so schnell wie möglich unschädlich zu machen. Doyle gehörte weiß Gott nicht zu den Leuten, die sich auf Kosten ihrer

Mitarbeiter profilieren wollen. Sie beruhigte sich wieder.

»Weiß Susan etwas Neues?«

»Nicht wirklich. Das Problem ist eben deshalb so schwierig, weil wir nichts über die Herkunft dieses genetischen Materials wissen. Erschwerend kommt noch hinzu, dass sich zwei, wenn ich es richtig verstanden habe, sehr unterschiedliche DNA miteinander gemischt haben.«

»Sieht das Smithsonian eine Chance, das Geheimnis zu lüften?«

»Wenn es ihnen nicht gelingt, haben wir nichts mehr in der Hand«, entfuhr es Doyle.

»Und was ist mit Kroeger?«

»Was, mit Nina?«

»Haben Sie mir ihr gesprochen? Warum hat sie im Büro von Baghurst herumgeschnüffelt? Sie haben mir versprochen, dass ...«

Er unterbrach sie gereizt:

»Ich habe Ihnen gesagt, dass ich ihr ein paar Fragen stellen werde, und das habe ich getan. Sie sind ja paranoid, Lorca. Ihre Verdächtigungen grenzen ans Lächerliche.«

Bissig erwiderte sie:

»Paranoia ist bei uns ein Berufsrisiko.«

»Das erinnert mich sehr an die Geschichte von der Henne und dem Ei. Wird man nun zum Super-Bullen, weil man paranoid ist, oder wird man paranoid, weil man ein Super-Bulle ist? Ich bin mir da nicht sicher.«

»Der Begriff ›paranoid‹ zählt zu den wahllos verwendeten und deshalb völlig beliebig gewordenen Begriffen. Ich bin nicht paranoid, ich bin einfach nur misstrauisch, und bis jetzt konnte ich mich dazu eigentlich nur beglückwünschen.«

»Wenn Sie das sagen!«

Der persönliche Seitenhieb war so deutlich, dass Lorca den Blick senkte. Doyle räusperte sich und fuhr mit ungewöhnlicher Hast fort:

»Um auf Nina zurückzukommen, sie wirkte sehr überrascht, dass ich mich über ihre Nachforschungen im Büro eines Kollegen wundere. Sie suchte wirklich die Akte, in der Michael die Morde von Charly aufgelistet hat. Das Ganze schien sie etwas zu irritieren.«

»Warum?«

»Sie glaubt vermutlich, wir arbeiten nach dem Motto ›Ich verstecke alles in meinen Schubladen‹ und ›Wehe, du kopierst etwas von mir, dann petze ich es dem Chef‹.«

Espy spottete:

»Wo in der ATF doch eine so fröhliche Kumpanei herrscht. Alle arbeiten einträchtig zusammen.«

»So weit würde ich nicht gehen. Überall, wo konzentriert gearbeitet wird, kommt es zu Überschreitungen von gewissen Grenzen. Das liegt in unseren Genen. Und es muss sich ja nicht schädlich auf die Ermittlungen auswirken«

Höhnisch entgegenete sie:

»Geben Sie mir eine Stunde, und ich liefere Ihnen ziemlich ärgerliche Beispiele für üble Folgen von gegenseitigem Ausspionieren, ob nun hier oder in der ATF, bei der CIA oder gar bei der NASA. Um wie viel wetten wir?«

Er lachte zum ersten Mal seit Tagen, zumindest in ihrer Gegenwart, und gab zu:

»Nein, da werde ich verlieren. Der Mensch ist und

bleibt ein Mensch, nicht wahr? Damit müssen wir klarkommen.«

Sein kurzes Lachen erleichterte sie ein wenig. Es schien ihr ein winziger Beweis, dass er sich in ihrer Gegenwart noch wohl fühlen konnte. Sie lenkte ein:

»Also ist Nina Ihrer Meinung nach in Ordnung?«

»Ja, wirklich.«

»Gut, damit haben wir immerhin ein Problem weniger.«

Espy erhob sich langsam, in der Hoffnung, er würde sie zurückhalten. Da klingelte das Telefon.

»Doyle am Apparat ... Was? Warten Sie ... Können Sie das noch einmal wiederholen?«

Er sah sie an und bedeutete ihr mit einer kurzen Handbewegung sich wieder zu setzen.

»Ach, Scheiße. Josh, Josh ... beruhigen Sie sich. Ich komme mit einem meiner Mitarbeiter. Ich weiß nicht. In ... etwa drei Stunden, höchstens vier.«

Dougray Doyle legte auf. Doch seine Finger krallten sich so fest um den Hörer, dass die Knöchel weiß wurden. Esperanza sagte mit tonloser Stimme:

»In Farm Heights wurde noch eine Frau umgebracht, und es war nicht Charly, stimmt das?«

Er nickte und murmelte:

»Eine gewisse Marjorie Ryan, 47 Jahre alt. Packen Sie ein paar Sachen zusammen ... Vielleicht müssen Sie die Nacht dort verbringen. Ich werde versuchen, die Studentin zu erreichen, die sich um Liam kümmert. Aber wenn sie keine Zeit hat, weiß ich nicht, ob ich mit Ihnen dort bleiben kann.« Er verstummte schuldbewusst. »Tut mir Leid, Lorca, aber ich kann ihn nicht eine ganze Nacht allein lassen, gerade jetzt. Nicht, dass er Angst hätte, aber es ließe mir keine Ruhe.«

Sie trat zu ihm und versicherte ihm sanft:

»Das macht nichts. Im Gegenteil, es ist besser so: Wenn ich wüsste, dass er allein in dem großen Haus ist, hätte ich um euch beide Angst.«

22. Oktober, Farm Heights, Virginia

Die Fahrt war gut verlaufen, nicht zuletzt dank dem entschlossenen Fahrstil von Lorca, die sich schweigend über alle Geschwindigkeitsbegrenzungen hinweggesetzt hatte. Außerdem hatte sich Michael Baghurst diesmal nicht beschwert, dass er von den Ermittlungen ausgeschlossen würde. Dougray Doyle hatte erwartet, dass es deshalb wieder zu einer Grundsatzdebatte mit seinem Mitarbeiter käme, aber Baghurst sah offenbar ein, dass er in der Militärbasis nützliche Dienste leisten konnte.

Auf der Hauptstraße des hübschen Städtchens herrschte trotz der Hauptverkehrszeit eine gähnende Leere. Dort, wo sich normalerweise die Einwohner begegneten, verabredeten und miteinander ins Gespräch kamen, war niemand zu sehen. Eine Stadt unter dem Schock des Bösen, des Bösen unter ihnen.

Gefolgt von Lorca eilte Doyle die Treppe hinauf, die zu dem Büro des Sheriffs führte. Der Fertigbau mit den grellbunten Geranien an den Fenstern wirkte eher wie ein Festsaal als wie eine Polizeistation.

Die Erscheinung von Josh Fondale passte zu seiner Stimme: Ein großer, vierschrötiger Typ. Nicht gerade von begnadeter Intelligenz, aber doch feinfühlig genug, um zu begreifen, dass die blutigen Ereignisse in seiner Stadt ihn überforderten. Seine stockende Redeweise und die verstörten Blicke, die er immer wieder seinem Mitarbeiter Wayne Hampton zuwarf, verrieten Doyle und Lorca, dass der Mann Angst hatte. Die Angst jener Menschen, die zwar einen Straffälligen ohne mit der Wimper zu zucken niederschlagen oder einen gezielten Bauchschuss in Kauf nehmen können, die sich aber durch ein solches sadistisches Gemetzel in ein Universum getrieben fühlen, das sie nur aus dem Fernsehen kennen und auch dorthin verbannt wissen wollen.

Fondale sah auf seine dicken schwarzen Stiefel hinunter und nickte.

»Ja, genau die gleiche Vorgehensweise wie bei Rita ... zumindest auf den ersten Blick, wenn ich das so sagen darf. Der Leichenwagen wird sie heute Abend ins hiesige Leichenschauhaus bringen, aber ich dachte, dass Sie sie wahrscheinlich vorher sehen wollen. Verflucht, ich kann es einfach nicht fassen!«

Doyle fragte möglichst behutsam:

»Ist sie hier?«

»Nein. Es ist ziemlich unangenehm. Wir haben zwei Kühlräume der Schulkantine auf der anderen Seite der Main Street ausgeräumt. Eine andere Möglichkeit gab es nicht.« Er fügte hastig hinzu: »Natürlich werden wir sie desinfizieren, bevor dort wieder Essen zubereitet wird. Waynes Frau ist Krankenschwester und hat uns gesagt, dass wir Marjorie nicht so lange hier liegen lassen können. Nicht war, Wayne?«

»Ja. So wie sie zugerichtet ist, die Ärmste. Meine Frau sagt, dass sie unter solchen Bedingungen sehr schnell verwesen würde, was die Arbeit des Gerichtsmediziners erschweren könnte.«

Doyle pflichtete ihnen mit seltsam gepresster Stimme bei:

»Sie haben völlig richtig gehandelt. Und wenn alles desinfiziert wird …«

Wayne Hampton wirkte erleichtert. Er holte weiter aus:

»Zuerst haben wir an eine der großen Kühltruhen von *Stanley's Catering* gedacht. Das ist ein großer Händler, der die ganze Region beliefert, aber seine Frau war nicht einverstanden.«

Lorca senkte den Blick, um nicht Dougray Doyle anblicken zu müssen, der bestimmt ebenfalls wie sie gegen einen nervösen Lachanfall ankämpfte. Sie zwang sich, daran zu denken, dass auf der anderen Straßenseite die sterblichen Überreste einer Frau auf sie warteten.

Wie oft hatten sie schon solche Krisen durchlebt, in denen man sich zwischen Tränen und hysterischem Gelächter hin- und hergerissen fühlt. Nichts um einen herum macht noch Sinn, wenn das Absurde und Ungeheuerliche zur Norm zu werden scheint. Auch diese Erfahrung, die bei Außenstehenden nur Unverständnis wecken konnte, verband sie miteinander.

Noch immer den Blick ihres Vorgesetzten meidend, fragte Espy:

»Könnten wir die Leiche sehen?«

Die große, weiß gekachelte Küche war mit allen möglichen Küchengeräten voll gestopft. Die warmen Essensdüfte hingen noch in der Luft und verbreiteten eine heimelige Atmosphäre. Die beiden Kühlräume lagen gegenüber der Flügeltür.

Der schmächtige Körper von Marjorie Ryan war mit sadistischer Grausamkeit misshandelt und gequält worden.

Fondale stieß hervor:

»Ein Tier, ein richtiges Tier!«

Mit ruhiger Stimme stellte Doyle richtig:

»Nein, gerade nicht. Nur Menschen sind zu so etwas fähig.«

Lorca bemerkte, wie sich das Gesicht von Wayne Hampton langsam aschfahl färbte und seine Wangen hohl wurden durch die Anstrengung, den Speichel samt der aufsteigenden Flüssigkeit hinunterzuwürgen. Sie nahm seinen flehenden Blick auf und gab ihm mit einer Kopfbewegung zu verstehen, dass er die große gekachelte Küche verlassen konnte.

Marjorie war niedergeschlagen und aufgeschlitzt worden, bevor man ihr die Kehle durchgeschnitten hatte.

Dougray Doyle murmelte wie zu sich selbst:

»Man kann davon ausgehen, dass das gerichtsmedizinische Gutachten sich mit demjenigen von Rita Puig decken wird. Wir können wieder hinausgehen.«

Der Abend versprach mild und friedlich zu werden. Aus den höchsten Wipfeln der Lebensbaumhecke, die den kleinen Hof der Kantine einfasste, hielt ihnen eine fette Drossel einen zänkischen Monolog. Josh Fondale fragte zögernd:

»Fahren Sie heute noch zurück?«

»Ja. Wir haben das Wesentliche gesehen.«

»Äh … ich würde gerne ein Bier mit Ihnen trinken. Bei Sam.«

Er wies auf die Bar. »Natürlich nur, wenn es Sie nicht allzu sehr aufhält.«

Doyle begriff, dass Fondale nicht allein mit dem auf seiner Netzhaut eingebrannten Bild von Marjorie zurückbleiben wollte und auch keine Lust hatte, auf Wayne zu treffen, der sich wohl gerade in irgendeinem Winkel übergeben hatte. So nahm er die Einladung an.

Man musste den übermächtigen Eindruck dieser letzten Minuten verdrängen und den Opfern ihr Gesicht und ihren Körper wiedergeben. Esperanza Lorca y Fernandez kannte das sehr gut, denn sie hatte diese Erfahrung schon oft gemacht. Also lenkte sie Fondales Erinnerungen an Marjorie auf die Zeit vor der Tat:

»Was für ein Mensch war Marjorie Ryan?«

»Sie war eine anständige Frau. Verheiratet war sie nicht, aber das war nicht ihre Schuld. In ihrer Jugend war sie recht hübsch. Aber sie hat ihre Eltern bis zu deren Tod gepflegt. Vor allem den Vater. Er war am Schluss furchtbar unleidlich und grantig. Er hinterließ überall in der Wohnung seinen Dreck, nur um sie zu ärgern. Jetzt kann ich es ja sagen. Und trotzdem hat sie immer gelächelt und sich nie beklagt. Er hat ganz schön lange durchgehalten, der Alte. Nein, sie war eine anständige Frau, das sage ich Ihnen. Ein wenig frömmlerisch, aber nicht so, dass sie über andere hergezogen wäre. Sie half dem Pfarrer und las mit den Kindern in der Bibel.«

»Hatte sie einen Beruf?«

»Nein. Geld hatte sie genug. So hat der Alte ihr wenigstens nicht alles im Leben verdorben.«

»Glauben Sie, dass Marjorie Rita Puig kannte?«

»Nun, so wie in einer kleinen Stadt jeder jeden kennt. Aber sie verkehrten nicht miteinander, wenn Sie das meinen. Marjorie zählte zu den angesehenen Bürgern der Stadt. Sie war zwar nicht hochnäsig, aber ...«

Sie verbrachten fast eine Stunde mit dem Sheriff, halfen ihm dabei, sich auf sein Leben und seine Stadt zurückzubesinnen. Als Dougray und Espy sich vom Tisch erhoben, seufzte er schwer und bedankte sich:

»Es hat mir gut getan, ein wenig mit Ihnen zu reden. Ich begleite Sie noch zu Ihrem Wagen.«

Er hielt Doyle am Arm zurück, als dieser an der Bar bezahlen wollte.

»Das geht auf Sams Rechnung. Im Gegenzug drücke ich beide Augen zu, wenn er seinen Lieferwagen vor dem Hydranten parkt, um abzuladen. Aber Vorsicht, mit mir ist nicht zu spaßen! Sobald er fertig ist, muss er ihn wegfahren. Wir sind hier schließlich nicht im Wilden Westen!«

Josh Fondale beugte sich ins Autofenster, als Dougray bereits den Autoschlüssel herumdrehte.

»Es wird weitergehen, nicht wahr?«

»Wir werden unser Möglichstes tun, aber warnen Sie die Frauen und auch die Jugendlichen, Mädchen und Jungen. Wir wissen noch nicht, was für ein Irrer sich hier in der Gegend herumtreibt. Ich kann Ihnen lediglich sagen, dass es ein Weißer ist. Der erste Autopsiebericht bestätigt das. Und bei achtzig Prozent solcher Verbrechen haben Täter und Opfer die gleiche Hautfarbe. Es ist ein Weißer, der weiße Frauen meuchelt.«

Die Nacht vom 22. auf den 23. Oktober, Smithsonian Institute, Washington DC

William Nutt stöhnte auf, als er vom Flur her das herzliche ›Guten Abend‹ von Mark vernahm, einem ihrer Doktoranden. Er brummelte vor sich hin:

»Schert euch doch alle zum Teufel. Alle!«

Jeden Abend sehnte er diesen Augenblick herbei: dass sie alle verschwanden und ihn endlich in Ruhe ließen. Allein. Allein in *seinen* Laborräumen, mit *seinen* Archiven und *seinen* Computern. Endlich kamen die beißenden Gerüche von Formaldehyd oder Glykoläther zu ihrem vollen Recht. Endlich konnte er mit Besitzerstolz vor den Schaukästen der Insektensammlungen auf- und abgehen, die im Hauptgang ausgestellt waren. Ganz wie es ihm beliebte. Endlich konnte er zum tausendsten Male diese Pracht bestaunen, die niemand so zu schätzen wusste wie er. Da war dieser große, gelb-schwarze Schwalbenschwanz, auf dessen Flügelpaar zwei flammend rote Flecken prangten. Endlich konnte er die Haube abnehmen, die ihm den ganzen Tag über die Ohren platt drückte. Nachdem er die gepanzerte Tür der Abteilung verschlossen hatte, drehte er die Musik auf.

Für ihn allein erklangen die kraftvollen Klänge von *Chiquitita*:

In your eyes, there is no hope for tomorrow … Chiquitita, you were always so sure of yourself …

William Nutt wusste, dass die meisten seiner Kollegen sich gerne über ihn lustig machten. Allerdings ohne Bosheit. Er lieferte ihnen den Gesprächsstoff, der ihnen sonst so oft fehlte. Das war ihm vollkommen gleichgültig. Dagegen ärgerte es ihn immer wieder, dass sie mit großer Beharrlichkeit SEINE Zeit in Anspruch nahmen, sich in SEIN Reich drängten. Nein, er wollte nicht mit ihnen gemeinsam zum Mittagessen gehen. Nein, er wollte sich nicht mit ihnen unterhalten, auch nicht über das Wetter. Ja, er wollte in Frieden gelassen werden. In der Tat waren die beiden einzigen Dinge, die ihn interessierten, die Bestimmung der Arten und ABBA. Und sonst? Es gab doch nichts Schwachsinnigeres, als sich den Hintern vor den immer gleichen, drögen Sitcoms platt zu sitzen oder blond gesträhnten oder schwarzhaarigen Klonen zu lauschen, die mit den einzigen fünf Tönen, die sie beherrschten, ein *ad libitum*-Gejaule veranstalteten, noch dazu vor dem passend dümmlichen Dekor: Einem Glamour-Appartement oder dem Schwimmbad eines kalifornischen Landhauses.

Letztlich fühlte er sich nur in der Gesellschaft von Professor Morehouse wohl. Nicht etwa, dass sie viel miteinander gemeinsam hatten. Aber Morehouse war intelligent. Die Arbeit von William war seinem Bekanntheitsgrad förderlich, und das Verhalten seines Assistenten kümmerte ihn so lange nicht, wie dieser höflich blieb und seine Marotten nicht das Betriebsklima schädigten. Es war eine gute Verbindung, die etwas von einer Vernunftehe hatte, bei der jeder weiß, was er einbringt und was er gewinnt.

Nach seinem Spaziergang auf dem dämmerigen Flur

begab sich William Nutt in den Personalraum, wo er sein Abendessen aus dem kleinen Kühlschrank hervorzog. Washington ist eine sehr teure Stadt. Es war ratsam, sich seine Mahlzeiten von zu Hause mitzubringen. Außerdem fand William kein Restaurant in der Umgebung wirklich vertrauenswürdig. Erschwerend kam hinzu, dass er fast ausschließlich Milchprodukte, Obst und Gemüse aß.

Er bereitete sich einen Teller mit Getreideflocken, die er in Milch und Joghurt tränkte und mit Mandarinen- und Bananenscheiben garnierte. Bis auf ein paar Variationen bei den Früchten verzehrte er seit Jahren das gleiche Abendessen. Aber das machte ihm nichts aus. Man muss Essen und Trinken sehr lieben, um der Wiederholungen überdrüssig zu werden. Die Ernährung zählte zu den leidigen Notwendigkeiten, an die William so wenig Gedanken wie möglich verschwenden wollte. Nun konzentrierte er sich auf das, was ihn seit dem Besuch von Frau Doktor Susan Wuang Tong in Atem hielt, aber wegen des ständigen Lärms der anderen im Labor auf den Abend hatte verschoben werden müssen: Seiten um Seiten mit DNA-Sequenzen. Er aß seinen Teller leer und leckte ihn sorgfältig ab, um ihn ohne Spülvorgang wieder in sein Regal räumen zu können.

Sie war hübsch, diese Frau Doktor Susan Wuang Tong. Ganz schön selbstsicher, was ihr Wissen und ihre fachliche Autorität anging, ein richtiger ›Forscher‹ eben, aber kompetent und hübsch. Sie erinnerte ihn an den *Lycaena dispar*, den Ampfer-Feuerfalter, auf dessen kupferfarbenen Flügeln sich doch noch ein oder zwei winzige schwarze Flecken verbargen. Einmal hatte er einen solchen Schmetterling entkommen lassen. Er war zu schön, um aufgespießt und auf eine Korkplatte genagelt zu werden. In seinen Augen glich Susan Wuang Tong diesem seltenen Schmetterling, bei dem man hartnäckig nach einem Makel sucht.

Dass die junge Frau ihm nicht aus dem Kopf ging, ärgerte ihn. Sie interessierte ihn nicht über Gebühr, sondern nur, weil sie ihnen ein zu lösendes Rätsel vorgelegt hatte. Kein leises Begehren? Nein, das Geschlechtliche war nur eine Zeitverschwendung … die manchmal natürlich sein musste. William zog es vor, auf Professionelle zurückzugreifen. Das sparte Zeit und unnütze Worte. Man bezahlt und erklärt, was man möchte. Verführen, überzeugen oder gefallen wollen gehört nicht zum Geschäft.

Er ging in sein Büro zurück. Die Ungeduld war seit dem Morgen nicht von ihm gewichen. Wenn es nun eine neue Art wäre? Wenn er, William Nutt, sie zum ersten Mal beschreiben würde? Der Familienname würde dem Tier von offizieller Seite zugesprochen, aber Nutt würde der Art den Namen geben. So wird im Allgemeinen verfahren. Der Fortbestand seines Eigennamens bedeutete ihm wenig, und er würde das Tierchen wohl kaum Nuttii taufen lassen, sondern *Lyngstadii* – und es damit der dunkelhaarigen Frida widmen, deren Bild ihn tagsüber und auch nachts nicht losließ. Manchmal verfolgte sie ihn gar bis in seine Träume.

Er war nicht aufgeregt und hatte es nicht eilig. Die Welt, deren Geschäftigkeit ihm tagsüber so zusetzte, fand während der nächtlichen Abgeschiedenheit zu ihrer Ruhe zurück, und er genoss es, nur von seiner Arbeit und seiner Musik umgeben zu sein. Die Morgendämmerung überraschte ihn genausowenig wie sie ihn entmutigte.

Dann fielen die anderen wieder ein. Es war acht Uhr, und jemand klopfte an die verschlossene Türe. Dabei war er gerade auf eine erste Spur gestoßen.

Er stand auf und stellte die Musik leiser, bevor er öffnete. Es war Kay, die Sekretärin von Morehouse, die ihn mit strenger Miene musterte.

»Endlich, William. Ich stehe hier schon seit fünf Minuten herum!«

»Tut mir Leid, ich habe Sie nicht gehört, Kay.«

»Das wundert mich nicht. Dieser Lärm macht einen ja vollkommen taub!«

Er ging auf den Begriff ›Lärm‹ nicht weiter ein. Was wusste sie denn schon, diese dicke Pute, die so schlecht geschminkt war und mit ihrem billigen Parfum die Luft verpestete? Er schwebte seit ein paar Stunden in anderen Gefilden, und die euphorische Spannung seiner Entdeckung ließ ihn noch zerstreuter wirken als sonst.

Als er kaum eine halbe Stunde später aus seinem Büro taumelte, stellte der Professor fest:

»Aha, mein lieber William ist zerzaust wie eine Qualle, also hat er etwas herausgefunden.«

Nutt stellte richtig:

»Noch nicht … aber ich bin auf dem Weg.«

Edward Morehouse setzte an:

»Nun, und …?«

»Ich habe eine Bitte.«

»Und welche?«

»Ich halte es für angemessen, dass meine bisherige, gegenwärtige und zukünftige Arbeit damit belohnt wird, dass ich diese Art, falls sie noch unbekannt ist, benennen darf.«

Morehouse zögerte nur ein paar Sekunden. Schließlich verdankte er William bereits ein paar sehr schöne Entdeckungen. Er wollte ihn auf keinen Fall verlieren:

»Einverstanden. Sie soll also *Nuttii* heißen?«

»Nein. Das klingt doch schwachsinnig.«

»Ah, ich verstehe … *Fridaii*?«

»Nein, *Lyngstadii*. Es gibt so viele Fridas in der Welt, aber nur eine Anni-Frid Lyngstad.«

Die leise Verstimmung, die Morehouse gepackt hatte, als sein Mitarbeiter seine Bitte äußerte, verschwand wieder. Er lächelte.

»Das ist wahre Leidenschaft … Zu schön und zu selten, als dass ein Mann von gutem Geschmack da nicht nachgibt. *Lyngstadii* – so soll sie heißen. Nun?«

»Nun, Professor, es handelt sich ohne jeden Zweifel um einen Schmetterling. Aber Vorsicht, ich spreche nur von der Haupt-DNA. Die andere passt zu keiner, die ich kenne.«

»Gut … und welche Familie? Warten Sie, lassen Sie mich raten: *Saturdinae?* Nein?«

William kannte dieses kleine Spiel, dessen sein Vorgesetzter nie überdrüssig wurde. Er fügte sich darein und schüttelte bei jedem neuen, falschen Vorschlag den Kopf. Morehouse gab noch nicht auf:

»Ach, jetzt habe ich es aber, *Cossidae*. Auch nicht? Dann *Eupterotidae*. Das wäre doch wirklich hübsch.«

Die unbewegte Miene von William entmutigte ihn schließlich.

»Gut, ich gebe auf.«

»Er gehört zu den *Shingidae*.«

»Aha, nicht schlecht«, erwiderte Edward Morehouse. »Wirklich, bravo, William. Sie sind heute Nacht wieder einmal über sich selbst hinausgewachsen! Ausgezeichnete Arbeit. Ich nehme an …«

Nutt unterbrach ihn und meinte in vertraulichem Ton:

»Ja, Herr Professor, es ist noch viel zu früh für den Namen der Art.«

»Susan wird überglücklich sein. Wollen Sie sie selbst anrufen, William?«

Dieser wandte sich wieder seinem Bildschirm zu und verneinte mit einer abwehrenden Bewegung seiner mageren Hand. Morehouse erwiderte darauf:

»Nun gut, dann übernehme ich das.«

Susan tat sich schwer, die Begeisterung von Morehouse zu teilen, als er ihr Williams Entdeckung darlegte. Es überkam sie die boshafte Lust nachzufragen:

»Also ist unser Ding ein Teil eines Schmetterlings aus der Familie der *Sphingidae*. Ist das so richtig?«

»In der Tat, der großen Familie der Schwärmer und der verwandten Schmetterlinge. Wie der berühmte Totenkopfschwärmer.«

»Und in welcher Umgebung kommt der vor?«

»In vielen. Wir wissen nun, dass es sich um einen Spanner, also einen Nachtfalter handelt. Aber zu dieser Familie gehört eine Vielzahl von Arten.«

»Und unser Ding?«

»Wir arbeiten daran. Aber die Aufgabe ist knifflig, daher wird es noch eine ganze Weile dauern. Was die andere DNA betrifft, so haben wir keinerlei Ahnung, woher sie stammen könnte.«

»Es handelt sich also nicht um ein Insekt, ich meine, um eines von Ihren Viechern?«

»Dieser Schluss wäre falsch. Das genetische Material

kann von einem solchen Viech, wie Sie sagen, stammen, aber wir haben es vielleicht noch nicht bestimmt, und es gibt eine ganze Menge davon.«

Es kostete Susan Mühe, nicht in Mutlosigkeit zu versinken. Jetzt durfte sie der Glaube an die Wissenschaft nicht im Stich lassen. Denn hinter der Entmutigung lauerte jene Angst, die ihr Espy einmal in ihrer ganzen zerstörerischen Kraft ausgemalt hatte. Die Angst vor dem Scheitern, die dann ausbricht, wenn es um mehr geht als die Verletzung persönlicher Eitelkeit: um den Tod eines anderen Menschen, einen grausamen, widernatürlichen Tod. Sie atmete tief durch, um ihre Stimme in den Griff zu bekommen, und beharrte:

»Aber Sie werden doch zu einer Identifzierung kommen, oder? Ist es nun eine Angelegenheit von Stunden, Tagen oder Monaten? Und was mache ich mit der anderen DNA?«

»Die Angelegenheit ist wirklich sehr wichtig für Sie, nicht wahr?«

»Ja, sehr. Ich bin selbst überrascht. Eigentlich dürfte ich bei solchen Ermittlungen keinen Gedanken an die menschliche Seite verschwenden. Dafür habe ich einfach keine Nerven. Aber diesmal ist es bereits zu spät, und jetzt muss ich es bis zum bitteren Ende durchstehen. Ich sehe sie ständig vor mir, diese Pamela Kells, ihre so schönen blauen Augen.«

Zögernd erwiderte Edward Morehouse:

»Mir geht es genau wie Ihnen, Susan ... Ein riesiger Berg Arbeit liegt vor mir, das Budget wird immer kleiner, und ich habe nicht genug Personal. William wäre entzückt, wenn ich ihn ganz und gar für die Lösung dieses Rätsels abstellen könnte. Sein Traum ist es, eine neue

Art auf den Namen seiner angebeteten Diva zu taufen. Sie wissen schon, diese dunkelhaarige junge Frau von der Gruppe ABBA. Auf der anderen Seite würden mir dadurch wichtige Arbeitsstunden verloren gehen, die ich nur schwerlich entbehren kann. Schließlich müssen die Studenten betreut werden, und dann sind da auch noch die Evaluationen und die Arbeit an wichtigen Veröffentlichungen.«

»Oh, ich kenne das alles sehr gut.«

»Ich komme mir vor wie ein schmutziger kleiner Gauner, aber könnte das FBI uns nicht im Gegenzug etwas zur Hand gehen?«

»Ich kann mich erkundigen, aber ich habe meine Zweifel. Solche Gegenleistungen werden mit Argusaugen überwacht. Es gab allzu viel Missbrauch in der Vergangenheit.«

Susan überlegte fieberhaft. Der Vorstoß von Morehouse schockierte sie keineswegs. An diesem Punkt waren alle gleich, denn allen fehlte das Geld. Sie jonglierten mit den Austauschstudenten, den Praktikanten und den Doktoranden, um den Personalmangel wettzumachen. Endlich fiel ihr etwas ein:

»Letztes Jahr habe ich etwas Geld von meinem Budget übrig behalten. Im Labor bin ich der schlimmste Geizhals. Ganz anders als bei meinem persönlichen Bankkonto, das unglücklicherweise meist überzogen ist. Aber bevor man mir mein Budget kürzt, habe ich ein hochmodernes Spektralfotometer gekauft. Für etwas mehr als 60.000 Dollar. Das kann ich Ihnen anbieten.«

»Klingt gut. Ja, das könnte mir gefallen. Wie können wir diesen Handel verwaltungstechnisch abwickeln?«

»Ich setze eine Erklärung auf, dass ich Ihnen den Apparat leihe, werde ihn aber niemals zurückverlangen. Wenn ich ihn tatsächlich brauche, benutze ich ihn bei Ihnen.«

»Das versteht sich von selbst, meine Liebe. In Ordnung, ich verständige William.«

Die bürokratischen Abläufe der Verwaltung, deren Ziel es war, solche Tricks zu unterbinden, führten genau dazu, dass man sich kaltblütig über sie hinwegsetzte. Da unzählige Vorschriften und Verbote letztlich die Arbeit der hingebungsvollsten Forscher behinderten, war die Mehrheit der Wissenschaftler in derlei Geschäfte verwickelt.

William Nutt ließ sich nicht lange bitten. Sein Traum war ihm bereits Antrieb genug. Er hatte einen Großteil des Tages mit weiteren Überlegungen verbracht, hatte verschiedene Möglichkeiten erwogen und wieder verworfen, bei denen allein der Ausgangspunkt feststand: Er würde eine neue Art von Schmetterlingen entdecken, deren Name *Lyngstadii* lauten würde. Für das, was danach kommen würde, tat sich eine Vielzahl von Möglichkeiten auf. Die banalste Frage stellte sich gleich am Anfang: Sollte er einen erklärenden Brief an seine Diva schreiben? Das hätte keinen Glanz, wäre einfach nur banal. Auch wenn er die Adressen aller Fan-Clubs der Gruppe kannte, hätte er keinen Beweis, dass Anni-Frid seine Botschaft tatsächlich erhalten hatte. Reizvoller wäre es da schon, die Aura der Wissenschaft ins Feld zu führen: Er würde eine akademische Abhandlung schreiben und seine Entdeckung darin vorstellen. Ein paar Monate später würde sie dann in einer wissenschaftlichen Zeitschriften erscheinen, deren Namen kein normaler Mensch kennt: Etwa *Tinea* oder *Biodiversity and Conversation* oder die renommierte *Entomology*. Er würde seiner Verehrten ein paar Sonderdrucke zuschicken und einen höflichen und gestelzten Brief beilegen, eben den Brief eines Wissenschaftlers. Gewiss, er war nicht sehr bewandert, was die Damenwelt und ihre Befindlichkeiten anging, aber es musste eine Frau doch zweifellos sehr beeindrucken, wenn man eine ganze Tierart nach ihr benennt!

Nun gut, seine Tage und Nächte waren jetzt den Nachforschungen gewidmet. Müdigkeit, Entmutigung und selbst die begrenzte Belastbarkeit des menschlichen Körpers durften nicht mehr zählen. Es gab nichts anderes mehr für ihn, allein schon deshalb, weil ihn nichts anderes interessierte.

23. Oktober, Massachusetts

Es wurde bereits Abend. Die Tage wurden rasch kürzer. Diese Jahreszeit liebte Cordell am wenigsten.

Die Orchideen würden eine nach der anderen verblühen und das riesige Gewächshaus mit langen, dicken Blättern füllen. Ein lebhaftes Grün, manchmal gelb oder ockerbraun gefleckt, auf jeden Fall so gleichförmig und so gewöhnlich. Bis zum Frühling musste man jetzt warten, bis aus der Mitte ihrer stumpfen Blätterkronen ein langer Stiel emporstieg, der dann wenig später die außergewöhnliche Pracht der Blüten tragen würde.

Eine ungeduldige Gereiztheit ergriff Cordell, und er musste sich beherrschen, um sich nicht als Schnitter zu betätigen.

Er durchquerte das im Dämmerlicht liegende große Wohnzimmer und ließ sich von dem schweren Duft leiten. Der *Stern von Bethlehem*. Ein Zauber, ein kunstvoll trügerisches Gebilde. Diese seltene, fleischige Orchidee. Zwei ihrer weißen oder zartgrünen Blütenblätter hingen herunter wie ein Schweif, was vermutlich zu ihrem Beinamen Kometenorchidee geführt hat. Sie ist keineswegs besonders verführerisch oder aufregend, aber feinsinnigerweise und heimlich verströmt sie ihren Duft nur am Abend.

Er beugte sich herab, bis er ihre dicken Blütenblätter berührte, und atmete ihren Duft ein wie eine Droge.

Die Beruhigung, die für Cordell von den Blumen ausging, war nur von kurzer Dauer. Bald kehrte seine schlechte Laune zurück und trieb ihn an den Computer.

Was trieb XX, seine fürstlich entlohnte Kontaktperson? Cordell brauchte noch ein paar Antworten. Und was war mit diesem Bloodfeast, den er von der Erledigung seines Teils der Abmachung in Kenntnis gesetzt hatte: die wenig appetitliche Ermordung von Mr. Jesse James Preston samt Übermittlung eines Stückes seiner Haut?

Cordell durchlief noch einmal den von XX vorgegebenen paranoiden Weg. Es erwartete ihn eine Nachricht, die seinen Ärger noch vergrößerte:

Ich kann und will nicht auf diese Frage antworten. Damit würde ich gewissermaßen das Urteil über Mrs. Julia Holmer sprechen.

Voller Wut antwortete Cordell:

Was haben Sie Ihrer Meinung nach bisher eigentlich getan für das viele Geld? Sie haben sie mir bereits zum Fraß vorgeworfen. Geben Sie sich einen Ruck und vollenden Sie, was Sie begonnen haben. Und noch eine Kleinigkeit: Solange es nicht per Gesetz anders festgelegt wird, lautet der Name meiner Frau Helen Taylor-Caedon, geborene Baron. Holmer ist ein groteskes Pseudonym.

Zornig stand er von dem Sessel auf. Er durchwühlte die hintersten Winkel seiner Erinnerung, um Bilder und Bruchstücke von einschlägigen Szenarien hervorzukramen. Blutüberströmte Haut, fließende Tränen, zitternde Lust oder ohnmächtiges Aufbegehren. Er wollte sich beruhigen, doch seine Taktik schlug diesmal fehl. Er kannte diesen oder diese XX nicht. Deswegen gelang es ihm auch nicht, eines seiner todbringenden Szenarien um XX herum zu entwerfen.

Er schenkte sich ein Glas Margaux ein und lenkte seine Schritte zu dem Gewächshaus. Der Empfang durch die Blumen verschaffte ihm ein wenig Entspannung: Die unmittelbar in seiner Nähe stehenden Pflanzen neigten sich in dem leichten Luftzug seines Eintretens. Eine Stunde lang schlenderte er zwischen den mit flüchtiger, aber vollkommener Schönheit überladenen Brettern hin- und her. Wie konnten manche von ihnen bei ihrer ganzen Komplexität eine derartige Formstrenge und Symmetrie bewahren? Woher nahmen diese unbeweglichen Schönen seit Millionen Jahren ihre Anziehungskraft, ohne jemals zu ermüden?

Als er sich wieder vor seinen Computer setzte, war er ruhiger. Er navigierte, bis er auf die Site *Wasserstelle* gelangt war. Bloodfeast erwartete ihn mit einer Nachricht, deren Höflichkeit einen ironischen Unterton hatte. Der Kontrast zu dem ängstlichen, aber geschäftsmäßigen Stil von XX ließ Cordell schmunzeln. Bloodfeast hatte ohne Zweifel eine gewisse Ähnlichkeit mit ihm, denn Geld schien ihn nicht zu interessieren. Ein schwer zu beherrschender Menschenschlag.

Bravo. Wie ich feststellen konnte, haben Sie Ihren Teil des Vertrages erfüllt, was ich selbstverständlich niemals in Zweifel gezogen habe. Nun komme ich meiner Verpflichtung nach.

Tatsächlich hat ein zweiter Jäger die Spur Ihrer besseren Hälfte aufgenommen. Ich glaube, er weiß genauso viel wie Sie oder sogar noch mehr. Obwohl ich eine deutliche Ahnung habe, wer es ist, werde ich seine Identität nicht preisgeben. Das Spiel zwischen Ihnen beiden wäre dann weniger interessant. Vermutlich haben Sie schon eine Vorstellung davon, wie er vorgeht. Ansonsten empfehle ich Ihnen die (reichlich geschönten) Berichte der Zeitungen über die Morde an Rita Puig und Marjorie Ryan. Ekelhaft, nicht wahr? Einfach ekelhaft. Sie fänden es doch schrecklich, wenn Ihrer Frau ein solches Schicksal zustieße? Ganz offensichtlich hat er die beiden ersten Opfer umgebracht, auch wenn es keinerlei Beweis für seine Taten gibt. Und wahrscheinlich wird Helen sein drittes Opfer sein. Warum ich das annehme? Er kannte diese beiden Frauen, und das trifft auch auf Ihre Frau zu. Ich rate Ihnen deshalb zu raschem Handeln.

Damit möchte ich schließen. Sie brauchen mir nicht mehr zu antworten, ich werde nicht mehr auf diese Site zugreifen. Außerdem zwingt der schreckliche Tod von Preston seinen Guru und Geldgeber dazu, möglichst schnell abzutauchen.

Alles Gute, und möge der Bessere gewinnen.

Cordell meldete sich ab. Der Rat von Bloodfeast war überflüssig. Er wusste, dass er Helen möglichst schnell aufsuchen musste.

24. Oktober, Smithsonian Institute, Washington DC

Als Edward Morehouse am nächsten Morgen zu William Nutt kam, war dieser erschöpft in seinem Büro eingeschlafen. Seine Wange klebte auf dem Tisch, und der Professor unterdrückte einen Anflug von Ekel. Mein Gott, war dieser Junge unappetitlich. Sein Mund stand offen, als wollte er gerade staunend etwas rufen. Außerdem war etwas Speichel herausgeflossen. Seine Brille war verrutscht, und seine fettigen Haare standen in alle Richtungen ab. Der alte Mann trat zu seinem Assistenten. Der säuerliche und strenge Schweißgeruch widerte ihn an. Mit einiger Selbstüberwindung legte er seine Hand auf die spitze Schulter und rang sich zu einem Lächeln durch.

»Nun, William, wieder eine durchwachte Nacht?«

Die große, magere Gestalt öffnete die Augen und blinzelte ins Licht, bevor ihr klar wurde, wo sie sich befand.

»Herr Professor, ich muss eingeschlafen sein.«

»Es ist ein Zeichen für jugendliche Unbekümmertheit, wenn man im Labor einschläft. In meinem Alter fühle ich mich ganz erbärmlich ohne mein Bett! Auf, mein Lieber. Gehen Sie nach Hause, ruhen Sie sich ein wenig aus, nehmen Sie eine heiße Dusche und sehen Sie sich einen alten Film an.«

Niedergeschlagen antwortete William Nutt:

»Nein, nein, ich habe es ja herausgefunden.«

Mit einem Schlag war der Widerwille, den Morehouse angesichts seines vernachlässigten Äußeren empfunden hatte, verschwunden.

»Was ist es? Was ist es?«

»Beinahe hätte ich mich an der Nase herumführen lassen. Es war drei Uhr morgens, als ich den Totenkopfschwärmer verworfen habe. Es sah zwar alles sehr ähnlich aus, aber drei kurze Sequenzen passten einfach nicht. Also habe ich weitergesucht.«

Der Professor unterbrach ihn, schrie fast:

»Ja, aber was ist es dann, was?«

»*Xanthopea morganii praedicta!*«

»Oh, mein Gott ... *Forma praedicta,* die vorhergesagte Form! Bravo, William, Sie sind ein wahrer Meister!«

Erst jetzt bemerkte Edward Morehouse, dass Nutt mit den Tränen kämpfte. Er stutzte, aber nur einen kurzen Augenblick. Williams Traum war geplatzt. Frida würde niemals ihren Schmetterling bekommen. Da überkam den im Grunde gutmütigen Professor eine Anwandlung von väterlicher Großmut, denn letztlich hatte Williams Arbeit ihm ein wunderbares Spektralfotometer eingebracht.

»Hören Sie, Sie haben sehr gute Arbeit geleistet, und dafür sollen Sie auch etwas bekommen. Sie erinnern sich doch an die *Hepialida,* für deren Bestimmung wir drei Monate gebraucht haben. Ich schenke sie Ihnen.« Sofort wurde ihm klar, wie unbedacht sein Angebot war, denn William wollte SEINEN Schmetterling entdecken. Nur das wäre ein würdiger Tribut für seine Frida. Daher verbesserte er sich:

»Genauer gesagt, ich tausche sie mit Ihnen. Sie haben

schließlich am meisten darüber gebrütet. Der Artikel sollte nächste Woche abgeschickt werden. Wir ziehen ihn noch einmal zurück und ändern den Namen der Art.«

Wiliam dachte ein paar Sekunden nach. Gewiss, es war kein so vollkommenes Geschenk, wie er es sich gewünscht hätte. Aber es stimmte, dass diese *Hepialida* sie viel Mühe gekostet hatte und ganz besonders ihn. Es würde eine schöne wissenschaftliche Publikation abgeben. Seine Hand schnellte nach vorn, und der überraschte Morehouse drückte sie mit Verschwörermiene.

»Vielen Dank, Herr Professor, von Mann zu Mann. Sie können nicht begreifen, wie ... aber danke. Gut ..., dann gehe ich jetzt und schlafe ein wenig. Äh ... kann ich die bisherige Fassung des Artikels haben, um den Namen zu ändern? Ich bringe ihn Ihnen morgen wieder mit.«

»Natürlich. Es liegt auf meinem Schreibtisch, in irgendeinem Stapel auf der rechten Seite. Ich rufe sofort Susan Wuang Tong an.«

Die junge Frau lauschte andächtig. Aus ihrer Berufspraxis wusste sie, dass die Schwierigkeiten, die man im Lauf einer Untersuchung ausgeräumt hatte, oft sehr aufschlussreich sind. Schließlich ergriff sie das Wort:

»Warten Sie, ich rekapituliere noch einmal: also *Xanthopea morganii praedicta* ist das Gleiche wie *Forma praedicta,* aber etwas anderes als der Totenkopfschwärmer?«

»Genau.«

»Warum dann die zwei verschiedenen Bezeichnungen?«

Ihre Unwissenheit schien ihn zu überraschen. Viele Wissenschaftler sind irgendwann der Meinung, dass ihre Disziplin zum Allgemeinwissen gehört und dementsprechend geschätzt werden müsste. Edward Morehouse erklärte also:

»*Forma praedicta* ist ein übergeordneter Name. All das geht auf Darwin zurück. Als er diese Orchideenart aus Madagaskar untersuchte, die die Botaniker damals so verblüffte, schloss er aus seinen Beobachtungen auf die Besonderheiten des Insektes, das für ihre Bestäubung verantwortlich ist.«

Susan fühlte den Adrenalinstoß, der sie bis in die Fingerspitzen durchfuhr.

»Die Orchidee, sagten Sie?«

»Ja, meine Liebe. Der ›*Stern von Bethlehem*‹ wird auch *Kometenorchidee* genannt, wegen der Form ihrer Blütenblätter, die an den Schweif eines Sterns erinnern. Es ist im Übrigen eine sehr seltene Orchidee, da der zu ihr gehörende Schmetterling auch nicht oft vorkommt.«

»Warum kommt es zu dieser besonderen ›Kollaboration‹? Was für eine Symbiose besteht zwischen der Blume und dem Schmetterling?«

»Symbiose ist ein ziemlich hochtrabendes Wort. Trotz ihrer Pracht halten die Orchideen nicht, was sie versprechen. Pech für das Insekt. Deshalb besteht sogar die Gefahr, dass die Bestäubung des biologischen Partners nicht zu Stande kommt, wodurch das Gleichgewicht bestimmter Populationen gestört werden kann. Diese zauberhaften Blumen sind wunderschöne, aber gefährliche Trugbilder. Das gilt auch für die *Kometenorchidee*, deren Blütensporn fast fünfundzwanzig Zentimeter lang wird. Zu Darwins Zeit konnte das Rätsel daher nicht gelöst werden: Wie kann eine Blume, die ihre Fortpflanzungsorgane so tief in sich verbirgt, befruchtet werden? Wenn das Insekt in einen solchen Abgrund hineintaucht, wie kommt es dort lebend wieder heraus, samt der Gameten, die es dann zu einer aufnahmebereiten Pflanze trägt? Das war seinerzeit die große Frage ...«

»Und weiter?«

»Der gute Darwin ahnte, dass es ein Insekt oder einen Schmetterling geben müsste, dessen Fühler so lang sind, dass er die Pollen der Blume erreicht, ohne sich selbst in ihr Inneres zu stürzen. Man hat ihn aber erst lange nach seinem Tod gefunden und ihm den Namen *Forma praedicta* gegeben, die vorhergesagte Form.«

Susan atmete hörbar auf:

»Ah, Sie sind super. Ich traure meinem tollen Apparat gar nicht mehr nach, oder nur noch ein bisschen!«

Auch wenn das Kompliment in seiner Form zu wünschen übrig ließ, war Morehouse geschmeichelt und schnurrte wie eine wohl genährte Katze:

»Nun, übertreiben wir nicht. Es stimmt schon, wir sind kompetent, sehr kompetent sogar. Wissen Sie, bei all unserer Erfahrung ...«

»Eben. Ich bitte Sie, geben Sie mein Kompliment auch an William Nutt weiter.« Dann fasste sie den Gedanken, der ihr durch den Kopf ging, in Worte: »Es handelt sich also um einen besonderen Schmetterling für diese *Kometenorchidee*. Wenn man nun davon ausgeht, dass unser Ding das Stück eines Insektenbeines ist, so müssten die Unregelmäßigkeiten, die wir unter dem Mikroskop gesehen haben, doch Pollen sein, oder?«

»Ich habe Ihnen doch gesagt, dass das Tier den Pollen einer männlichen Pflanze mit seinen Fühlern zu einer weiblichen trägt. Es handelt sich nicht um eine indirekte Befruchtung, wie sie sehr häufig vorkommt, durch Berührung der Insektenbeine. Der *Stern von Bethlehem* ist eine echte Falle für denjenigen, der hineinfällt.« Morehouse atmete ein und fügte gedehnt hinzu: »Außer wenn …«

»Außer wenn es sich um eine pseudo-natürliche Befruchtung handelt.«

»Genau!«

24. Oktober,
FBI, Militärbasis von Quantico, Virginia

Esperanza hörte Susan atemlos zu. Hastig kritzelte sie Stichpunkte auf ihren gelben Block. Einige Male ließ sie sich etwas wiederholen oder gar buchstabieren. Die junge Chinesin hatte Recht: Manchmal verdanken wir der Wissenschaft großartige Erkenntnisse, die geradezu tröstlich wirken, weil sie sogar einem Cordell Taylor-Caedon das Genick brechen können.

Sie fragte:

»Wie sieht dieser Schmetterling aus?«

»Laut Morehouse ist es ein großer Nachtfalter, von etwa zehn Zentimetern Spannweite, dessen Flügel rotbraun gefärbt sind.«

»Uhh, genau das, was ich liebe.«

»Das gilt auch für mich. Ich kriege ja schon einen Schreikrampf, wenn ein winziger Nachtfalter sich in mein Schlafzimmer verirrt!«

»Susan, was genau ist diese pseudo natürliche Befruchtung?«

»Ein hochtrabener Begriff für etwas sehr Einfaches. Ich werde Ihnen eine Kurzfassung zum Thema liefern. Also, es gibt die natürliche Befruchtung, was immer noch am häufigsten vorkommt – bei unserer Art zum Beispiel. Ein

Mann begegnet einer Frau, es kommt zum Geschlechtsverkehr, und wenn es der richtige Zeitpunkt ist, findet eine Befruchtung statt. Geschieht dies auf künstlichem Wege, was für mich nichts Abwertendes hat, so heißt das *In-vitro-Fertilisation*. Schematisch betrachtet, bringt man männliche und weibliche Geschlechtszellen als Spermien und Eizellen zusammen. Es kommt zu einer Befruchtung im Glas und, der Art entsprechend, setzt man das Ei in den weiblichen Uterus ein. Ein Zwischending ist die unterstützte natürliche Befruchtung. Sie wird seit Jahrtausenden praktiziert, so wie man »die Kuh zum Stier führt«. Man bringt ein männliches Tier zu einem heißen Weibchen. Wenn man jetzt den Dingen freien Lauf ließe, würde eine ganze Reihe von Versuchen fehlschlagen. Das Besteigen ist bei großen Tieren nicht immer ganz einfach, sodass das Männchen leicht daneben ejakuliert und das Weibchen am Ende entnervt ist. So hilft der Mensch nach, indem er den Penis an die Vulva heranführt.«

»Verstanden. Und was hat das mit der Orchidee zu tun?«

»Die Züchter von seltenen Pflanzen in Gewächshäusern ersetzen das Insekt durch einen dünnen, weichen Pinsel. Sie entnehmen den Pollen der Staubgefäße – also die Spermien – und betupfen damit den Fruchtstempel, also die weiblichen Fortpflanzungsorgane.«

»Warum sollten dann auf unserem Ding, wenn es nun das Beinteil eines Schmetterlings ist, Pollen zu finden sein? Man braucht doch keinen Schmetterling, wenn man einen Pinsel hat.«

»Das ist die Zehntausend-Dollar-Frage. Ich habe mir den Kopf darüber zerbrochen, und jetzt verrate ich Ihnen meine Theorie: Charly ist ein echter Orchideenliebhaber. Er will einfach um der Schönheit willen eine beinahe natürliche Befruchtung bewerkstelligen. Pech für ihn, dass es sich um Arten aus Madagaskar handelt. Er muss also ein paar Zugeständnisse an die Natur machen, wenn er eine Chance haben will, die Pflanze zu reproduzieren. Er optimiert die Chancen für eine Befruchtung, indem er das Insekt mit den Pollen bepinselt, bevor er es im Gewächshaus freilässt. Das wird manchmal so praktiziert.«

Die Anspannung hinter Espys Brustbein ließ nach. Ein beinahe verwirrendes Wohlbefinden stellte sich ein. Verwirrend, weil sie seit Tagen verkrampft wie ein Schraubstock war. Sie führte den Gedanken der Wissenschaftlerin weiter:

»Das heißt, er züchtet auch diese Schmetterlinge.«

»Genau. In einem Vivarium.«

»Bleibt noch zu klären, wie er es geschafft hat, sie hierher zu bringen. Man kann sie schließlich nicht einführen wie Bonbons. Es bedarf einer ganzen Reihe von Genehmigungen durch verschiedene Behörden.«

»Geschmuggelt«, schlug Susan vor.

»Das ist gefährlich. Vor allem bei Getier, das sehr empfindlich ist und Bedingungen braucht, die im Gepäckraum eines Flugzeugs nicht gegeben sind. Nein, er muss einen anderen Weg gefunden haben.«

»Das gehört eher in Ihren Bereich, Espy. Wie dem auch sei, es ist schwierig. Ist Ihnen klar, dass nur die Leidenschaft dieses schlaksigen Burschen uns vorangebracht hat? Er hat in wenigen Tagen geleistet, wofür normalerweise zwei Leute mehrere Wochen benötigen. Und alles nur für eine Popsängerin aus den siebziger Jahren, die das Weite suchen würde, wenn sie das Pech hätte, ihm zu begegnen. Was würden wir nur ohne die Leidenschaft tun?«

»Gegen die Wand rennen«, schlug Espy vor.

»Das vielleicht nicht, aber wir würden in ziemlich öden, langweiligen Gefilden darben, so viel steht fest.«

»Ich werde eine Bittschrift für ihn aufsetzen«, scherzte Esperanza, bevor sie fortfuhr. »Also der Pollen der *Kometenorchidee*. Ich kenne jemanden im Smithsonian, der diese Annahme überprüfen könnte. Seine Daten habe ich übrigens von Ihnen.«

»Ach ja, Richard Waight, dieser gutmütige Riese, der in Orchideen vernarrt ist?«

»Genau der! Ich rufe ihn sofort an!«

Richard Waight – Nick, wie er immer wieder betonte – hatte sie bei ihrer ersten Begegnung wahrlich beeindruckt. Ein lächelndes, fast schüchternes Ungetüm von ungefähr zwei Metern Größe und 140 Kilogramm Gewicht an Muskeln und Intelligenz. Er hatte bei Cory eine Orchidee identifiziert, die es ihnen erlaubt hatte, die Spur bis zu Cordell Taylor-Caedon und Ernest Whitecomb zurückzuverfolgen. Zu spät ... vor allem für letzteren, den Charly erledigt hatte. Sie hatten ihn halb verkohlt aufgefunden.

Espy wollte das Gespräch nun beenden, fügte aber noch hinzu:

»Sie sind wirklich in Ordnung, Susan. Ich weiß nicht, wie ich Ihnen danken soll.«

Die junge Frau am anderen Ende der Leitung lachte los.

»Um Ihre Wertschätzung zu erlangen, habe ich gerade ein wunderbares Spektralfotometer gekauft und nun meinem Kollegen für Insektenkunde vermacht.«

»Bestechlichkeit hat doch manchmal ihre Vorteile!«

»Umso mehr, als die Not der meisten Labore sie zu einer chronischen Erscheinung werden lässt!«

Ein verständnisvolles Gelächter beendete ihr Gespräch.

Den restlichen Morgen war Esperanza damit beschäftigt, die verschiedenen Anrufbeantworter von Richard Waight mit Nachrichten zu füllen, die die Dringlichkeit ihres Anliegens zum Ausdruck brachten. Danach nahm sie etwas widerwillig den Vorschlag von Thomas Sturgeon an, gemeinsam mit ihrer kleinen Truppe zu Mittag zu essen. Er und Michael Baghurst mühten sich redlich, aber vergeblich, ein Gespräch in Gang zu bringen. Die schweigsame Mahlzeit war fast beendet, als Dougray Doyle mit leiser Stimme verkündete:

»Ich denke, dass wir alle ganz schön überlastet sind. Thomas ist bereit, die Fälle in Farm Heights zu übernehmen. Zumindest für den Augenblick. Sobald wir … nun, wir werden ihn unterstützen, sobald es geht.«

Espy sah auf und richtete den Blick auf die neue Mitarbeiterin ihrer Abteilung. Nina Kroeger schien ja nicht gerade unter Arbeit zusammenzubrechen. Sie wollte gerade widersprechen, als Doyle ihr unfreundlich zuvorkam:

»Das ist ein Befehl, Lorca!«

Die unverhohlene Kränkung ließ sie erröten. Sie zischte:

»Gut. Wenn Sie mich jetzt alle entschuldigen wollen, ich habe zu tun.«

Sie stand auf und ließ ihre volle Tasse Kaffee auf dem Tablett stehen.

Esperanza kochte vor Wut. Sie brauchte zehn volle Minuten, um sich wieder etwas zu beruhigen. Scheiße, er ging dieser Kuh auf den Leim! Allerdings zählte Doyle nicht zu den Männern, die Zusammenarbeit mit Bettgeschichten verwechseln. Trotzdem brachte sie diese Ziege auf die Palme. Irgendetwas stimmte bei ihr nicht. Es war nur schwer auszumachen; es glich der unscharfen Erinnerung an einen bösen Traum oder an einen Namen, der einem plötzlich entfallen ist. Empfand sie gegenüber Michael Baghurst eine grundlegende Feindseligkeit, so war es hier etwas ganz anderes. Bei Baghurst war sie zudem intelligent genug, um sich ihre subjektive Voreingenommenheit einzugestehen. Das Misstrauen, das Kroeger ihr einflößte, war hingegen viel weniger greifbar.

Die drei Nachrichten, die sie auf ihrem Anrufbeantworter vorfand, besänftigten sie. Übereifrig und entzückt wiederholte Doktor Waight voller Hingabe, dass es ihm »so Leid tue«, sie verpasst zu haben, dass sie ihn jederzeit anrufen könne, dass er »unbedingt« ihren Anruf erwarte und sein Gerät die ganze Zeit eingeschaltet ließe, selbst während des Mittagessens. Sie lächelte und wählte seine Nummer. Bereits beim ersten Klingeln nahm er ab und schrie:

»FBI-Agentin Lorca?«

»Höchstpersönlich. Vielen Dank, dass Sie Zeit für mich haben.«

»Einen Augenblick bitte. Ich gehe davon aus, dass es sich um etwas Vertrauliches handelt. Da gehe ich besser aus der Kantine.«

Sie hörte, wie er sich bei seinen Begleitern entschuldigte, und dann nur noch seinen Atem, bis er in bester *Film noir*-Tradition murmelte:

»So, jetzt bin ich in der Eingangshalle. Die ist riesig und während der Essenszeit beinahe menschenleer.«

Da ihr klar war, dass zu große Nüchternheit das Ungetüm um sein Vergnügen bringen würde, bemühte Espy sich, das Spiel mitzuspielen:

»Nun, Doktor …«

»Nick, Nick …«

»Nun, Nick. Es tut mit so Leid, dass ich nicht die Zeit hatte, zu Ihnen zu kommen. *Forma praedicta* – an was erinnert Sie das?«

»Ach, Agentin Lorca, jetzt weiß ich … Bei unserer ersten Begegnung waren Sie sehr zurückhaltend mit Ihren Auskünften. Aber über die Medien … Wenn es immer noch um Orchideen geht, dann heißt das …«

»Genau, wir sind immer noch hinter Cordell Taylor-Caedon her.«

»Dann müssen wir also schnell sein … Nun, *Forma praedicta* … Sie kennen die genialen Überlegungen von Darwin zu diesem Thema?«

»Ja, ich bin im Bilde.«

»Grandios, anders lässt sich das nicht bezeichnen. Der *Xanthopea morganii praedicta,* der Schmetterling, assistiert also bei der Befruchtung der *Angraecum sesquipedale,* der Blume. So lautet ihr lateinischer Name, aber normalerweise nennt man sie *Kometenorchidee* oder *Stern von Bethlehem.*«

»Können Sie den lateinischen Namen buchstabieren?«

Er tat dies und erklärte dann:

»*Sesquipedale* bedeutet wörtlich ›anderthalb Fuß lang‹«, was sich auf den langen Sporn der Blüte bezieht, für den der Fühler des Schmetterlings geschaffen sein muss. »Er muss zwanzig bis fünfundzwanzig Zentimeter tief hineinreichen. Diese Geschichte ist so wunderschön …«

»Was ist wunderschön?«

Jetzt schien er völlig abzuheben:

»Äh … die Geschichte von der Orchidee und ihrem Insekt. Es handelt sich um einen Nachtfalter. Stellen Sie sich doch vor, wie die Blume anfängt, bei Einbruch der Nacht ihren Duft zu verströmen. Ganz allein, um ihn anzuziehen. Mit ihrem Duft weist sie ihm den Weg zu sich. Wundervoll!«

Espy dachte, dass der Anthropomorphismus vielleicht auch vor den Orchideen nicht Halt machte. Wurde Richard Waight in seinen Wahnvorstellungen zum einzigartigen Auserwählten eines zauberhaften Geschöpfes, das für ihn allein ein köstliches und hinreißendes Netz wob? Sie fuhr in möglichst sachlichem Ton fort:

»Ich habe zwei DNA-Formationen. Der größere Teil stammt von dem Schmetterling. Könnten Sie nicht herausfinden, ob der andere von der *Kometenorchidee* stammt?«

»Mit Sicherheit! Sofort. Schicken Sie mir beide DNA-Formationen und ich mache mich sofort an die Arbeit. Wie spannend!«

In seinem Übereifer wollte er beinahe schon auflegen, aber Espy schrie in den Hörer:

»Warten Sie, ich habe noch eine Frage.«

»Entschuldigen Sie, ich war in meinen Gedanken schon mit den Vorbereitungen beschäftigt, die ich vor Erhalt des Präparates treffen muss.«

»Angenommen, es handelt sich um diese Pollen – können Sie dann auch bestimmen, ob sie von einer oder mehreren Blumen stammen?«

Mit einem Seufzer antwortete er:

»Leider nein. So weit ist die Forschung noch nicht. Technisch gesehen ginge es, aber bei Orchideen kommen Untersuchungen im Hinblick auf Vaterschaft oder gar Mord doch sehr selten vor.«

Am Kaffeeautomaten stieß Lorca auf Dougray Doyle. Sie gab ihm eine kurze Zusammenfassung ihrer beiden Telefonate und schloss:

»Diesmal kriegen wir ihn, da bin ich sicher. Ich habe mich schlau gemacht. Es gleicht einem wahren Hindernislauf, wenn man ein paar Insekten in dieses Land einführen will. Das Landwirtschaftsministerium befürchtet die Verbreitung von Schädlingen, die die Ernte vernichten oder Krankheiten bei Mensch und Tier hervorrufen könnten. Tonnenweise Papiere, Genehmigungen und tierärztliche Kontrollen sind erforderlich.«

»Er hat die Mittel, das alles heimlich zu erledigen.«

»Sicher, aber der Schmetterling braucht sehr spezielle Bedingungen, was Feuchtigkeit und Temperatur angeht. Sonst kratzt er ab. Er muss also in einem Vivarium transportiert werden, und so etwas fällt auf. Außerdem bräuchte man für eine solche Schmuggelei Helfershelfer am Flughafen und auf dem Weg. Bei den verschärften Sicherheitsvorschriften wird es noch schwieriger. Denn das hieße, dass er mit sehr vielen Leuten Kontakt aufnehmen muss, und Cordell hat solche Kontakte immer auf das Notwendigste beschränkt, um seine Spuren zu verwischen.«

»Sie gehen von einem Komplizen in der Verwaltung oder unter den Wissenschaftlern aus?«

»Genau.«

»Das könnte sein. Wir müssen dieser Spur nachgehen.«

Etwas in der Stimme dieses so beherrschten Mannes verwirrte sie. Er wirkte müde. Sie hatte geglaubt, dass ihre Erkenntnisse ihm die Vitalität wiedergeben würden, die sie immer gepackt hatte, wenn sie eine heiße Spur hatten. Jetzt aber wunderte sie sich über seine Höflichkeit, seine Ruhe. Dougray Doyle hatte seine Impulsivität durch jahrelange Selbstdisziplin gebändigt. In seinen verhaltenen Gesten lag so etwas wie ein Bedauern darüber, dass er Leidenschaft nur noch selten und dann tief in der Nacht zuließ. Das hatte sie nicht vergessen. Mit einem Mal beunruhigt, fragte sie nach:

»Geht es Liam gut?«

»Ja, sehr gut. Danke.«

»Und … Rosemary?«

»Der Gesundheitszustand meiner Frau ist unverändert.«

Sein bedrückter Ton, der Begriff ›meine Frau‹, während er sonst immer den Vornamen nannte, hielten Espy davon ab, weiter zu bohren.

Eine seltsame Mischung aus Eifersucht, Sorge und auch Kummer ließ sie den Rückzug antreten. Sie, die doch beinahe vor nichts mehr Angst hatte.

»Ich halte Sie auf dem Laufenden.«

»Danke.«

24. Oktober, Grenze von Boston und Quincy, Massachusetts

Als Julia sich aufrichtete, fühlte sie sich wie zerschlagen von einer unruhigen Nacht. Trotz der morgendlichen Frische schwitzte sie. Das nach Schweiß riechende, feuchte T-Shirt klebte an ihrem Hals und ihrem Bauch.

Der Geruch frischen Schweißes kann so verwirrend, beinahe betörend sein. So wie bei Cordell, wenn er sich körperlich anstrengte oder Liebe machte. Ein männlicher, dunkler Geruch. Sie hatte ihren Mund gegen seine krausen Achselhaare gepresst, um diesen salzigen, pelzigen, von seiner Sandelholzseife kaum abgeschwächten Geruch aufzusaugen.

Schluss. Schluss damit! Wie viele Frauen und Männer hatten sich an seinem Geruch ergötzt und darin den vollkommensten Augenblick ihres Lebens gesehen, ohne zu begreifen, dass dieser berauschende Geruch des Schweißes bereits auf die Tat wies, die Cordell ein paar Sekunden später begehen würde: ihnen die Kehle durchzuschneiden.

Sie griff nach dem billigen Whiskyglas, das sie auf eine der Werkbänke des Ateliers gestellt hatte. Es war neun Uhr morgens. Eine Zeit, um zu trinken, wie jede andere auch. Fad und bitter schmeckte der Alkohol, sodass sich ihre Züge zu einer Grimasse verzerrten. Sie verabscheute dieses Zeug und würde sich niemals mit Lust betrinken können.

Julia warf einen Blick in die Kartons. Hugh hatte ihr empfohlen, den Inhalt durchzusehen, zu behalten, was sie interessierte, und alles Übrige wegzuwerfen. Hugh wusste jedoch nicht, dass sie gar nichts interessierte. Sie würde also alles in einen der Container werfen, die überall im Viertel herumstanden. Trotzdem begutachtete sie weiter den Inhalt. Es war doch gleich, was man zwischen zwei Schlucken Alkohol tat.

Mehrere Stunden kramte sie so herum und hielt nur inne, um einem leise klagenden Miauen, das sie »das Miauen eines höflichen Magens« genannt hatte, Folge zu leisten. Der große Kater mit den gelben Augen und dem weichen Fell war hungrig. Friedlich saß er mit eingerolltem Schwanz vor ihr und sah sie unverwandt an, während sie seinen Freßnapf füllte. Sie streckte die Hand nach dem schönen Kopf des Tieres aus. Dieser wich nur ein wenig zurück und berührte schließlich sogar ihre Hand mit seiner Schnauze. Ein trauriger Kater, der zwar nicht aggressiv, aber immer noch misstrauisch war. Sie hatte ihn erst kurz vor dem Feuer in ihrem Wohnwagen aufgelesen.

Dann ging Julia wieder hinunter und stöberte weiter in den Kisten. Plötzlich hielt sie in ihrem emsigen Treiben inne. Was trieb sie seit gestern Abend dazu, alles Mögliche zu ordnen, aufzuräumen, zu stapeln und abzustauben? Seit drei Jahren verspürte sie kaum noch die Lust oder das Bedürfnis, ihre Kleidung oder ihr Geschirr zu waschen. Oft genug trank sie tagelang aus dem gleichen schmutzigen Glas. Alles konnte, wenn es nach ihr ging, immer noch ein bisschen warten.

Wollte sie wirklich nach einer Erklärung dafür suchen? War es nicht besser, noch einen Schluck Alkohol hinunterzustürzen, auf das Sofa zu sinken und sich irgendeinen lärmigen Blödsinn im Fernseher anzuschauen? Oder zu essen? Essen war auch sehr gut. Sie kämpfte gegen das Wort, das sich beharrlich in ihrem Gehirn festzusetzen versuchte: Nestbau. Wie die Frauen, die kurz vor der Entbindung stehen, plötzlich von dem Drang gepackt werden, alles aufzuräumen und herzurichten. Die Ankunft des Neugeborenen vorbereiten, das Nest bauen. Anscheinend war dieses Verhalten auch bei ihr so tief verwurzelt, dass nichts es auslöschen konnte. Aber ein Weibchen baut das Nest, um auf das neue Leben zu warten und es dann zu beschützen. Hier gab es kein neues Leben, und was das frühere Leben anging, so hoffte Julia nur eines: Endlich von dieser Last befreit zu werden.

Ihr Blick fiel auf ein kleines, weißes Büchlein, das auf dem Boden eines Kartons liegen geblieben war. Sie nahm es heraus und blätterte darin. Auf die zweite Seite des Umschlags hatte Hugh seinen Namen sowie ein Datum und einen Ort gekritzelt: *2. März 82, New Jersey*. Julia lächelte. Auch sie hatte früher diese Angewohnheit gehabt. Gekaufte Bücher halfen ihr, sich an bestimmte Wege und Augenblicke in ihrem eigenen Leben zu erinnern. Nahm man die Bücher lange Zeit später wieder einmal zur Hand, so tauchten die dazugehörigen Begebenheiten aus der Erinnerung wieder auf.

Yo Sei Kan Bu Do. So lauteten die Schriftzeichen auf dem Buchdeckel. Die kunstvollen Schriftzüge bezeichneten einen sehr alten, fast vergessenen Kampfsport. Julia las ein paar Seiten. Es ging um einen eleganten, der Verteidigung dienenden und zugleich mörderischen Tanz.

Die Übersetzung der chinesischen Worte ließ sie erstarren: *Ein gewaltsames Verlangen nach Frieden.*

Gewalt und Frieden. Gewalt, um Frieden zu erlangen. In dieser Verbindung lag eine unannehmbare Wahrheit, die die gesamte Geschichte des Menschen prägt. Als könnte Frieden nur aus Blut und Tod hervorgehen.

Dougray Doyle hatte Unrecht. Es würde keinen Frieden ohne Tod geben, weil dieses Verlangen den von Cordell aufgestellten Regeln gehorchte. Die vernünftige und ökonomische Lösung, die Doyle ihr vor ein paar Tagen in Quantico vorgeschlagen hatte, würde nicht funktionieren. Jemand musste für dieses Verlangen nach Frieden bezahlen. Jemand musste die Gewalt auf sich nehmen. Und das war sie.

24. Oktober, Massachusetts und Fredericksburg, Virginia

Cordell suchte abermals den Kontakt zu XX. Die neue Nachricht klang nörgelig, bewies aber erneut Geschäftssinn.

Das stimmt nicht. Ich habe Ihnen lediglich technische Informationen verkauft. Sie verlangen nun von mir, dass ich das Leben von Helen Baron aufs Spiel setze. Andererseits bin ich nicht dafür verantwortlich, was Sie mit den von mir erhaltenen Informationen anstellen. Es gibt einen Weg, aber der kostet 50.000 Dollar zusätzlich. XX

Ein irres Lachen trieb Cordell die Tränen in die Augen. In diesen Zeilen waren die gängigen Argumentationsmuster der Menschheit zusammengefasst. ›Ich war es nicht, es war der andere‹ und ›Ich wasche meine Hände in Unschuld‹. Bei allen Kriegen, selbst bei Völkermorden wurde mit großer Wirksamkeit so argumentiert.

Cordell hätte XX darlegen können, dass das Leben tatsächlich ein Spiel war. Das Spiel ist eine sehr passende Metapher für das Dasein: Es ist ungerecht und schert sich nicht darum. Am ehesten geht es noch in den Spielcasinos ehrlich zu, denn hier wird nicht falsch gespielt, hier besteht eine bescheidene Aussicht auf Gewinn, und die Verlierer müssen an Ort und Stelle die Zeche zahlen. Im Leben läuft es oft nicht mit dieser Würde ab.

Warum auch? Es gibt nicht viele Menschen, die sich mit diesen Unsicherheitsfaktoren abfinden können. Helen konnte das. Sie war zweifellos stark genug, um sich so zu verhalten, wie sie es beschlossen hatte, ohne auf irgendeine Belohnung zu hoffen.

Gereizt biss er sich auf die Lippen. Warum kam ihm Helen immer wieder in den Sinn, als sei sie etwas besonders Kostbares? Er musste einen anderen Blickwinkel wählen, sonst würde das Spiel sich zu seinen Ungunsten wenden. Woher rührte diese vage Unruhe, das Leben könnte weniger amüsant und viel düsterer sein, wenn seine Frau nicht mehr da wäre?

Cordell schlug mit der flachen Hand auf den kleinen Louis XIII-Tisch. Es würde noch so viele andere Spiele geben ... Ja, aber keines besäße den gleichen Reiz. Er erinnerte sich ja kaum noch an Details von all jenen, die er blutüberströmt zu seinen Füßen liegend hinter sich gelassen hatte. Blond, dunkelhaarig, Männer, Frauen, sie gingen alle ineinander über, keiner bewahrte klare Züge in seiner Erinnerung. Außer dieser Cellistin, Pamela. Nun ja, es war sein letztes Spiel gewesen, aber an diese Partie erinnerte er sich genau. Ein erneutes Unbehagen verdunkelte die kurze Erleichterung, die ihm der Nachklang dieses Erlebnisses verschafft hatte: Pamela war ein Ersatz für Helen gewesen, und nur deshalb erinnerte er sich mit einer solchen Klarheit an sie.

Er tippte:

Sie bekommen die 50.000 Dollar. Wie lautet das Mittel? Forma praedicta.

Nina atmete erleichtert auf und griff nach dem dampfenden Kaffee auf dem Tisch. Ihre letzte Geldforderung war ihr doch etwas riskant erschienen. Wenn er nun ihr Angebot ausgeschlagen hätte? Noch einmal las sie die elektronische Nachricht, die sie gleich nach dem Abschicken der letzten verfasst hatte. Sie wollte sichergehen, dass sie sich durch nichts verriet.

Der Vormieter hat in dem an das Schlafzimmer grenzenden Bad ein Velux-Fenster angebracht. Er hat dafür keine Genehmigung der städtischen Behörden eingeholt. Die Öffnung ist auf den Plänen, nach denen das elektronische Sicherheitssystem für Mrs. Taylor-Caedon angebracht wurde, nicht verzeichnet. XX

Sie schickte die Nachricht ab. Die Zeit des Zögerns war vorüber. Die Würfel waren gefallen. Über alles Weitere hatte sie nun keine Macht mehr.

Cordell las die Nachricht immer wieder, sog die Worte so sehr ein, dass er das Velux-Fenster schließlich vor sich sah und spürte, wie sich seine breiten Schultern gegen den Aluminiumrahmen pressten. Der Einstieg ins Haus würde sich also viel leichter gestalten, als er sich in stundenlangem Brüten über den von XX geschickten Plänen des Hangars vorgestellt hatte.

Barfuss würde er kein Geräusch verursachen. Die Berührung mit dem gefliesten Boden würde ihm im Zusammenspiel mit der süßen Erwartung einen Schauer über den Rücken jagen. Helen schlief, er konnte ihre regelmäßigen Atemzüge durch die dünne Wand hören, die ihn noch von dem angrenzenden Zimmer trennte. Schritt für Schritt kam er näher, bewegte sich auf das Bett zu, schon konnte er die lockige, dunkelrote Pracht ihrer Haare in dem Dämmerlicht erkennen. Spürte sie tief in ihrem Traum, dass er da war? Denn sie träumte doch nur von ihm, da war er ganz sicher. Was bedeutete es schon, dass ihre Träume Albträume waren? Mit einem Stöhnen drehte sie sich um. Würde wieder eine Katze auf ihrem Bett schlafen und ihren majestätischen Kopf heben, um ihn mit diesem starren, unergründlichen Blick anzusehen? Cordell liebte Katzen sehr, sie waren so ästhetisch. Aber in diesem Augenblick legte er keinen Wert auf sie. In dem Augenblick, in dem er die Hand nach dem Haar oder dem Hals von Helen ausstrecken würde …

Nein. Eine schlechte Idee … sehr schlecht.

Zunächst musste er Kontakt zu diesem Typen aufnehmen, dessen Namen er von Onkel Bernie erhalten hatte: Ted Bruckner. Ein alter Fuchs, der auf hochkarätige Einbrüche spezialisiert war. Bruckner hatte sich zur Ruhe gesetzt, seit er eine lange Haftstrafe hatte absitzen müssen, die auch die anschließend wiedererlangte Beute nicht unvergessen machte. Immerhin ermöglichte sie ihm den Rückzug aus dem Geschäft und sicherte ihm sein Auskommen, auch wenn es nicht gerade üppig war. Ted kannte alle Feinheiten der Überwachungstechnik. Der kleine, geniale Mann sah mit seinen siebzig Jahren wie ein liebevoller Großvater aus, der Fotos von seinen Enkeln sammelt. Bei ihm würde niemand Verdacht schöpfen.

Denn, um ehrlich zu sein, diese Geschichte mit dem Velux-Fenster war zu schön, um nicht irgendwo einen Haken zu haben.

25. Oktober,
FBI, Militärbasis von Quantico, Virginia

»Sind Ihre Sachen gepackt?«

Lorca zögerte kurz, bevor sie Doyle ihrerseits fragte: »Soll ich Thomas begleiten?«

»Nein, Sie kommen mit mir. Nach Boston. Abflug in einer Stunde. Der Hubschrauber wird uns zum National Airport von Washington bringen. Ein Militärflugzeug wartet dort auf uns. Kommen Sie in einer Viertelstunde in mein Büro. Ich muss noch ein paar Dinge mit Ihnen besprechen.«

»In Ordnung.«

Die Viertelstunde dauerte ewig und verführte sie dazu, sich alles Mögliche, selbst vollkommen Idiotisches vorzustellen: Er warf sie hinaus oder er willigte ein, ihr eine zweite Chance zu geben, sei es in beruflicher oder privater Hinsicht. Oder Rosemary war gestorben, was sie natürlich keineswegs herbeiwünschte. Oder er heiratete wieder, aber nicht sie. Oder Cordells Leiche war gefunden worden oder Julia Holmer hatte sich durch das Verschlingen von fünfzehn Kilo Sauerkraut umgebracht.

Espy war fix und fertig, als sie schließlich genau eine Viertelstunde später sein Büro betrat.

Sie setzte sich auf einen der Stühle vor seinem Schreibtisch und bemühte sich, unbefangen zu wirken.

»Was gibt es denn?«

»Eine Sekunde noch. Nina müsste gleich hier sein.«

»Wie bitte?«

»Ich wiederhole: Nina müsste gleich hier bei uns sein, und so lange werden Sie sich gedulden müssen.«

In diesem Augenblick klopfte Kroeger an die Tür und trat sogleich ein. Sie setzte sich neben Lorca, die leicht zusammenzuckte, und verkündete fröhlich:

»Sie werden jetzt etwas sehr Unangenehmes hören, aber es tut nicht weh. Versprochen, Espy.«

Ein schrecklicher und unerträglicher Gedanke schoss Esperanza durch den Kopf: Scheiße, sie hatte Recht gehabt! Die beiden schliefen miteinander und würden ihr gleich ihre Heirat oder ihre Verlobung verkünden!

Doyle begann:

»Wir haben allen Grund anzunehmen, dass Charly sehr bald zuschlägt. Er wird heute oder morgen Abend in den Hangar eindringen, den Mrs. Holmer bewohnt.«

»Was …?« Lorca musste sich erst einmal sammeln, um ihren Satz beenden zu können: »Ich meine, was wollen Sie mir damit sagen? Und wie kommen Sie zu dieser Vorhersage?«

»Dank unserem Spitzel.«

»Unserem Spitzel?«

Doyle sah sie an und wiederholte:

»Ja, von unserem Spitzel. Nina Kroeger.«

Lorca wandte sich mit einem Ruck zu der blonden Frau um, die sie mit einem verlegenem Lächeln ansah.

»Es tut mir Leid, Espy. Niemand außer mir und Dougray durfte das wissen.«

Wutschnaubend rief Esperanza aus:

»Und warum das? Warum nicht ich? Was? Halten Sie mich für eine Spionin im Dienste von Taylor-Caedon?«

Dougray Doyle versuchte sie zu beruhigen.

»Nein. Wir hatten das alles gar nicht so geplant.«

Ein drohendes Zischen unterbrach ihn:

»Wie freundlich von Ihnen … von Ihnen beiden!«

Nun wurde Doyle wütend:

»Hören Sie zu, Lorca. Ihr Problem besteht darin, dass Sie Ihre Gefühle nicht im Griff haben. Wir können es nicht riskieren, dass Sie mit Ihrer großen Klappe irgendeine Information verraten, und sei sie auch noch so klein.«

Giftig hielt sie dagegen:

»Meine große Klappe … Das heißt also, dass Sie uns allen misstrauen. Mir, Thomas und sogar Baghurst, diesem eingebildeten Trottel, den ich zwar nicht gerade ins Herz geschlossen habe, aber dennoch!«

Doyle donnerte:

»Schnauze! Es ist so und damit basta!«

Seine plötzliche Brutalität bannte sie auf ihren Stuhl. Für ein paar Sekunden herrschte peinliches Schweigen. In dieser Zeit gelang es Lorca, sich wieder zu fassen: Gewiss, sie war stinkwütend, gewiss, sie würde sich rächen, aber es war weniger schlimm als das, was ihre lebhafte Fantasie ihr vorgegaukelt hatte: Doyle hatte keine Beziehung mit Nina. So trat sie den Rückzug an:

»Lassen wir das für den Augenblick. Wir haben keine Zeit. Nina hat also Kontakt zu Cordell aufgenommen, stimmt das?«

Die Betroffene gab friedfertig Auskunft:

»Ja. Über das Internet. Solche Typen nehmen manchmal untereinander Kontakt auf, wie auch Terroristen.

Manchen gelingt es sogar, die Computer im Gefängnis zu manipulieren und eine Verbindung zu Gleichgesinnten herzustellen. Das ist die dunkle Seite des Internet. Man braucht nur die entsprechenden Kenntnisse, um Kontakt zu ihnen aufzunehmen.«

»Und die besitzen Sie ganz offenbar?«

»Das ist mein Beruf, Espy. Ich leite im ATF eine Abteilung für Informationstechnologie. Natürlich im Hinblick auf eine ganz andere Zielgruppe. Dort geht es um die großen mafiösen Netzwerke zwischen Südamerika, Mittelamerika und Miami. Es geht um Waffen, Drogen, Zigaretten und auch Prostitution. Als Dougray Doyle sich an mich wandte, habe ich mich für eine kurze Zeit freimachen können.«

Einiges erschien Lorca nun in einem neuen Licht. Sie hatte gespürt, dass bei dieser Frau etwas nicht stimmte, hegte aber dennoch eine gewisse Sympathie für sie. Um jedoch das letzte Wort zu haben, murrte sie:

»Aber ... man hätte mich ja einweihen können. Ich kann meine Zunge sehr wohl im Zaume halten, auch wenn ich wütend bin!«

Doyle lenkte ein:

»Ich verstehe Ihre Reaktion, aber Sie müssen auch sehen, dass dies vielleicht unsere einzige Chance ist, Cordell zu kriegen. Wenn er uns diesmal entkommt, weiß er, dass das Internet für ihn nicht mehr sicher ist. Dann wird er sich bestimmt nicht mehr auf eine solche Korrespondenz einlassen. Noch haben wir den Vorteil, dass Typen wie er glauben, das Internet sei ein Labyrinth, in dem sie sich verstecken können. Und so ist es auch oft, es sei denn, man hat ein Genie wie Nina zur Hand und außerdem noch ein wenig Glück.«

Nina meinte geschmeichelt:

»Das ist zu viel der Ehre, aber ich nehme das Kompliment gerne an. Ich habe unter dem Pseudonym XX Kontakt zu Taylor-Caedon aufgenommen und ihm für hübsche Geldsummen Informationen zugespielt. Die Geldforderungen sollten sein Misstrauen zerstreuen. Dank seiner Überweisungen auf mein Konto auf den Caiman-Inseln haben wir bereits eine der von ihm benutzten Banken ausfindig gemacht. Ich sage »eine«, weil er vermutlich nicht so dumm ist, sein ganzes Vermögen an einer Stelle aufzubewahren.«

»Was für Informationen?«, wollte Espy wissen.

»Die neue Identität von Mrs. Holmer, Terry Novak, und ihre Adresse sowie den Plan der elektronischen Überwachung ihrer Bleibe.«

Espy sprang von ihrem Stuhl auf.

»Noch einmal, bitte … das war doch hoffentlich ein gefälschter Plan?«

»Nein. Dafür ist er zu intelligent. Er hätte die Finte schnell entdeckt, und damit wäre alles ins Wasser gefallen.«

»Sie sind ja eiskalt! Er wird sie massakrieren! Er wird einen Weg finden, bei ihr einzudringen, ganz egal, wie perfekt unsere Systeme auch sein mögen!«

»Er braucht sich gar nicht erst den Kopf zu zerbrechen. Ich habe ihm gestern eine ganz einfache Lösung übermittelt. Das Velux-Fenster, das im Badezimmer angebracht ist, also direkt neben dem Schlafzimmer von Mrs. Holmer. Bei den Installationen von Marcus Fiorentino, unserem Techniker, wurde es berücksichtigt. Ich habe Charly dargelegt, was ja auch stimmt, dass der Vormieter es ohne Erlaubnis angebracht hat. Dieses Velux ist den städtischen Behörden also nicht bekannt und daher auch unseren Leuten nicht. Dort wird er einsteigen.«

Espy ließ sich auf ihren Stuhl zurückfallen, fuhr sich mit der Hand über die Stirn und murmelte:

»Verflucht, ich kann es nicht glauben! Sie haben sie ans Messer geliefert!«

Dougray Doyle kam um seinen Schreibtisch herum auf die junge Frau zu:

»Nein, Lorca. Mrs. Holmer weiß Bescheid. Sie selbst hat sich als Köder angeboten, als Zicklein für den Tiger. Wir haben hin und her überlegt, aber da wir keine andere Lösung sehen … Wir haben ihr ein schnurloses Alarmgerät zukommen lassen. Sobald sie die geringsten Anzeichen für ein Eindringen bemerkt, werden unsere Leute den Ort abriegeln und das Gebäude stürmen. Dieser Mistkerl hat keine Chance.«

»Scheiße … das ist mir unheimlich«, stammelte Lorca.

»Das geht uns nicht anders. Julia Holmer begibt sich in große Gefahr, und das weiß sie.« Doyle drehte sich zu Nina um und reichte ihr die Hand: »Danke, Nina. Ich sehe Sie bei unserer Rückkehr wieder, nicht wahr?«

»Ja, machen Sie sich keine Sorgen. Ich werde mich schon nicht aus dem Staub machen. Viel Glück für alles.«

25. Oktober, Grenze von Boston und Quincy, Massachusetts

Matt Magnani hätte seinen Kaffee gerne um einen guten Schuss Whisky bereichert, aber mit diesem Typen neben ihm war nicht zu spaßen. Zudem wirkte Enrique ziemlich gereizt durch die Ankunft dieser hohen Tiere vom FBI, genauso wie er. Er hatte versucht, sich bei der Tussi einzuschmeicheln, die eine Latino war wie er, aber die Masche hatte diesmal nicht verfangen. In eisigem Ton hatte sie erwidert: »Es stimmt, ich bin mexikanischer Herkunft, ich habe indianisches und spanisches Blut in mir – also auch europäisches wie die meisten Amerikaner.«

Enrique Lopez hatte es dabei belassen und sich in seinen Winkel des Lieferwagens verkrochen, der zwei Straßen von dem zu bewachenden Loft geparkt war, um keinen Verdacht zu wecken. Matt hatte es für klüger gehalten, nicht aufzufallen und sich auf seine Überwachungsbildschirme zu konzentrieren. Diese Spezialagenten vom FBI hatten ein unverschämtes Mundwerk und verstanden keinen Spaß. Außerdem … warum drängelten sie so? Sie waren gegen vier Uhr nachmittags angekommen, hatten ihre Plätze eingenommen und lediglich klargestellt: »Ihr Briefing findet um 18 Uhr statt. Bis dahin machen Sie alles wie gewohnt.« Noch dazu hatten sie sich ziemlich tollpatschig angestellt. Durch den winzigen Spalt am Seitenfenster ihres heruntergekommenen Lieferwagens hatte Matt drei ›unauffällige‹, mit Bullen voll gestopfte Fahrzeuge gesehen.

Ein unangenehmer Gedanke schoss ihm durch den Kopf, und er fragte:

»Ist das für heute Abend?«

Dougray Doyle sah auf seine Armbanduhr, bevor er nickte. Es war noch nicht einmal 18 Uhr, aber die beiden jungen Techniker wurden allmählich nervös, und das war schlecht. Er hätte seine Erklärungen lieber noch weiter hinausgezögert, um jede Fluchtmöglichkeit für Cordell auszuschließen. Dieser Typ würde unglaubliche Geldsummen herausrücken, um sich einen Helfershelfer zu verschaffen. Er erklärte schlicht:

»Wir haben gute Gründe anzunehmen, dass der gesuchte Mann sehr bald zuschlägt: heute Abend, morgen oder übermorgen.«

Sein Blick streifte den von Esperanza, die stumm blieb. Seit dem Aufbruch von Quantico schmollte sie. Offensichtlich empfand sie sein Schweigen ihr gegenüber als Verrat und fühlte sich durch seine heimliche Zusammenarbeit mit Nina gedemütigt. Im Hubschrauber, der sie nach Washington brachte, und auch im Flugzeug nach Boston hatten sie kaum mehr als drei Worte miteinander gewechselt. Doyle hatte sich um einen Waffenstillstand bemüht: »Nina hat mich mit einem einfachen Argument überzeugt: Je weniger Leute von einem Geheimnis wissen, desto besser ist es geschützt.« Das Angebot prallte jedoch an dem bockigen Schweigen seiner Untergebenen ab.

Enrique sprach aus, was ihm auf der Zunge brannte:

»In diesem Fall müssen wir vor allem die Tür überwachen und nicht das Dach.«

»Doch, das Dach«, bestimmte Doyle. »Aber wir lassen auch die Haupttür nicht aus den Augen. Gibt es eine direkte Videoüberwachung?«

»Nein. Alles funktioniert über Datenverarbeitung. Für eine direkte Videoüberwachung braucht man eine Kamera von einer gewissen Größe. Sie würde jedem auffallen, der sich nur ein bisschen auskennt. Anders als unsere Wanzen, da muss man schon ein echter Profi sein …«

In der Nacht vom 25. auf den 26. Oktober, Grenze von Boston und Quincy, Massachusetts

Ist die Zeit an sich etwas Absurdes, wie Nietzsche es behauptet? Wahrscheinlich, aber der Begriff ›Zeit‹ ist so hilfreich. Er liefert uns eine Stütze in unserer Angst vor dem Wahnsinn und dem Verschwinden.

Sich davon überzeugen, dass die Dinge in der Zeit geschehen oder eintreffen werden, dass unsere Handlungen einer bestimmten Chronologie folgen und dass sie aus einem früheren Dasein hervorgehen und fortdauern. Unsere Handlungen tragen uns und behalten unseren Abdruck. Sie suggerieren uns unser Fortdauern.

Das schreckliche Durcheinander des Augenblicks hinter sich lassen. Sich unter den Schutz der vergehenden und gemessenen Zeit stellen, die unser Fortdauern bestätigt, auch wenn es nur vorübergehend ist. Die Zeitmesser reden von 12 Uhr, von sieben Tagen, von 52 Wochen, von 12 Monaten und von Jahren.

Die Zeit hat nur eine Wirklichkeit, und das ist die des Augenblicks. Mit anderen Worten ist die Zeit eine auf den Augenblick zusammengedrängte und zwischen zwei Formen des Nichts ausgesetzte Wirklichkeit, sagt Gaston Bachelard.

Die Übereinstimmung dieser Zeilen mit ihrem Lebensgefühl während der letzten Jahre verblüffte Julia.

Der Zusammenschluss vieler aneinander gedrängter Augenblicke, die die Zeitmesser nach unserer Rechnung mit sechs Jahren beziffern. Ihr Leben beschränkte sich auf die Aneinanderreihung von Momenten. Davor war Leere und dahinter die Auflösung dessen, was einmal war. Nicht einmal das: Dahinter war die Vernichtung der Ereignisse, an die sie sich geklammert hatte in der Überzeugung, dass sie wirklich gewesen waren.

Ihre Zeitrechnung beschränkte sich auf Cordell. Cordell kam nicht von irgendwoher und ging nicht irgendwohin. Sein Leben bestand darin, von einem Augenblick zum anderen zu springen und sich jedes Mal der Zeit zu entledigen, die er dazu gebraucht hatte. Einzige Grundlage seines Fortdauerns war er selbst. War das vielleicht die Definition eines Gottes?

Führte man diese Überlegungen bis zum Äußersten, so bedeutete das am Ende, dass der Tod eine Einbildung war? *Der Tod ist eine Krankheit der Einbildung* (Emile Auguste Chartier, genannt Alain), denn die *menschliche Natur ist es*, die den Dingen ihre Bedeutung gibt (Montaigne). Aber Montaigne war ein Humanist, und Julia war nicht mehr sicher, dass die Dinge eine Bedeutung haben. Sagen wir lieber, dass die menschliche Natur den Dingen ihre Version aufzwingt.

Wenn also der Tod nur eine unvermeidliche menschliche Krankheit war, wenn er nur ein Augenblick zwischen einem Nichts und einem anderen Nichts war, warum fürchtete man ihn dann so sehr? Man fürchtet den Tod, weil er uns dessen beraubt, was danach kommen würde. Aber wenn nichts kommt, warum dann ängstlich darauf warten, dass Nichts auf Nichts folgt?

Das war ein heikles gedankliches Konstrukt, eine intellektuelle Gymnastik, deren einzige Berechtigung darin lag, dass sie sie ablenkte. Sie schützte vor Gedanken, die Julia seit so langer Zeit immer wieder durchging. Wenn es keinen sicheren Grund gibt, lässt sich alles und auch das Gegenteil beweisen, was zu einem weiteren Disput über die Unwiderlegbarkeit von Beweisen führen könnte.

Mit einem Lächeln stand Julia auf und legte die kleine gescheckte Katze, die sich auf ihren Knien zu einer Kugel zusammengerollt hatte, auf den dicken, gelben Bettvorleger.

Sie ging hinunter, um sich zu vergewissern, dass sie die Tür zum Brennraum und die Garage, in der die Hunde und Katzen für die Nacht untergebracht waren, gut verriegelt hatte. Wie jeden Abend blieb sie vor dem großen Duschbecken stehen, das beinahe die Hälfte der einen Wand einnahm, und beugte sich vor, um im Halbdunkel den seltsamen, rotbraunen Fleck auf dem beigefarben gekachelten Boden zu betrachten. Was hatten die ehemaligen Mieter, das Paar vor Hugh, in diesem badewannengroßen Becken getrieben? Was war das für ein eingebrannter Fleck, den Julia mit den verschiedensten Reinigungsmitteln nicht hatte entfernen können? Ein Überbleibsel der Farben, die sie für ihr Kunsthandwerk benutzten, oder das Zeugnis des Verbrechens? Nein. Nein, Hugh hatte gesagt, dass der Mann an einer anderen Stelle niedergeschlagen und nicht wie ein Opfertier geschlachtet worden war. Nein, es war verrückt: Blut löst sich so gut in Wasser, dass jede Spur des einstigen Lebens fortgewaschen wird.

Sie ging wieder nach oben und blieb vor der kleinen Kommode im Schlafzimmer stehen, wo sie gedankenverloren die drei kleinen chemischen Reiskörner betrachtete, die ihr Schlaf schenken sollten. Weiß lagen sie auf ihrer Handfläche, eingeklemmt an der Stelle, an der Herz- und Lebenslinie sich vereinigen. Normalerweise reichten zwei Tabletten, aber die leichte Überdosierung hatte etwas Beruhigendes: Sie würde gut schlafen. Sie schluckte sie hinunter, räumte das Sendegerät in die Schublade, schloss sie wieder und legte sich hin. Ihr letzter verschwommener Gedanke galt Dougray Doyle, obwohl seine Züge in die von Hugh übergingen. Würde er sie dafür verfluchen, dass sie abtrünnig geworden war? Er musste sie doch verstehen: Das Warten wurde unerträglich, und Julia glaubte allmählich tatsächlich an die übernatürlichen Kräfte ihres Exmannes.

Der jungen Frau blieb nur eine Möglichkeit, Cordell um sein Spiel zu bringen: Das war sie selbst. Sie würde »sich selbst« aus dem Kreis herausnehmen. Schlafen, während er ihr die Kehle durchschnitt. Davongehen, ohne ihm ihren Blick, ihren Schrecken oder ihr Stöhnen zuzugestehen. Sich weigern, ein weiteres Mal Zeuge seiner Macht zu werden.

Sie hatte den Augenblick gewählt, den Augenblick, dem nichts mehr folgen würde.

Der Geruch erstaunte ihn. Scharf, unangenehm, aber nicht stickig. Wie konnte Helen ihn Tag für Tag aushalten?

Cordell kannte die Räumlichkeiten, denn er hatte sie stundenlang in seinem Kopf vermessen. Dennoch überraschte ihn die Geräumigkeit des Ateliers.

Er durchschritt den saalartigen Raum, wobei sich seine nackten Füße an die Berührung mit dem rauen Boden gewöhnten. Er entriegelte alle Sicherheitsschlösser des Brennraums und bemühte sich, beim Zurückschieben des schweren, im Boden verankerten Stahlriegels kein Geräusch zu verursachen. Er nahm den schmalen, mit feuerfestem Material gekachelten Verschlag in Augenschein und spitzte die Ohren. Ein regelmäßiges Schnurren klang zu ihm herüber. Er überprüfte das Display der Fernbedienung in seiner Hosentasche. Er trug die gleiche schwarze Lederhose wie beim letzten Mal, denn es gab schwerlich ein aufreizenderes, sinnlicheres Kleidungsstück.

Alles lief wie geschmiert. Helen wartete oben auf ihn, auch wenn sie es noch nicht wusste.

Bedächtig stieg er die Metalltreppe empor. Auf halber Höhe blieb er noch einmal stehen, um zu lauschen. Die Nacht ist ein Wunder, Geräusche finden zu ihrer wahren Bedeutung, zu ihrer reinen Schönheit zurück. Gerüche ebenso. Er setzte sich auf eine der Stufen, und sein nackter Rücken schmiegte sich an die wohltuend kühle Wand.

Warten – was für ein schönes Wort, zumindest für ihn.

»Warte«, »Ich warte auf dich, mein Liebling«. Helens lusterfüllte Worte, wenn sie den Orgasmus hinauszögerte und stöhnte: »Warte.« Das Warten war ihm immer liebgewesen, nie hatte er es als nutzlos empfunden. Wie das Glück muss auch das Warten umworben und verführt werden, um reizvoll zu bleiben. Dann entfaltet sich das Warten zu einer außergewöhnlichen Landschaft. Ganz wie Helen, ohne dass sie danach trachten würde. Verdammt … Jetzt fing er schon wieder an. Das alles hatte nichts mit Liebe zu tun; außerdem wusste er nicht, was dieser Begriff umfasste. Um zu lieben, muss der andere existieren, selbst wenn es nur eine Täuschung oder ein Traum ist, ihn aber interessierte nur seine eigene Existenz. Nein, es war ein irritierendes Band, dessen eigensinnige Festigkeit er erst vor kurzem bemerkt hatte. Noch gelang es ihm nicht, die Beschaffenheit dieses Bandes zu erfassen, aber er würde alle Zeit der Welt haben, um darauf zurückzukommen. Danach, später.

Ein leises Geräusch versetzte ihn in Entzücken, er stand auf und stieg ein paar Stufen weiter nach oben. Lächelnd zog der die Klinge aus seiner hinteren Tasche und strich mit den Lippen über das mitleidlose, von seinem Gesäß ein wenig gewärmte Metall.

Matt runzelte die Stirn und ging so nah an einen seiner Überwachungsbildschirme heran, dass er ihn beinahe mit der Stirn berührte. Enrique fragte beunruhigt:

»Stimmt etwas nicht?«

»Nun … Es ist seltsam, hier ist ein Ding auf dem Bildschirm, das ich gleich zweimal sehe. Den Schwanz einer Katze, könnte man meinen. Hier, das gescheckte Ding da.«

»Wie?«

»Aber ja. Schau doch hin … Der Schwanz einer Katze. Sie muss von dem Möbelstück springen, das man am rechten unteren Rand des Bildschirms sieht, weil der Ausschnitt sich in etwas mehr als einem Meter vom Boden befindet. Aber wo ist die Katze?«

Dougray Doyle stürzte zu Matt und schrie:

»Was? Sagen Sie, welcher Bildschirm ist das?«

»Der, der den Haupteingang überwacht.«

»Was geht da vor?«

»Ich sehe den Schwanz einer Katze, aber nicht die Katze. Nun ist der Schwanz aber normalerweise am Hinterteil des Tieres angewachsen.«

»Er hat sich heimlich ins System eingeschlichen und ein Bild eingespielt, das sich immer wiederholt und so das Überwachungssystem täuscht.«

»Nein, das ist unmöglich. Man kann den Rechner nicht so an der Nase herumführen, das würde sofort auffliegen. Es sei denn … o Scheiße …«

Er hatte sich durch das Velux-Fenster hineingleiten lassen. Ein beinahe unerträgliches Glücksgefühl berauschte ihn. Was für eine selbstgefällige Bande von Ungeziefern! Nicht einmal die Pläne des Loft hatten sie überprüft. Die tiefen und regelmäßigen Atemzüge von Julia/Helen/Terry drangen durch den schmalen Verschlag zu ihm. Endlich eine Gabe, ein Lohn, der seiner würdig war. Eine wundervolle Beute. Danach würde niemand mehr daran zweifeln, wie überlegen, ja wie unübertrefflich er war. Er ging weiter und trat in das Schlafzimmer. Der in die Laken gewickelte Körper ließ ihn vor Begierde erbeben. Wie schade, dass ihm so wenig Zeit blieb. Aber diese armen Idioten konnten nicht weit weg sein. Trotz allem musste sie aber wach werden, sie musste ihn erkennen, und sei es auch nur für einen winzigen Augenblick.

Matt schnaubte:

»Wenn der Typ nur nicht die Falle von Marcus entdeckt!«

Bisher hatte sich Lorca zusammengerissen, aber jetzt packte sie eine schreckliche Angst. Sie schrie durch den Lieferwagen:

»Sag schon, du Idiot! Welche Falle?«

»Das ist geheim. Marcus bringt einen Sensor an der der winzigen Kamera gegenüberliegenden Wand an. Ein elektromagnetischer Strahl verbindet sie miteinander. Wird dieser unterbrochen, so wird der Alarm ausgelöst, ebenso wie bei dem Versuch, eine verschlüsselte Botschaft einzugeben. Der Computer merkt das, weil man nicht gleichzeitig die Verbindung zwischen dem Sensor und der Kamera reproduzieren kann. In diesem Fall ist die Verbindung nicht unterbrochen worden. Dennoch ist der größte Teil des aufgenommenen Bildes verloren gegangen: die Katze. Nur der Schwanz ist übrig geblieben. Dieser Mistkerl hat den Sensor bis auf wenige Zentimeter an die Kamera herangerückt. Der Winkel des Objektivs stellt sich automatisch darauf ein, und damit wird es nutzlos. Er kann sich dahinter vorbeistehlen, und man sieht nur noch einen winzigen Ausschnitt des Bildes: den Schwanz der Katze.«

Doyle griff nach der Waffe in seinem Schulterhalfter und befahl:

»Geben Sie den Männern in den Autos Bescheid. Wir stürmen das Haus. Falls nötig, wird geschossen. Der Frau darf nichts geschehen! Ich wiederhole: unter gar keinen Umständen!«

Gefolgt von Lorca sprang er aus dem Lieferwagen und stürzte in das erste Polizeiauto, das unverzüglich losfuhr.

Seine rechte Hand hielt das Rasiermesser umklammert, während er mit der anderen unsanft die schlafende Gestalt wachrüttelte. Julia stöhnte in ihrem künstlich herbeigeführten Schlaf und versuchte sich umzudrehen. Da spürte sie ein unangenehmes Stechen in ihrer Lippe und schlug die Augen auf.

Ah … wie wunderbar. Die unterschiedlichsten Gefühle spiegelten sich in dem strahlenden Blau ihrer Augen: Unverständnis, Verblüffung, Panik, Schrecken.

Dann fiel Julias Blick auf das glänzende Metall, das nur ein paar Zentimeter von ihrem Hals entfernt war. Sie fuhr auf und schrie:

»Michael?«

»Richtig. Guten Abend, Mrs. Holmer.«

Ein unerwartetes Geräusch, ein Wirrwarr verschiedener Laute und Bewegungen, die sie in dem spärlichen Mondlicht kaum wahrnehmen konnte. Eine Stimme. Eine Stimme, die sie so gut kannte wie ihren eigenen Körper. Cordell.

»Armer Idiot! Sie gehört mir, und niemand rührt sie an.«

Ein dumpfer Schlag, dann ein Stöhnen und Schluchzen. Das war Michael. Julia gelang es, den Schalter der kleinen Nachttischlampe zu betätigen. Ein spärlicher Strahl durchdrang den Halbschatten des Zimmers.

Die blauen Augen von Michael Baghurst starrten auf eine Klinge, die beinahe so aussah wie die, die er fallen gelassen hatte. Der glänzende, muskulöse Oberkörper von Cordell beugte sich über ihn und hielt ihn an den Haaren fest. Michael drückte beide Hände auf die große Wunde an seinem Hals, aus der das Blut herausschoss. Er schluchzte wie ein Kind.

Cordell näherte seine Lippen dem Gesicht und murmelte beinahe verzückt:

»Nein, noch stirbst du nicht. Noch ein wenig …«

Die Klinge schoss nach vorn und zerschnitt die Augäpfel. Der Kopf von Michael fiel nach hinten. Cordell richtete ihn wieder auf, um einen leichten Kuss auf die toten

Lippen zu drücken, über die nun das Blut floss. Unter letzten Nervenzuckungen glitt der Körper zu Boden.

Cordell wischte die Klinge seines Rasiermessers am Hemd von Baghurst ab und klappte es zusammen, bevor er auf Julia zukam.

»Meine Helen. Wie geht es dir heute Abend, meine Liebste? Wir haben so wenig Zeit … Küss mich.«

Sie versuchte sich aus den Laken zu befreien, um aus dem Bett zu springen, aber die lange, dunkle Hand griff nach ihren Haaren und zog so sehr an ihnen, dass sie aufschrie. Er zwang sie, ihr Gesicht dem seinen zu nähern.

Seine Lippen pressten sich auf die ihren, seine Zunge drang ein und fuhr über ihren Gaumen. Sein Speichel vermischte sich mit dem ihren, und es war ihr, als wäre es erst gestern das letzte Mal gewesen.

Sie schloss die Augen und brach in Tränen aus.

Ein Finger fuhr ihr liebkosend über die Augenbraue.

Dann war er verschwunden.

In der Nacht vom 25. auf den 26. Oktober, Grenze von Boston und Quincy, Massachusetts

Die anschließende Verwirrung hatte sie nicht recht mitbekommen.

Benommen durch die Überdosis Schlaftabletten und die Gedankenflut in ihrem Kopf, gelang es Julia nicht, das plötzlich herrschende Durcheinander zu begreifen.

Trotz ihrer Betäubung drangen hin und wieder abgerissene Worte und Bildfetzen zu ihr durch.

Einmal saß Lorca neben ihr auf dem Bett, betastete sie und fragte immer wieder: »Alles in Ordnung? Sind Sie verletzt?«

Dann hatte sie gehört, wie Doyle hervorstieß: »Baghurst, so ein Scheißkerl!« Sie sah, wie er der Leiche einen Fußtritt versetzte.

Eine ihr unbekannte Stimme hatte geäußert:

»Wir haben keine Chance, ihn zu erwischen. Scheiße auch, sein Eindringen war unheimlich gut vorbereitet. Er hat das Überwachungssystem vollkommen ausgeschaltet. Er hat die Schlösser des kleinen Brennraumes im unteren Geschoss geöffnet. Auf der anderen Seite stand ein Auto bereit.«

Kurz darauf hatte ihr ein junger Mann eine Kanüle zwischen die zusammengepressten Lippen geschoben.

Eine lauwarme und salzige Flüssigkeit war ihren Hals hinuntergeflossen.

Dann hatte sich der Nebel um sie herum etwas gelichtet, aber dafür hatte sie solche rasenden Kopfschmerzen bekommen, dass ihr speiübel wurde.

Als Lorca kurz darauf etwas zu ihr sagte, brauchte sie eine ganze Weile, um es zu begreifen: »Wir müssen jetzt gehen. Fünf Männer bleiben hier, bis wir zurückkommen. Schlafen Sie, das ist das Beste, was Sie tun können.«

Doyle hatte sich bleich wie die Wand zum Bett umgedreht und mit dem Finger auf sie gezeigt: »Sollte das ein Witz gewesen sein? Glauben Sie, es geht nur um Sie allein? Den Sender in die Schublade legen und noch dazu eine großzügige Dosis Schlaftabletten – sollte das ein Selbstmord werden? Warum haben Sie nicht gleich das gesamte Überwachungssystem ausgeschaltet? Wollten Sie uns die Schuld aufbürden, wenn man Sie massakriert?«

Lorca hatte ihn am Ärmel gezupft. Schließlich hatte er sich zähneknirschend beruhigt: »Sie haben Recht. Ich verschwinde, sonst beschimpfe ich sie am Ende noch.«

Dann endlich konnte Julia sich in den Schlaf gleiten lassen.

Nein, Doyle hatte Unrecht. Sie hatte das Überwachungssystem nicht ausschalten können. Cordell wäre misstrauisch geworden, wenn er es bemerkt hätte. Er wäre gar nicht erst heraufgekommen.

Aber er hatte ihr das Leben gerettet.

Die Bewusstlosigkeit hatte den schrecklichen Schmerz verzögert, der ihr jetzt immer stärker die Kehle zuschnürte.

28. Oktober,
FBI, Militärbasis von Quantico, Virginia

Doyle spürte, dass jemand im Raum war, und hob den Blick.

»Was machen Sie noch hier, Nina? Wollen Sie vielleicht gar nicht mehr zum ATF zurück? Das würde mich sehr freuen.«

Sie lächelte ihn an, ein schönes, strahlendes Lächeln, und reichte ihm statt einer Erklärung wortlos einen cremefarbenen Umschlag.

»Was ist das?«

»Meine Kündigung ... und meine Entschuldigungen oder eher mein Geständnis. Lesen Sie es.«

Er überflog den kurzen, entschlossen formulierten Brief. Kurze, präzise, beinahe nackte Sätze, die nichts beschönigten, bar jeder Rücksicht. Ein paar ausgedruckte E-Mails waren hinzugefügt. Ungläubig starrte er die junge Frau an, die ihm friedfertig gegenüber saß.

»Ist das ein Scherz, Nina?«

»Das wäre doch wohl ziemlich geschmacklos. Nein, es ist kein Scherz.«

»Ist Ihnen klar, was Sie damit aufs Spiel setzen?«

Sie nickte, immer noch das gleiche Lächeln auf den Lippen. Er versuchte, sie aus der Reserve zu locken:

»Unter dem Namen Bloodfeast haben Sie streng vertrauliche Informationen an Taylor-Caedon geliefert, um dafür Prestons Kopf zu bekommen?«

»Grob zusammengefasst verhält es sich so. Das Geld spielte keine Rolle für mich. Und ich brauche Ihnen wohl nicht zu erklären, dass das pikante Detail mit dem Stück Haut Charly von unserer Seelenverwandtschaft hinsichtlich des Mordens überzeugen sollte, wenn ich es so nennen darf.«

»Das ist allerdings überflüssig. Sie haben das CASKU für einen persönlichen Rachefeldzug benutzt.«

Sie antwortete nicht, sondern sah ihn nur sehr ernst an. Er beharrte:

»Rache führt zu nichts, Nina.«

Sie lachte höhnisch.

»Blödsinn! Bitte nicht mit mir, Dougray. Das macht man Leuten weis, damit sie stillhalten. Seien Sie doch ehrlich … Was treibt Sie denn all die Jahre um bei Ihrem Geschäft? Die Liebe zum Strafgesetzbuch, der bescheidene Lohn oder die Vorstellung, dass Sie das Recht haben, die armen, verstümmelten Leiber zu rächen, deren Fotos sich auf Ihrem Schreibtisch stapeln?«

»Ich habe mich stets an das Gesetz gehalten.«

»Daran zweifle ich nicht, aber Sie haben es darauf angelegt, das Gesetz in seiner unerbittlichsten Form anzuwenden.«

Er schwieg, denn er wollte sie nicht anlügen. Ja. Ja, zweimal hatte er sogar gebetet, dass der andere, der »Verrückte«, seine Waffe zöge, damit er einen legitimen Vorwand hatte, selbst zu schießen. Zweimal hatte er zögernd selbst getötet. Die darauf folgenden Sekunden waren wie ein Wunder gewesen. Dieser üble Kloß, der ihm wochen-, ja monatelang im Hals gesteckt hatte, war mit einem Mal verschwunden. Die Augen der Opfer auf diesen schrecklichen Fotos schienen sich friedlich zu schließen. Jedes Mal hatte ihn der Gedanke gestreift, dass sie nun endlich nach so viel Leiden den verdienten Schlaf gefunden hatten.

»Sie riskieren fünfzehn Jahre Kittchen, Nina. Zehn, wenn Ihr Anwalt gut ist und Ihre Verdienste überzeugend herausstellt. Und auf jeden Fall werden Sie nie mehr für uns arbeiten können.«

»Ich riskiere aber auch, endlich wieder schlafen zu können, und das wiegt alles andere auf. Es ist ein seltener Vorzug, schlafen zu können, wissen Sie das? Das wird einem ganz besonders klar, wenn man seit vier Jahren nicht mehr dazu in der Lage ist.«

»Beverly Cole war Ihre …«

»Meine Geliebte, meine Frau, meine Lebensgefährtin, ganz wie Sie wollen. Sogar meine Retterin, aber diese Geschichte ist noch viel länger her. Sie stammt aus einer Zeit, als wir beide unsere Jugend an einem gottverdammten Ort verbrachten, wo ich ohne sie untergegangen wäre. Und sie war eines der Opfer von Jesse James Preston. Ein Auto war auf dem Seitenstreifen liegen geblieben. Es war schon dunkel, eine verlassene Straße mitten im Wald. Und offenbar war der Fahrer zu blöd, den Wagenheber unter seinem Auto anzubringen. Beverly hat angehalten: Sie konnte es nicht lassen, den Retter zu spielen. Man hat das Auto gefunden, auf dem Wagenheber waren Blutspuren von Bev. Er hat sie niedergeschlagen und sie dann in ein anderes, etwas abseits verstecktes Auto geschleppt.«

Eine eisige Starre lähmte das Gehirn von Doyle. Mit

tonloser Stimme fuhr Nina fort. Eine Stimme, die auf einem Meer von Pein dahinglitt und erst wieder in ihm versinken würde, wenn sie ihre Erzählung zu Ende gebracht hatte, denn zu lange wartete sie schon auf dieses furchtbare, aber befreiende Bekenntnis:

»Wie Sie wissen, war ich damals bereits Informatikerin der ATF. Dort hatte ich gute Freunde. Ich hätte mir Zugang zu den Autopsieberichten verschaffen können. Aber dazu fehlte mir der Mut, denn ich hatte Beverly, die keine Familie mehr hatte, bei der Gerichtsmedizin identifiziert. Das, was noch von ihrem Körper, von ihrem Gesicht übrig war, nach den ›Spielchen‹ dieses Verrückten. Ich konnte sie nur anhand eines Armbandes identifizieren, das ich ihr ein paar Wochen zuvor zum Geburtstag geschenkt hatte. Alles andere war jenseits von Gut und Böse … Verdammt …«

Nina brauchte ein paar Sekunden, um ihre Tränen zurückzudrängen und ihre Stimme wieder in den Griff zu bekommen. Sie fuhr fort:

»Vieles ist einfach unbeschreiblich, aber unter anderem hatte er sie mit aller Kraft in die Oberschenkel und Brüste gebissen. Es fehlten ganze Fleischklumpen. Sie haben Proben entnommen, um ein DNA-Profil zu erstellen. Ein paar Monate später wurde Preston mit einem gestohlenen Auto erwischt und verhaftet. Die Bullen haben es nicht geschafft, die Genehmigung für eine DNA-Probe zu erhalten, um sie mit der DNA von Bevs Wunden zu vergleichen. Der Richter vertrat die Meinung, dass es keinen Grund gebe, Preston eines Mordes zu verdächtigen. Sein Anwalt – dieses Schwein konnte sich einen erstklassigen Anwalt leisten – erwirkte eine Einstellung des Verfahrens. Er bekam sechs Monate ohne Bewährung, da es sich um eine Wiederholungstat handelte. Die Strafe wurde nachher in zwei Monate Kittchen und vier Monate gemeinnützige Arbeit umgewandelt. Klasse! Einer der schlimmsten Serienmörder darf Kindern nach Schulschluss über die Straße helfen!«

Dougray Doyle sah, wie der hübsche blonde Kopf sich senkte. Ohne genau zu wissen, was er tat, holte er die in einer der Schreibtischschubladen versteckte Scotchflasche hervor. Als er die Flasche auf den Schreibtisch stellte, blickte Nina auf. Ihr abwesender Blick und das Lächeln, das sich schließlich auf den zitternden Lippen der jungen Frau zeigte ... – Dougray Doyle kämpfte gegen den namenlosen Schmerz, der in ihm aufstieg. Mühsam brachte er hervor:

»Möchten Sie ein Glas? Das ist die Flasche für besonders schwere Stunden.«

»Sie ist fast noch voll.«

»Ja. Ich verstecke die leeren Flaschen vor den anderen, um sie bei mir zu Hause wegzuwerfen. Ohne dass mein Sohn etwas davon mitkriegt natürlich.«

»Ich habe mir auch gesagt ... Ja, ich nehme ein Glas.«

Doyle stand auf, um zwei Gläser aus einem Fach seines Archivschranks zu holen. Er füllte sie zu Dreivierteln und nahm zwei tiefe Schlucke, während Nina das dünne, durchsichtige Plastikgefäß zwischen den Händen hin- und herdrehte.

»Es ist mir gelungen, über einen anderen Häftling an eine seiner Zigarettenkippen zu kommen. Für zwei Bierdosen ...«

»Und die DNA war identisch.«

»Genau. Aber juristisch gesehen war das völlig unerheblich.«

Sie gluckste in sich hinein, und Doyle hätte am liebsten losgeheult. »Ich habe nächtelang geschuftet, um solchen Ungeheuern wie Preston auf die Spur zu kommen. In dieser Hinsicht bin ich wie Julia. Auch ich war vollkommen naiv. Ich hatte mich auf die Idee versteift, dass mich irgendein Zufall in unserer Behörde zu Preston führen müsste. Dann aber spezialisierte sich meine Abteilung sehr rasch auf den Drogenhandel, der zwischen Miami, Mittel- und Südamerika tobt ... Aber das wissen Sie ja. Ihr Anruf bei meinen Vorgesetzten war ein Segen für mich, die einzigartige Chance, auf die ich seit langem gewartet habe.«

»Chance? Wenn Cory Fried nicht von Cordell umgebracht worden wäre ...«

»Ja. Die arme, kleine Cory. Ich wollte mit Ihnen persönlich darüber sprechen, denn ich war nicht in der Lage, meinen Verdacht in dem Brief niederzuschreiben. Die Geschichte von Cory Fried hat mich die ganze Zeit über ziemlich irritiert.«

»Was wollen Sie damit sagen?«

»Ihre Hypothese lautete, dass Taylor-Caedon sich an Cory herangemacht hat, da er wusste, dass sie zu Ihrer Truppe gehört, und er über sie an die Adresse seiner Frau kommen würde. Gleichzeitig sei es ihm um die Listen von Baghurst gegangen, die dieser auf Ihre Anweisung erstellt hat, um einem möglichen Trittbrettfahrer auf die Spur zu kommen. Ist es so richtig?«

Eine schlimme Befürchtung ließ Dougray Doyle erstarren. Er erwiderte trocken:

»Das ist das Wahrscheinlichste.«

»Das sehe ich anders. Cory hatte nicht die Angewohnheit, Arbeit mit nach Hause zu nehmen. Und noch weniger vertrauliche Akten. Was hätte sie mit diesen Listen anstellen sollen, wo sie doch weder Polizistin noch Psychologin war? Sie wurde mir als nette, romantisch veranlagte Frau beschrieben. Solche Aufstellungen wie die von Baghurst sind doch ein Konzentrat von Schrecklichkeiten. Nicht gerade ein schöner Roman, um einen angenehmen Abend zu verbringen. Man lässt solche Dinge nicht gern freiwillig in sein Reich, und das von Cory war hübsch und gemütlich.«

»Wie lautet Ihre Interpretation?«

»Mehr als eine Interpretation ist es auch nicht, aber ich finde, sie ist überzeugender als Ihre. Michael Baghurst hat Cordell zu Cory gelenkt und ihm auch seine Listen zugespielt. Man findet ihn leicht im Internet, wie Sie mittlerweile wissen. Ich habe in kurzer Zeit unter zwei verschiedenen Namen Kontakt zu Cordell aufgenommen.«

Doyle nahm einen großen Schluck von seinem Whisky. Ein Hustenfall schüttelte ihn, und er stieß hervor:

»Das ist schwer zu verdauen, denn Sie haben zweifellos Recht.«

Nina fuhr fort:

»Das passte genau, und es war die Fährte, nach der ich suchte. Über Baghurst war ich mir nicht im Klaren. Seine Selbstdarstellung als netter Junge, der etwas Interessantes aus seinem Leben machen wollte, waren für mich nicht befriedigend. Seine uferlosen Ausführungen, wenn er über sein Steckenpferd – Grauen erregende Morde – redete, ließen mich Verdacht schöpfen. Ich bin der Sache nachgegangen. Ich habe mit Leuten in Farm Heights geredet. Beverly sagte immer, dass man auf das Gerede der Leute achten soll. Man erfährt auf diese Weise vieles, was sie selbst nicht wissen.

So habe ich auch herausbekommen, dass er als Kind seine Ferien bei einem Großvater in Farm Heights verbrachte. Das war ein erster Hinweis, und dann habe ich nicht mehr lockergelassen. Es ist offensichtlich, dass der Mörder von Rita und Marjorie die Gegend wie seine Westentasche kannte. Zur fraglichen Zeit konnte sich niemand an einen Fremden in der Gegend erinnern. Der Mörder hatte sich sein Opfer sehr genau ausgesucht und auch seine Vorgehensweise zurechtgelegt, ohne dass er jemandem aufgefallen war. Normalerweise sind die Opfer von Serienmördern jünger, aber Baghurst kannte die beiden Frauen. Er ging zu ihnen, und ich kann mir sehr gut vorstellen, wie er sich als der kleine Junge von einst zu erkennen gab, der nun noch einmal in die Gegend kommt, wo er einst gespielt hat. Wie rührend! So ein Miststück!«

»Und wir haben ihm nichts angemerkt!«

»Das ist nicht verwunderlich. Ich gehörte nicht zu Ihrer Gruppe, war also wachsamer, umso mehr, als ich die Lücke suchte, die ich unbedingt brauchte. Mir fiel auf, dass Baghurst, der sonst unbedingt bei Ihren Ermittlungen mitwirken wollte, sich bei den Fällen von Farm Heights sehr zurückhielt. Der Grund war klar: Er hatte Angst, dass ihn jemand trotz seiner vielen Vorsichtsmaßnahmen wiedererkennen würde. Außerdem haben Sie Baghurst aus der Privatwirtschaft abgeworben. Er hat gerade so lange gezögert, dass Sie glaubten, er hätte Mühe, sich zu einem Verzicht auf sein blendendes Gehalt als Informatiker durchzuringen.«

»Während es in Wahrheit sein Ziel war, näher an seine Vorbilder heranzurücken.«

»Ja, an seine Mentoren, nämlich die schlimmsten Verbrecher unter der Sonne. Gleichzeitig hatte er hier Zugang zu allen Details, um sich mit ihnen zu messen. Ein hübscher Plan.«

»Weniger schlau als der Ihre …«

»Das ist nur logisch.«

»Warum?«

Doyle kannte die Antwort bereits, aber er hoffte, dass es ihn erleichtern würde, sie von ihr zu hören.

»Weil ich im Gegensatz zu ihm beschlossen hatte, alles aufzugeben, sogar mich selbst. Nichts ist stärker als die klare Entscheidung, sich auch im physischen Sinn selbst zu opfern. So verlieren Sie alle Angst, alle Skrupel. Letztlich gibt es einige Gemeinsamkeiten zwischen Cordell und mir. Wir halten uns keine Rückzugsmöglichkeiten offen. Haben Sie den Film *Gattaca* gesehen? Er hat mich sehr geprägt.«

»Nein.«

»Schade. Es handelt sich um eine futuristisch anmutende Geschichte über das Wesen des menschlichen Geistes. Es geht um zwei Brüder, von denen der eine ganz hervorragende genetische Anlagen besitzt, während der andere alle menschlichen Fehler in sich trägt, aber auch mit aller Konsequenz: samt der Entscheidung, bis zum Ende zu gehen, ohne jede Rückzugsmöglichkeit, ohne sich ein Schlupfloch offenzuhalten.«

Doyle nahm sich die Zeit, sein Glas zu leeren. Nur das Brennen des Alkohols in seinem leeren Magen erinnerte ihn daran, dass er getrunken hatte.

»Ist Ihnen klar, dass Sie durch Ihr Schweigen das Leben von Mrs. Holmer in höchste Gefahr gebracht haben?«

Sie lächelte erneut und suchte mit ihren goldbraunen Augen die seinen.

»Aha, wir begeben uns auf ein anderes Terrain. Sie

sind nicht länger der Freund, der unglückliche Vertraute. Jetzt werden Sie zum Richter.«

»Es geht mir nur darum, Sie vorzubereiten, denn man wird ganz schön auf Sie losgehen.«

»Ich muss Ihnen gestehen, dass mir das ziemlich egal ist. Was sind schon die Richter, diese zwölf rechtschaffenen Bürger, gegen die Hölle, die ich seit vier Jahren durchlebe? Ich habe geglaubt, dass sie mit dem Tod von Preston hinter mir läge. Aber so ist es nicht, und das wissen Sie. Trotzdem kann ich jetzt mein Leben dort ablegen und versuchen, es neu einzurichten, mich daran zu gewöhnen. Das ist eine große Erleichterung.«

»Sie bereuen nichts?«

»Nein … wirklich nicht.«

»Sie haben noch nicht auf meine Frage von vorhin geantwortet, Nina?«

»Weil ich Sie mag. Ich wollte Ihnen keinen Kummer machen.«

Bei diesem schlichten, beinahe kindlichen Satz musste Doyle die Augen schließen. Er murmelte:

»Kummer? Ich fürchte, Sie können mir keinen größeren Kummer mehr machen, Nina.«

Sie holte tief Luft und antwortete dann ebenso leise und sanft:

»Cordell schert sich nicht um Gesetze, die nicht die seinen sind, und er ist ohne jedes Mitleid. Ich hatte zwei Trümpfe in dem Spiel gegen ihn … Niemand war besser dazu in der Lage, Julia zu schützen als ihr Ehemann. Es war klar, dass er alles tun würde, um sie am Leben zu erhalten … bis zu dem Augenblick, da er beschließt, sie umzubringen. Würde Baghurst versuchen, Cordell um seine Beute zu bringen, so war das sein Todesurteil.«

»Das wussten Sie?«

»Sagen wir, ich war fast sicher.«

»Dann haben Sie also auch ihn in den Tod geschickt.«

»Nein, er hat diesen Weg selbst gewählt.« Ninas Ton wurde trocken und böse. »Ich erinnere Sie daran, dass es sein Plan war, Julia Holmer zu massakrieren, und ansonsten möchte ich Sie nur auf die Autopsieberichte von Rita und Marjorie verweisen, um Ihre Erinnerung aufzufrischen, was er mit ihr angestellt hätte. Die Beweise für seine Schuld habe ich Ihnen gerade dargelegt. Eine ergänzende Umfrage in Farm Heights wird Sie überzeugen, wie sie auch mich überzeugt hat. Die Polizei hier wird die Affäre vertuschen, und das ist in Ordnung, aber auch bedeutungslos – jetzt, wo er nicht mehr ist.« Sie zögerte und kam zum Schluss: »Trotz meiner Achtung für Sie kann ich es Ihnen nicht ersparen, an unser grundsätzliches Selbstverständnis zu appellieren: Wir müssen die Opfer schützen, und zwar um jeden Preis. Baghursts Tod war ein Abfallprodukt meines Plans, und ich werde deshalb nicht in Reue zerfließen.«

»In den Augen des Gesetzes sind Sie die Anstifterin zu zwei Morden, Nina.«

»Von den Fakten her ja, aber diese Gleichung berücksichtigt nicht all diejenigen, die ich durch den Tod von Preston und Baghurst geschützt habe. Gewiss, die Art und Weise meines Vorgehens wird nicht allen gefallen, aber um es klipp und klar zu sagen, das ist mir scheißegal! Sie wissen genauso gut wie ich: Wir sind es doch, die die zerfetzten Opfer einsammeln. Wir sind es, die sich die Bänder anschauen oder anhören, die uns diese Irren schicken. Außerdem habe ich nicht die Absicht, mich dem Urteil und noch weniger der Strafe zu entziehen.«

Er murmelte:

»Sie müssen nicht für Beverly bezahlen. Es ist nicht Ihre Schuld, dass sie tot ist und Sie noch am Leben sind.«

»Ich weiß. Wissen Sie, warum ich es weiß? Weil nichts ausreicht, um für sie zu bezahlen. Auch nicht der Tod von Preston.«

Jetzt trat ihm die Träne in die Augen, die er die ganze Zeit über zurückgehalten hatte. Eine Träne, die verriet, dass sie einander nah waren und Gleiches empfanden. Wie auch immer die zwölf Geschworenen später urteilen würden, sie beide hatten eine seltene und kostbare Gabe gemeinsam. Und sie waren bereit, diese Gabe bis zur Selbstaufopferung zu verteidigen, damit das Menschliche in der Welt blieb.

Das Menschliche. Wer hatte dieses Schlüsselwort ausgesprochen? Mrs. Holmer. Auch sie wusste, worin das Entscheidende bestand, denn sie hatte es durchlitten.

Doyle wischte die Tränen nicht fort, sondern ließ sie über seine Wangen rinnen.

Nina trat zu ihm, fuhr mit ihrer Hand über die feuchte, warme Spur und hauchte ein tonloses »Danke«. Dann drehte sie sich um und forderte ihn auf:

»Jetzt sollten Sie telefonieren, Sir.«

»Ich komme auch ohne Ihre Ratschläge aus. Danke, Nina. Sie können gehen.«

29. Oktober,
Umgebung von Fredericksburg, Virginia

Den ganzen Tag über hatte das Telefon geklingelt. Er war nur an den Apparat gegangen, um das mit Nachrichten gefüllte Band abzuschalten. Nachrichten, die zunächst lediglich beunruhigt, dann panisch klangen.

Liam verbrachte den Abend und die Nacht bei seinem Kumpel Benny. Welch ein Segen. Zunächst hatte der Junge darauf bestanden, das geplante Spiel mit dem Flugsimulator abzusagen, denn die Blässe seines Vaters und seine gezwungenen Antworten hatten ihn aufgeschreckt.

»Aber nein, Liam, es geht mir gut, ganz sicher.«

»Du lügst.«

Mit seinem Latein am Ende, hatte Dougray Doyle schließlich zugegeben:

»Es stimmt, ich lüge. Aber stell mir bitte keine Fragen. Ja, es hat mit der Arbeit zu tun, und nein, es sind keine persönlichen Ärgernisse. Hör zu, wenn du etwas für deinen kaputten Vater tun willst, dann lass ihn ein wenig allein. Mir wird es bald wieder besser gehen. Ich rufe dich dann bei Benny an.«

»Du sollst nicht kaputt sein. Ist das denn wirklich das

Beste für dich? Ich meine, dass du allein bleibst? Versprich, dass du mir die Wahrheit sagst.«

»Es ist das Beste. Ehrenwort.«

»Großes Ehrenwort?«

»Großes Ehrenwort, mein Sohn.«

Dougray warf einen Blick auf den Rest Whisky in seinem Glas. Er blätterte in dem schönen Buch, das sein Sohn ihm zu Weihnachten geschenkt hatte, und verweilte bei einem erstaunlichen Fresko von Botticelli, das den Heiligen Augustinus darstellte: *Sant' Agostino in atto di meditazione et di preghiera.*

Das Läuten der Türklingel ließ ihn auffahren, das Buch rutschte von seinen Knien und fiel auf den Teppich. Doyle war ohnehin schon geladen, und nun hatte er endgültig genug. Er stürmte zur Tür, bereit den Eindringling zu beschimpfen, wer auch immer es sei.

Sie stand auf der Schwelle, die Arme auf dem Rücken verschränkt. Esperanza. Er fuhr sie aggressiv an:

»Wenn jemand sein Telefon nicht abnimmt, so heißt das, dass er in Ruhe gelassen werden will. Wohlerzogene Leute respektieren das!«

»Ich bin nicht wohlerzogen«, antwortete sie tonlos. »Es war niemand da, der mich erziehen konnte.« Sie zögerte kurz, um dann zu fragen: »Darf ich eintreten?«

»Nein.«

»Nein?«

»Nein. Liam ist nicht da, und ich habe nicht die geringste Lust auf Besuche.« Und gemeinerweise – denn er fühlte, wie er seit gestern Abend immer mehr abdriftete – fügte er hinzu: »Und wenn ich moralische Unterstützung bräuchte, so wären Sie die Letzte, die ich darum bitten würde.«

Sie senkte den Blick:

»Wenn es Ihr Ziel war, mich zu verletzen, so haben Sie es erreicht.«

Er schwieg, denn dieses unerwartete Geständnis von Esperanza machte ihn sprachlos. Mit festerer Stimme fuhr sie fort:

»Haben Sie vor, etwas für Ninas Verteidigung zu unternehmen?«

Die in der Nacht verdrängte Panik holte ihn ein, und er schrie:

»Spinnen Sie oder machen Sie das extra? Natürlich würde ich alles tun, um ihr zu helfen … Aber ich habe nicht die geringste Strategie, und es geht immerhin um vorsätzliche Anstiftung und Komplizenschaft in zwei Mordfällen … Das ist wohl nur eine Kleinigkeit?« Betroffen darüber, dass er sich zu einer Beschimpfung hatte hinreißen lassen, machte er alles nur noch schlimmer: »Verschwinden Sie, Lorca. Es ist wirklich nicht der richtige Augenblick!«

»Nein.«

»Wie bitte?«

»Nein, ich werde nicht verschwinden. Das ist alles. Zumindest nicht jetzt gleich. Was Nina betrifft, so ist die Sache klar. Nur wir drei wissen Bescheid. Zerreißen Sie ihren Brief und fertig. Und bleiben Sie mir vom Leib mit Ihren Morden, mit Anstiftung, Komplizenschaft und so weiter. Nina gehört zum gleichen Schlag wie wir beide.«

»Der da wäre?«

»Eine Minderheit, die nicht locker lässt. Und es bedurfte immer menschlicher Wesen, die kämpfen, Widerstand leisten oder Zeugnis ablegen, damit das Licht nicht vollends ausgeht. Und ich sage Ihnen, dass ich das auch immer bleiben will!«

Niedergeschlagen senkte er seinen Blick.

»Ich auch, aber das ist nicht das Problem.« Mit festerer Stimme zog er sich nun hinter eine bequeme Lüge zurück, wie sie Wählern und Steuerzahlern gerne aufgetischt wird: »Die Gesetze sind für alle gleich!«

Sie stampfte mit dem Fuß auf und schrie:

»So ein Schwachsinn! Seit wann denn das? Da ist ja das Allerneueste, davon habe ich ja noch nie etwas gehört! Der Wortlaut der Gesetze ist derselbe, aber ihre Anwendung ist höchst unterschiedlich. Soll ich Ihnen Beispiele nennen? Aus welchem Bereich? Politik, Sport, Finanzen, Armee, Gesundheit, Ernährung, Show-Business? Es gibt Beispiele in Hülle und Fülle! Vernichten Sie diesen Brief, Dougray. Das Wesen der Gesetze besteht darin, die Lämmer zu schützen und nicht die reißenden Wölfe zu begünstigen. Wenn Sie Nina ins Gefängnis bringen, ist das ein Triumph für die Gegenseite.«

Er richtete sich auf.

»Ich habe ihn vernichtet. Heute Morgen. Nina weiß es bereits. Sie schien nicht erleichtert.«

»Das erstaunt mich nicht. Sie ist wie wir. Sie braucht die anderen nicht, um sich schuldig zu fühlen. Zu Unrecht oder zu Recht.«

Sie ging einen Schritt auf ihn zu, und er wich einen zurück. Dennoch blieb sie bei ihrer zaghaften Annäherung und gestand mit unsicherer Stimme:

»Liam hat mich angerufen.«

»Was?«

»Er hat mich von seinem Freund Benny aus angerufen. Er hatte sich die Nummer meines Handys gemerkt. Er war beunruhigt. Nein, er war erschrocken, weil er nicht versteht, was los ist, und nicht weiß, wie er sich verhalten soll.«

»Aber ich habe es ihm doch erklärt, ich habe ihm mein Ehrenwort gegeben.«

»Unmittelbar nachdem Sie ihn angelogen hatten, ja, ich weiß. Hören Sie … Liam ist erstaunlich reif und intelligent für ein Kind seines Alters, aber er ist trotz allem ein Kind.«

»Sie besitzen tatsächlich ein umfassendes Wissen über dieses Thema und dazu noch einen unübertroffenen Mutterinstinkt.«

Sie biss sich auf die Lippen und rang sich zu einer ruhigen Antwort durch:

»Nein, aber ich habe auch sehr oft Angst gehabt, als ich klein war. Sicher, aus anderen Gründen, aber ich kenne dieses Gefühl in- und auswendig. Sie haben keine Ahnung davon. Es ist nicht gut, wenn die Angst zum ständigen Begleiter wird.«

Doch. Doch, er hatte eine Ahnung davon. In ihren wenigen gemeinsamen Nächten hatte er sie gesehen, wenn er Espy mit seinen Fingerspitzen die Tränen abwischte, die sie im Traum geweint hatte. Die junge Frau blieb mi ten im Flur stehen, bevor sie fortfuhr:

»Liam hatte Angst. Vielleicht haben Sie es nicht ver den. Doch, Sie haben es sicher verstanden. Er spü deutlich, dass Sie allein sind, Sie beide. Die Vor dass Ihnen etwas zustoßen könnte … Dass Sie sen könnten und er wirklich allein ist, ohne irgendjemanden. Verflucht, er ist noch so klein. Er glaubte, dass Sie Krebs haben und es möglichst lange vor ihm geheim halten wollen.«

Diese Enthüllung verblüffte Doyle, sodass er trotz allem in Gelächter ausbrach.

»Was? Krebs?«

»Blass, erschöpft, kein Appetit. Unglücklicherweise kommen diese Krankheitserscheinungen sehr häufig vor. Die Mutter eines Klassenkameraden ist gerade ins Krankenhaus gekommen. Sie lebt allein mit ihrer Tochter, und diese ist nun am Boden zerstört.«

»Deswegen hat er immer wieder von diesem Mädchen gesprochen! Ich Idiot, ich habe nichts kapiert! Dieser Fall hat mich zu sehr beschäftigt … Ich muss ihn sofort anrufen, um ihn zu beruhigen.«

Espy hatte die Arme immer noch hinter dem Rücken verschränkt und starrte auf ihre Sportschuhe, als sie noch einmal fragte:

»Darf ich eintreten?«

»Das ist ja schon geschehen, wenn ich mich nicht täusche.«

»Darf ich ein wenig bleiben?«

Sie hörte ihn seufzen und hoffte auf eine Einwilligung. Stattdessen sagte er traurig:

»Nein … nein, ich glaube nicht.« Er befahl ihr in scharfem Ton: »Schauen Sie mich an.«

Sie hob den Blick. Innerlich schwankte sie zwischen dem Impuls, davonzulaufen, ihn zu beschimpfen oder hier mitten im Flur in Tränen auszubrechen.

Er fuhr fort:

»Nein, weil ich genug von *ein wenig* habe. Ich will nicht *ein wenig*. Ein wenig Zeit, ein wenig Gerede, ein wenig Wahrheit, ein wenig Liebe, ein wenig Respekt, ein wenig Sex, ein wenig Leben, ein wenig Gefühl. Mir steht diese Knausrigkeit bis oben hin. *Nichts* ist mir lieber als *ein wenig*. Wenn man *nichts* hat, dann herrscht wenigstens eine schöne, ehrliche Einsamkeit. Keine falschen Hoffnungen. Das ist tödlich. Und ich ziehe die Leere letztlich vor.«

Sie zuckte zusammen unter dieser Tirade, beharrte aber:

»Vielleicht habe ich *ein wenig* vorgeschlagen, weil ich Angst hatte, abgewiesen zu werden, wenn ich mehr fordere?«

»Das müssen Sie wissen. Ich will *alles*, weil ich *alles* geben kann. Und ich glaube, dass Sie dazu nicht in der Lage sind, Espy. Vielleicht später einmal, das weiß ich nicht. Ich wünsche es Ihnen jedenfalls. Es ist sehr hart, wenn man sein Leben verpasst. Diese Erfahrung habe ich gemacht. Ich habe nicht die Absicht, das meinem Sohn und mir noch einmal zuzumuten.«

Jetzt konnte sie sich nicht länger beherrschen und brach in Tränen aus. Sie erklärte und rechtfertigte nichts mehr, weil ihr kein schlagendes Argument mehr einfiel. Sie stand einfach nur da mit dieser grotesken Flasche Wein hinter dem Rücken.

Doyle legte beinahe sanft die Hand auf ihre Schulter und führte sie freundlich zur Tür. Dabei entdeckte er die Flasche und murmelte:

»Das ist nett. Vielleicht ein anderes Mal. Sie haben Recht, wissen Sie, mein Sohn hat Angst, und nach der Krankheit seiner Mutter ist er für mich dieses *alles* geworden. Ich muss ihn schützen und darf ihn nicht dadurch verletzen, dass ich mich in eine Frau verliebe, für die er nur ein lästiges Anhängsel ist. Auf Wiedersehen, Espy, kommen Sie gut nach Hause.«

Wie lange lehnte sie dort am Türrahmen und weinte all die Tränen der vergangenen Jahre? Hinter der Tür lagen die Dinge, an die sie aus Angst nicht hatte glauben wollen. Knausrigkeit hatte er gesagt. Auch das noch.

Am Ende fand Espy die Kraft, um zu ihrem Auto zurückzukehren. Trotz ihres haltlosen Schluchzens gelang es ihr loszufahren, ohne das vor ihr geparkte Auto zu beschädigen. Sie zwang sich, bis um die nächste Ecke zu fahren, um den eventuellen Blicken von Doyle zu entgehen. Dann hielt sie wieder an und brach über dem Lenkrad zusammen.

Es wurde bereits dunkel, als sie sich allmählich beruhigte. Sie richtete sich wieder auf und klappte die Sonnenblende herunter. Scheiße, sie sah fürchterlich aus, verschwollen und entstellt durch die Tränen, wie eine Kröte.

Trauer. War das Trauer? Dieser uferlose Schmerz, der so tief und umfassend ist, dass man nicht weiß, woher er kommt? Ringsumher nichts als Wüste, grenzenlose Wüste. Und selbst wenn sie Grenzen hätte, was würde es nutzen, diese zu erreichen? Sie wusste es nicht. Sie war nicht einmal zur Beerdigung ihrer Mutter gegangen, so gleichgültig war es ihr gewesen. Gewiss, lange Zeit war das Leiden ihr vertraut gewesen: ihr Leiden. Niemand war seit dem Tod der dicken, aufgequollenen Frau in der Lage gewesen, sie zu verletzen. Bis heute. Heute war es schrecklich. Espy kämpfte gegen eine neue Flut von Tränen an, die sie für versiegt gehalten hatte. Heute war ein furchtbarer Tag. Ohne es zu wollen, hatte jemand ihr einen tiefen Schmerz zugefügt.

Sie schniefte laut in ihrem Wagen. Ein Kind, das auf einem Fahrrad vorüberfuhr, warf ihr einen erstaunten und argwöhnischen Blick zu.

Nein, es war keine Trauer. Trauer ist an etwas Definitives gekoppelt und ihm geweiht.

Verflucht, sie würde sich nicht so behandeln lassen! Gewiss, sie hatte eingesteckt wie noch nie. Gewiss, es war eine bittere Niederlage. Sie liebte diesen Mann. Sie liebte ihn, wie sie niemals geglaubt hatte, jemanden lieben zu können. Sie liebte diesen kleinen, allzu vernünftigen Jungen, und sie wollte ihn, ja auch ihn. Sie hatte es nicht verstanden, Doyle davon zu überzeugen, dass auch sie alles konnte, weil »alles« in Esperanzas Vokabular eine große Ähnlichkeit mit »zu viel« hatte. Wenn sie es sich erst einmal gestattete zu lieben, dann würde es keine Grenzen geben, kein Zugeständnis, keinen Rückhalt.

Sie hatte Schiss gehabt, aber das war nun vorbei!

12. November, irgendwo in Vermont

Das lang gestreckte Wohngebäude war ein großer, aufwändig restaurierter Bauernhof. Eine Wetterfahne neigte sich auf dem Dachfirst auf die eine Seite, als streckte der Hahn den Kopf aus, um etwas schräg unten im Park sehen zu können. Am hinteren Ende des Grundstücks war ein kleiner Teich. Ein paar Enten schwammen in konzentrischen Kreisen gemächlich darauf herum, tauchten hin und wieder unter, um etwas zu erhaschen, sodass sie beinahe ganz unter der Wasseroberfläche verschwanden und nur ihr weiß gefiedertes Hinterteil eifrig wippend herausschaute.

In der Stille rauschten nur die Blätter der Bäume. Hoch am Himmel zogen Raben ihre Kreise, ein paar hartnäckige Drosseln machten sich über die gepflegten Rasenflächen her. Die Hunde rannten freudig hintereinander her, erfüllt von jener Euphorie, die sie eine Spur nach der anderen verfolgen lässt.

Julia wusste nicht, wem dieses Haus gehörte. Sie war eines Abends gut bewacht hierhergebracht worden, nachdem das FBI sie aus ihrem Hangar in Quincy geholt hatte.

Dougray Doyle war furchtbar wütend auf sie. Das kam ihr gerade recht. Auch sie verzieh sich nicht, dass sie dem

Wunsch nach Schlaf nachgegeben und zu den entsprechenden Mitteln gegriffen hatte. Es war eine Dummheit gewesen, keine Lösung, auch wenn sie das in jenem Augenblick geglaubt hatte. Hätte sie weniger Angst gehabt, dann hätte sie alle Gründe aufgelistet, die sie zu diesem falschen Ausweg bewogen. Eine unendliche Müdigkeit statt des Willens zu kämpfen, vor allem aber – und das war am schlimmsten – die Furcht, Cordell im entscheidenden Augenblick nicht widerstehen zu können. Die Verse von Marie Nizet kamen ihr in den Sinn:

Heute ist ein Fest, meine Liebster,
Ich habe an Deine Türe geklopft.
Unser Glück kehrt wieder:
Du bist tot und ich bin tot.

Der Frieden. Wie lange würde der Frieden an diesem Ort dauern? Würde sie ihn finden? War sie überhaupt noch in der Lage, ihn zu erkennen? Frieden als Verlangen, als einziges Ziel. Frieden als Kampf.

Ein gewaltsames Verlangen nach Frieden.

Sie weiß, dass er besessen von ihr ist – und er ist ganz in ihrer Nähe ...

Cathy Vasas-Brown
GESPENSTER
MEINER ANGST
Roman
288 Seiten
ISBN 3-404-15329-4

Vor fünfzehn Jahren hat Samantha Quinlan dafür gesorgt, dass der psychotische Frank Ventresca für seine Vergehen ins Gefängnis kam. Nun ist er wieder auf freiem Fuß. Und er hat nur einen Gedanken im Kopf: Samantha davon zu überzeugen, dass er der richtige Mann für sie ist ... Samantha glaubte bisher, ihr Leben wieder im Griff zu haben. Sie hat einen ausfüllenden Beruf, einen netten Partner und einen lieben Sohn. Doch nun fühlt sie sich erneut von Frank verfolgt, und ein Albtraum, der längst vergessen schien, könnte ihr Leben zerstören. Bald schwebt Samantha in Lebensgefahr, aber deutet sie die Bilder ihrer Angst richtig?